RV

DAVID WAGNER

VERKIN

ROMAN

ROWOHLT

Originalausgabe
Veröffentlicht im Rowohlt Verlag,
Hamburg, September 2024

Satz aus der Caslon Pro
bei Pinkuin Satz und Datentechnik, Berlin
Druck und Bindung GGP Media GmbH, Pößneck
ISBN 978-3-498-00224-4

Sage mir, Muse, die Taten der vielgewanderten Frau,
Welche so weit geirrt …

Prolog

Willkommensfest für eine Katze

Weit im Norden von Istanbul, dort, wo der Bosporus sich bald zum Schwarzen Meer hin öffnet, begann vor einigen Jahren meine seltsame Reise, die mich kreuz und quer durch Istanbul, die Türkei und die vielen Leben einer Armenierin führen sollte, der ich auf einer frühsommerlichen Gartenparty in Berlin zum ersten Mal begegnet war, dem Willkommensfest für eine weiße türkische Vankatze, die sie für eine gemeinsame Bekannte nach Deutschland geschmuggelt hatte.

Verkin stand in einem metallisch glitzernden Paillettenkleid unter einem blühenden Lindenbaum, hielt die Katze im Arm und erinnerte mit ihrem silberfarbenen Haar und den gold-grau gemusterten Stiefeln an eine Raumfahrerin, die im Südwesten von Berlin gelandet war. Die schnee- oder kalkweißen Vankatzen, erzählte sie meiner Freundin und mir, stammten aus dem anatolischen Hochland um den Vansee, aus dem Osten der heutigen Türkei, einer Gegend, die Tausende von Jahren von Armeniern besiedelt gewesen sei, bis diese vor hundert Jahren umgebracht oder vertrieben worden seien. Nur die armenischen Katzen sind geblieben, sagte sie, heute gelten sie als türkisches Kulturgut.

Wir streichelten das weiche Fell der außerirdischen Schönheit und hörten, dass Vankatzen schwimmen könnten und tauchen und Fische fangen, weshalb sie auch Schwimmkatzen genannt würden. Verkin wies uns auf die verschiedenfarbigen Augen der Wunderkatze hin, das eine hellblau wie der Himmel über dem Vansee, das andere braun wie die Erde Persarmeniens, auf der die armenischen Kirchen noch stünden, die meisten von ihnen Ruinen. Und die Katze schaute aus ihren heterochromen Augen, als wollte sie mir etwas sagen.

Acht oder neun Wochen später flog ich nach Istanbul, weil ich ein Buch über den Großen Basar und den türkischen Shopping-Mall-Boom schreiben wollte, fuhr aber bald nach meiner Ankunft in Beyoğlu zu Verkin nach Tarabya hinaus, ich hatte den Auftrag, ihr als Dank für die nach Berlin geschmuggelte Katze einen Stoffbeutel voller deutscher Wurstwaren zu überbringen. Ich war der Wurstbote, der sie in dem ehemals griechischen Fischerdorf besuchte und nicht ahnte, dass er bereits in den Roman geraten war, den er viel später würde schreiben müssen.

1

Tarabya

Der freundliche Gendarmenhund / Deutsche Wurstwaren / Blau über Grün / Gruppenbild im Bademantel

Ein Hund bellt hinter der Mauer, die das frühmoderne, über dem Bosporus schwebende Haus und den steil abfallenden Hang zur Straße hin abschirmt. Das Tor öffnet sich wie von selbst, und ich denke, es muss ein großer Hund sein, da springt mir schon ein schwarzbrauner Dobermann entgegen und beschnuppert mich und die Tasche über meiner Schulter.

Báron!, höre ich es rufen. Báron!

Verkin steht in einem schlichten schwarzen Kleid und silberfarbenen Sandaletten im einige Meter entfernten Eingang. Sie hält eine dunkle Sonnenbrille in der Hand und sieht aus, als hätte sie gleich einen Auftritt im Fernsehen.

Mein dekadenter Gendarmenhund scheint dich zu mögen, sagt sie. Báron leckt meine Hand. Sein Fell glänzt und hat einen rostroten Streifen.

Er riecht die Geschenke für die Katzenschmugglerin, sage ich und spaziere mit dem freundlichen Zerberus an blühenden Rosenstöcken und einem kaum wahrnehmbar plätschernden Marmorbrunnen vorbei auf die von abstraktem Schnitzwerk umgebene Haustür zu.

Nein, nein, er riecht, dass du Deutscher bist, sagt Verkin.

Es dauert, bis ich verstehe, dass sie Deutsch gesprochen

hat, fehlerlos und akzentfrei, aber da stellt sie mir schon, nun auf Englisch, ihre Assistentin Nevin vor, eine elegante, ebenfalls schwarz gekleidete Frau mit grauen Locken, die mich auf Türkisch begrüßt und ins Haus hineinbittet. Ich antworte ihr mit den drei Worten, die ich in ihrer Sprache sagen kann, und bemerke, dass sie und ich ähnliche Hornbrillen tragen.

Sie verschwindet in den Tiefen des Hauses, während Verkin mich und den Hund durch eine marmorgeflieste Vorhalle und einen gewölbten Durchgang in einen Saal mit über Eck umlaufender Fensterfront führt. Wir stehen nun hoch über dem Bosporus, und ich sehe nur tiefblau bewegtes Wasser und viel hellblauen Himmel zwischen Europa und Asien. Und sage erst mal nichts. Ich sage nichts, weil ich nichts sagen kann, ich falle in die Aussicht, ich fliege, ich segele über der Wasseroberfläche bis ins Schwarze Meer, es glitzert so unglaublich blau, grün, grau, türkis, silberfarben und wieder blau.

Verkin scheint den Moment meiner Sprachlosigkeit zu genießen. Als Báron an den Stoffbeutel stößt, fasse ich mich und frage, seit wann ihr Haus über dieser Aussicht schwebe.

Sie erzählt, dass ihr Vater das Gelände Ende der vierziger Jahre gekauft habe, den halben Berg einschließlich der Ufergrundstücke, ein großes Areal, das zuvor der Familie des ägyptischen Königs Faruk gehört hätte.

Ich streichle über Bárons großen Kopf und seine kupierten Ohren, er lässt es sich gefallen.

Niemand wollte hier bauen, fährt sie fort, aber meinen Vater, er hatte immer ein Gespür für gute Geschäfte, schreckte das nicht ab. Er ließ den Hang parzellieren, legte die steile Straße an und betonierte dieses und ein weiteres

Haus ein kleines Stück weiter oben erdbebensicher in die Felsen.

Ich sehe ein riesiges, mit Hunderten, nein Tausenden bunten Containern beladenes Schiff, es fährt auf uns zu.

Zu osmanischer Zeit hatten die Botschafter der europäischen Großmächte ihre Sommerresidenzen in dieser Gegend, sagt Verkin. In Büyükdere, einmal quer über die Bucht – sie zeigt auf das gegenüberliegende Ufer –, siehst du die der Russen. Die deutsche Sommerresidenz liegt ein Stück in die andere Richtung, sie ist die größte, schönste und gepflegteste von allen. Die Yalılar der Franzosen und Briten sind abgebrannt und nicht wieder aufgebaut worden. In einem von Pierre Lotis Büchern kannst du nachlesen, wie die Botschaften zu Sommerbeginn mit Sack und Pack und allem Personal auf Booten nach Therapiá, heute Tarabya, gerudert wurden, weil es in Péra, jetzt Beyoğlu, ohne Klimaanlagen viel zu heiß war.

Und dahinten, frage ich und deute auf die zwei Pylone, die in einiger Entfernung aufragen, auf jeder Uferseite einer, soll das die dritte Brücke über den Bosporus werden?

Die Tragseile hängen, nur die Fahrbahn fehlt noch, antwortet Verkin. Die dritte Brücke wird den neuen Flughafen anbinden und die bisher vernachlässigte Schwarzmeerküste erschließen.

Er soll der größte Flughafen der Welt werden, habe ich gelesen.

Mindestens, sagt Verkin. Und eines Tages wird er Recep-Tayyip-Erdoğan-Havalimanı heißen.

Noch keine fünf Minuten da, und schon ist sein Name gefallen, denke ich, drehe mich zum Zimmer um und sehe einen antiken, mit Intarsien verzierten Spieltisch, zwei Ledersofas, geschnitzte Beistelltische, auf denen sich Bücher und Bildbände stapeln. Ich sehe einen Flachbildfernseher, einige abstrakte Ölgemälde, blau-graue und orange-blaue Farbfeldmalerei, vermutlich amerikanisch. Ich sehe ein angeschlagenes Metallobjekt, das an ein antikes Bidet erinnert, zwei Teppiche mit eingeknüpften Kampfhubschrauber- und Panzermotiven, wahrscheinlich aus Afghanistan, und über dem reich verzierten Marmorkamin Verkin, den Hund und mich selbst in einem großen Spiegel mit geschnitztem Rahmen, der dem Ornament um die Tür ähnelt, durch die ich eben eingetreten bin.

Verkin erzählt, dass sie mit Unterbrechungen seit früher Kindheit in diesem Haus wohne, es die ersten Jahre für ihre Eltern aber nur ein Sommerhaus gewesen sei, die Stadt, die Altstadt und Beyoğlu, waren damals noch weit weg, sagt sie, es gab keine Autobahn, keine Metro und unten am Wasser nur eine schmale, staubige Straße.

Ein weiteres Gemälde fällt mir auf, das Porträt einer Frau, die an eine Stummfilmschauspielerin erinnert, ich vermute, es wurde in den zwanziger Jahren gemalt. Daneben hängt eine gerahmte Farbfotografie, auf der Verkin und Papst Benedikt XVI. einander die Hand geben, zwischen ihnen ein beeindruckender Bart, der einem orthodoxen Geistlichen in dunklem Ornat gehört.

Verkin bemerkt, dass ich die Fotografie betrachte, und erklärt, dass sie für einige Jahre die Beraterin des armenisch-apostolischen Patriarchen von Konstantinopel gewesen sei. Er war ein guter Freund, sagt sie, das Foto ist kurz nach Ratzingers Wahl zum Papst entstanden. Eine seiner ersten Reisen führte ihn gleich zum Antrittsbesuch nach Istanbul, wir haben uns angeregt unterhalten.

Ich öffne den Stoffbeutel und präsentiere die Bio-Wurstspezialitäten aus deutschen Landen, Leberwurst Pfälzer

Art, Hausmacher Leberwurst, Mettwurst und Blutwürste vom Blutwurst-Weltmeister aus Berlin-Neukölln.

Verkin gibt Freudenlaute von sich, ich weiß nicht, in welcher Sprache.

Wir verlassen die Kommandobrücke über dem Bosporus, betreten einen fensterlosen, mehrfach verwinkelten und ebenfalls marmorgefliesten Gang und kommen an geschlossenen Türen und einer Galerie großformatiger, gerahmter Schwarz-Weiß-Fotos vorbei. Auf einem von ihnen erkenne ich eine vielleicht fünfzehnjährige Verkin, auf einem anderen ist sie als Kind mit geflochtenen Zöpfen zu sehen. Báron, der große Grubenhund, ist an meiner Seite, seine Pfoten tapsen über den Stein, und ich habe das Gefühl, als würde ich in den Berg unter dem Haus hineinwandern – dann aber öffnet Verkin eine Tür, und wir betreten eine nicht allzu große Küche, in der zwei Frauen am Herd beschäftigt sind. Eine dritte, ältere Frau mit Kopftuch sitzt an einem kleinen Tisch, der vor ein Fenster zum Garten gerückt ist. Sie grüßt, Verkin sagt etwas, das ich nicht verstehe, und ich grüße zurück, schließlich gelangen wir durch eine weitere Tür in einen gläsernen Anbau, eine Art Sommerküche mit Kamin und einem größeren runden Tisch, auf dem eine mit Rosenmotiven bestickte Spitzentischdecke liegt. Kleine taillierte und bereits gefüllte Teegläser stehen auf einem Tablett, daneben eine puderzuckerbestäubte, mit dem typischen Teiggitter verzierte Linzer Torte. Draußen auf der Terrasse, die halb in den grünen Steilhang gegraben worden sein muss und halb auf Stelzen über dem Abgrund ruht, befinden sich fünf, nein sechs Personen. Drei von ihnen stecken in flauschig-weißen Bademänteln, zwei Frauen tragen aus Handtüchern geschlungene Turbane, eine dritte Frau trägt ein großes Pflaster im Gesicht, eine vierte Hijab. Hinter ihnen blühen Lilien, ich sehe Pflaumenbäume, eine Palme, Pinien und Feigenbäume und erfahre von Verkin, dass heute Badetag ist, die Gäste besuchen ihr Hamam.

Die Frau mit dem Kopfverband ist meine Malerfreundin Susan, sagt sie, sie hat sich hier in Istanbul gerade ihr Gesicht liften lassen. Susan war mal meine Nachbarin in New York, wir kennen uns seit 1979. Die Schönheit neben ihr heißt Sevgi und ist die Tochter meines *plastic surgeon*, sie managt seine Klinik, sag mir, wenn du etwas verändern möchtest, Augenlider, Nase, Kinn, Sevgi kann dir helfen. Die Frau mit Hijab ist meine älteste Parteifreundin, wir haben uns als freiwillige Helferinnen beim ersten Wahlkampf der AKP kennengelernt, heute arbeitet sie für den Innenminister. Ihr gegenüber sitzt meine Anwältin, und der drahtige Mann mit dem Joint in der Hand heißt Tarek und ist ein Ex-Ehemann. Sein Großvater war ein berühmter Imam, sein Großonkel ein Held in der Schlacht von Galipoli, und sein Urururururgroßvater kam 1453 mit Mehmed dem Eroberer nach Konstantinopel. Er stammt also von einem Neuankömmling ab, wir Armenier und meine Familie leben schon tausend Jahre länger am Bosporus.

Sie lacht über ihre kleine Übertreibung, die vielleicht gar keine ist, und sagt, ich solle mir ein Glas Tee vom Tablett nehmen.

Tarek sei heute Heiler und Biobauer, berichtet Verkin, er bewirtschafte ihre kleine Farm am Schwarzen Meer, praktiziere Akupunktur und sei auch als Chiropraktiker gefragt.

Falls dir etwas wehtut oder fehlt, könnte er dir Nadeln setzen oder dich schröpfen, er hat gerade eine Lieferung frischer, hungriger Blutegel aus Sivas bekommen.

Klingt verlockend, sage ich, vielleicht ein anderes Mal.

Nevin ist wiederaufgetaucht und nimmt Verkin die Tasche mit den Wurstwaren ab, gibt sie an eine der Frauen in der Hauptküche weiter und reicht mir einen Teller mit einem Stück Linzer Torte.

Wir treten hinaus ins große Blau über dem satten Gartengrün, Verkin stellt mich dem Gruppenbild am Marmortisch vor, und ich erzähle, dass ich ein Buch über Istanbuler Shopping Malls schreiben möchte.

Ob ich denn gerne einkaufe, werde ich gefragt.

Nein, sage ich, eigentlich nicht.

Nach zwei oder drei Gläsern Tee, bei denen ich viel über Schönheitsoperationen, Vankatzen, die anstehende Wahl, New Yorker Lofts und das Schröpfen mit Blutegeln erfahre, verabschiede ich mich wieder, frage aber vorher noch nach dem Buch von Pierre Loti, in dem Tarabya beschrieben sein soll.

Es ist nicht das mit der schwülstig-orientalistischen Liebesgeschichte, sagt Verkin, sondern ein anderes, späteres, in dem der Autor einen Schriftsteller um 1900 nach Istanbul zurückkehren lässt, um über zwei im Harem eingesperrte osmanische Schwestern zu schreiben, es heißt, es heißt …

Meinst du *Les Désenchantées*? Ich habe den Roman auf meinem Telefon gefunden, der deutsche Titel lautet *Die Entzauberten*. Ich kann ihn gleich herunterladen.

2

Bosporus

Türkische Gesänge / Verkin ist eine *kara kartallar* / Mein Vater hätte Huber Kösku kaufen können / Schwimmen im Bosporus / Die Hochzeit in Çankaya / Die Männer meiner Großmutter

Einige Tage später sitze ich neben Verkin im Auto. Sie fährt selbst, weil Nevin, sonst ihre Chauffeurin, in Verkins Stadt- und Geschäftshaus Suma Han geblieben ist, das wir eben gemeinsam besichtigt haben. Verkin steuert durch Karaköy und telefoniert, rechts fließt der Bosporus, links rollt die Straßenbahn. Verkin spricht Türkisch in ihr Telefon, nein, sie singt, denke ich, und dass ich keine Ahnung hatte, wie melodisch, harmonisch und schön Türkisch klingen kann. Die Freisprechanlage nutzt Verkin nicht, sie hat nur eine Hand am Lenkrad.

Schau, Dolmabahçe Palast, von einem Armenier erbaut, unterbricht sie ihren Gesang und erzählt mir, nun auf Deutsch, dass fast alle Architekten, die im Osmanischen Reich irgendetwas von Belang und Bedeutung erbaut hätten, Armenier gewesen seien.

Das habe ich schon mal gehört, denke ich, wahrscheinlich von einer Armenierin oder einem Armenier.

Hinter Kabataş unterbricht Verkin ihr Telefonat erneut, zeigt zum schwarz-weiß beflaggten Stadion am Fuß des Abhangs und verrät mir, dass sie eine *kara kartallar* sei, ein schwarzer Adler, Anhängerin des Fußballclubs Beşiktaş.

Mir fällt auf, dass ich die Strecke schon zu Fuß gegangen bin, ein Stück unter großen alten Platanen und an der rückwärtigen Mauer des Dolmabahçe Sarayı entlang. Wo die Bebauung den Blick nicht versperrt, sind die Schiffe auf dem Bosporus nun auch aus dem Auto zu sehen, das Wasser, durch das sie sich bewegen, hat die Farbe feuchter Tinte. Ich glaube, eine Fähre und ein Tankschiff kommen schneller voran als wir.

Eigentlich ist es Blödsinn, die Straße am Ufer zu nehmen, sagt Verkin, ihr Telefon hat sie in das Fach unterhalb der Mittelkonsole gelegt. Nevin hätte es nie erlaubt, wir stehen hier nur aus szenischen Gründen im Stau. Damit du siehst, wie schön der Bosporus ist. Und seine Dörfer, die keine mehr sind.

Ihr Telefon klingelt erneut, und der Gesang hebt wieder an, neue Strophen erklingen, und ich frage mich, was und wovon Verkin da eigentlich erzählt.

Stau in Ortaköy, Stau unter der ersten Brücke, die Europa mit Asien verbindet, Stau in Arnavutköy, dann aber rollen wir durch Bebek, und Verkin berichtet mir von der Arbeit ihrer Stiftung, der es vor einigen Jahren gegen große Widerstände gelang, armenische Altertümer, sprich Ruinen, im Osten der Türkei zu renovieren, darunter auch die berühmte Kirche zum Heiligen Kreuz auf der Insel Aghtamar im Vansee, dem See, an dem die schneeweißen Schwimmkatzen zu Hause sind.

Neben uns fließt das Wasser vom Schwarzen Meer Richtung Marmara, es kommt uns entgegen. Wir bewegen uns also gegen die Strömung, sage ich, lerne dann aber, dass es im Bosporus neben der sichtbaren Strömung an der Oberfläche auch eine Unterströmung in die entgegengesetzte Richtung gibt, eine zum Schwarzen Meer, und dass diese schon in der Antike von Booten mit Treibankern genutzt wurde, die sich mit ihrer Hilfe gegen die sichtbare Strömung Richtung Schwarzes Meer schieben ließen, der Bosporus ein Förderband.

Nicht weit hinter Emirgan, wir sind schon unter der zweiten Bosporusbrücke hindurchgefahren, macht die Straße eine weite Kurve nach links und führt in die Bucht von İstinye. Den Berg hinauf, das weiß ich von meinen Erkundungen, liegt İstinye Park, eine der größten Shopping Malls Europas. Rechts legt eine Autofähre an. Es geht hinauf und wieder hinunter, und wir rollen nach Yeneköy hinein, hohe Platanen stehen Spalier, ich sehe die Niederlassung eines Luxusautohändlers, Restaurants, ein Café neben dem anderen, Tische auf den Bürgersteigen und einen etwa dreizehnjährigen, in Lumpen gekleideten Jungen, der einen meterhoch mit flach gelegten Pappkartons beladenen Handkarren an frisch polierten SUVs vorbeizieht. Verkin weist auf die Bebauung rechts der Straße und sagt, dass die meisten der schönen alten Häuser am Ufer, in denen heute viele türkische Telenovelas gedreht würden, einst Griechen oder Armeniern gehört hätten. Wieder eine weite Kurve, wieder eine Bucht, wieder der Blick auf die Berge am gegenüberliegenden Ufer, und ich sage, es sehe hier aus wie in meiner Kindheit am Mittelrhein, kurz vor Bad Godesberg, mir fehlt nur der Drachenfels auf der asiatischen Seite. Verkin lacht und sagt, Römer sind wir dort wie hier.

Das Gefühl, die Fahrbahn könnte nach einer Kurve ins Wasser führen, kenne ich ebenfalls, sage ich und erzähle Verkin von der Landschaft, in der ich aufgewachsen bin, in der die Berge am Ufer nicht ganz so hoch und die Schiffe im Strom deutlich kleiner sind.

Wir fahren eine weitere sanfte Kurve – Steuerleute müssen während der Bosporuspassage achtunddreißigmal den Kurs ändern –, und vor uns taucht ein riesiger cremefarben gestrichener Holzpalast auf, ein Schützenpanzer steht davor, mindestens vier türkische Flaggen wehen von Fahnenstangen vor, über und neben dem Gebäude.

Was ist das denn?, frage ich.

Huber Köşkü, sagt Verkin, die Residenz des Präsidenten der Türkischen Republik in Istanbul. Seinen Namen hat das Haus von den Gebrüdern Huber, deutschen Waffenhändlern, die dem Osmanischen Reich Gewehre und Kanonen verkauften, und zwar die guten von Krupp. Sie dürften nicht schlecht verdient haben, wie du siehst.

Steht der Panzer deshalb da? Weil dort Waffenhändler wohnen?

Nein, heute bewachen die Soldaten die Anlage, weil *er* sich ab und zu dort aufhält.

Er?

Na *er*, der *reis*. Der Kapitän. Huber Kösku und der Komplex auf dem Berg, den wir von hier nicht sehen können, ist seine Residenz in Istanbul.

Das Sommerschloss deutscher Waffenhändler als Palast des türkischen Präsidenten? Das ist eine Pointe. Das Ding sieht aus, als wäre es essbar. Wie eine überdekorierte Torte. Wie ein Millefeuille aus Holz.

Mein Vater hätte Huber Köşkü einmal kaufen können, sagt Verkin. Die ägyptisch-koptischen Nonnen, denen der Palast nach den deutschen Waffenhändlern gehörte, boten ihm das Areal samt allen Gebäuden – damals in einem desolaten Zustand – sehr günstig an. Sie beknieten ihn geradezu, es zu übernehmen, sie wollten es meinem Vater quasi schenken, weil sie wussten, er verfügte über die Mittel, es zu renovieren.

Und, hat er es sich schenken lassen?

Nein, mein Vater war viel zu klug, sich mit einem so auffälligen Objekt zu exponieren. Er wusste, dass man ihm eine solche Liegenschaft eines Tages nur wieder wegnehmen würde. Und so ist es gekommen, derjenige, der den Palast übernommen und saniert hat, musste ihn hergeben, als die Republik einen repräsentativen Sitz für ihren Präsidenten in Istanbul suchte.

Es wirkt wie frisch gestrichen, dieses Schloss aus Holz.

Yalılar müssen ständig gestrichen werden, jedes Jahr, wie Schiffe. Ihr Unterhalt ist teuer, die meisten Familien können sie sich nur eine Generation lang leisten.

Verkin setzt den Blinker, bremst etwas abrupt und lenkt ihren BMW auf den Parkplatz eines Cafés direkt am Bosporus.

Wir setzen uns in ein halb offenes Zelt am Wasser, außer uns sind kaum Gäste da. Ein Kellner kommt aus dem benachbarten Flachbau zu uns an den Tisch, wir bestellen Tee und schauen auf die Schiffe, die dicht vor uns vorbeifahren, wieder ein Tanker, eine Fähre und ein kleinerer Stückgutfrachter, der ohne die Begleitung eines Lotsenbootes Richtung Schwarzes Meer fahren darf.

Siehst du den Kasten dort? Verkin zeigt auf ein etwa zweihundert Meter entferntes Gebäude, das über dem Bosporus zu schweben scheint. Heute befindet sich dort ein Kettenrestaurant, in meiner Kindheit war da eine Badeanstalt mit Sprungtürmen, einer Bar und weiß lackierten Badehütten zwischen den Felsen. Als Kind bin ich vor unserem Haus in den Bosporus gesprungen und habe mich von der Strömung dorthin treiben lassen. Und mir den Eintritt gespart.

Du hättest ihn dir aber doch leisten können, oder?

Es ging mir darum, nicht zu bezahlen, sagt Verkin. Ich fand es absurd, Eintritt für Felsen und Wasser zu verlangen.

Meine Mutter ist als Kind, kurz nach dem Krieg, im Rhein geschwommen. Ich vermute, sie hat im Rhein schwimmen gelernt. Sie ist ein Stück flussaufwärts gewandert, von einer Buhne ins Wasser gesprungen und mit der Strömung nach Hause geschwommen. In meiner eigenen Kindheit war das unvorstellbar, der Fluss war viel zu verschmutzt.

Wie lang ist deine Mutter tot?, fragt Verkin dann, was mich überrascht, denn ich erinnere mich nicht, ihr von meiner Mutter erzählt zu haben.

Woher weißt du, dass sie nicht mehr lebt?

Das sehe ich dir an, sagt Verkin.

Ich möchte ihr das vielleicht sogar glauben, bin mir aber nicht sicher, ob ich den frühen Tod meiner Mutter nicht vielleicht doch schon erwähnt habe. Tatsächlich, sage ich, ist sie so lange tot, dass ich mich kaum an sie erinnern kann. Ich war zwölf, als sie gestorben ist. Und oft kommt es mir vor, als wäre ich seither nicht einen Tag älter geworden.

Ich will dich nicht verunsichern, mein Lieber, aber wie zwölf siehst du nicht mehr aus. Vielleicht solltest du an ein Lifting denken. Für Botox ist es leider zu spät.

Der Kellner – wie in fast allen Istanbuler Cafés oder Restaurants, die ich bisher besucht habe, ein Mann, weibliche Servicekräfte sind selten zu sehen – bringt uns Tee, und Verkin erzählt, dass der vorherige Besitzer dieses Lokals vor langer Zeit einmal Erdoğans Chauffeur gewesen sei. Damals, als der noch Bürgermeister von Istanbul war. Eine Verbindung, die sicherlich geholfen hat, diesen umsatzstarken Ort zu übernehmen.

Ein Kreuzfahrtschiff, viel zu groß und viel zu hoch, schleicht von gleich zwei Lotsenbooten begleitet vorbei.

Erdoğans ehemaliger Chauffeur habe sich später, so Verkin, ins organisierte Verbrechen verstrickt und mit seinen vier Frauen verzettelt, er sei in Russland gestorben, und zwar nicht eines natürlichen Todes.

Das unproportionierte Kreuzfahrtschiff könnte umfallen, denke ich, umfallen und durchkentern. Oder im Bosporus stecken bleiben. Es bewegt sich langsam Richtung Schwarzes Meer.

Mir fällt auf, dass das gegenüberliegende asiatische Ufer fast unbebaut ist, die bewaldeten Berge wirken unberührt und schimmern in diversen Grünschattierungen. Verkin verrät, dass dieser Abschnitt der Marine gehört, die türkischen Streitkräfte seien die heimlichen Großgrundbesitzer im Lande und putschten alle paar Jahre, und im verblauten Dunst kann ich nun einige ankernde Kriegsschiffe ausmachen, trotz ihres seegrauen Tarnanstrichs.

An unserem Ufer, ein Stück vor dem Kettenrestaurant auf den Felsen, zwischen denen sich mal eine Badeanstalt befunden hat, wie ich jetzt weiß, springen zwei Jungen von der Promenade ins Wasser, zwei weitere hüpfen jauchzend hinterher, es spritzt, sie lachen, sie planschen und freuen sich wie junge Hunde.

Meine Großmutter ist auch gern in den Bosporus gesprungen, sagt Verkin. Vor hundert Jahren sorgte das jedes Mal für einen kleinen Volksauflauf, die Menschen blieben stehen und wollten nicht glauben, dass eine Frau schwimmen kann.

Die Jungs lassen sich einige Meter mit der Strömung treiben, klettern über eine Leiter zurück auf die Promenade und springen erneut hinein, wieder mit Anlauf.

Deine Großmutter muss eine bemerkenswerte Frau gewesen sein, sage ich.

Meine beiden Großmütter waren bemerkenswerte Frauen, sagt Verkin, ich denke oft an sie.

Waren beide Armenierinnen?

Durch und durch, *de souche et jusqu'au bout des ongles,* und mit Familiengeschichten, die sich über tausend Jahre zurückverfolgen lassen, sagt Verkin. Die Mutter meines Vaters hieß Verkin, ich bin nach ihr benannt, und war die mittlere von drei Töchtern eines armenischen Serafs, eines Bankiers und Goldhändlers, der seine Geschäfte aus einem großen Haus in Péra führte, in dem die Familie auch wohnte. Er starb unerwartet und sehr überraschend im Jahr 1897 unter derart seltsamen Umständen, dass der Verdacht aufkam, er könnte von einem seiner Schuldner vergiftet worden sein, einem seiner *türkischen* Schuldner, die ihm große, teils immense Summen schuldeten – was allerdings nie aufgeklärt werden konnte. Meine Urgroßmutter saß plötzlich ohne Geld und mit drei unverheirateten, minderjährigen Töchtern in dem riesigen Haus in der Grande rue de Péra, die heute İstiklal Cadessi heißt, denn die feinen Geschäftsfreunde meines Urgroßvaters und seine säumigen Schuldner zahlten nicht, weil sie glaubten, an eine Frau nicht zurückzahlen zu müssen. Ein Armenier aus Smyrna, jetzt İzmir, gab vor, die älteste Tochter heiraten zu wollen, und entpuppte sich als Schwindler, der sich mit dem letzten Geld davonmachte. Meine Urgroßmutter begann, ihren Schmuck zu verkaufen, es sah nicht gut aus für die kluge, hübsche, blonde vierzehnjährige, vielleicht auch sechzehnjährige Verkin mit den blaugrünen Augen, ihre Aussichten, standesgemäß verheiratet zu werden, waren weiter gesunken – dann aber, ein Wunder, flatterte ein Heiratsantrag aus Angora ins Haus, dem heutigen Ankara, ein Heiratsantrag aus dem Hause Kasapian, der berühmten armenischen Gold-, Schmuck- und Wollhändlerdynastie, die seit dem frühen sechzehnten Jahrhundert die Fell- und Wollfilzmützen-Fabrikation für die osmanische Armee besorgten. Einer der Söhne des Hauses sollte Verkin heiraten, Bilder wurden getauscht, alles wurde abgemacht und vertraglich geregelt, meine Urgroßmutter verkaufte noch mehr Schmuck, sodass die Braut, meine Großmutter, die ihr wahres Alter nie verraten hat, mit einer bescheidenen Aussteuer von Konstantinopel nach Angora reisen konnte, damals eine kleine Weltreise. Sie kam in den Çankaya-Palast, den die Kasapians seit dreihundert Jahren bewohnten, sie sah ihren schönen Verlobten – und erfuhr am Tag der Hochzeit, unmittelbar vor der kirchlichen Zeremonie, dass sie nicht, wie gedacht und vereinbart, den schönen Ohannes, sondern seinen älteren, an Syphilis erkrankten Bruder Rokos heiraten sollte, das Faktotum der Familie. Sie war allein in einer fremden Stadt bei einer ihr fremden Familie, sie konnte nicht weglaufen und nicht zurück nach Istanbul, sie war verkauft worden. Sie heiratete also, was blieb ihr übrig, sie war noch ein Kind, das Faktotum Rokos, dem die ganze Affäre, die seine Eltern sich ausgedacht hatten, anscheinend selbst unangenehm war, ja, es stellte sich heraus, dass der Mann, mit dem sie nun verheiratet war, kein Idiot, kein Arschloch war, wie so viele armenische Männer, die beiden arrangierten sich und begannen, in derselben Villa, die fünfundzwanzig Jahre später Atatürk bewohnen sollte, eine Art Josefsehe zu führen, bis meine Großmutter eines Tages verschwand. Ob sie als Mann verkleidet an den Vansee und weiter bis nach Isfahan reiste, wie sie hin und wieder behauptet hat? Ich weiß es nicht. Sicher ist nur, dass sie eines Tages, im Jahr 1902, hochschwanger in Istanbul auftauchte und einige Wochen später mein Vater geboren wurde. Meine Großmutter hat nie verraten, wer der Vater meines Vaters war, und ich habe es nicht herausfinden können, trotz all der Nachforschungen, die ich angestellt habe. Vielleicht war mein Vater ein Kind ihres Schwagers, also des Kasapians, den sie eigentlich zu heiraten glaubte? Sie sollen verliebt gewesen sein, oder aber, so würde es realistischer und weniger romantisch klingen, sie wurde bloß vergewaltigt, von ihm oder irgendeinem anderen Armenier, mit Sicherheit lässt es sich nicht herausfinden, weil der schöne Ohannes und ein großer Teil der Familie 1915 umgebracht wurden, wie so viele anatolische Armenier. Nur Rokos, der meiner Großmutter nach Istanbul gefolgt war, sowie zwei Schwestern, die ebenfalls nach Istanbul gezogen waren, überlebten. In Istanbul bekam meine Großmutter vier weitere Kinder, und zwar jedes von einem anderen Mann, sie war, was das Kinderkriegen anging, eine moderne, selbstständig handelnde Frau. Ich selbst habe nur je ein Kind von zwei Männern geschafft, und die waren beste Freunde. Die Erzeuger der vier Geschwister meines Vaters habe ich alle ausfindig machen können, es gab einen armenischen Pelzhändler, einen armenischen Priester, der an der Schule unterrichtete, die mein Vater als Kind besucht hat, einen armenischen Zahnarzt und einen Seidenhändler, ebenfalls Armenier. Nur die Identität meines Vaters blieb das bittere oder süße, ich weiß es nicht, Geheimnis meiner Großmutter, das sie bis zu ihrem Tod nicht gelüftet hat. Und auch danach tauchten keine Hinweise auf, kein geheimes Tagebuch, keine Briefe, nichts, was auf meinen Großvater väterlicherseits hätte hinweisen können.

Wäre sie nicht nach Istanbul zurückgekommen, hätte sie das Jahr 1915 wohl kaum überlebt, oder?

Wahrscheinlich nicht, nein. Nur in Istanbul ist 1915 eher

wenig geschehen, aus Rücksicht auf die ausländischen Gesandten in der Stadt. Überall sonst, in allen anatolischen Provinzen und weit im Osten, wo die Vankatzen wohnen, wurden Armenier auf offener Straße abgeschlachtet oder in die Wüste getrieben, um dort zu verdursten.

Wäre das nicht geschehen und wäre deine Großmutter nicht von Ankara zurück nach Istanbul gezogen, hätte sie ihr Leben also in dem Haus zugebracht, das in den zwanziger Jahren Atatürks Wohn- und Dienstsitz wurde. Das ist ja verrückt!

In dem Haus, das bis zur Fertigstellung des neuen Präsidentschaftspalasts in Ankara auch Tayyips Amtssitz gewesen ist.

Und das erzählst du nur einen Steinwurf von der Istanbuler Residenz entfernt, die dein Vater hätte kaufen können.

Willkommen im türkischen Surrealismus, *mon cher*.

Ein etwa siebenjähriges Mädchen in einem löchrigen, ausgewaschenen bunten T-Shirt tritt an unseren Tisch heran, Verkin versteht sofort, dass es sich um ein syrisches Flüchtlingskind handelt und steckt ihm einige Scheine zu, schnell und diskret, sie hat Übung.

Die Kellner in diesem Café sind barmherzig, sagt sie, sie erlauben den syrischen Kindern, hier zu betteln. Anderswo sind sie nicht so nett.

Wie viele aus Syrien Geflüchtete gibt es in der Türkei?, frage ich.

Vier oder fünf Millionen? Niemand weiß es genau. Anderthalb Millionen oder mehr allein in Istanbul. Und wenn ihr Deutschen nicht brav zahlt, lassen wir sie nach Europa spazieren, die syrischen Flüchtlinge sind unsere zweite Armee.

Ich schaue dem Mädchen hinterher, auch an einigen anderen Tischen erhält sie ein Almosen, dann sehe ich sie im steten Strom der sonnenbebrillt telefonierenden türkischen Powerwalkerinnen in Lauftights und leuchtenden Sneakers verschwinden. Einige der Walkerinnen tragen Kopftuch, fällt mir auf, und boxen bei jedem Schritt mit überaktiven Armbewegungen in die Luft, links rechts, links rechts.

Meine Großmutter ließ sich nichts gefallen, sie ließ sich nicht vertreiben, sie lebte ihr ganzes Leben in Istanbul. Sie schlief, mit wem sie wollte, sie sprang in den Bosporus und steuerte ihre eigene Kutsche, eine Kutsche, die von einem weißen Pferd gezogen wurde – wie heißen die auf Deutsch? Ich müsste es eigentlich wissen, die letzte Schule, die ich besucht habe, war ein deutsches Pferdeinternat.

Schimmel oder Apfelschimmel, sage ich.

Schimmel wie die Klaviere?

Ja, wie die Flügel aus Braunschweig, sage ich.

Vielleicht hing die Selbstermächtigung meiner Großmutter, ihre Kutsche durch Péra und Galata zu lenken, aber auch damit zusammen, dass sie kein Geld für einen Kutscher hatte, sagt Verkin.

In Pierre Lotis Buch lästern die im Harem eingesperrten Osmaninnen über die Armenierinnen aus Péra, die sich freier durch die Stadt bewegen und Dinge unternehmen, von denen sie selbst nur träumen können. Sie nennen sie abfällig Péroten, deine Großmutter müsste in ihren Augen eine Pérote gewesen sein, oder?

Ach, du hast *Les Désenchantées* schon gelesen, sagt Verkin und schaut auf ihr Telefon, während ich versuche, die Aufmerksamkeit des Kellners zu erlangen, um eine weitere Runde Tee zu bestellen, *çay* kann ich schon sagen.

Verkin ist weiter mit ihrem Telefon beschäftigt, beantwortet Nachrichten, ruft jemanden zurück – und mir kommt es auf einmal vor, als wäre ich in den Bosporus gefallen, die Strömungen nehmen mich mit, oben in die eine, unten in die andere Richtung, und ich sehe nicht, wo ich ans Ufer klettern, sehe keine Leiter, an der ich aus dem Wasser steigen könnte, ich treibe ab, ich werde fortgetragen, dann aber wache ich auf, nehme mein Telefon in die Hand und versuche, die Bosporuseuphorie zu fotografieren, zum dritten, vierten oder fünften Mal heute. Ich schicke das Foto nach Hause, nach Berlin, und schreibe, dass ich wahrscheinlich länger in Istanbul bleiben muss, es gibt so viele Malls zu besuchen, und dann sei da Verkin, die unglaubliche Geschichten erzähle. Ich habe das Telefon noch in der Hand, da erhalte ich eine Mitteilung, dass Verkin zwei Storys gepostet habe, ich klicke und sehe einen Kameraschwenk über Huber Köskü und den Blick auf den Bosporus vom Hayrola Café aus, dem Ort, an dem wir sitzen. Sieh an, denke ich, selbst sie, die diese Aussicht seit ihrer Kindheit kennt, kann sich der Schönheit dieser Ufer nicht entziehen und muss sie wieder und wieder aufnehmen. Verkin telefoniert noch, weshalb ich Wikipedia-Einträge über die Çankaya-Villa in Ankara suche, der deutsche ist ausführlicher als der englische, aber in beiden finde ich Verkins Familiennamen. Als sie ihr Telefonat beendet hat, lese ich ihr vor: *Bis zum Völkermord an den Armeniern 1915 lag um die Çankaya-Villa ein Weinbaugebiet, das dem armenischen Juwelier und Wollhändler Ohannes Kasapian gehörte. Nachdem die Überlebenden der Kasapian-Familie aus Ankara geflüchtet waren, konfiszierte der osmanische Staat das Haus und übergab es der Bulgurluzâde-Familie.*

Interessant und nicht ganz und gar falsch, sagt Verkin. Wer hat das geschrieben?

Das ließe sich herausfinden, antworte ich und frage, ob ich das mit dem Völkermord in der Türkei überhaupt zitieren dürfe. Ob mir nun nicht eine Gefängnisstrafe drohe.

Mir gegenüber darfst du alles zitieren, sagt sie. Und solange wir befreundet bleiben und du keine ganz große Dummheit begehst, wirst du nicht verhaftet, ich habe einen Draht zum Innenminister.

Oh, jetzt fühle ich mich gleich viel sicherer, sage ich. Dabei könnte ich, das sage ich Verkin nicht, die Wikipedia-Seite ohne VPN-Trickserei gar nicht aufrufen, Wikipedia ist in der Türkei blockiert, weil dort auch andere Dinge zu lesen sind, die der Regierung nicht gefallen. Weiter heißt es übrigens, sage ich: *Mustafa Kemal kaufte das Gebäude 1921 für 4500 türkische Lira von Bulgurluzâde Tevfik Efendi.* Klingt, als hätte er verkaufen müssen.

Ironischerweise, sagt Verkin, hatte Atatürk – mein Vater bewunderte und verehrte ihn zeit seines Lebens – ein gutes Verhältnis zu den überlebenden Kasapians und wohnte, das ist fast kurios, während der zwanziger Jahre auch in Istanbul in einem Kasapian-Haus auf der İstiklal Caddesi, das einer meiner Tanten gehörte. Mustafa Kemal Atatürk war ihr Mieter.

Das ist ja verrückt, sage ich.

Und ich heiße dich erneut willkommen im türkischen Surrealismus.

Bist du je in Çankaya gewesen? Hast du die Villa besucht?

Nein, aber eines Tages werde ich es tun, und du kannst mitkommen, wenn du willst. Ich werde Çankaya betreten, und wenn ich dazu Präsidentin der Türkischen Republik werden muss!

Zu den vier Jungs ist ein fünfter hinzugekommen, und

alle fünf springen nun gleichzeitig in den Bosporus, Wasser spritzt bis auf die Promenade, zwei Powerwalkerinnen bekommen einige Tropfen ab.

Einer der letzten Liebhaber meiner Großmutter war Eisverkäufer auf der İstiklal, sagt Verkin, der Straße, die für sie ihr Leben lang die Grande rue de Péra geblieben ist. Immer wenn ich an seinem Stand vorbeikam, mit ihr oder allein, bekam ich ein Eis.

Wann ist sie gestorben?, frage ich.

1962. Sie ist auf dem armenischen Friedhof in Şişli begraben, wir können sie gern mal besuchen.

Liegt dein Vater auch dort?

Ja, fast die ganze Familie.

3

Şişli

Marmor / Mein Vater bringt das Licht / Die Grabsteinreiniger / Das armenische Schmugglerpärchen / Mein Vater engagiert ein Double / Lucy bewegt sich nicht mehr / Eine Erscheinung

Nevin, Verkin und ich stehen in einem Meer aus Hunderten, nein Tausenden weißer Gräber auf dem armenischen Friedhof von Şişli, und Verkin erzählt von einem Foto ihres Vaters, das wahrscheinlich 1916 aufgenommen wurde.

Er sitzt am Steuer eines offenen Wagens, ein Junge mit hellen Haaren, der nicht sehr armenisch und nicht besonders türkisch aussieht. Er sitzt da, als wollte er ausprobieren, wie es sich anfühlt, das Lenkrad in der Hand zu halten. Und um sich fotografieren zu lassen natürlich. Voller Überlebensentschlossenheit schaut er in die Kamera und scheint zu sagen, jetzt erst recht.

Den Blick kenne ich, sage ich, den hast du auch.

Der Marmorquader glitzert mich an, und ich frage mich, ob die Vor- und Familiennamen aller hier bestatteten Kasapians, Kasapoğlus und Kapmanns vielleicht in einen großen Block aus Eiskristall geschlagen wurden.

Mein Vater war Unternehmer und Überlebenskünstler, sagt Verkin, er ließ sich nicht aus der Stadt vertreiben, in der er zur Welt gekommen war, er blieb. Er überlebte das traurige Jahr 1915, verließ die armenische Priesterschule, weil sie geschlossen wurde, und fand eine Lehrstelle im ersten Elektrizitätswerk von Istanbul, einem Kohlekraftwerk mitten in der Stadt, das seit 1914 Strom für die Tünel-Bahn und den Topkapı-Palast lieferte. Das Foto muss auf dem Gelände der Elektrik Santralı aufgenommen worden sein.

Verkin steht in einem schwarzen T-Shirt, einer knielangen schwarzen Hose, silberfarbenen Sneakers und einer ebenfalls schwarzen Kappe mit dem Logo der New York Yankees vor dem gleißend weißen Grabstein, sein Marmor hat diesen besonderen weichen Schmelz, er scheint von innen zu leuchten.

In der Elektrik Santralı lernte mein Vater, dass Strom überall hinfließen kann, es braucht nur eine Leitung. Mit sechzehn hatte er ein Unternehmen gegründet und half dabei, erst Istanbul und bald die ganze Türkei zu elektrifizieren, er war die New Economy seiner Zeit. Atatürk setzte das Land unter Strom, mein Vater verlegte die Kabel und baute die Stecker, Schalter und Sicherungen ein, die nötig waren, um auch im hintersten Anatolien Glühbirnen leuchten zu lassen, Glühbirnen, die nur mein Vater liefern konnte. Als er achtzehn Jahre alt war, besaß er zwei der etwa dreihundert Autos, die in Istanbul zugelassen waren, und kaufte seiner Mutter ein neues Haus.

Verkin hat ihre Sonnenbrille abgenommen, heute eine mit weißer Fassung. Nevin, auch sie in Schwarz und mit Sonnenbrille, ist um den Grabstein herumgegangen und inspiziert seine Rückseite.

Warum ist hier kein Mensch? Warum sind wir allein auf diesem riesigen Friedhof?, frage ich.

Hier sind doch sehr, sehr viele, schau dich um, sagt Verkin. Sie ruhen in der Erde, unter ihren großen weißen Steinen.

Lebende, meine ich. Lebende und Angehörige.

Es gibt kaum noch Armenier in Istanbul. Und die meisten, die hier liegen, haben keine Angehörigen mehr, zumindest nicht in Istanbul. Der Friedhof gehört einer Stiftung, die ihn pflegt. Im Grunde ist dieser Friedhof ein Museum. Zweitausend Jahre waren wir hier, und nun ist es vorbei, fast alle sind vertrieben, ausgewandert oder umgebracht worden. Oder sie wissen nicht mehr, dass sie Armenier sind. So viele Armenier wie auf diesem Friedhof wirst du nirgendwo in Istanbul finden.

Plötzlich, mir ist nicht klar, woher sie kommen, nähern sich uns zwei Männer in staubiger Arbeitskleidung. Der eine trägt einen aufgerollten Gartenschlauch über der Schulter und hält Eimer, Schrubber, Besen und Kehrblech in der Hand, der andere hat ein Steinbeil und einen Hammer im Gürtel. Sie bewegen sich so auffallend langsam und mechanisch, dass ich die beiden Gestalten einen Moment für Untote halte, die sich aus einem der vielen Gräber erhoben haben.

Nach Verkins Begrüßung und einigen schneidigen Worten von Nevin entfalten die beiden Angestellten der Friedhofsstiftung eine überraschende, fast hektische Aktivität. Nevin zeigt auf eine Stelle hinter dem Stein, wo etwas nicht in Ordnung zu sein scheint, der Gärtner rollt den Schlauch aus, schließt ihn an einen Wasserhahn an und beginnt, Pflanzen zu wässern, die mir bisher gar nicht aufgefallen sind, ja, es wirkt, als wollten die Männer durch demonstratives Verrichten ihrer Arbeit gefallen, wahrscheinlich wissen sie, dass die Herrscherin dieser Grabstätte sich später großzügig zeigen und ihnen einige Geldscheine zustecken wird.

Verkin und der Steinmetz, der den Grabstein nun mit einer Bürste schrubbt, wechseln vom Türkischen ins Istanbuler Hocharmenisch, vermutlich, um sich gegenseitig zu beweisen und selbst zu vergewissern, dass sie es noch beherrschen. Ich versuche derweil, den Grabstein zu zeichnen, worüber ich mich selbst ein wenig wundere. Ich skizziere ein Rechteck, male den in armenischen Buchstaben geschriebenen Familiennamen ab und beginne, die Vor- und Zunamen samt Geburts- und Sterbedaten abzuschreiben, die im Gegensatz zum Familiennamen in lateinischen Lettern in den Stein gehauen wurden, Namen, die ich wie einen Besetzungszettel lese, wie das Verzeichnis der Protagonisten des Familienromans, von dem Verkin mir bereits Bruchstücke erzählt hat. Ich bin fast fertig mit meiner Kopistentätigkeit, da fällt mir ein, dass ich den Stein einfach hätte fotografieren können, aber da ich den Füller nun schon in der Hand halte, kritzele ich zusätzlich einige Wörter aufs Papier, mit denen ich diesen Friedhof im Fall des Falles beschreiben könnte. Ich notiere Eindrücke so, wie ich es in den Malls mache, die ich überall in Istanbul besuche. Ich war mehrfach im Großen Basar, ich war im Zorlu Center, in İstinye Park und der Kanyon Mall, mich interessieren die architektonischen Besonderheiten und welche Läden und welche Filialen welcher Ketten es gibt, mich interessieren vermeintliche Banalitäten: wie die Handläufe sich anfassen, wie die Mülleimer aussehen, wie oft wo gekehrt, gewischt und wie das Moos aus den Ritzen der Pflasterplatten im Eingangsbereich gepult wird, mich interessieren die Sitzbänke, wenn es welche gibt, ich möchte wissen, wie es im Food Court riecht und wie diese neuen Übersichts- und Orientierungsdisplays vor den Rolltreppen funktionieren, die an riesengroße iPhones erinnern und sich genauso bedienen lassen. Ich war einmal, fällt mir ein, in einer von Daniel Libeskind entworfenen Mall, die fast so marmorweiß war wie dieser Friedhof, ich kritzele *marmor- und vankatzenweiß* auf die eher elfenbeinfarbene, nicht weiße Seite meines Notizbuchs, Weiß ist die wahre Farbe der Trauer, denke ich, und dann, was ist das für ein Satz, warum schreibe ich ihn auf und wo habe ich ihn her? Ich komme mir hilflos vor mit dem Stift in der Hand, ich wüsste nicht, wie ich das grelle Licht, die Helligkeit, das arktische Weiß und die Reflexionen auf dem Marmor beschreiben sollte – aber, fällt mir zu meiner Erleichterung ein, muss ich ja nicht, ich schreibe ein Buch über Shopping Malls und nicht über armenische Friedhöfe.

Der Steinmetz wischt mit einem Lappen über die Vertiefungen der Lettern, und ich muss daran denken, dass ich erst vor zwei Wochen mit meinem Vater am Grab meiner Mutter gestanden, Moos von ihrem Stein entfernt und ihren Namen freigekratzt habe. Eine Bürste hatte ich nicht dabei, ich benutzte den Autoschlüssel des Mietwagens, mit dem ich meinen Vater herumkutschierte, der nicht sagen konnte, der nicht wusste, an welchem Grab wir standen, geschweige denn, welche seiner Frauen dort begraben lag. Das Moos über dem Namen meine Mutter musste ich allerdings nicht von weißem Marmor, sondern von einem Findling pulen, von einem von Wasser und Eis rund geschliffenen Felsen, den ein Eiszeitgletscher wohl aus dem Norden nach Mitteleuropa transportiert hatte, bevor er einige Zehn- oder Hunderttausend Jahre im Rhein hin und her gerollt, bewegt und geglättet worden war. Ich glaube, dieser Stein war ein Wunsch meiner Mutter, sie hatte vor ihrem Tod genug Zeit, darüber nachzudenken, wie ihr Grab aussehen sollte.

Die beiden Angestellten haben ein üppiges Trinkgeld erhalten und schlurfen davon, der Marmorkubus glänzt und glitzert heller als zuvor.

Dein Vater ist ganz schön alt geworden, sage ich zu Verkin. Fast ein Jahrhundert.

Ja, scheint so, als hätte er nicht gehen wollen. Es gefiel ihm zu gut in seinem Istanbul, er wollte es nicht verlassen. Und wie du siehst, er hat es nie verlassen, ist immer noch da – und das ist vielleicht seine größte Leistung. Er hatte viele Nachahmer und Neider, wurde immer wieder angegriffen und eingesperrt, musste sich wehren, sich behaupten, zurückschlagen, kämpfen. Je älter ich werde, desto mehr bewundere ich ihn für sein Geschick, mit dem er sich, uns und unser Unternehmen durch dieses verrückte Jahrhundert manövriert hat. Und das in diesem verrückten Land, in dem er stets Hintertüren und Fluchtwege im Auge behalten und sich stets doppelt und dreifach absichern musste, denn die Verhältnisse ändern sich schnell in Türkiye, kaum siehst du dich um, hat es wieder einen Putsch gegeben, und die Politiker, mit denen du eben noch befreundet warst, sitzen im Gefängnis, und die, die eben noch im Gefängnis saßen, regieren. Mein Vater wusste, warum er Geld in der Schweiz und in England deponierte und in Immobilien in Paris investierte. Der türkische Staat dachte sich immer wieder neue Sondersteuern aus, *Varlık Vergisi* hieß eine, *look it up*, sie wurde während des Zweiten Weltkriegs erhoben. Armenier, Griechen und Juden mussten sie entrichten, und immer, wenn die Republik Geld brauchte, wurde eine neue von Armeniern, Griechen und Juden zu zahlende Sondersteuer erhoben, absurd hohe Sondersteuern, der Satz für Armenier betrug beispielsweise zweihundertdreiunddreißig Prozent des vorhandenen Vermögens, für Griechen hundertsechsundfünfzig Prozent. Das waren Forderungen, die selbstverständlich kaum jemand erfüllen konnte, die niemand erfüllen können sollte, denn

Ziel und Zweck dieser staatlich organisierten Ausplünderungs- und Enteignungsmaßnahme, der damalige Ministerpräsident Saracoğlu sagte es ganz offen, war die Existenzvernichtung aller Nichttürken. Armenier, Griechen und Juden – er nannte uns *Ausländer* – sollten beseitigt werden und ihre Geschäfte in türkische Hände übergehen. In Istanbul wechselten Tausende Immobilien die Besitzer, darunter fast alle Häuser auf der İstiklal Caddesi, auch meine Tante, die zwanzig Jahre zuvor Atatürk eine Wohnung vermietet hatte, verlor ihre Häuser. Und obgleich mein Vater einer der wenigen war, der bezahlen konnte, obwohl er alle exorbitanten Forderungen erfüllte, obwohl er sein Lösegeld bezahlte, wurde er 1942 in die Steinbrüche von Aşkale verbannt, in ein Straf- und Arbeitslager in der Provinz Erzurum, eine Art türkisches KZ für Armenier. Mein Vater, ich war noch nicht auf der Welt, verbrachte fast ein ganzes Jahr dort und hatte großes Glück, er musste nicht viele Tage im Steinbruch verbringen, er konnte die Aufseher und die Lagerleiter bestechen, indem er ihnen die Elektrifizierung ihrer Dörfer, Strom für ihre Hütten versprach. Der Witz ist, dass er am Ende seiner Verbannung einen talentierten jungen Mann aus der Umgebung von Aşkale, der für ihn gearbeitet hatte, mit nach Istanbul nahm, einen begabten Siebzehnjährigen, der bald die Bauprojekte meines Vaters leitete, sich einige Jahre später selbstständig machte und einer der erfolgreichsten Bauunternehmer der Türkei wurde. Seine Firma entwickelte sich zu einem der größten Mischkonzerne im Land, du kennst den Namen dieses jungen Mannes wahrscheinlich von Bauschildern, die noch heute überall in der Türkei herumhängen, er hieß İbrahim Polat, *look him up*. Wegen angeblicher Steuerschulden oder irgendwelcher anderen fabrizierten Anschuldigungen saß mein Vater noch einige Male im Gefängnis, mal kürzer, mal länger, fast neun Monate verbrachte er im Sultanahmet Cezaevi, dem alten Gefängnis in Eminönü, das, zwei Jahrzehnte nachdem mein Vater dort eingesperrt war, in ein Luxushotel umgewandelt wurde, aus der Besserungsanstalt wurde das Four Seasons, weshalb mein Vater, immer wenn wir an diesem hässlichen neoklassizistischen Bau vorbeifuhren, den Witz machte, er hätte dort einst eine Suite mit Vollpension bewohnt, bezahlt vom türkischen Staat. Um spontanen Verhaftungen durch irgendwelche subalternen Knallchargen zu entgehen, die sich mit übereifrigen Aktionen gegen Armenier profilieren wollten, hatte mein Vater während der vierziger Jahre einen Schauspieler engagiert, der, ausstaffiert mit allen Insignien eines Fabrikdirektors, den Chef spielte, während mein Vater selbst in unauffälliger Kleidung zwischen seinen Angestellten saß oder sich unter die Arbeiter mischte, die im formaldehydvernebelten Keller von Suma Han die Bakelitpressen bedienten. Kam jemand unangemeldet und fragte nach Monsieur Antoine, blieb meinem Vater immer genug Zeit, die Situation einzuschätzen, der Schauspieler-Direktor, das war seine Aufgabe, vertröstete, antwortete ausweichend, verzögerte, sagte, das wissen wir nicht, was kann ich ausrichten, ich bin gerne behilflich.

Dein Vater beschäftigte einen *decoy*, wie Queen Padmé Amidala vor dem Ausbruch der Clone Wars?

Ich weiß nicht, wovon du sprichst, aber ja, mein Vater hatte einen *decoy*. Einmal, da war er ohne unterwegs, wurden mein Vater und meine Mutter gemeinsam von der Fähre herab verhaftet, als sie gerade aus Italien zurückkamen, wohin mein Vater in den späten vierziger und frühen fünfziger Jahren jeden Sommer fuhr, in einem Jahr mit meiner

Mutter, im nächsten mit seiner anderen Frau. Und zwar immer mit dem Auto, in dem er auf dem Hinweg ein oder zwei Kilogramm Gold versteckt hatte. Die Verhaftung meiner Eltern war eine große Story, es gab fette Schlagzeilen in allen Zeitungen: Armenisches Schmugglerpärchen festgesetzt, bla, bla, bla. Meinem Vater wurden absurde Vergehen vorgeworfen, angeblich hatte er Geld ausgeführt und bei der Einreise einen Schinken und italienische Würste nicht deklariert. Sie wollten an sein Geld im Ausland, aber so leicht machte mein Vater es den staatlichen Räubern natürlich nicht, die Zollbeamten konnten ihm nichts nachweisen und erfuhren nicht, wo sein Geld versteckt war. Meine Mutter wurde nach zwei Tagen entlassen, mein Vater nach vier, und das vermeintliche armenische Schmugglerpärchen kehrte zurück in sein mehr oder minder bürgerliches Leben. Ich war damals vier oder fünf Jahre alt und selbstverständlich ein bisschen aufgeregt, denn die ganze Stadt, die damals allerdings viel kleiner war als heute, sprach von meinen Eltern. Was mir gefiel, ich fand es großartig. Verunsichert war mein Vater nicht, er rechnete stets mit solchen Aktionen, war vorbereitet, hatte immer irgendjemanden großzügig eingeladen, beschenkt oder auf andere Art verpflichtet, sprich gekauft. Seine Lebensversicherung war, dass nicht wenige Bewohner dieser Stadt ihm einen Gefallen schuldeten, auch deshalb, aber nicht nur deshalb, lud er gern ein. Wer mit dir isst, betrügt dich nicht, sagte er, mein Vater war ein großzügiger Mensch, er bot einen offenen Mittagstisch und liebte es, andere Menschen um sich zu haben. Ich habe noch Jahre, ach was, Jahrzehnte später von Personen profitiert, die mein Vater durchgefüttert hatte, der armenische Patriarch von New York war beispielsweise einer seiner Kostgänger gewesen, mein Vater hatte ihm mit einem Stipendium sein Studium ermöglicht. Als ich in Manhattan wohnte, lud er mich ein und half mir, eine große Auftragsarbeit für meine beiden beschäftigungslosen Bildhauer Hippo und Orhan zu ergattern. Und als Kind saß ich sonntags im Trio Palace oft auf dem Schoß des späteren Papstes Papa Roncalli, der damals apostolischer Legat in Konstantinopel war, ein lustiger Mann, den ich sehr mochte. Mein Vater und er waren befreundet, er aß oft bei uns, und natürlich freuten wir uns, als er, Giuseppe Roncalli, Papst Johannes XXIII. wurde, genannt *il papa buono*. Bis zu seinem frühen Tod besuchte mein Vater ihn fast jedes Jahr in Rom. Mein Vater war ein mysteriöser Mann, der gern Verstecken spielte. Er tauchte auf und verschwand wieder, was meine Mutter ihr Leben lang wahnsinnig machte. Er hatte mehrere Wohnungen in der Stadt und zwei Sommerhäuser, vielleicht sogar ein weiteres Haus am Bosporus, nie wussten wir, wo er war. Er hatte viele Affären, die er, da war er ganz Armenier, nicht sonderlich respektierte, *fuck them and forget them, fuck them and let them go*, lauteten seine beiden Devisen, dabei war er kein großer Verführer, kein Eroberer, die Frauen waren einfach da, und meine Mutter, obwohl sie selbst es anders sah, war nur eine seiner Freundinnen, eine unter vielen. Als sie merkte, dass sie mit mir schwanger war, musste sie ihm nach Paris schreiben, wo er sich seit Kriegsende aufhielt, die Gelegenheit, Geschäfte zu machen, war günstig, er kaufte mehrere Häuser. Wieder in Istanbul war es zu spät für eine Abtreibung, und als er das nächste Mal aus Paris zurückkehrte, war ich auf der Welt und habe ihn anscheinend verführt, denn mich hat er nicht mehr verlassen. Meine Mutter erzählte selbstverständlich eine andere Version dieser Geschichte, für sie war es eine vom Schicksal bestimmte Verbindung zweier uralter armenischer Familien, obwohl sie nie geheiratet haben, mein Vater hat keine seiner Frauen geheiratet, nicht mal meine Mutter, mit der er zwei Kinder hatte.

Stimmt, du hast ja einen Bruder, das vergesse ich immer, sage ich.

Er ist nicht wichtig. Zwischen ihm und mir war es ganz einfach: Ich war der Junge, er das kleine Mädchen meiner Mutter. Und das ist so geblieben. Falls du mal ein Buch über mein Leben schreiben solltest, kannst du ihn weglassen, er spielt keine Rolle.

Verkin hat gerade eine Figur aus ihrem ungeschriebenen Familienroman gestrichen, denke ich, da sagt sie, halt, ich habe mich geirrt, mein Vater hat sehr wohl geheiratet, sehr spät, im hohen Alter, meine Mutter war schon einige Jahre tot. Er hat Fifi geheiratet, die Griechin, mit der er mindestens so lange zusammen war wie mit meiner Mutter, wenn nicht länger. Sie liegt ebenfalls hier begraben.

Ist er weich geworden, hat er sich überreden lassen?

Nein, er hat sie geheiratet, damit sie nicht ausgewiesen werden konnte, denn sie hatte keinen türkischen Pass. Er hat sie geheiratet, damit sie in Istanbul bleiben konnte, der Stadt, in der sie zur Welt gekommen und aufgewachsen war. Mein Vater hingegen besaß die türkische Staatsangehörigkeit, glücklicherweise, und hatte seinen Namen 1923 von Kasapian in Kasapoğlu turkisiert. In seiner Jugend wäre es für einen Armenier wie meinen Vater gesellschaftlich inakzeptabel und kaum vorstellbar gewesen, eine Griechin zu heiraten, ein Armenier heiratete keine Griechin – aber auch das hatte sich, wie so vieles, erledigt, es gab kaum noch Griechinnen und Armenier in Istanbul, Fifi war eine der letzten, eine Übriggebliebene. Sie und mein Vater wohnten zuletzt in dem Haus in Büyükdere, das mein Vater für sie gebaut hatte, ein schönes vierstöckiges Gebäude mit Bosporusblick, direkt am Wasser, vielleicht ziehe ich dort eines Tages hin, dann muss ich nicht mehr den Steilhang hinunter, wenn ich im Bosporus schwimmen möchte. Als mein Vater das Haus bauen ließ, lebte meine Mutter noch und konnte, wenn sie in Tarabya war, mit einem Fernglas über die Bucht hinwegsehen, ob die Fenster erleuchtet waren oder nicht, und spekulieren, ob mein Vater bei seiner anderen Frau war. Und dann, zwei Jahre nachdem mein Vater und Fifi still und leise geheiratet hatten, vier Monate vor ihrem Tod, machte Fifi, die ihr ganzes Leben als verarmte griechische Großbourgeoise ohne Einkommen in Istanbul zugebracht hatte, völlig unerwartet eine gigantische Erbschaft: Häuser und Gewerbeimmobilien in Athen und Land auf Kefalonia – ein Vermögen, das nach ihrem Tod, sie hatten ja geheiratet, an meinen Vater fiel. Nicht nur deshalb liegt sie nun in unserem Familiengrab begraben, Seite an Seite mit meinem Vater und meiner Mutter, worüber Letztere sicherlich nicht erfreut wäre, wie du dir denken kannst, sie lebten ja keinen *ménage à trois*, die zwei Frauen sind sich offiziell nie begegnet. Mein Vater aber freute sich, sie beide neben sich zu wissen. Und was das Heiraten anging, war mein Vater anscheinend auf den Geschmack gekommen, er war nicht lange Witwer, da wollte er wieder heiraten, und zwar Lucy, seine Haushälterin. Das heißt, Lucy, ebenfalls Griechin und um die sechzig Jahre alt, wollte unbedingt seine Frau werden, sie vergraulte alle anderen Hausangestellten und versuchte, meinen Vater dazu zu bringen, sie zu heiraten. Sie kochte ihm nichts mehr und ließ ihn kaum trinken, um ihn gefügig zu machen – es dauerte eine Weile, bis ich all das bemerkte, ihren Plan durchschaute und mir zu überlegen begann, wie ich diese Person loswerden könnte. Sollte ich sie kidnappen lassen oder in den Bosporus schubsen, bevor sie sich das Vermögen meines Vaters überschreiben lassen konnte? Dann aber, eines Sonntags, rufe ich meinen Vater gegen Mittag an und frage, wie geht es dir, was hast du gegessen und so weiter. Mir geht es gut, sagte er, ich bin schon lange wach, habe gelesen und etwas aus dem Kühlschrank gegessen; Lucy aber geht es nicht gut, sie ist noch nicht aufgestanden. Was ist mit ihr?, fragte ich. Nun ja, sie liegt im Bett und bewegt sich nicht. Nevin und ich fuhren sofort zu ihm und stellten fest, sie war tot. Hatte sich das also erledigt.

Dein Vater hat gleich drei Frauen überlebt. Respekt. Mein Vater hat erst zwei beerdigt, meine Mutter und meine Stiefmutter, aber sie liegen nicht im selben Grab.

Bist du schon älter, als deine Mutter geworden ist?, fragt Verkin, und ich muss rechnen, um festzustellen, dass mir noch zwei, nein drei Jahre fehlen. Und ich gebe zu, dass ich wieder und wieder versucht habe, ein Buch über die Beerdigung meiner Mutter zu schreiben, es sollte auf dem Friedhof und während der Beerdigungsfeier spielen, die in einem Hotel am Rhein stattfand, in einem Saal am Wasser, eine Beerdigungsfeier, deren zunehmende Ausgelassenheit mich als Kind sehr verwirrte, weil ich noch nicht verstehen konnte, warum es nach Beerdigungen so fröhlich zugehen kann.

Und, ist das Buch fertig?, fragt Verkin.

Nein, sage ich. Bisher nicht. Und die Shopping Malls brauchen auch ihre Zeit.

Mein Vater hat mir mal ein Zeichen gegeben, sagt Verkin, genau hier, wo wir jetzt stehen.

Was meinst du damit, ein Zeichen?

Ich stand hier am Grab und habe ihn um Hilfe gebeten,

gib mir ein Zeichen, habe ich gesagt, gib mir ein Zeichen, dass ich nicht aufhören, sondern weitermachen soll mit diesem sinnlosen Leben, von dem ich damals wieder einmal so überfordert war, dass ich am liebsten gestorben wäre. Und dann, es war unglaublich, ist ein heller Strahl erschienen, plötzlich stand eine Säule aus Licht auf dem Grabstein, es leuchtete aus der Erde und aus dem Marmor. Du kannst nun sagen, na gut, die Sonne schien, eine Reflexion, aber so war es nicht, der Himmel war bedeckt an dem Tag, und ich habe tatsächlich einen hellen Körper gesehen, seine Präsenz gespürt, mein Vater war da, ich habe ihn gerochen. Nevin war dabei, sie stand neben mir, hat ihn ebenfalls gesehen und war so geistesgegenwärtig, ein Foto zu machen.

Hast du das noch? Das möchte ich sehen, sage ich und wünsche mir insgeheim, auch so eine Erscheinung zu erleben, warum nicht jetzt, hier, während Nevin, Verkin und ich uns vor dem Grab fotografieren.

Auf dem kurzen Weg zum Auto erzählt Verkin, dass ihr Vater, als er starb, nur drei Paar Schuhe, vier Anzüge sowie einen schwarzen und einen weißen Smoking im Schrank gehabt habe. Sein Haus in Büyükdere war fast leer, sagt sie. So leer, dass wir uns fragten, ob er nicht irgendwo eine weitere geheime Wohnung hatte, von der wir nichts wussten.

4

Taksim

Unser Haus am Taksim / Onkel Hampartsum heiratet nicht / Laufen lernen im Gezi-Park / Das reiche Straßenkind / Die Nonnenschule / Macht, was ihr wollt

Nevin lenkt uns durch den wieder dichter gewordenen Istanbuler Verkehr, sie sieht Lücken, bevor sie sich auftun, lässt den Wagen die Hügel hinauf- und hinuntergleiten, es fühlt sich an, als müsste sie nie bremsen und als steuerte sie die anderen Autos mit.

Hier stand der Trio Palace, das Apartmenthaus, in dem ich geboren wurde, sagt Verkin, als wir zum Taksim kommen, dem riesigen runden Platz in Beyoğlu. Sie zeigt auf die große neue Moschee, an der bis vor Kurzem noch gebaut wurde, Nevin hält auf der rechten Fahrspur.

Was, hier am Taksim?, frage ich.

Hier habe ich laufen gelernt, hier habe ich meine ersten Lebensjahre verbracht, sagt Verkin, und ich muss nun natürlich fragen, warum an diesem Ort jetzt eine Moschee steht, eine, die so aussehen möchte, als stünde sie seit vierhundert Jahren dort.

Hinter uns hupen Autos, aber Nevin streckt nur den Arm durchs offene Fenster, macht eine Handbewegung und winkt die Fahrzeuge vorbei.

Mein Vater erbaute den Trio Palace ein Jahr vor meiner Geburt, ein für Istanbul neuer Gebäudetypus mit Balkonen, Terrassen, Aufzügen und einem Garten auf dem Dach, die Idee dazu hatte er aus Paris mitgebracht. Als das Haus fertig war, wohnten Armenier, Griechen, Russen und Italiener gemeinsam unter einem Dach, Künstler, Familien und Mätressen, es herrschte ein herrliches Durcheinander, es war immer etwas los.

Klingt wie das Quartier, das du aus Suma Han gemacht hast, sage ich und frage, wieso der Trio Palace abgerissen wurde.

Wir wurden enteignet, *mon cher*, der türkische Staat wollte dort etwas anderes bauen. Wollte mit einer neuen Moschee die Turkifizierung des bis Mitte des letzten Jahrhunderts vornehmlich griechisch und armenisch geprägten Péra markieren.

Und das ging so einfach?, frage ich.

Du musst noch viel lernen über dieses Land, in dem es immer jemanden geben wird, der bessere Verbindungen hat als du selbst, der jemanden kennt, der veranlassen kann, dass eine Straße über dein Grundstück geplant wird – und schon bist du dein Haus los. Mein Vater regte sich damals nicht weiter auf, er hatte vorgesorgt und im Fall des Trio Palace wahrscheinlich damit gerechnet, dass er nicht bis ans Ende aller Tage am Taksim stehen würde.

Wir blockieren die Spur, aber Nevins Gelassenheit und Verkins Autorität wirken anscheinend durch das dünne, dunkelblau lackierte Blech des BMWs hindurch, keine Hupe ist mehr zu hören, die Taxis und die Lieferwagen umkurven uns, als könnten sie Verkin sagen hören: Hier bin ich geboren, ich stehe hier, solange ich will.

Sie erzählt von der Zypern-Krise im September 1955, sie war neun Jahre alt, als Griechen ohne türkischen Pass die Stadt verlassen mussten, von einem Tag auf den anderen, und ihr Apartment im Trio Palace vom aufgewiegelten Mob verwüstet wurde.

Wir hatten großes Glück, sagt sie, weil wir noch in unserem Sommerhaus auf der Prinzeninsel Büyükada waren, wer weiß, was sonst passiert wäre, es gab viele Tote in diesen Tagen, Pogrome, Menschen wurden aus dem Fenster geworfen. Als wir von der Insel zurück an den Taksim kamen, war in unserer Wohnung – aber nur in unserer, alle anderen im Haus waren unversehrt, so wie ihre Bewohner – das gesamte Porzellan zerbrochen, die Scheiben der Vitrinen eingeschlagen und die Federbetten und Sofas aufgeschlitzt, alles lag voller Daunenfedern, es sah aus, als hätte es geschneit. Mir gefiel, dass eine große Unordnung herrschte, und zusammen mit meinem Vater lachte ich über die Einbrecher, die so dumm gewesen waren, die Zirkoniasteine aus den Fassungen des Modeschmucks meiner Mutter zu brechen, der echte Schmuck, die Diamanten und Smaragde, die mein Vater sammelte, lagen selbstverständlich nicht offen in einer Schatulle im Schlafzimmer, sondern versteckt im Safe einer anderen Wohnung. Ich war enttäuscht, fast ein bisschen sauer, als ich feststellte, dass mein Klavier heil geblieben war, den ungeliebten deutschen Flügel hatte der Mob leider nicht zertrümmert oder aus dem Fenster geschoben, schade, nicht eine Taste hatten sie herausgerissen, weshalb meine Mutter mich ohne Unterbrechung wieder zum Üben ermahnen und in den Klavierunterricht schicken konnte. Sie hätte mich lieber in einen Selbstverteidigungskurs, zum Karate oder zum Schießunterricht bringen sollen, aber nein, sie sagte, spiel doch wie Şahan, Şahan übt aber jeden Tag, ach, wenn du wie Şahan spielen könntest – so ging ihre Leier, wenn ich zu Hause war, was zu meinem Glück nicht allzu oft vorkam, denn die Tage unter der Woche verbrachte ich seit meinem siebten Geburtstag im Internat.

Wer war Şahan?, frage ich.

Şahan Arzruni, der Sohn der besten Freundin meiner Mutter, drei oder vier Jahre älter als ich und ein Wunderkind, das bereits im zarten Alter von fünf Jahren Konzerte gab. Seine Tante, die wie er der armenischen Hocharistokratie entstammte, war eine berühmte Komponistin, er selbst wurde Konzertpianist, *look him up*, wir können ihn anrufen, er lebt in New York City, wir sind Freunde geblieben, obwohl ich nie Klavier geübt habe. Vor zwanzig oder fünfundzwanzig Jahren etwa sind wir mal wochenlang zusammen durch China gereist, von Musikhochschule zu Musikhochschule, in Städten, deren Namen ich noch nie gehört hatte. Er sollte Stipendiaten für ein Klavierstudium an der Juilliard School aussuchen.

Ich muss daran denken, dass auch ich jahrelang in den Klavierunterricht geschickt wurde und ebenfalls kaum geübt habe, trotz aller Ermahnungen meiner Mutter. Nicht nur deshalb habe ich nie besonders gut gespielt, trotzdem klimpere ich heute ab und zu vor mich hin, so ganz vergebens waren die Stunden also nicht.

Nevin ist im Schritttempo weitergefahren, sie versucht, den Platz einmal zu umrunden, was seit seiner Umgestaltung vor einigen Jahren eigentlich nur noch unterirdisch möglich ist.

Haben die Gezi-Park-Proteste nicht als Proteste gegen den Bau einer Shopping Mall angefangen?, frage ich.

Tatsächlich sollte bloß die Topçu-Kaserne der Janitscharen wiederaufgebaut werden, die dort stand, ein riesiges im osmanischen Stil errichtetes Gebäude, ich habe es noch gesehen, bevor es abgerissen wurde. Mein Vater hat mich dort zum ersten Mal auf ein Pferd gesetzt. Die Topçu-Kaserne war so groß, dass darin Platz für etliche Pferdeställe und ein Fußballstadion war, es hieß Taksim-Stadion und war das erste Stadion von Beyoğlu. Und wäre die Kaserne wie geplant wiederaufgebaut worden, hätte sie bloß einen Teil des Parks eingenommen – nämlich den, der nach ihrem Abriss hinzugekommen ist.

Warst du nicht trotzdem gegen die Bebauung des Parks, in dem du laufen gelernt hast?

Und in dem ich mit meiner Nanny nur Französisch sprechen durfte? Nein, ich bin ja nicht sentimental. Um die paar mickrigen Bäume wäre es nicht schade gewesen. Meinetwegen hätten sie die Kaserne gern als Mall wieder aufbauen können. Ich ersehne sie nicht zurück, sie bedeutet mir nichts, aber es wäre auch kein Verbrechen gewesen, im Gegenteil, du solltest wissen, der Gezi-Park selbst ist das Verbrechen! Siehst du die breite weiße Marmortreppe, den Eingang zum Park? Die wurde aus Grabsteinen des armenischen Friedhofs erbaut, der sich dort seit Sultan Süleymāns Zeiten befand, es war einmal der größte armenische Friedhof der Welt. In den dreißiger Jahren hat die Istanbuler Stadtverwaltung die armenische Gemeinde enteignet, die Kirche, die dort stand, abgerissen und den Friedhof planiert, um einen Park zu bauen – deshalb hast du, falls du dich das fragst, die Gräber meiner Urur- und Ururgroßeltern in Şişli nicht gesehen, sie lagen hier, die Gezi-Park-Protestler sind auf meinen Ururgroßeltern herumgetrampelt.

Grabsteine zu versetzen, beschwört das Unglück herauf, denke ich, Goethes *Wahlverwandtschaften* beginnen mit zu Dekorationszwecken versetzten Grabsteinen. Und wo ich eben erst Verkins Familiengrab und seine Ausmaße gesehen habe, kann ich mir gut vorstellen, dass die Marmortreppe, auf der ich einige von Polizisten in Riot-Gear bewachte Touristen sitzen sehe, aus armenischen Grabsteinen erbaut wurde. Ich öffne mein Telefon, suche ein wenig und finde bald Hinweise auf den Pangaltı-Friedhof, der im Zuge *städtebaulicher Maßnahmen*, wie es heißt, durch einen französischen Stadtplaner und Architekten namens Henri Prost überbaut wurde. *1939 wurden die Marmorgrabsteine des Pangaltı-Friedhofs zum Bau der Säulen und Treppen des Gezi-Parks verwendet*, lese ich Verkin vor.

Siehst du! Hast du mir etwa nicht geglaubt?

Ich glaube dir fast alles, Verkin, ich bin nur nicht immer deiner Meinung. Die Gezi-Proteste zum Beispiel richteten sich ja nicht nur gegen die Bebauung des Parks, sondern auch gegen die überzogene Polizeigewalt und andere größenwahnsinnige Bauprojekte.

Am Ende hat aber das Istanbuler Verwaltungsgericht den Wiederaufbau der Topçu-Kaserne verhindert, nicht die Protestanten, der Bebauungsplan wurde nicht genehmigt, die Justiz hat entschieden, deshalb ist die Parkerweiterung noch da. Und du siehst, unsere Gewaltenteilung funktioniert.

Das kann ich nicht beurteilen, sage ich, aber ich wünschte, so ein Urteil wäre auch in Berlin gefällt worden und hätte den Wiederaufbau des Hohenzollernschlosses verhindert, gegen den es viel weniger Proteste gab. Jetzt steht es leider wieder da, als Neubau im alten Kleid, mit Rüschen und Spitzen an der Fassade. Und innen sieht es aus wie die traurigste aller Shopping Malls.

Fällt es damit nicht in dein Forschungsgebiet? Muss ich es mir ansehen, wenn ich nach Berlin komme?

Unbedingt, Verkin! Um zu sehen, was euch erspart geblieben ist!

Nevin hat gewendet, wir fahren an den Hoteltürmen vorbei, und Verkin kann zu jedem von ihnen eine Geschichte erzählen, sie weiß, wer welches Hotel wann erbaut, wem es einmal gehört hat und wem es wann wieder weggenommen wurde. Hier, sagt sie, in diesem habe ich das dritte Mal geheiratet. Und in diesem hat, da war ich noch ein Kind, mein Onkel Hampartsum als Hauselektriker gearbeitet, er war ein Cousin meines Vaters und der lustige Onkel, der die kuriosesten Frauengeschichten erlebte, immer wieder wollte er heiraten, und immer wieder kam etwas dazwischen, letztendlich blieb er Junggeselle. Ich besuchte ihn oft im Park Hotel, das sich damals noch in armenischer Hand befand, ich spazierte einfach hinein, und er ging mit mir in die Küche, wo der Pâtissier mich alle Torten probieren ließ, und bevor ich das Hotel und Onkel Hampartsum – sein armenischer Name bedeutet Himmelfahrt – wieder verließ, durfte ich die Münzen aus dem Bassin in der Hotelhalle fischen. Als Kind lief ich überhaupt viel herum, vom Trio Palace durch Tarlabaşı bis zur Bankalar Caddesi, vom Taksim bis nach Suma Han. Den Tarlabaşı-Boulevard, diesen Möchtegern-Boulevard, die Straße, auf der wir jetzt nicht vorwärtskommen, gab es damals noch nicht. Sie wurde erst in den sechziger Jahren durch die bestehende Bebauung gefräst, um möglichst viele der hier lebenden Armenier, Griechen und Juden vertreiben zu können und anatolische Analphabeten anzusiedeln, die dann all die Bordelle eröffneten, die du noch heute in den Seitenstraßen findest. Ein anderer Onkel, nicht Hampartsum, hatte ein schönes Haus mit Garten, ein kleines Stadtpalais, genau hier, wo wir uns gerade befinden. Es wurde enteignet und abgerissen.

Verkin zeigt zwischen den Autos auf der Gegenfahrbahn irgendwohin, aber ich kann mir nur schwer vorstellen, dass auf dieser Verkehrsschneise einmal ein Haus mit Garten gestanden haben soll.

Ich bin immer gern durch die Stadt gestreift, sagt Verkin, herumgestreunt, weil ich es mit meiner Mutter nicht aushielt. Und sie nicht mit mir. Ich besuchte alle Läden und Händler zwischen Taksim und Suma Han, kaufte überall ein, redete, interessierte mich, ich war das Kind auf der Straße, das alle kannten, weil ich Geld verteilte, Geld, das mein Vater mir gab, weil er der Meinung war, ich müsse mich früh genug daran gewöhnen, dass die ganze Welt versuchen würde, es mir wieder wegzunehmen.

Dann warst du ja ein ziemlich reiches Straßenkind.

Ein Straßenkind *quand même*. Ein immer gut angezogenes Straßenkind, das in Pelzjäckchen herumlief, die meine Mutter mir maßschneidern ließ, weil sie mich für ihr Püppchen hielt. Einmal wurde ich von einer abgelegten Geliebten meines Vaters entführt. Ich erinnere mich, dass sie mich aus der Nonnenschule abholte, worüber ich mich nicht sonderlich wunderte, sie war nett zu mir, sie kaufte mir Kuchen und Eis. Später war sie dann nicht mehr nett, sie schlug mich – allerdings hatte ich sie auch getreten, weil sie mich nicht zu meinem Vater gehen lassen wollte. Ihre dilettantische Entführung endete damit, dass ich unbegleitet auf der Wache am Taksim auftauchte, entweder hatte diese dumme Person mich irgendwo stehen lassen oder mich allein hineingeschickt, ich erinnere mich nur schemenhaft an den Tag. Oder waren es mehrere Tage? Ich weiß es nicht mehr. Mein Vater holte mich schließlich ab, die Polizisten kannten ihn selbstverständlich und verständigten ihn sofort. Von da an war ich mit den freundlichen Polizisten auch gut bekannt, sie grüßten mich, wenn sie mich sahen.

War die Geliebte deines Vaters eifersüchtig? Wollte sie

auch ein Kind? Oder sollte das eine Entführung mit Lösegeldforderung werden?

Nein, ich vermute, mein Vater hatte sie einfach abserviert. Er war ja oft nicht sehr nett zu seinen Frauen, vielleicht habe ich von ihm gelernt, meine Männer so schlecht zu behandeln.

Wir bewegen uns den Tarlabaşı-Boulevard hinunter, auf Auto-Exkursion im stockenden Verkehr, fahren weiter in Verkins Kindheit zurück.

Hier wurde so viel abgerissen, sagt Verkin. Sie zeigt nach links und rechts, ein weiterer Stadtumbau hat begonnen. Wir rollen an einem langen, mit Rendering-Bildern bedruckten Bauzaun vorbei, der sich über einen ganzen Block erstreckt. Neue, vielleicht erdbebensichere Apartmenthäuser sollen entstehen.

Die Nonnenschule, auf die ich gehen musste, lag dahinter, sagt Verkin, das Gebäude steht noch, die Schule gibt es nicht mehr. Was mich freut, den Nonnen weine ich keine Träne nach. Die Kongregation der armenischen Schwestern von der Unbefleckten Empfängnis Mariens wollten mich erst gar nicht auf ihre Schule lassen, nicht weil ich zu jung gewesen wäre – eigentlich nahmen sie Schülerinnen erst ab sechs auf, und ich war vier –, sondern weil meine Eltern nicht verheiratet waren. In ihrer armenisch-katholischen Weltsicht war ich ein Kind der Sünde, ein Bastard, aber als mein Vater das Schulgebäude renovieren ließ und eine kleine Kapelle stiftete, war das plötzlich kein Problem mehr. Solche Dinge musste mein Vater immer wieder tun, sein ganzes Leben, so ist es in der Türkei, so ist es immer gewesen, um das eine zu bekommen, musst du etwas anderes tun, eine Gefälligkeit ermöglicht eine andere und so weiter. Bei den armenischen Betschwestern sollte ich, mein Vater bestand darauf, auch die armenische Schrift lernen, die in Istanbul für nichts mehr zu gebrauchen ist, es sei denn, du möchtest ein Leben lang armenische Grabsteine entziffern, aber gut, brav, wie ich war, und weil mein Vater es sich wünschte, lernte ich, alle achtunddreißig Buchstaben dieses überflüssigen Alphabets zu schreiben und zu lesen, die Nonnen prügelten sie mir ein und sagten jeden Tag, und das nicht nur einmal: Աստուած ամեն ինչ կը տեսնէ, Sei brav, denn Gott sieht alles – dabei wusste ich schon, ich war gerade fünf geworden, dass sie Unsinn erzählten, niemand wacht über euch, sagte ich zu ihnen, keiner schaut auf uns, ihr könnt machen, was ihr wollt.

5

Kâğıthane

Die zerrissenen Eintrittskarten / Shake wie Sake oder *The Queen of Furs* / Der Marineminister des Sultans / Staubwischen im Robert College / Muttersprachen / Nihart, die neue Rose / Ich heiße Verkin, du Trottel / Totes Holz

Verkin und Nevin unterhalten sich über ein älteres, halb verfallenes Haus aus Holz in Arap Camii, Verkin würde es gern kaufen und renovieren lassen. Sie hat es mir gezeigt, als wir in Suma Han Tee getrunken haben, in ihrer dortigen Wohnung, aus der sie auf die Arabische Moschee hinunter und zu den Hügeln der Altstadt auf der anderen Seite des Goldenen Horns hinübersehen kann.

Suma Han, das Goldene Horn, seine verbauten Ufer und die Moscheen der Altstadt sind jetzt weit weg. Wir sitzen im Auto und stehen auf der Stadtautobahn, dicht an dem noch immer neuen, heute bunt beflaggten Fußballstadion, in dem Galatasaray seine lauten Heimspiele austrägt. Seit einer halben Stunde sind wir keinen Zentimeter vorwärtsgekommen.

Wir hätten später am Abend oder mit der Metro fahren sollen, sagt Verkin, aber Nevin mag die Metro nicht, sie ist nur im Auto glücklich.

Ja, ich weiß, sage ich, und sie wäre beinah Rennfahrerin geworden.

Nevin lacht, sie hat verstanden.

Jedes dritte Auto auf den Spuren um uns herum ist ein gelbes Taxi. Es gibt Fiat-, Dacia- und Toyota-Taxis, die für kräftige Farbtupfer auf der Autobahn sorgen. Wenn ich die Augen zusammenkneife und den Blick verschwimmen lasse, sehe ich blühenden Löwenzahn auf einer asphaltgrauen Wiese zwischen der Bebauung, die auch hier, im Hinterland, das einmal Erholungsgebiet und ländliche Sommerfrische war, über jeden Hügel hinweg und in jedes Tal geflossen ist. Überall Häuser, hohe, niedrige, kleine, große, ältere und neue, hier und da ragen leere Betongerippe aus dem Meer. Neueste Wohntürme wachsen aus dem Talgrund herauf, Bewohner der Apartments auf halber Höhe könnten zu uns auf die Autobahn spazieren, sie müssten nur ein langes Brett über die Brüstung ihrer Balkone schieben.

Nevin und Verkin haben ihr Sanierungsprojekt erschöpfend diskutiert, Verkin spricht nun wieder über ihre Mutter, kann sein, dass ich nachgefragt habe. Sie habe schon als Kind gewusst, dass mit ihr etwas nicht stimme, aber leider habe sich erst wenige Jahre vor ihrem Tod herausgestellt, dass ihr oft seltsames Verhalten auch eine physiologische Ursache hatte.

Sie litt an einem Hydrozephalus, sagt Verkin, hatte Wassereinlagerungen im Gehirn, die sie zu der unberechenbaren Person machten, die sie die meiste Zeit ihres Lebens war. Ihre Stimmung konnte von einer Sekunde auf die andere umschlagen, gelegentlich extrem, weshalb mein Vater mich nicht gern mit ihr allein ließ – auch deshalb wurde ich so früh und in meiner eigenen Stadt auf ein Internat geschickt. Welcher normale Mensch macht das mit einem siebenjährigen Kind?

Wer ist schon normal, Verkin, sage ich und schaue Richtung Fußballstadion. Ich weiß, dass es von einem Stuttgarter Planungsbüro entworfen wurde, es könnte überall auf der Welt stehen.

Du jedenfalls nicht, sagt Verkin. Sonst würdest du nicht jeden Tag eine andere Shopping Mall besuchen. Ohne etwas zu kaufen.

Ich muss lachen, weil Verkin natürlich ein bisschen recht hat, und Nevin lacht mit, und auf einmal bin ich mir gar nicht sicher, ob sie nicht doch Deutsch versteht.

Das Seltsame war, dass meine Mutter nach der Behandlung ihres Hydrozephalus wie ausgewechselt war, sagt Verkin. Sie war ein neuer Mensch, eine angenehme, aushaltbare Person und nicht mehr die Mutter, die auf ihr eigenes Kind eifersüchtig war, weil es ein besseres Verhältnis zu seinem Vater hatte als sie selbst. Einmal, erinnere ich mich, zerriss sie vor meinen Augen die Eintrittskarten zu einem Kindertheaterstück, das ich unbedingt sehen wollte, sie zerriss sie, um mich für irgendetwas zu bestrafen, ich weiß nicht mehr, was ich angestellt hatte, wahrscheinlich war ich allein durch die Stadt zu meinem Vater gelaufen. Die zerrissenen Eintrittskarten machten mich sehr traurig und zugleich wahnsinnig wütend, ich kämpfte mit den Tränen, weil ich das Kindertheater liebte und auch dieses Stück unbedingt sehen wollte, dachte mir dann aber: Genau das will sie erreichen, meine Mutter möchte, dass ich weine, diese Genugtuung werde ich ihr jedoch nicht verschaffen, ich werde nicht heulen, nein, auf keinen Fall. Auf ihre Art und ohne, dass sie es wollte, brachte meine Mutter mir sehr früh bei, mich auf niemanden zu verlassen und von niemandem abhängig zu sein, ja, ich könnte sagen, sie hat dafür gesorgt, dass ich früh selbstständig wurde. Die Theaterkartenschnipsel musste sie dann wieder zusammenkleben, wir haben die Vorstellung am Ende doch besucht.

Frühes Powerplay mit der Mutter, denke ich, und wie Verkin es erzählt, könnte es selbst eine Szene in einem Theaterstück sein, Mutter-Tochter-Konflikt, das Kind gewinnt.

Damals gab es großartiges Kindertheater in Istanbul, sagt Verkin, es gab Kindertheater, die von jüdischen Theatermachern geleitet wurden, die ihr aus Deutschland vertrieben hattet. Die junge türkische Republik profitierte von diesen Einwanderern, viele Professoren in Istanbul und Ankara waren Exilanten.

Ich weiß, Erich Auerbach lehrte in Ankara und schrieb dort sein berühmtes Buch *Mimesis*. Und Bruno Taut leitete die Istanbuler Kunsthochschule und entwarf den Katafalk für Atatürks Mausoleum.

Ihr Deutschen wart so dumm, eure Klügsten zu vertreiben oder umzubringen. Bis in die sechziger Jahre wurde eines der besten Restaurants in Beyoğlu von einer deutschen Jüdin geführt, wir haben dort oft gegessen.

Kochte sie die gutbürgerliche Küche des Landes, dem sie entkommen war? Gab es deutschen Käsekuchen?

Noch besser, sagt Verkin, sie kochte wie in Wien.

Die Autos vor uns, o Wunder, bewegen sich. Nevin startet den Motor, auch wir kommen ein kleines Stück voran, während ich an Wiener Schnitzel und Frittatensuppe denke, an Tafelspitz und Kaiserschmarrn und all die anderen köstlichen Gerichte, die meine österreichischen Tanten früher für mich kochten.

Meine Mutter war vor meiner Geburt eine für ihre Zeit bemerkenswert selbstständige und moderne Frau. Sie trug die Haare kurz, *coiffure à la garçonne*, und arbeitete als Geschäftsführerin eines Pelzhauses auf der İstiklal

Caddesi, drei Stockwerke voller Pelze. Konstantinopel war das Zentrum des Pelzhandels, es gab Hunderte Kürschnerbetriebe in armenischer Hand, die aus Russland gelieferte Pelze verarbeiteten, und die halbe Welt kam an den Bosporus, um sich Pelzmäntel zu kaufen. Als ich auf der Welt war, hat meine Mutter nicht mehr gearbeitet, musste sie nicht, mein Vater finanzierte uns, aber ich erinnere mich, dass wir den Pelzpalast ab und zu besuchten, er lag zwei oder drei Häuser neben Sant'Antonio di Padova, meine Kinderpelze wurden mir dort angepasst. Irgendwann wurde das Geschäft verkleinert, auch daran erinnere ich mich, der Zweite Weltkrieg hatte den Pelzhandel gestört, in der Sowjetunion mussten deutsche Soldaten erlegt werden, da war kaum Zeit, Pelztiere zu jagen.

Wie hieß deine Mutter, frage ich und denke, dass ich es eigentlich wissen müsste, schließlich stand ich schon an ihrem Grab und habe ihren Namen abgeschrieben, aber ich habe nur Fifis Namen behalten, den ihrer Gegenspielerin, der anderen Frau ihres Mannes.

Sie hieß Shake. Shake wie Sake, sagt Verkin.

Wie der japanische Reisschnaps?

Es ist ein alter zoroastrischer Name, sagt sie. Aus der Zeit, bevor die Christianisierung die Armenier in die Dekadenz führte.

Ich überhöre Verkins Spitzen gegen das Christentum, sie machen mir nichts aus und berühren mich ebenso wenig wie ihre antideutschen Sticheleien, mit denen sie ihre Liebeserklärungen an die deutsche Sprache konterkariert.

Meine Mutter musste arbeiten und Geld verdienen, weil ihr Vater, mein Großvater, ein Dandy und Verschwender vor dem Herrn, das Familienvermögen durchgebracht hatte. Er hieß Levon Shishmanian, hatte das Galatasaray-

Gymnasium besucht und war einer der höchsten Marinebeamten des Osmanischen Reichs gewesen, ein hoch angesehener Mann, der bald nach Gründung der Republik seine Stellung verlor.

Weil er Armenier war?, frage ich.

Damit hatte es sicherlich zu tun, aber vielleicht hatte er auch keine Vorstellung davon, wie eine moderne Kriegsmarine funktionieren musste. Er kam im Pelzhandel unter, aber das war natürlich keine adäquate Tätigkeit für einen Mann, der über die Flotte des Sultans bestimmt hatte. Er langweilte sich und begann zu spielen. Er spielte und spielte und verlor, was noch vorhanden war, seine Familie war aufgrund seines Postens relativ unbeschadet durch das Jahr 1915 gekommen. Er spielte, bis kein Geld mehr da war, um das Schulgeld für meine Mutter zu bezahlen, die das Robert College besuchte, die beste Schule Istanbuls – dieselbe, die mein lieber Ex-Mann Tarek einige Jahrzehnte später besuchen sollte und viele andere, die in der Türkei etwas geworden sind. Oder auch nicht. Nach ihrem Tod fand ich bei den Sachen meiner Mutter einen Robert-College-Notizbuchkalender, in dem sie das Schuljahr 1929/1930 hindurch Tagebuch geführt hatte, mit Bleistift und in englischer Sprache. Hoffentlich hat Papa noch Arbeit, schreibt sie einmal, es ist das Jahr der Weltwirtschaftskrise, und berichtet, dass sie sehr früh, lange vor allen anderen, in die Schule kommt, um die Regale in der Bibliothek abzustauben, sie durfte einen Teil des Schulgelds abarbeiten, das ihr Vater nicht mehr zahlen konnte. Abends war sie dann mit ihren Freundinnen in der Stadt unterwegs.

Wir stehen wieder, immer noch auf der Stadtautobahn. Langsam wird es gemütlich.

Verkin erzählt von ihrer Großmutter mütterlicherseits,

ihrem Lieblingsmenschen in der Familie. Nivart musste ihren Schmuck verkaufen, um die Familie zu ernähren und meine Mutter einzukleiden. Sie galt als eine der elegantesten Frauen ihrer Zeit und war leider nicht vorbereitet auf ein Leben ohne Geld. Sie malte und schrieb Gedichte und sprach mit mir nur Französisch oder Armenisch. Sie konnte auch Griechisch und sogar ein wenig Deutsch, aber kaum Türkisch, weil sie wenig Kontakt mit Türken hatte, in ihrem Leben und ihrer Umgebung kamen so gut wie keine vor.

Und ihre Gedichte, frage ich, in welcher Sprache schrieb sie die?

Es gibt armenische und welche auf Französisch. Im Grunde war schon ihr Name ein Gedicht, er bedeutet *Neue Rose*.

Hat die Neue Rose sich denn irgendwann von ihrem Mann getrennt, nachdem er alles verspielt hatte?

Nein, wo denkst du hin. Sie hat ihn ausgehalten und durchgefüttert, bis er gestorben ist.

Aber deine Großmutter Nivart ist nicht auf dem Friedhof in Şişli begraben, oder? Ihren Namen habe ich dort nicht gesehen.

Nein, sie liegt auf einem anderen, Şişli ist der armenisch-*katholische* Friedhof, Nivart aber war armenisch-*orthodox*. Als Kind musste ich Ostern und Weihnachten deshalb gleich zweimal feiern, einmal nach dem julianischen, einmal nach dem gregorianischen Kalender, einmal bei der einen, einmal bei der anderen Großmutter.

Ich bin kurz davor zu fragen, ob Verkin die Gedichte ihrer Großmutter Nivart je gelesen hat, da setzt sich die Kolonne vor uns wieder in Bewegung, Nevin gibt Gas, wir rollen einige Meter, dann muss sie schon wieder bremsen.

In welcher Sprache hast du mit deinem Vater gesprochen?, frage ich. Und in welcher mit deiner Mutter?

Mit meiner Mutter habe ich hauptsächlich Armenisch oder Französisch gesprochen, Türkisch nur selten. Mein Vater sprach Armenisch, Türkisch, Griechisch, Französisch und ein wenig Italienisch. Englisch beherrschte er nicht, aber das war kein Problem, Englisch war noch nicht wichtig, Konstantinopel und der Rest der Welt sprach Französisch, Französisch war die Sprache, in der sich alle miteinander unterhielten.

Schade, dass das vorbei ist, sage ich und frage Verkin nach ihrer Muttersprache. Ob sie nur eine habe. Oder vielleicht mehrere?

Wenn Muttersprache die Sprache sein soll, die du mit deiner Mutter sprichst, dann wäre es Armenisch. Und Türkisch wäre demnach meine Vatersprache, denn mit meinem Vater habe ich nur zu Hause Armenisch gesprochen, draußen, auf der Straße, in der Öffentlichkeit, in der Firma, überall, wo andere uns hören konnten, haben wir uns immer auf Türkisch unterhalten. Alles in allem, wenn ich zurückdenke und überlege, habe ich mit meinem Vater sicherlich mehr Türkisch als Armenisch gesprochen.

Um nicht aufzufallen?

Um nicht noch mehr aufzufallen, ja. Das soll aber nicht heißen, dass mein Vater das Armenische gering geschätzt oder vernachlässigt hätte, im Gegenteil. Als ich aufs Schweizer Internat kam, ich war elf, schrieb er mir Briefe auf Armenisch, die ich auf Armenisch beantworten musste, in dieser nutzlosen Geheimschrift, die mir von den Betschwestern eingeprügelt worden war. Französisch habe ich von Nivart und von meinen französischen Kindermädchen gelernt, im Istanbuler Internat wurde Französisch unterrichtet. Mit meiner Patentante und den meisten Hausangestellten wurde Griechisch gesprochen, es war ein schönes Durcheinander. Deutsch aber war mir von allen Sprachen, die ich lernen musste, die liebste.

Du musst das nicht sagen, nur weil ich zufällig Deutscher bin und manchmal Deutsch mit dir spreche.

Bist du's? Ich bin mir da gar nicht so sicher! Es ist auch keine Schmeichelei, ich meine es ernst, Deutsch ist meine Lieblingssprache, obwohl ich mal sieben Jahre lang kein Wort Deutsch gesprochen habe, auch in Deutschland nicht, aus Protest.

Warum? Du sprichst doch so gut, gespenstisch gut.

Weil ihr Deutschen die Türken so schlecht behandelt habt und euer rassistischer Mob die Häuser angezündet hat, in denen türkische Familien wohnten. Wie viele sind verbrannt? Wie heißen die Städte? Solingen? Solingen und … Ich war damals so wütend, dass ich mir geschworen habe, kein Wort Deutsch mehr zu sprechen, selbst mit Deutschen nicht.

Ich erinnere mich, du meinst die furchtbaren Verbrechen in Mölln und Solingen, 1992 und 1993. Da zeigte sich die Ekelfratze des wiedervereinigten Deutschlands, mit einem Bundeskanzler, der davon träumte, alle deutschen Türken in die Türkei zurückzuschicken.

Mit dir, heute, unterhalte ich mich gern auf Deutsch, denn es ist die genaueste und klarste aller Sprachen, die ich spreche. Besonders gefällt mir, dass selbst ich, die Nichtmuttersprachlerin, neue deutsche Wörter zusammensetzen kann, dass ich Wörter erfinden kann. Das begeistert mich immer wieder. Deutsch ist die Sprache der unbegrenzten Möglichkeiten.

Klar und genau? Ich weiß nicht. Deutsch ist oft dunkel,

raunend, ungenau, die Bedeutung ist selten verankert, fest vertäut, sie schwimmt auf, flottiert – aber vielleicht ist das meiner intuitiv-muttersprachlichen Verwendung der Sprache geschuldet. Ich habe Deutsch ja nicht gelernt.

Sagt er auf Deutsch! In einer anderen Sprache – das hat mich immer wieder gerettet – sieht die Welt oft ganz anders aus, in einer anderen Sprache lässt ein Problem sich meist viel leichter lösen. In einer anderen Sprache kannst du ein anderes Leben führen. Und ein anderes erzählen.

Leider kann ich nicht so viele Leben führen wie du, so viele Sprachen spreche ich nicht.

Deutsch sprichst du ganz gut.

Danke, das Kompliment geht an meine Mutter, und ich gebe es zurück, du auch. Es ist erstaunlich, du hast überhaupt keinen Akzent. Ich kann zwar hören, dass du keine Muttersprachlerin bist, könnte aber nicht sagen, woher du kommst. Und du machst fast keine Fehler.

Aber mir fehlen so viele Wörter. Sie fallen mir nicht ein. Mir fehlen die Vokabeln.

Deshalb bin ich ja da. Mit mir kannst du sprechen, mir kannst du alles auf Deutsch erzählen.

Deutsch, meine Nachdenk- und Erzählsprache. Und die, in der ich plötzlich über meine Vergangenheit reden kann. Über alle Toten. Das ist deine Schuld, David, dass sie plötzlich anklopfen. Dass mir alles einfällt. Dass all diese Erinnerungen aufsteigen. Sonst denke ich nie an diese alten Geschichten.

Weißt du, dass einige deutsche Barockdichter überzeugt davon waren, dass Adam und Eva im Paradies Deutsch gesprochen haben?

Das glaube ich sofort, die deutsche Sprache ist eine paradiesische Sprache. Sie klingt zwar nicht immer so schön wie

Türkisch, hat aber doch die größte Musik hervorgebracht und ist für alles Philosophische bestens geeignet. Türkisch hingegen ist reich an Wörtern für Krieg und Bewegung, für Transport und alles, was mit Viehwirtschaft zu tun hat, aber um große Gefühle auszudrücken, musste das Türkische sich Wörter aus dem Persischen und Arabischen leihen.

Apropos Bewegung und Transport, sage ich, glaubst du, es geht irgendwann weiter? Wie lange dauern diese Staus in Istanbul?

Ich habe das kleine Problem, dass ich auf die Toilette müsste, ich glaube, ich habe zu viel Tee getrunken.

Das weiß keiner, sagt Nevin, Verkin übersetzt. Es ist ein Istanbul-Stau.

David, weißt du, dass ich meinen Namen hasse?, sagt Verkin nach einer Weile, während der wir alle drei mal nichts gesagt haben.

Warum?, frage ich.

Ich liebe und hasse meinen schönen Namen, weil ich immer wieder erklären muss, dass es sich um einen alten armenischen Namen handelt und dass Verkins zu zoroastrischer Zeit die Bewahrer des Wissens waren, Tempelhüterinnen, *ver* bedeutet *hoch*, *kin* bedeutet *Frau*, eine Verkin ist demnach eine Frau von Stand, die hohe Frau. Und nein, ich heiße nicht Virginie, und nein, ich heiße nicht Virginia, das bekamen schon die Betschwestern nicht in ihre leeren Köpfe, immer wieder wurde ich Virginie genannt, bis ich eines Tages, ich war acht oder neun, zu einem Priester sagte, der mich zum wiederholten Male Virginie gerufen hatte: Verkin ist mein Name, merk dir das, du dummer Trottel! Woraufhin ich, wie du dir denken kannst, hochkant aus der Kirche flog und meine Erstkommunion abgesagt wurde – worüber ich froh war, so musste ich mich wenigstens nicht weiter von den Geistlichen und ihren triebgestauten Helferlein befummeln lassen.

Bin ich froh, dass ich protestantisch aufgewachsen bin, sage ich, da grapschte der friedensbewegte junge Pfarrer, der so schön singen konnte, auf den Konfirmandenfreizeiten nur die dreizehnjährigen Mädchen an, für Knaben interessierte er sich nicht.

Ja, die christlichen Kirchen sind ein Sammelbecken sexuell frustrierter Typen. Zu zoroastrischer Zeit, unter weiblicher Führung der Verkins, muss es allen besser ergangen sein.

Bestimmt, Verkin. Wir sollten alle wieder unter Verkin-Herrschaft stehen. Übrigens, ich habe gesehen, in Amerika gibt es eine Stadt, die deinen Namen trägt. Eine Stadt namens Verkin.

Ja, die ist nach mir benannt. Ich habe sie gekauft und ihr meinen Namen gegeben.

Wirklich? Glaube ich nicht.

Nein, von diesem Kaff im Nirgendwo weiß ich selbst erst, seit es Google gibt.

Wir lachen, und ich überlege, ob Verkin vielleicht auch sonst nicht immer die Wahrheit sagt.

Früher war hier nichts, sagt sie und zeigt aus dem Fenster. Hier waren Felder und Wiesen, es gab nur eine schmale Straße. Ein Stück weiter Richtung Levent bin ich ausgeritten als Kind, mein Vater besaß einen Reitstall in der Gegend, er liebte Pferde. Ich habe dort Springreiten und Voltigieren trainiert.

Schwer vorstellbar, dass Verkin hier ausgeritten sein soll, denke ich. In Levent steht heute ein Hochhauswald, Istanbul ist die größte Stadt Europas und die viert- oder fünftgrößte der Welt.

Mein Cousin Migo war oft mit mir bei den Pferden, Migo, mein unglücklicher Lieblingscousin. Er ist erst kürzlich in Atlanta, Georgia, gestorben, weit weg von Istanbul. Ich träume manchmal von ihm, dann küsst er mich und legt mir eine dicke armenische Halskette mit einem großen Smaragd um.

Wieso war er unglücklich?

Weil er nicht in Istanbul bleiben konnte. Weil er seine Wurzeln kappen musste. Weil er, wie mein Vater sagte, kein Baum am Bosporus, sondern nur noch ein Stück Holz war. Ein totes Stück Holz. Treibgut.

Ich weiß nicht, sage ich, aber aus gut abgelagertem Holz lassen sich doch großartige Dinge bauen, Schiffe zum Beispiel.

Und Särge. Den türkischen Militärdienst hätte Migo niemals überlebt, Griechen und Armenier wurden dort gern bis zum Äußersten schikaniert und nicht selten zu Tode gequält, deshalb wanderte er, kaum achtzehn Jahre alt, wie so viele Istanbuler Armenier nach Amerika aus. Ich vermisse ihn noch heute und weiß, dass er dort nie glücklich wurde – obwohl er sehr erfolgreich war. Er studierte Chemie, stieg in einer Firma auf, wurde Teilhaber und reich, als diese Firma von einem größeren Unternehmen übernommen wurde. Zuletzt war er CFO eines Chemie-Giganten. Er heiratete eine gut aussehende Amerikanerin, bekam mit ihr drei Kinder, die ihm fremd blieben, weil sie nur Englisch sprachen, und seine Frau entpuppte sich als Fundamentalistin, die an die Erschaffung der Welt durch Gott vor fünftausend Jahren glaubte. So erfolgreich sein Werdegang sich erzählen lässt, er fühlte sich immer wie im falschen Leben. Er vermisste Istanbul so sehr.

Ich muss an meine Tante in Amerika denken, eine

Schwester meines Vaters, ich könnte Verkin von ihr erzählen. Wie sie aus dem Westdeutschland der fünfziger Jahre nach Kalifornien floh und ihr Glück machte. Studierte, heiratete und vier Kindern bekam, meine amerikanischen Cousinen und Cousins, die kein Wort Deutsch sprechen – wozu auch, müssen sie ja nicht. Ich könnte erzählen, dass eine meiner amerikanischen Cousinen einen Armenier aus Glendale geheiratet hat und nun einen armenischen Nachnamen trägt, aber stattdessen schaue ich aus dem Fenster und vermisse Istanbul auf einmal einen kleinen Bruchteil so sehr, wie Migo es vermisst haben muss, denn da draußen, der Stau auf der Stadtautobahn, das ist doch nicht Istanbul, oder doch? Ich würde so gern vergessen, dass ich in einem Auto sitze.

Verkin erzählt von einem weiteren Cousin, der nach Amerika auswandern musste, Çano, fast zwanzig Jahre älter als sie.

Er war der Neffe meines Vaters, der sich als junger Mann große Hoffnungen machte, die Firma zu übernehmen, sprich zu erben, weil mein Vater doch immer und überall erzählte, dass er nie heiraten und keine Kinder bekommen wolle. Und dann, sagt Verkin, mein Vater ging auf die fünfzig zu, kam ich auf die Welt. So ein Pech für Çano und die anderen, die geglaubt hatten, nie mehr im Leben arbeiten zu müssen. Sonderlich erfreut war die Verwandtschaft also nicht, am wenigsten Çano, der flamboyante Tennis-Champion und Robert-College-Absolvent. Auch er, ihm blieb nichts anderes übrig, ging nach Amerika, aber auch er traf es gut, machte ein Vermögen im Tabakhandel und lebte in Nashville, Tennessee, wo ich ihn sogar mal besucht habe.

Ich tippe seinen Namen in mein Telefon, Verkin hat *look him up* gesagt, und schon läuft ein Video auf dem Display, in dem ein älterer weißhaariger Herr in dunklem Anzug durch einen theatersaalgroßen Zedernholz-Humidor spaziert und von seinen Zigarren schwärmt.

Er war immer ein Angeber, sagt Verkin, als ich ihr das Video zeige, aber in Amerika ist das ja eine nützliche Eigenschaft. Sieht aus, als hätte er sich einen riesigen begehbaren Sarg gebaut. Mein Vater hätte gesagt, so viel totes Holz.

6

Tarabya

Eseloliven / Die Liste der Männer / Salatstrafe / Detlev unter Wasser / Pistole im Handschuhfach / Eine Klinik am Bodensee und die Verlobung von Düsseldorf / *Ménage à trois* / Schlafmohnbutter / Talent für Dekadenz / Der Verlobungsmercedes / Ein Bewerber aus Kansas / Theater in Ost-Berlin / *Báron is a sushi dog* / Der Pablo Escobar vom Bosporus

Ein knappes Jahr später bringt die Metro mich nach Hacıosman, der Endstation tief unten im Berg, sieben Rolltreppen sind es bis ans Tageslicht. Das Taxi rollt den Steilhang zum Bosporus hinunter, fährt am Hafenkreisel links, am Grand Tarabya vorbei, zwei, drei Kurven am Wasser entlang, und dann gelingt es mir sogar, den Taxifahrer zu überreden, die Rampe zu Verkins Haus hinaufzufahren, ein Kleinwagen und die Sportausführung eines weißen Mercedes parken vor der Tür. Nevin lässt mich ins Haus, und Báron begrüßt und beschnuppert mich wie einen alten Bekannten. Auf dem Weg durch die Galerie der Schwarz-Weiß-Fotografien im Marmorgang bemerke ich, dass er humpelt, seine linke Vorderpfote knickt bei jedem Schritt leicht ein.

In der Sommerküche sind die Schiebetüren zur schwebenden Terrasse und dem hängenden Garten halb geöffnet. Kühl ist es nicht, trotzdem brennt im Kamin ein Feuer. Nevin reicht mir ein Teeglas auf einem weißen Porzellan-Untertellerchen, wir plaudern, soweit mein mangelhaftes Türkisch es zulässt, und natürlich versuche ich, wieder etwas über die Aussicht auf das große glitzernde Blau, Blaugrau oder Blaugrün zu sagen. Báron schnuppert an meiner Tasche – diesmal habe ich Hausmacher Leberwurst, Blutwurst und Sauerkraut dabei – und legt sich auf die Schwelle zur Terrasse, auf der sich heute Vormittag keine Bademantelgesellschaft versammelt hat. Weiter unten im Garten, halb verdeckt von einer Palme und blühenden Obstbäumen, sehe ich drei Bauarbeiter, die eine neue Stützmauer im Steilhang verblenden. Einer trägt Steine herbei, der zweite hantiert mit Kelle und Mörtel, der dritte dirigiert und schaut zu. Die georgische Köchin Medea, die, wie ich weiß, wegen ihres Namens eingestellt wurde, beginnt Porzellanschälchen mit Oliven, geschälten Tomaten und Blumenkohlröschen auf dem Sommerküchentisch zu verteilen. Auf Verkins silbernen Platzteller stellt sie eine größere, auf meinen Platz eine etwas kleinere, aus dunklem Holz geschnitzte Schüssel, beide sind bis an den Rand mit Kräutern und Salatblättern gefüllt, dazwischen sehe ich Granatapfelkerne und kleine dunkelgrüne Kapern.

Ich höre Verkin einige Worte mit Nevin in der Hauptküche wechseln, dann erscheint sie in einem schlichten dunkelblauen Kleid, das Telefon in der Hand. Ihr Haar ist glatt, glänzt silbrig und ist ein wenig länger als vor einem Jahr.

Wir begrüßen uns und erzählen, was in den letzten Monaten passiert ist, ich berichte von einer Lesereise durch China, von den häufigen Fahrten zu meinem Vater und den neuen Shopping Malls, die ich in Istanbul besuchen möchte.

Koste mal diese Oliven, sagt Verkin. Sie hat das Telefon

weggelegt und sich Tee eingießen lassen, ihren Salat aber noch nicht angerührt.

Die sind von meinem Baum in Kekova. Dort müsstest du mich mal besuchen. Du bist herzlich eingeladen, komm mit deiner Frau oder Freundin!

Von dem Haus an der lykischen Küste habe ich schon viel gehört. Verkin hat mir Bilder gezeigt, und alle, die dort waren, schwärmen.

Probiere auch diese, sagt Verkin und zeigt auf ein anderes Schüsselchen. Wir nennen sie Eseloliven.

Eseloliven?

Ich weiß nicht, warum sie so heißen, aber sie erinnern mich an Detlev, den ich gern Eselchen genannt habe, Detlev den Deutschen. Meinen ersten Mann.

Wie viele Männer gab es eigentlich in deinem Leben? Bisher kenne ich nur Tarek, den Heiler, den ich bei meinem letzten Besuch hier im Bademantel getroffen habe.

Soll ich dir eine Liste schreiben? Oder besser diktieren? Deutsche führen doch gerne Listen, die sie abarbeiten, einen Eintrag nach dem anderen. Und am Ende sind alle abgehakt, durchgestrichen oder tot.

Ich versuche, nur auf das Fruchtfleisch der Olive in meinem Mund und nicht auf den Stein zu beißen, und frage mich, noch während ich kaue, wo ich ihn ablegen könnte. Auf meinem Teller? Nein, unter den vielen gefüllten Schälchen und Schüsselchen, die Medea hereingetragen hat, entdecke ich ein leeres weißes, in dem sich bereits ein Kern befindet.

Ab und zu schreibe ich eine Einkaufsliste, sage ich und balanciere den Olivenkern auf den Zinken meiner Gabel bis zur Tischmitte, darauf hoffend, dass er nicht auf die bestickte Tischdecke oder in eines der offenen Kompott- oder Marmeladengläschen fällt.

Manchmal schreibe ich auch Listen, wenn sehr viel zu tun ist. Ich notiere all die Dinge, die erledigt werden müssten. Und dann bilde ich mir gern ein, sie könnten sich allein durch Aufschreiben erledigt haben.

Der erste Name auf der Liste meiner Männer wäre nicht Detlev, sondern Nicolas, sagt Verkin.

Mir gefällt ihre Initiative, und ich nehme mir vor, niemanden abzuhaken oder durchzustreichen.

Nicolas war ein in der Mandschurei geborener, in Australien aufgewachsener und in der Schweiz und in Frankreich lebender russischer Fotograf. Einige seiner Bilder hängen im Flur und im Wohnzimmer. Wir lernten uns im Orientexpress kennen, auf meinem Schulweg, ich fuhr ja mehrmals im Jahr zwischen Istanbul und der Schweiz hin und her. Ich war dreizehn, fast vierzehn.

Hat er dich im Orientexpress verführt?

Nein, ich habe ihn verführt, das erzähle ich dir später. Nummer zwei wäre Detlev, mein Eselchen, der fesche Dandy aus Düsseldorf mit Dupont-Feuerzeug, der so gut und gerne gefeiert und ein bisschen zu viel getrunken hat. Mein erster Ehemann. Von ihm kann ich allerdings nicht sprechen, ohne Emin zu erwähnen, denn in unserer Ehe waren wir immer zu dritt. Emin wäre also Nummer drei auf dieser Liste. Er war ein Istanbuler Geschäftsmann mit besten Verbindungen in die Politik und zum organisierten Verbrechen, der Partner, mit dem ich die Ostblock-Geschäfte gemacht habe, der Liebhaber, der mit meiner Hilfe Präsident von Fenerbahçe Istanbul wurde, der Mann, der mir jahrelang nachstellte, mich verfolgte und mich beschatten ließ, weil er, obwohl selbst verheiratet, wahnsinnig eifersüchtig war.

Verkin holt Luft und nimmt einen Schluck Tee, ich esse

eine weitere Olive und denke, dass Emins Geschichte nach einer klingt, die nicht gut ausgeht.

Nummer vier wäre Hippo, der New Yorker, der unbehauste Bildhauer, der afroamerikanische Riese, der Spaziergänger von Manhattan und Istanbul. Von meinem Vater abgesehen der vielleicht wichtigste Mensch in meinem Leben, denn ich habe so viel von ihm gelernt. Zum Beispiel verdanke ich ihm die Erkenntnis, dass nicht ich die Verrückte bin, wie meine Mutter und so viele andere Menschen es mir immer wieder einreden wollten, sondern die Welt selbst nicht in Ordnung ist, und zwar dermaßen nicht in Ordnung, dass du ihr nur so offen und verrückt wie möglich begegnen kannst – eine Einsicht, die gut zu Mann Nummer fünf überleitet, Orhan, ebenfalls Bildhauer, aber auch Musiker und Tänzer und Tausendsassa, mein zweiter Ehemann und Vater meines ersten Kindes. Wir mochten uns sehr und stritten ununterbrochen, es war herrlich und unaushaltbar zugleich mit ihm.

Ich lausche, esse ein Salatblatt nach dem anderen, staune, wie gut Granatapfelkerne und Pantelleria-Kapern zusammen schmecken, und denke, dass ich eigentlich mein Notizbuch hervorholen müsste, um einige Namen aufzuschreiben, die Verkin mir nennt, weil ich sie sonst gleich alle wieder vergesse. Vielleicht sollte ich tatsächlich eine Liste anlegen, sage ich mir, aber da ist Verkin schon bei Mann Nummer sechs.

Abdulkadir und ich wollten heiraten, dann aber passierte der Unfall, ein Frontalzusammenstoß. Abdulkadir starb in meinen Armen, und für mich begann die Geschichte mit meinem linken Bein. Zehn Jahre immer wieder in Krankenhäusern, auf der ganzen Welt.

Die Geschichte meines Beins, das klingt wie eine Novelle.

Du darfst sie gerne schreiben. Der Cowboy von Cardiff spielt in ihr eine wichtige Rolle, er wäre Mann Nummer sieben. Er war der Chirurg, der mein Bein gerettet hat, das alle anderen Ärzte amputieren wollten.

Der Cowboy von Cardiff? Wurde das schon vertont? Als Komödie oder Oper? Ich kann mich gar nicht entscheiden, ob ich an den *Impresario von Smyrna* oder den *Barbier von Sevilla* denken soll!

Ich kann dir gern vom Cowboy erzählen, sagt Verkin, aber ich muss dich warnen, es ist eine traurige Geschichte. Keine Komödie. Nummer acht wäre Tarek, mein dritter Ehemann. Der erste Mann auf dieser Liste, der noch am Leben ist.

Ich weiß, dass er in direkter Linie von einem der Eroberer Konstantinopels abstammt, sage ich, während ich innerlich ein wenig erschrocken bin, dass Verkin bisher sieben Tote aufgezählt hat.

Tarek hat ebenfalls einiges erobert in seinem Leben, sagt sie, und sich immer wieder neu erfunden, er hat viele Wandlungen hinter sich. Er war Fluchthelfer, er führte eine Werbe- und eine Konzertagentur, er war Bademattenproduzent, immer ein Kiffer, und heute ist er Heiler und Biobauer. Und der Vater von Süreyya, Sohn Nummer zwei.

Wir essen seinen Salat, oder?

Ja, den zieht er auf meiner kleinen Farm am Schwarzen Meer. Sonntags verkauft er Biogemüse und selbst gesammelte Kräuter auf einem Markt in Beyoğlu. Tarek ist zäh, es ist mir nicht gelungen, ihn zu zerstören, und dazu müsste ich ihm eigentlich gratulieren. Er hat mich immer ausgehalten. Er ist ein Held.

Nevin ruft etwas aus der Hauptküche, das ich nicht verstehe, Verkin schaut auf ihr Telefon und antwortet ihr.

Und dann, frage ich, als Verkin sich wieder ihrem Salat zuwendet. Wer folgte auf Tarek? Er war doch nicht der Letzte, oder?

Nein, sagt sie. Nummer neun ist Philip, der New Yorker Jude aus New Jersey, Anwalt und Partner einer der größten Wirtschaftskanzleien Amerikas, Mäzen der Künste, Geldgeber, Meister der Verzögerung und vielleicht die verpasste Liebe meines Lebens.

Das tut mir leid, Verkin.

Es muss dir nicht leidtun, es bleibt spannend. Der zehnte Mann war ein Zwischenspiel und ist der zweite Deutsche auf dieser Liste, Reinhart, ein Schriftsteller und Kommunist, der sich aus Solidarität mit der Arbeiterklasse weigerte, in ein Taxi zu steigen. War ich mit ihm zusammen, musste ich zu Fuß gehen. Wir lernten uns auf Zypern kennen, er kam nach Kekova und nach Istanbul, anschließend lud er mich zu einem Schriftstellertreffen im Sauerland und zu einer Hörspieltagung in Niederösterreich ein. Mann Nummer elf konnte zur Abwechslung kaum lesen und schreiben, aber unglaublich gut, geradezu göttlich Klarinette spielen. Er war dreißig Jahre jünger als ich, und ich bin sicher, dass ich auch in seine Naivität und seine Unschuld verliebt war. Ich hätte ihn fast geheiratet, weil ich sauer war, dass Philip, Mann Nummer neun, seine Frau nicht verlassen wollte.

Verkin stochert in ihrem Salat und spießt zwei Kapern auf ihre Gabel.

Elf Männer? Bräuchten wir nicht noch einen, um das Dutzend vollzumachen? Braucht die Königin nicht zwölf Ritter an ihrer Tafelrunde?

Mir fällt sicherlich noch einer ein, bestimmt habe ich den einen oder anderen vergessen, Sam zum Beispiel, Samuel Adams Green, der aber nie ein Geliebter war, sondern nur – aber was heißt nur, es ist eher mehr – ein später, sehr wichtiger Freund. Der beste. Auch er kam oft nach Kekova und erzählte die lustigsten Geschichten, weil er Gott und die Welt kannte, *look him up*. Leider ist auch er schon tot.

Mein Teeglas hat sich wieder gefüllt, ohne dass ich Medea bemerkt habe. Verkin kaut Salatblätter und sagt, der Salat sei ihre Strafe, jeden Morgen. Du hast noch nicht so viel verbrochen, deshalb fällt deine Strafe geringer aus, sie zeigt auf meine kleinere Schüssel. Keine Kohlenhydrate vor zwölf Uhr, so lautet ihre Regel. Und dann, vielleicht hat es mit den köstlichen Eseloliven zu tun, beginnt sie, von Detlev zu erzählen, dem sie das erste Mal unter Wasser begegnet sei, da sei sie sechzehn gewesen.

Wir lernten uns beim Tauchen kennen, vielleicht fiel mir deshalb nicht gleich auf, dass wir uns nicht viel zu sagen hatten. Unter Wasser verständigten wir uns immer in Zeichensprache und verstanden uns bestens, über Wasser und an Land funktionierte es oft weniger gut. Fuat Süren, ein Geschäftsfreund meines Vaters, Gründer der Transtürk Holding und Sohn eines bekannten armenischen Zahnarztes, der auch Atatürks Zahnarzt gewesen war, besaß ein Speedboat, eines der ersten in Istanbul, und nahm mich ab und zu mit zum Tauchen. Wir tauchten mit Sauerstoffflaschen und Atemmaske, das war damals neu, und es war äußerst kompliziert, die Flaschen in Istanbul befüllen zu lassen, aber ich kümmerte mich gern darum, denn ich liebte es, unter Wasser zu sein. Damals gab es im Marmarameer noch Wunder und die unglaublichsten Fische zu sehen, wo heute nur noch Plastiktüten treiben, weil das Leben unter dem Müsilaj erstickt, dem Algenschleim, der alles tötet. Fuat Süren und seine Freunde, unter ihnen auch Emin, fanden es sicherlich aufregend, eine sechzehnjährige Armenierin auf dem Marmarameer herumzufahren, eine junge Frau, die für sie tauchen ging und mit großen Augen von den Welten unter Wasser erzählte. Eines Tages war der Sohn eines deutschen Geschäftspartners dabei, auch er hatte gerade das Sporttauchen entdeckt. Er hieß Detlev, war Mitte zwanzig und von seinem Vater an den Bosporus verbannt worden, weil er in Europa über die Stränge geschlagen hatte. Braver war er in Istanbul allerdings nicht geworden, wie ich bald bemerkte, denn alle Drogen, die er liebte, waren in Istanbul viel leichter zu bekommen als irgendwo sonst. Er amüsierte sich mit seiner Clique, Freunden aus Internatszeiten, die ihn besuchten, sooft sie konnten. Im Istanbuler Büro der Stahlunion, für die er theoretisch arbeitete, ließ er sich eher selten blicken, ihn interessierte das Vergnügen. Er war groß und schön und an Land immer perfekt gekleidet, seine Anzüge kamen aus der Londoner Savile Row. Er war älter als ich und trotzdem jung und anders als all die türkischen, armenischen oder griechischen Männer, die mich umschwirrten, nicht weil ich besonders schön gewesen wäre, sondern weil sie wussten, wie reich mein Vater war. Detlev und ich freundeten uns an, gingen zusammen tauchen und auf Partys, bis die Ferien vorbei waren und ich wieder nach Europa musste, ich ging ja noch zur Schule.

Medea bringt weitere mit Köstlichkeiten gefüllte Schälchen und Schüsselchen aus der Küche, ich sehe Artischockenherzen in Olivenöl und angeröstete Rosenkohlhälften.

1965, als ich mit der Schule fertig und aus Europa zurück war, arbeitete ich in der Firma, ich half meinem Vater, hatte eigene Ideen und gab unserem Vertrieb in der Türkei eine neue Struktur, wohnte aber noch mit meiner Mutter in Tarabya, die mich, wie Mütter das machen, immerzu fragte, wohin gehst du, was machst du, wann kommst du nach Hause – was mich wahnsinnig machte. Dazu kam, dass sie die Hoffnung, mich in irgendeine angesehene armenische Familie zu verheiraten, noch nicht aufgegeben hatte und mir ständig irgendwelche Kandidaten präsentierte, weshalb Detlev eines Tages vorschlug, dass wir uns doch verloben und heiraten könnten. Ich war neunzehn Jahre alt und hielt das in diesem Moment für eine hervorragende Idee. Ich mochte ihn, er war schön, sprach viele Sprachen, wusste zu feiern und würde mir alle anderen Bewerber vom Hals halten. Ich sagte Ja, obwohl ich nicht behaupten konnte, dass ich unsterblich verliebt gewesen wäre. Und weil Verlobungen damals noch groß gefeiert wurden, sollten wir gemeinsam nach Düsseldorf reisen, seine Eltern wollten mich kennenlernen, wollten wohl sehen, wen ihr Sohn sich da ausgesucht hatte. Mein Vater war gegen diese Reise, sollen die doch nach Istanbul kommen, sagte er, er war überhaupt gegen die Verbindung, vermutlich aus Angst, dass ich nach Deutschland ziehen könnte. Ich hörte natürlich nicht auf ihn und flog mit Detlev nach Düsseldorf, mitten im Winter. Als wir zum Haus seiner Eltern kamen – es war ein großes frei stehendes Haus mit Garten –, stellte sich heraus, dass sie gar nicht da waren. Wie wir von der Köchin erfuhren, waren sie spontan zum Skifahren nach Kitzbühel aufgebrochen. Auf mich und Detlev wirkte es so, als wollten seine Eltern mir nicht begegnen, anscheinend waren sie nicht sonderlich begeistert von der Idee ihres Sohnes, eine armenische Türkin zu heiraten. Ich war beleidigt und Detlev sehr verlegen. Er bemühte sich, das Ganze als Missverständnis darzustellen, wirkte aber auf einmal viel weniger souverän und selbstsicher als in Istanbul, plötzlich war er der Sohn, der das Placet seines Vaters brauchte, um sich mit mir zu verloben, er war nicht mehr der strahlende Jung-Siegfried, sondern ein großes, befangenes Kind. Ein Esel. Zum Glück war ich nicht in der Situation wie meine arme Großmutter Verkin, die als noch jüngere Frau allein in der Çankaya-Villa in Ankara erfuhr, dass sie nicht den hübschen Mann heiraten durfte, in dessen Bild sie sich verliebt hatte, sondern seinen syphiliskranken Bruder. Ich saß nicht fest, ich konnte auf der Stelle umkehren, mich zum Düsseldorfer Flughafen chauffieren lassen und zurück nach Istanbul fliegen. Ohne Detlev. In Istanbul angekommen, erzählte ich alles, was passiert war, nicht meinem Vater oder meiner Mutter, sondern Emin, der mich aus irgendeinem Grund mit seinem Fahrer am Atatürk-Flughafen abholte – wahrscheinlich gab es etwas Geschäftliches zu besprechen. Emin, den ich seit meiner Kindheit als einen Kompagnon meines Vaters kannte, war da und hörte mir zu. Wir redeten und redeten, er entsetzte sich über die Respektlosigkeit der Deutschen, ein Türke, sagte er, ein Türke hätte sich nie so verhalten, kurz, er tröstete mich, er tröstete mich so gut, dass eine Liebelei begann. Drei Wochen später schickte Detlev, von dem ich nichts mehr gehört hatte, ein Telegramm und kündigte an, dass er nach Istanbul zurückkomme, es habe sich alles geklärt, Verwirrung vorbei, Eltern einverstanden, Verlobungsring mit Diamant wartet, ich solle ihn am soundsovielten um soundso viel Uhr am Atatürk Airport abholen. Emin war nicht begeistert. Ich bringe ihn um, sagte er, und ich wusste, dass er das nicht nur so dahersagte, türkische Männer, das macht sie so verlässlich und so gefährlich, sind bereit, für ihre Liebe zu sterben. Die Kehrseite dieser Leidenschaft ist allerdings, dass sie auch bereit sind, für ihre Liebe zu töten. Und Emin, der Türke, hatte eine geladene Pistole im Handschuhfach seines Wagens liegen, die für ihn einfach zu erreichen war, weil er immer auf dem Beifahrersitz saß. Er konnte gar nicht Auto fahren und ließ sich gern von mir chauffieren. Mein bewaffneter Türke bestand nun darauf, mit mir zum Flughafen zu kommen, um Detlev abzuholen, der dann einigermaßen überrascht war, als er mich mit Emin am Ausgang sah, er kannte ihn ja nur als den Mann, mit dem ich Geschäfte machte, und aus dem Kreis um Furat Süren. Wir fuhren zu Detlevs Wohnung in Yeseköy, damals ein hübscher, ruhiger Küstenort nicht weit vom Flughafen. Detlev musste hinten sitzen, auf der Rückbank, als wäre er unser Kind, und ich dachte während der ganzen Fahrt daran, dass Emin nur das Handschuhfach öffnen müsste. In Yeseköy angekommen, wies ich Emin an, im Auto zu bleiben, während ich Detlev in seine Wohnung begleitete, um ihm die neue Situation zu erklären. Von diesem Tag an hatte ich mit zwei liebeskranken Männern zu tun, einem eleganten Esel und einem angriffslustigen Löwen. Emin drohte, Detlev umzubringen, während Detlev, ich hatte ihm von Emins Pistole erzählt, sich ebenfalls eine Waffe besorgte und drohte, entweder Emin oder sich selbst umzubringen. Er erinnerte mich daran, dass auch Deutsche aus Liebe töten können, und zwar sich selbst, siehe *Die Leiden des jungen Werther* – was ich nun auch nicht wollte. Eselchen war stur, er hatte sich in den Kopf gesetzt, mich zu heiraten, Emin hingegen wurde misstrauisch und begann, mich überwachen zu lassen, zu meinem Schutz, sagte er, damit mir nichts zustoße, dabei wollte er bloß wissen, ob ich mich mit Detlev traf, was ich mir selbstverständlich nicht verbieten ließ, Verkin lässt sich nichts verbieten, schon gar nicht von einem Mann. Einerseits war mir klar, dass ich nicht Emins *mafia wife* werden wollte –

mit ihm zusammenbleiben und Geschäfte machen wollte ich aber schon, denn die liefen gut, sehr gut. Es dauerte nicht lange, und ich kam mir vor wie in einer italienischen Oper: die junge Frau und zwei liebesverrückte Männer, die auf der Bühne mit Pistolen herumfuchteln und damit drohen, sich gegenseitig umzubringen. Ich war überfordert, ich war beziehungsüberfordert, denn mit meinen neunzehn Jahren war ich nicht erfahren genug, um gleich zwei verliebte Männer zu moderieren, die deutsch-romantische Verrücktheit Detlevs, der sich nun als trauriger Tristan sah und mich als seine Isolde, auf der anderen Seite der verrückte Türke, der glaubte, über mich bestimmen zu können und Liebe und Tod für zwei Seiten derselben Medaille hielt. Es kam so weit, dass ich nicht weiter mitspielen wollte in diesem Drama, das Detlev und Emin um mich herum aufführten, sterbe ich halt, dachte ich Dummkopf, sterbe ich halt, das löst alle Probleme, und schluckte vierhundert Librax.

Wie bitte? Vierhundert Librax?

Das war Arbeit, das kann ich dir sagen. Vorher, vielleicht aber auch nachdem ich die Tabletten genommen hatte, ging ich seltsamerweise zum Friseur. War der Termin lange ausgemacht? Ging ich jede Woche um diese Zeit? Ich weiß es nicht mehr, jedenfalls kam mir nicht in den Sinn, abzusagen, nur weil ich später am Nachmittag sterben wollte. Letztlich hat der Friseurbesuch mir das Leben gerettet, denn anscheinend benahm ich mich so seltsam, dass der Friseur, dieser sensible Psychologe – auch einer von denen, die von Emin bezahlt wurden, um mich zu überwachen –, Emin anrief und ihm sagte, mit Verkin stimmt etwas nicht, sie verhält sich sonderbar, sie ist nicht sie selbst. Auf diesen Hinweis hin und weil ich zu Hause nicht ans Telefon ging, kam Emin nach Bebek, trat die Tür meiner Wohnung ein, in der ich noch nicht lange wohnte, und fand mich bewusstlos neben meinem Bett. Er brachte, nein, nicht mich, er brachte einen leblosen Körper ins Krankenhaus, dem dort der Magen ausgepumpt wurde. Ich habe nur überlebt, weil ich viel zu viele Tabletten geschluckt und zu wenig getrunken, zu wenig Flüssigkeit zu mir genommen hatte, die Tabletten hatten sich nicht aufgelöst. Hätte ich weniger, nur achtzig oder neunzig, genommen, wäre ich wahrscheinlich gestorben. Ich habe überlebt, weil ich übertrieben hatte, weil ich so maßlos gewesen war, ich habe überlebt, weil ich unbedingt sterben wollte.

Ich trinke mein Teeglas leer, das in dem Moment, da ich es anhebe, von einem Lichtstrahl getroffen wird, die Sonne ist über den Kamm des Bergs hinter dem Haus geklettert und leuchtet uns an, und ich muss an die Schulfreundin denken, die bei ihrem ersten Versuch, sich umzubringen, ebenfalls viel zu viele Tabletten geschluckt hatte, genau wie Verkin. Beim zweiten Versuch machte sie dann leider alles richtig beziehungsweise falsch, sie setzte sich in den Kleiderschrank im Schlafzimmer ihrer Eltern, trank Wasser, viel Wasser, schluckte Tabletten, viele Tabletten, und trank noch mehr Wasser.

Von Emins Rettungsaktion bekam ich überhaupt nichts mit, sagt Verkin, ich war schon im Tablettenkoma, im Leberlimbo, und bin für lange Zeit gar nicht richtig aufgewacht.

Mit schweren Leberschäden, enzephalopathischen Zuständen und der größten Müdigkeit kenne ich mich zufällig aus, könnte ich sagen, aber so viel weiß Verkin schon über mich, deshalb sage ich nichts. Emin habe großen Ärger bekommen, berichtet sie, alle gaben ihm die Schuld an ihrem

Selbstmordversuch, er habe sie nicht in Ruhe gelassen und ihr seine Leibwächter hinterhergeschickt.

Dabei war es auch seine Übergriffigkeit, die mich gerettet hat. Mittlerweile war Detlevs Vater Fritz in Istanbul eingetroffen, einerseits wegen lukrativer Geschäfte seiner Stahlunion mit der Transtürk Holding von Fuat Süren – mit Stahl ließ sich damals noch sehr viel Geld verdienen –, andererseits, damit er sich um seinen liebesverwirrten Sohn kümmern konnte, der seinem Vater drohte, sich zu töten, weil er sich selbst die Schuld an meinem Tablettenunfall gab. Detlevs Vater ergriff die Initiative und sorgte dafür, dass ich aus dem Istanbuler Krankenhaus, in dem ich dahindämmerte, in eine Privatklinik am Bodensee geflogen wurde. Das war wohl, nehme ich an, sein Versuch, etwas wiedergutzumachen und Detlev zu zeigen, wie wichtig ihm die Frau war, die sein Sohn immer noch heiraten wollte. Ich verbrachte vierzig Tage bei Professor Buchinger in Überlingen, vierzig Tage musste ich heilfasten, um meiner Leber dabei zu helfen, sich zu regenerieren. Der alte Buchinger lebte noch, ich lernte ihn kennen, und wir freundeten uns an, als Istanbuler Armenierin, die von einem Düsseldorfer Großindustriellen eingeliefert worden war, war ich wohl eine Patientin von Interesse, ich fühlte mich wie die Außerirdische, die erneut am Bodensee gelandet war, diesmal auf der deutschen Seite.

Wieso erneut?, frage ich.

Weil ich wenige Jahre zuvor auf der Schweizer Seite zur Schule gegangen war, aber nicht lange. Detlev besuchte mich oft in der Klinik, und sobald es ging, unternahmen wir romantische Spaziergänge am Seeufer und verlobten uns schließlich, den Ring, mit dem er nach Istanbul gekommen war, hatte er die ganze Zeit mit sich herumgetragen. Und als die vierzig Tage vorbei waren, schickte Fritz uns seinen Mercedes, wir fuhren nach Düsseldorf und feierten dort die Verlobung. Geheiratet haben wir aber in Istanbul, in eher kleinem Rahmen, meine Mutter war dabei, die einerseits natürlich enttäuscht war, dass ich nicht in eine der wenigen in Istanbul verbliebenen armenischen Familien einheiratete, andererseits freute sie sich, dass ich so viel Geld heiratete, deutsches Geld, Geld, das in Sicherheit zu sein schien. Mein Vater boykottierte meine erste Hochzeit, weil ich wegen dieses aus seiner Sicht sehr dummen Liebesabenteuers fast gestorben wäre und er wieder fürchtete, mich nach Deutschland zu verlieren, wo er mich doch in Istanbul in der Firma brauchte. Emin aber war dabei und feierte mit uns, ich wollte es so, immerhin verdankte ich ihm mein Leben, und Detlev akzeptierte meine Bedingung, wir heirateten quasi zu dritt und waren von da an ein *ménage à trois*, nur ohne *ménage*, um den Haushalt musste ich mich zum Glück nie kümmern. Auf unsere Hochzeitsreise, ein Geschenk von Detlevs Eltern, ist Emin allerdings nicht mitgekommen, die unternahmen wir zu zweit, denn Emin wollte nicht auf die Kanarischen Inseln. Fritz und seine Frau Friede hatten uns eine Flugreise nach Teneriffa geschenkt, was damals eine neue und exklusive Unternehmung war. Ich sollte aus Paris nach Düsseldorf kommen, um von dort mit Detlev nach Teneriffa zu fliegen. Ich weiß nicht mehr, warum ich in Paris war, vielleicht war ich bei meiner Tante in der rue Vivienne, vielleicht war ich mit Emin unterwegs? Jedenfalls verpasste ich am Vorabend unserer Hochzeitsreise den Abendflug von Paris nach Düsseldorf. Ich stand in Orly und rief Detlev an, der sagte, ich müsse unbedingt kommen, unbedingt, wir müssten am nächsten Morgen fliegen, es sei ein Geschenk seiner Eltern. Also stieg ich in ein

Taxi, achtete darauf, dass es ein Mercedes und keine französische Klapperkiste war, und ließ mich nach Deutschland fahren, einmal nach Düsseldorf bitte, sagte ich zu dem Taxifahrer, der sich im Laufe der Nacht als ziemlich gesprächig herausstellte und mir sein halbes Leben in Indochina erzählte. Um sieben Uhr in der Früh saß ich neben Detlev in der Maschine nach Teneriffa – wo es dann, ich erinnere mich, zwei Wochen ununterbrochen geregnet hat, während wir Emin vermissten.

Medea kommt mit einer gusseisernen Pfanne aus der Küche, in der vier Eier brutzeln, und stellt sie auf einem Untersetzer ab. Während sie mir auftut, sage ich, Verkin, ich glaube, du möchtest mich mästen. Brot steht nun ebenfalls auf dem Tisch, die Scheiben sind leicht angeröstet und in eine Stoffserviette eingeschlagen.

Ja, ich werde dich mästen und dann schlachten lassen, aber nein, davon hätte ich ja gar nichts.

Sie hat ihre Salatschüssel zur Seite gestellt und kostet nun ebenfalls von der Eierspeise.

Ich war nicht ungern in Düsseldorf in diesen Jahren, sagt sie, weil ich meinen Schwiegervater Fritz so sehr mochte. Er war in vieler Hinsicht interessanter als sein Sohn – was ich leider erst bemerkte, als ich bereits mit Detlev verheiratet war. Fritz fragte nach meinen Lizenzgeschäften und wollte alles über die Türkei wissen, für ihn muss ich ein aufgewecktes Wesen aus einer anderen Welt gewesen sein. Ich glaube, ihm gefiel, dass ich als Armenierin, Türkin und Frau viele Dinge anders betrachtete, er schätzte aber auch meine Krawattenexpertise, denn als Istanbuler Armenierin verstand ich selbstverständlich mehr von Seide als er, schließlich war der Seidenhandel im Osmanischen Reich jahrhundertelang in armenischer Hand gewesen.

Vor wichtigen Verhandlungen, er arbeitete damals auf die Gründung der Montanunion hin, den Zusammenschluss der Kohle- und Stahlindustrie in Frankreich, Deutschland, Luxemburg und Belgien, suchte ich ihm die Krawatte des Tages aus, und er fragte ganz nebenbei nach meiner Meinung zu diesem oder jenem Thema, das ihn beschäftigte. Langweilte ich mich, schickte er mich in seinem Wagen zu Yves Saint Laurent auf der Königsallee, hatte er Zeit, kam er mit und entschied, welches Kleid ich gleich anlassen sollte, und gar nicht so selten begleitete ich ihn anschließend zu seinem Mittagsstammtisch in den Breidenbacher Hof oder den Industrie-Club im Parkhotel, zur Tafelrunde der alten Männer, die sich selbst Wirtschaftskapitäne nannten. Für sie war ich eine Prinzessin aus dem Morgenland, denn die Herren, die da zusammen speisten, hatten ein durch und durch orientalistisches, von ihrer Karl-May-Lektüre geprägtes Bild der Türkei. Sie sahen den Großen Basar, die Hohe Pforte, den Harem des Sultans und halb nackte Odalisken wie auf einem Gemälde von Ingres vor sich und wunderten sich nicht schlecht, als die junge Frau aus Istanbul ihnen von ihren Geschäften in den Ostblock-Staaten erzählte. Fritz war beeindruckt von meinen Reisen zum Feind nach Ost-Berlin, er prophezeite, dass die Mauer, die 1966 erst wenige Jahre stand, bald wieder fallen würde. Er litt unter der deutschen Teilung, malte sich den Mauerfall aus und sagte, wenn sie fällt, wird es nur drei Monate dauern, und ich werde alle Werke im Osten wiedereröffnet haben. Die Pläne dazu hatte er in der Tasche.

Träumte auch Detlev von der baldigen Wiedervereinigung der beiden Deutschlands?

Detlev interessierte sich nicht für Deutschland. So deutsch er war, er mochte Deutschland und sein Deutschsein nicht. Wahrscheinlich gefiel es ihm auch deshalb so gut in Istanbul. Schau aus dem Fenster, und du weißt warum.

Ich weiß, ja. Und ich habe größtes Verständnis.

Báron hat sich von seinem Liegeplatz vor der Schiebetürschwelle erhoben. Es wirkt wie Arbeit, wenn er aufsteht und seinen Rumpf auf die im Vergleich grazilen Beine stellt. Er setzt sich in Bewegung, kommt auf mich zu und legt seine Schnauze auf meinen rechten Oberschenkel. Ich freue mich und beginne, seinen Hals und seinen Hinterkopf zu kraulen.

Jetzt, wo ich von Fritz gesprochen habe, muss ich auch an Friede denken, sagt Verkin. Im Rahmen ihrer emotionalen Möglichkeiten bemühte diese kühle und distanzierte Person sich um die unkonventionelle Schwiegertochter, die ich für sie wohl war. Friedes Hauptbeschäftigung war die Schoßhundzucht, nein, stimmt nicht, sie züchtete Windhunde, diese anorektischen Tiere, die zerbrechlich wirken, aber sehr schnell rennen können. Sie schenkte mir ein kurzes Nerzjäckchen für die Oper und hielt das für eine große Geste, für eine Art Entwicklungshilfe – nicht wissend, dass ich in Istanbul Schränke voller Pelze besaß und meine Mutter *la reine de la fourrure* gewesen war. Das Nerzjäckchen hatte sie mir für die Festspiele in Salzburg gekauft, die wir gemeinsam besuchten. Zu Ostern ging es nach Salzburg, im Juli zu den Bayreuther Festspielen. Bayreuth gefiel mir besser als Salzburg, mit Wagner konnte ich mehr anfangen als mit Mozart und Karajan, um die sich in Salzburg alles drehte. Richard Wagners Musik hat mich tief berührt und bewegt. Für mich war sie so deutsch, wie ich mir Deutschland wünschte.

Meinen Vater hast du in Bayreuth um einige Jahre verpasst, sage ich, als Kind stand er bei den Festspielen auf der Bühne. Bis er zu groß dafür wurde, war er einige Sommer einer der Zwerge im *Rheingold*, in einer Inszenierung von Wieland Wagner. Er durfte Purzelbäume schlagen. Und als du in Düsseldorf warst, hat er in Köln studiert. Du hättest nur über den Rhein auf die richtige Seite hinüberschwimmen müssen, um ihm zu begegnen.

Ich glaube, er hätte schon auf meine Seite schwimmen müssen.

Damals ist eigentlich niemand im Rhein geschwommen, es sei denn, er oder sie hätte sich umbringen wollen. Der Fluss war viel zu verschmutzt, das Wasser war vergiftet.

Vielleicht mochte ich Düsseldorf deshalb nicht? Ich schwimme mein ganzes Leben im Bosporus. Im Sommer jeden Tag.

Wo gehst du ins Wasser?

Gleich unten am Haus, ich muss nur den Hang hinunter und über die Straße. Detlev hatte im Gegensatz zu deinem Vater nicht studiert. Vielleicht war er mal irgendwo eingeschrieben, in Heidelberg oder Freiburg, aber grundsätzlich sah er seine Aufgabe darin, viel zu feiern und alle um ihn herum zu amüsieren. Mit dem Krieg und der Erinnerung an den Krieg und all dem, was ihr angestellt hattet, wollte er nichts zu tun haben.

Aber er war nicht im Krieg gewesen, oder? War er nicht zu jung dafür?

Er war Jahrgang 1937, also neun Jahre älter als ich, und hatte wohl so einiges mitbekommen. Zum Beispiel, dass seine Mutter eine Affäre mit einem amerikanischen General hatte, während sein Vater in Kriegsgefangenschaft war.

Jahrgang 1937? Das ist der Jahrgang meiner Mutter.

War deine Mutter etwa älter als dein Vater?

Ja, sechs Jahre. Als meine Eltern geheiratet haben, war das ungewöhnlich.

Kann ich mir denken. Ich bin drei Jahre älter als Tarek. Und ich war auch älter als Orhan, aber nur ein Jahr.

Weil meine Mutter älter war als mein Vater, machte ich mir als Kind große Sorgen, meine Mutter könnte bald sterben – weil ältere Menschen doch eher sterben als jüngere, wie ich wusste. Das Seltsame, das Verrückte war, dass meine Mutter wenige Jahre später, ich war noch ein Kind, gerade so eben noch ein Kind, tatsächlich gestorben ist.

Ach, deshalb.

Deshalb was?

Deshalb suchst du deine Mutter.

Kommt es dir so vor? Vielleicht siehst du ein bisschen so aus, wie ich mir meine Mutter heute vorstellen würde. Ich habe sie ja sehr lange nicht gesehen.

Wie lange?

Zweiunddreißig, nein dreiunddreißig Jahre.

Ich muss dich warnen, ich bin eine schlechte Mutter. *The worst.* Als Mutter bin ich eine Totalversagerin. *I'm sorry for my boys*. Und ich denke, ich mochte Detlev so gern, weil er hauptberuflich Sohn war. Sohn wollte ich ja auch immer sein. Ich wollte der Sohn meines Vaters sein, der Sohn, den er sich wünschte. Detlev hingegen, das wurde mir immer klarer, je länger wir zusammen waren, war ein großer kleiner Junge, trotz der äußerlichen Siegfriedhaftigkeit, mit der er alle blendete, mich eingeschlossen.

Ich stelle ihn mir wie einen dieser hübschen deutschen Helden in einem Film von Visconti vor.

Er sah nicht ganz so gut aus wie Helmut Berger, aber fast. Und es dauerte, bis ich herausfand, wie groß sein Alkoholproblem war, er versteckte das sehr gekonnt. Es dauerte auch, weil ich bis dahin überhaupt nicht wusste, was ein Alkoholiker ist. Mein Vater trank ja nur Wasser, ausgesuchte Quell- und Mineralwasser, die er sich aus ganz Europa kommen ließ, und nun lebte ich mit einem Mann zusammen, der sich jeden Abend vollaufen ließ, bis er zu lallen begann. Naiv, wie ich war, dachte ich, das sei normal für einen europäischen Mann.

Nicht ganz, aber fast, oder? Ohne Alkohol funktioniert der Westen nicht, Wein und Bier sind unsere Kultur und gehören zu allen Festen. Rechtfertigen musst du dich nur fürs Nichtrinken, nie aber für den Rausch. Protestanten trinken sogar in der Kirche, bei jedem Abendmahl – aber nein, das stimmt nicht mehr, aus Rücksicht auf trockene Alkoholiker wird nur noch Traubensaft im Kelch gereicht.

Detlev tarnte sich und verbarg sein Trinkertum hinter seiner Überkultiviertheit. Die Flasche Wodka, die er jeden Tag brauchte, kippte er heimlich am Nachmittag, um beim Abendessen dann sehr entspannt zu bestimmen, welcher Wein aus welchem Anbaugebiet getrunken werden sollte.

Hast du mitgetrunken?

Kaum. Drogen ja, Alkohol nein. Ich weiß nicht genau warum, aber Alkohol hat mich nie interessiert. Mir hat nie gefallen, welche Dummheiten selbst die klügsten Menschen nach dem dritten Glas von sich geben.

Wenn du mittrinkst, fällt es nicht so auf, sage ich. Detlev, der Düsseldorfer Sohn eines Ruhrbarons, der Internatszögling, der Maßanzugsträger mit Dupont-Feuerzeug: In deiner Erzählung von ihm erscheint er wie ein Klischee-Dekadent der westdeutschen Wiederaufbaujahre, eine Figur, deren Selbstzerstörung – darauf läuft die Detlev-Geschichte doch hinaus, oder? – ich sehr gern folge.

Ja, warte ab. Wie lautet dieser Spruch von Bismarck? Dieses berühmte Zitat?

Welches meinst du? Das mit der Wurst oder das andere? In Deutschland kursieren hauptsächlich zwei Bismarck-Zitate: Das eine vergleicht Gesetze mit Würsten und sagt, dass du bei beiden nicht wissen möchtest, wie sie gemacht werden. Das andere spricht von der dritten Generation, die Kunstgeschichte studiert.

Das meine ich. Wie lautet es?

Die erste Generation schafft Vermögen, die zweite verwaltet, die dritte studiert Kunstgeschichte ...

... und die vierte verkommt. Genau. Bismarck war ein kluger Mann, der große Hunde mochte.

Zu klug, zumindest für unseren dämlichen letzten Kaiser, der ihn entließ. Mir hat das Zitat immer gefallen, weil ich Kunstgeschichte studiert habe.

Und deine Kinder? Was ist mit deiner Tochter, wie alt ist sie? Ist sie schon verkommen?

Nicht allzu sehr, hoffe ich. Sie ist sechzehn. Sie hat noch Zeit.

Detlev war eine Generation weiter, Kunstgeschichte interessierte ihn nicht. Er war schlicht dekadent, und das gefiel mir. Ihr Deutschen habt ja eigentlich kein Talent für die Dekadenz, das ist nicht euer Ding, ihr seid Krieger, Denker, Dichter, Ingenieure oder Mörder – aber wenn ihr dann mal dekadent seid, dann richtig, dann *all-in*, weil es eurem Charakter im Grunde zuwiderläuft.

Ich weiß nicht, ich kannte ihn ja nicht, deinen Detlev, aber war die Vergnügungs- und Alkoholsucht vielleicht seine Methode, mit der deutschen Schuld und der Generation vor ihm umzugehen? War die Trinkerei seine Antwort auf den moralischen Totalbankrott Deutschlands?

Ja, ihr Deutschen habt euch Wiederaufbau- und Wirtschaftswundergeschichten erzählt und dabei übersehen, dass ihr eine Gesellschaft von Mördern gewesen seid. Es hat euch auch nicht genützt, immer zu sagen, die Nazis sind's gewesen, nicht wir.

Dem kann ich kaum widersprechen. Die Mörder waren hüben wie drüben. Und in Österreich auch.

Das Moralische interessierte Detlev überhaupt nicht. Er hatte auch nicht deine deutschen Schuldgefühle. Er profitierte davon, dass der Krieg den Familienkonzern nicht vernichtet hatte, im Gegenteil, der Krieg hatte die Familie wohlhabender werden lassen, trotz der verlorenen Werke im Osten. Es erging ihnen nicht anders als den Flicks, Quandts und Oetkers. Eselchen hatte immer Geld, einen Aktenkoffer mit Zahlenschloss voll, und rate mal, wie seine Kombination lautete.

Eins, zwei, drei?

Nein, null, null, sieben natürlich. Er schwärmte für James Bond.

From Russia with Love spielt doch in Istanbul, vielleicht hatte er diesen *007* zu oft gesehen?

Und ich sagte zu Hikmet, Nevins Mutter, die damals den Haushalt führte, nimm dir, was du brauchst. Nimm es dir einfach aus dem Koffer.

Und, hat er es gemerkt?

Natürlich nicht. Es interessierte ihn nicht, wie viel Geld in seinem Koffer war.

Ich notiere *Aktenkoffer* in mein Notizbuch und erinnere mich, dass während meiner Schulzeit, achtziger Jahre, Mittelstufe, einige männliche Mitschüler ihre Schulsachen in Aktenkoffern herumtrugen, als könnten sie es gar nicht erwarten, Angestellte zu werden und jeden Tag ins Büro zu gehen. Und ich erinnere mich an die Aktentasche meiner Mutter, eine Ledertasche, kein Koffer. War meine Mutter zu Hause, stand sie meist vor dem großen Spiegel in unserer Garderobe. Irgendwann dann nicht mehr.

Verkin blättert durch eine der drei Zeitungen, die auf dem Tisch liegen, Medea hat sie eben gebracht.

Diese Zeitungen lesen zu müssen, ist eine weitere Strafe für mich, sagt sie. Für all die Dinge, die ich getan und nicht getan habe. Ich muss mich ihr jeden Morgen unterziehen.

Warum, Verkin?

Ich will wissen, was der *hoi polloi* lesen und denken soll.

Sabah heißt eine der Boulevardzeitungen, die dritte ist die *Hürriyet*, die ich immerhin dem Namen nach kenne.

Die *Hürriyet* ist unsere *Prawda*, sagt Verkin. Ich muss wissen, was nicht drinsteht. Das interessiert mich. Deshalb lese ich diesen Mist. Dauert zum Glück nicht lange.

Salat zum Frühstück und Zeitungen, die du nicht lesen möchtest. Und womit bestrafst du dich sonst noch so?

Mit Männern, die mich, bald nachdem ich sie geheiratet habe, langweilen. Und oft ist es dann gar nicht so leicht, sie loszuwerden. Detlev zum Beispiel wollte sich partout nicht scheiden lassen. Er stimmte erst zu, als ich einwilligte, dass er unsere Hunde behalten darf, die beiden Weimaraner, die ich Schiller und Goethe getauft hatte.

Ach, die Hunde waren ihm wichtiger?

Die Jagd war ihm wichtig, dazu brauchte er sie. Schiller und Goethe waren Jagdhunde, und er zog oft mit ihnen los. Ich war einige Male dabei, aber kein großer Fan dieser Schlachtfestspiele. Sein Vater verstand, warum ich mich von seinem Sohn trennen musste, ich vermute, Fritz hätte sich selbst gern von seinem alkoholkranken Sohn getrennt.

Und von seiner Windhunde züchtenden Frau, mit der er ein auffällig distanziertes Verhältnis pflegte, was wahrscheinlich mit ihrer Liaison mit dem amerikanischen General zu tun hatte. Fritz und Friede ließen sich einige Jahre nach meiner Trennung von Detlev scheiden, Friede habe ich nie wiedergesehen, Fritz hingegen tauchte ab und zu mit einer neuen, selbstverständlich viel jüngeren französischen Frau in Istanbul auf. Die beiden wohnten die meiste Zeit des Jahres in Antibes, und sein größtes, sein eigentliches Kind, die Montanunion, wurde erwachsen: die Gemeinschaft für Kohle und Stahl, die er sich ausgedacht hatte, war dabei, sich zur EWG, zur Europäischen Wirtschaftsgemeinschaft, zu entwickeln, aus der eines Tages die Europäische Union entstehen sollte. Fritz hatte eine Vision.

Und Detlev, was wurde aus Detlev?

Fritz besorgte ihm einen Posten in Brasilien, auf dem er nicht viel tun musste und keinen größeren Schaden anrichten konnte. Ich denke, er ließ es sich gut gehen und trank weißen Rum mit Zucker und Limone, wie heißt dieser Cocktail noch mal?

Caipirinha?

Verkins Telefon klingelt, und ich frage mich, ob es Fritz sein könnte, der nun anruft, weil wir über ihn gesprochen haben, aber das ist wohl eher unwahrscheinlich. Er müsste längst tot sein.

Verkin schaut auf das Display, nimmt das Gespräch an, sagt, *Selam Ali Bey*, hebt die Stimme und ist plötzlich eine andere Person in einem anderen Leben, dabei spricht sie nur eine andere Sprache.

Ich probiere nun Hash Hash, die hellbraune Paste, die Verkin mir empfohlen hat, sie hat sie auch Schlafmohnbutter genannt. Ich sehe einen besonders großen Tanker und befrage die Tracker-App auf meinem Telefon, welches Schiff da vorbeifährt und wohin, ich fotografiere es und fotografiere den Frühstückstisch, ich probiere die eingelegten Feigen, esse eine weitere Eselolive, noch eine und noch eine, ich höre das Feuer hinter mir knistern, probiere den Käse aus Kars, höre den Samowar fauchen, leere mein Teeglas, esse ein Stück Blumenkohl mit Olivenöl, nehme mir noch einmal Hash Hash, das Wort *Schlafmohnbutter* verführt mich, ich sehe den Himmel über dem Bosporus, ich sehe Möwen, ich sehe zwei Krähen über den Wipfeln der Bäume im Steilhang kreisen, ich sehe Sarıyer, das asiatische Ufer, und die fast vollendete dritte Brücke, die Bauarbeiten sind vorangeschritten, einige Fahrbahnsegmente hängen bereits an den Tragseilen, viel fehlt nicht mehr zwischen Europa und Asien. Medea schenkt mir Tee nach, und Verkin beendet ihr Telefonat.

Zu Hause muss ich mir den Tee selbst eingießen, sage ich. Und selbst Frühstück machen. Und abräumen. Ich bin es nicht gewohnt, bedient zu werden. Es ist mir fast ein bisschen unangenehm.

Du würdest dich schnell daran gewöhnen. Schneller, als du denkst. Du hast Talent zur Dekadenz. Nach einer Woche würdest du nicht mehr wissen, dass du dir Tee auch selbst einschenken kannst.

Ich habe mal gelesen, dass Prinz Charles sich noch nie in seinem Leben Zahnpasta auf seine Zahnbürste getan haben soll. Ob er zu schwach ist, sie aus der Tube zu drücken?

Ich mag Prinz Charles. Ich mag ihn, weil er eigentlich doch Deutscher ist.

Stimmt, sage ich, unser abgehalfterter Hochadel regiert Großbritannien. Soll er doch. Wir brauchen ihn nicht. Wir hatten leider nie eine richtige Revolution, bei der wir ihn hätten köpfen können.

Mir fällt ein, sagt Verkin, dass ich vor meiner ersten Ehe schon einmal verlobt war, wenn auch nur kurz. Und zwar mit Alex, dem Sohn eines griechischen Geschäftspartners meines Vaters, der damals kurz vor seiner Ausweisung stand. Alex, eigentlich Alexandros, war in mich verknallt und wollte unbedingt heiraten. Eines Tages kam er mit einem nagelneuen roten Mercedes Cabriolet vorgefahren und sagte: Mein Verlobungsgeschenk für dich, lass uns heiraten. Ich sah mir Alex an, einen netten, nicht schlecht, aber auch nicht wahnsinnig gut aussehenden jungen Griechen, der keine Zukunft in Istanbul hatte, ich sah den roten Mercedes, sah mich diesen aufregend roten Mercedes am Bosporus und am Goldenen Horn entlangsteuern – und sagte, ja, lass uns heiraten, warum nicht. Den Wagen ließ er gleich da. Mein Vater war leider gar nicht begeistert, er wollte nicht, dass ich einen Griechen heiratete, nicht den Sohn eines Geschäftspartners, und fürchtete, dass ich Istanbul mit Alex und seiner Familie verlassen und nach Thessaloniki gehen könnte, woran ich selbst nie auch nur eine Sekunde gedacht hatte, was sollte ich in Griechenland? Meinem Vater gefiel auch das Auto nicht, viel zu auffällig, sagte er, denn natürlich gab es keinen zweiten roten SL in Istanbul. Er überredete mich, den Wagen zurückzugeben, und kaufte mir eine weiße Simca Aronde mit Heckflügeln und Speichenrädern, ebenfalls ein Cabriolet, ein wunderschönes Auto, das er über einen Geschäftsfreund in München besorgte. Ich holte es selbst dort ab und fuhr es zurück nach Istanbul.

Du allein?

Warum nicht? Ich weiß es nicht mehr, vielleicht war auch

jemand dabei. Nicolas vielleicht? Detlev? Ich war achtzehn Jahre alt, hatte einen Führerschein und kannte mich in Deutschland aus, schließlich war ich dort zur Schule gegangen. Und als ich mit meiner Aronde durch Istanbul fuhr, begegnete ich ab und zu Alex – er war noch nicht in Saloniki, er hatte die Türkei noch nicht verlassen müssen –, der mit meinem restituierten Verlobungsmercedes herumfuhr, wir winkten uns und freuten uns, wir waren nicht zerstritten, im Gegenteil, ich mochte ihn. Alex war lustig.

Hattest du dieses wunderschöne Auto?, frage ich, denn ich habe ein Foto von einer Simca Aronde gefunden und halte Verkin mein Telefon hin.

Ja, das war mein Auto, sagt sie. Alex, indirekt verdankte ich es ja ihm, war einer meiner nettesten Verehrer. Es gab andere, die sich eher wie Arschlöcher aufführten, die glaubten, sich alles erlauben zu können, weil es unter Armeniern und Griechen meiner Alterskohorte einen großen Frauenüberschuss gab, denn fast alle jungen Männer, die bis drei zählen konnten, gingen gleich nach ihrem Schulabschluss, oder sogar schon davor, ins Ausland, um nicht zum türkischen Wehrdienst eingezogen und dort eventuell zu Tode gequält zu werden. Die jungen Frauen hingegen blieben in Istanbul, denn meist überstieg es die Mittel und Möglichkeiten der Familien, neben den Söhnen auch die Töchter ziehen zu lassen. Und so kamen auf jeden jungen Armenier meines Alters etwa fünf oder sechs junge armenische Frauen. Wer noch da war, gehörte eher nicht zur *crème de la crème*, es waren die Bequemen, die Dummen und die Gemeinen, die bei so vielen potenziellen Kandidatinnen kein Hehl daraus machten, ja sich nicht einmal die Mühe gaben zu verbergen, dass sie nur Frauen heiraten wollten, die sie von vorne bis hinten bedienen und ihnen jeden Wunsch von den Lippen ablesen sollten, dass sie Sklavinnen suchten. Für mich kam also kaum jemand in Frage, aber meine Mutter gab nicht auf, sie träumte weiter von der großen armenischen Hochzeit, die sie selbst nie gehabt hatte. Einmal kam sogar eine Bewerbung aus Übersee, eine bekannte armenische Familie, die nach Wichita, Kansas, emigriert und dort reich geworden war, suchte eine armenische Braut für ihren Sohn. Die Wichitas aus der Prärie, ich weiß ihren Nachnamen nicht mehr, verhandelten also mit meinem Vater, sie hielten um meine Hand an, worauf mein Vater sagte, der natürlich kein Interesse daran hatte, mich nach Wichita, Kansas, oder irgendwohin sonst in die Fremde ziehen zu lassen: Da müssen sie Verkin selbst fragen, denn wenn sie nicht möchte, wird nichts und niemand sie dazu bringen zu heiraten, auch ich, ihr Vater, nicht. Der junge Mann, der mit seinen Eltern die weite Reise nach Konstantinopel unternommen hatte, war weder hässlich noch dumm noch ein Cowboy – er war ein netter, durchschnittlicher Amerikaner aus dem Mittleren Westen, der sich in Istanbul sichtlich unwohl fühlte. Wir fanden einander nicht unsympathisch, freundeten uns sogar ein wenig an, haben aber nicht geheiratet. Viele Jahre später stiftete er die wertvolle Sammlung armenischer İznik-Keramiken, die sein Vater auf der ganzen Welt zusammengekauft und in Wichita, Kansas, ausgestellt hatte, dem armenischen Kloster auf der Insel vor Venedig, wie heißt die noch mal?

San Lazzaro degli Armeni?

Ja, genau, die meine ich. Die Insel und die Mönche müssten wir mal besuchen, ich bin noch nie dort gewesen.

Können wir machen, nächstes Jahr im Januar.

Du möchtest im Januar nach Venedig?

Im Januar ist Venedig schön leer. So leer wie sonst nie.

Jedenfalls tauchten, einige Jahre nachdem diese Keramiken in den Besitz des Klosters übergegangen waren, einzelne sehr wertvolle Stücke der Sammlung auf dem Kunstmarkt auf, die letzten armenischen Mönche brauchten vermutlich Geld oder wollten auch mal ein schönes Motorboot durch die Lagune fahren, wer weiß, es gab einen großen Skandal.

Hast du es eigentlich je bereut, nie einen Armenier geheiratet zu haben? Auf deiner Liste war keiner, oder?

Ach, jetzt ist es meine Liste? Ich dachte, du wärst der Listenführer. Tatsächlich hatte ich auch mal einen armenischen Freund, er hieß Bedros, heiraten wollte ich aber weder ihn noch irgendeinen anderen Armenier, weil armenische Männer meiner Erfahrung nach alle Nachteile der christlichen Erziehung mit den schlechten Eigenschaften der Türken kombinieren, ohne deren großen Respekt für die Frauen der eigenen Familie mitzubringen, weshalb ich lieber gleich Türken geheiratet habe.

Verkin ruft nach *çay*, Medea schenkt nach, und ich erfahre, dass der Tee, der mir so gut schmeckt, aus dem Iran geschmuggelt wurde. Nevin bringt ein Glas hausgemachte Feigenkonfitüre, die ich probieren soll, sie weiß schon, dass ich eine Schwäche für Feigen habe.

Sind das Bosporusfeigen?, frage ich Verkin. Aus deinem Garten?

Und ich erzähle, dass Feigen heute auch in Bad Godesberg wachsen, in Hanglage über dem Rhein. Was während meiner Kindheit noch nicht möglich war.

Verkin erkundigt sich bei Nevin, woher ihre Feigen stammen, und wir erfahren, dass sie im Garten am Schwarzen Meer gepflückt wurden, Tarek hat sie geerntet, und Nevin und Medea haben sie eingekocht.

Verkin bemerkt eine Krähe, die sich auf dem Terrassengeländer niedergelassen hat, und ruft: Karga, Karga! Da bist du ja endlich!

Báron, der zu meinen Füßen liegt, hebt den Kopf, schaut hinaus, und sein Blick sagt etwas wie: Was will die schon wieder hier?

Karga kennt und *er*kennt mich, sagt Verkin. Sie ist meine kluge fliegende Freundin. Sie kommt seit elf Jahren, jeden Tag.

Die Krähe hüpft auf den Marmortisch, auf dem ein Teller mit den Fleischresten steht, den ich bisher nicht bemerkt habe. Sie sieht sich mehrfach um und beginnt zu fressen. Báron klopft mit seiner Vorderpfote, ich glaube, es ist die gesunde, an die Scheibe.

Ist der Hund eifersüchtig auf deine Krähe?, frage ich.

Er spürt, wie schlau Karga ist. Und wie sehr mir das gefällt. Manchmal begleitet sie mich, wenn ich fahre. Sie folgt dem Auto. Wenn Nevin und ich nach Sarıyer und noch weiter fahren, um Fisch zu kaufen zum Beispiel, fliegt sie über uns. Sie war auch schon im Garten am Schwarzen Meer.

Das möchte ich fast nicht glauben.

Wirst du noch sehen.

Báron ist nicht dein erster Dobermann, oder? Mir fällt auf, dass er wieder seine Pfote leckt, die linke Vorderpfote.

Báron ist der dritte. Mein erster Dobermann hieß Zombie, der zweite Brando. Zombie habe ich in Berlin gekauft, als ich dort mit Emin Geschäfte machte. Ich wollte einen neuen Hund, nachdem Detlev unsere Weimaraner behalten hatte.

Wie gingen diese Geschäfte in Berlin vonstatten? Seid ihr nach Ost-Berlin gefahren und habt gesagt, wir wollen

Stromzähler kaufen? Und wo habt ihr übernachtet, im Westen oder im Osten?

Emin und ich wohnten in West-Berlin, im Hotel Kempinski oder im Hilton, verhandelten aber in Ost-Berlin. Mit unseren türkischen Pässen konnten wir problemlos von West nach Ost reisen – fast wie in Istanbul, von einer Seite zur anderen, nur fuhren wir nicht mit der Fähre, sondern mit der S-Bahn zum Bahnhof Friedrichstraße, wurden an der Grenzübergangsstelle durchgewunken und von Mitarbeitern des DDR-Außenhandelsministeriums in Empfang genommen. Meist war es diesig und dunkel, während wir mit einem Wagen zum Ministerium gebracht wurden, und es roch leicht süßlich nach der verbrannten Kohle, mit der geheizt wurde, aber das war in einem Istanbuler Winter der frühen sechziger Jahre nicht anders. Mit den Beamten verhandelte ich auf Deutsch, Emin, der kein Wort verstand, nickte ab und zu oder schüttelte den Kopf, er war die Puppe, die einschüchternde, lebensgroße Puppe, die mich begleitete und ohne die unsere Geschäfte nicht möglich gewesen wären – nicht nur, weil unsere Importlizenzen auf seinen Namen liefen. Emin war der Mann, der den Raum einnahm, der Mann, der mich durch seine Anwesenheit legitimierte, es war leider so, es ging nicht anders. Er musste nur dasitzen und freundlich grinsen oder grimmig dreinblicken, je nachdem, wie ich ihn instruierte. Die ostdeutschen Kommunisten hatten, das war ihnen anzumerken, ein bisschen Angst vor ihm, na, Angst vielleicht nicht, aber Respekt, denn ihm war anzusehen, dass er kein Schreibtischtäter war, sondern einige Dinge durchaus mit eigenen Händen erledigte, unliebsame Gegner zum Beispiel. Während der Verhandlungen tauschten wir uns gelegentlich auf Türkisch aus, redeten über irgendwelche Belanglosigkeiten in Istanbul oder über unsere Beziehungsprobleme, um eine Auseinandersetzung zu simulieren, ich sagte, los, reg dich auf, biete ihnen was, zeig den Bürokraten, wer du bist, mach Männchen, mach auf dicke Hose, das kannst du doch so gut.

Ihr habt also Theater gespielt, ein Stück aufgeführt, und du warst Darstellerin und Regisseurin zugleich.

Auf jeden Fall brachte ich ein bisschen Glamour in den grauen Warschauer Pakt. Damals ging ich noch in Mailand zum Friseur und nicht zu Louis Alexandre in Paris. Meist trug ich einen meiner Pelzmäntel, vielleicht sogar das biedere Nerzjäckchen, das meine Düsseldorfer Schwiegermutter mir geschenkt hatte. Und selbstverständlich kam ich nie mit leeren Händen nach Ost-Berlin, ich brachte Nüsse, Datteln und Feigen aus dem Morgenland mit und beschenkte die Vorzimmerdamen, die die eigentliche Arbeit machten, mit Seifen aus Aleppo, Parfüm und Lokum. Manchmal kam ich mir vor, als wären wir mit Glasperlen in die Südsee gesegelt, und ich gebe zu, dass ich die Umkehr der Verhältnisse sehr genoss. An dem riesigen ovalen Tisch im Verhandlungszimmer war ich dann, wie eigentlich immer in diesen Jahren, die einzige Frau zwischen den Männern, die ununterbrochen rauchten. Um einen Abschluss zu feiern, wurde Schnaps oder Cognac getrunken, einige Male wurde mir zu Ehren auch armenischer Cognac aus sowjetischer Produktion ausgeschenkt. Emin trank alles, ich wie immer eher wenig. Ich hielt mich zurück und brachte ihn ins Hotel auf der anderen Seite, danach zog ich mich um und fuhr wieder nach Ost-Berlin, um ins Theater zu gehen, meist in das am Schiffbauerdamm, ich liebte das Brecht-Theater, ich habe einige Inszenierungen von Benno Besson gesehen.

Hat Emin dich nicht begleitet?

Nein, so was interessierte ihn nicht. Ihm reichte, dass er mit mir Theater spielen musste. Er hat sich anderswo unterhalten lassen, es gab ja Möglichkeiten in West-Berlin.

Und deinen Dobermann, hast du den nun in Ost- oder in West-Berlin gekauft?

Über einen Mittelsmann in West-Berlin, aber er kam aus einer ostdeutschen Zucht, Dobermänner stammen ja, wie Weimaraner, aus Thüringen.

Und der Mittelsmann hat deinen Hund aus der Zone nach West-Berlin geschmuggelt?

Ich weiß nicht mehr, wie das ablief, ich weiß nur, dass Zombie aus Herrn Dobermanns erster Zuchtlinie stammte, der die Rasse erschaffen hat, indem er alles in sie hineinzüchtete, was in seiner Stadt herumlief und vier Beine hatte. Und heraus kamen diese wunderschönen, gefährlichen Gendarmenhunde, die sich als Melde-, Minensuch- und Sanitätshunde verdient gemacht haben, nicht wahr, Báron?

Báron erhebt sich sehr gemächlich und scheint jeden Schritt auszukosten, während er sich auf Verkin zubewegt. Gefährlich wirkt er nicht, im Gegenteil.

Ich fuhr in irgendeine verlorene Ecke von West-Berlin, sagt Verkin, die Stadt ist ja nicht klein, bezahlte und bekam meinen Welpen. Als ich mit ihm ins Kempinski kam, hieß es dort allerdings: Halt, hier keine Hunde! Die Hotelgestapo wollte meinen süßen kleinen Zombie nicht in ihr Haus lassen. Nicht einmal die Lobby durfte ich mit ihm betreten, geschweige denn mein Zimmer. Ich verlangte den Geschäftsführer und den Hoteldirektor, stritt mich mit beiden herum und bin an diesen deutschen Hundehassern gescheitert, ich gebe es zu. Eine Niederlage. Ich packte meine Sachen und zog um ins Hilton, wo sie Zombie und mich mit offenen Armen empfingen.

Báron legt seine Schnauze auf den Tisch, er muss den Hals dazu nicht einmal recken.

In Berlin gefiel mir das Hin und Her von West nach Ost und zurück, mir gefiel die absurde Mauer – so eine verrückte Idee, eine Stadt durch eine Mauer zu teilen –, mir gefielen die alliierten Soldaten und die Sowjets in ihren Uniformen und dass die Stadt voller Spione war. Einmal bin ich auch mit meinem Schwiegervater Fritz in Berlin gewesen, der vor dem Krieg dort gelebt hatte. Er zeigte mir das wenige, das noch übrig war vom Vorkriegsglanz, ich habe die halb verlassene, die kaputte Stadt voller Ruinen gesehen, Ruinen, die mich kurioserweise an Konstantinopel erinnerten, du weißt ja, auch Istanbul ist voller Ruinen.

Wurdest du nicht für eine Spionin gehalten? Du wärst sicher eine hervorragende Agentin gewesen. Ach was, du warst eine.

Und du? Bist du nicht beim Geheimdienst? Sind deine Shopping-Mall-Forschungen nicht nur Tarnung, um ganz andere Dinge auszukundschaften?

Mein Vater ist überzeugt davon. Weil ich so oft nach Istanbul reise.

Mein zweiter Dobermann war ebenfalls aus Deutschland und kam von einem Züchter in der Nähe von München. Ich habe mich wegen seines Zuchtnamens für ihn entschieden, denn der lautete Brando Anaximander von der Fuggerstadt.

Ich muss lachen, während ich Brandos Nachfolger Báron kraule.

Wenn ich in einem New Yorker Restaurant einen Tisch reservieren musste, habe ich das immer mit dem Namen Brando Anaximander von der Fuggerstadt getan. Und ich verrate dir, Brando hat immer die besten Tische bekommen.

Das hätte Erich von Stroheim gefallen, dem Regisseur, der sich so schöne Namen ausgedacht hat. Sogar seinen eigenen.

Báron ist der dekadenteste meiner Dobermänner. Dem Dandy fehlt das Killer-Gen, ich denke, die vielen Besucher im Haus haben ihn verweichlicht. Er ist die Attrappe eines Wachhunds. Ein weiterer degenerierter Deutscher in meinem Leben, dabei halte ich diese großen Hunde ja nicht ohne Grund und nicht nur zu meinem Vergnügen. Sie helfen mir, türkische Männer einzuschüchtern, Männer, mit denen ich ins Geschäft kommen möchte. Viele türkische Männer haben großen Respekt vor Hunden, manche haben sogar richtig Angst vor ihnen, was sie allerdings nie zugeben würden. Das hilft bei harten Verhandlungen.

Ach, deshalb bist du die Dame mit den nicht so kleinen Hündchen. Ich stelle mir gerade vor, wie du, flankiert von deinen Riesen-Weimaranern Schiller und Goethe, bei einem Geschäftstermin erscheinst.

Weißt du, was schade ist? Dass Hunde so bald sterben. Kaum hast du dich an sie gewöhnt, kaum kennst du sie, kaum hast du sie ein bisschen verzogen, schon gehen sie dahin.

Ein bisschen wie deine Männer, oder?

Ein bisschen wie meine Männer, ja.

Was ist eigentlich mit Bárons Pfote? Warum leckt er sie dauernd?

Er hat eine wunde Stelle, die sich nicht schließt. Weshalb ich ihn neuerdings Amfortas nenne. Du könntest versuchen, ihn zu heilen, du weißt doch, *durch Mitleid wissend, der reine Tor*.

Parsifal? Ich fürchte, der bin ich nicht. Ich habe zu lange

in Klingsors Zaubergarten gezeltet und mit seinen Blumenmädchen gespielt.

Mit seinen *jeunes filles en fleurs*? Hunde scheinst du aber auch zu mögen. Hattest du mal einen?

In meiner Kindheit hatten wir Hunde, und mit einem von ihnen musste ich immer rausgehen. Jeden Nachmittag. Was mir gar nicht gefiel.

Du kannst gern mit Báron hinaus, um dein Ich-muss-den-Hund-ausführen-Trauma zu überwinden. Es wäre allerdings eher so, dass Báron dich ausführen würde, meist läuft er allein den Berg zu dem kleinen Park hinauf, schaut sich um und rennt hinunter an den Bosporus, wo er sein Sushi holt.

Sushi?

Ja, *Báron is a sushi dog*. Er bettelt die Angler an. Oder er wartet dort, wo die Fischerboote anlegen. Mein Báron ist ein Snob, er frisst nur fangfrischen Fisch aus dem Bosporus und weiß genau, wie er es anstellen muss: Er zeigt die wunde Pfote, und schon bekommt er einen geschenkt.

Leckt er sie am Ende deshalb, damit sie sich nicht schließt? Damit er weiter frischen Fisch bekommt?

Das könnte sein. Dabei tun wir alles dafür, dass die Wunde verheilt. Nevin mischt ihm Antibiotikum ins Futter, und ich creme die Stelle regelmäßig ein. Und wenn ich es einmal vergesse, kommt er und legt mir seine Pfote auf den Schoß. Vielleicht hätte ich doch Tierärztin werden sollen, wie ich es eigentlich wollte, bis mein Vater es mir ausgeredet hat.

Mein Vater nannte so große Hunde wie Báron gern Kälber. Ein Hund wie ein Kalb, hat er oft gesagt.

Wieso hat? Dein Vater lebt doch noch, oder?

Ja, aber er hat fast alles vergessen. Er spricht fast nicht

mehr. Ich weiß nicht, ob dieser Spruch ihm noch einfallen würde.

Aber du telefonierst doch mit ihm, ich habe gehört, wie er dich anruft und du mit ihm sprichst.

Da rede ich mehr mit mir selbst. Ab und zu sagt er etwas, aber was er sagt, ergibt keinen Sinn. Es kommt vor, dass er Wörter zu rhythmisch und melodisch einwandfreien Satzattrappen zusammensetzt, leider völlig unverständlich. Manchmal kann ich erraten, was er sagen möchte. Vielleicht würde er sich an die Wendung *ein Hund wie ein Kalb* sogar erinnern, er müsste das Kalb nur sehen.

Bring ihn mal mit, deinen Vater.

Ich weiß nicht, sage ich und bedanke mich bei Medea, die mir wieder Tee nachgeschenkt hat, zum vierten oder fünften Mal. Karga ist davongeflogen, Báron leckt seine Pfote.

Nevin kommt mit zwei Tüten in die Sommerküche, ich vermute, sie war einkaufen. Sie beginnt, Verkins Medikamente zu ordnen, und bringt ein Pillendöschen, ein Blutdruckmessgerät und zwei kleine Gläser zum Tisch, in denen sich ein grünlicher Saft befindet. Eines stellt sie mir hin, das sei gut für mich, sagt sie, ich solle es trinken.

Zaubertrank?, frage ich.

Nein, selbst gepresster Aloe-Vera-Saft, sagt Verkin und schluckt einige Pillen.

Wie lange ist sie schon deine Assistentin?, frage ich, als der Blutdruck gemessen und Nevin in den Garten gegangen ist, um nach dem Fortschritt der Bauarbeiten an der Stützmauer zu sehen. Sie räumt auch den von Karga geleerten Teller vom Terrassentisch.

Sie ist in alles hineingewachsen, weil sie in diesem Haus aufgewachsen ist. Ihre Mutter Hikmet war die erste Türkin, die für uns gearbeitet hat, ab 1955, nachdem es wegen der

Vertreibung der Griechen von den Inseln kaum noch griechisches Hauspersonal gab. Hikmet hat dieses Haus gehütet, wenn ich nicht da war. Hikmet hat hier gewohnt, und Nevin also auch. Ich war neun, als sie geboren wurde. Als junge Frau hat sie im Büro meines Onkels Kapmann gearbeitet, der Vertretungen für viele deutsche Firmen in der Türkei übernommen hatte und sie in Istanbul repräsentierte. Kapmann hatte seinen Sitz gleich neben Suma Han.

Nevin und du, ihr wirkt oft wie Freundinnen, fast wie Partnerinnen. Es sieht selten so aus, als würde sie für dich arbeiten.

Sie gehört zur Familie. Sie ist Familie. Ab und zu werden wir sogar verwechselt – dabei ist es gar nicht so, dass sie nicht auch ein eigenes Leben hätte, sie hat zwei erwachsene Kinder und eine hochbegabte Enkeltochter.

Ich sehe, warum ihr manchmal verwechselt werdet. Die Haarfarbe. Und wie ihr euch kleidet.

Sie trägt hin und wieder meine Sachen. Ich habe ja viel zu viel.

Ich mag sie, sage ich. Sie erinnert mich an eine New Yorker Schriftstellerin. Und damit meine ich gar keine konkrete Person, ich meine, sie könnte eine sein.

Das werde ich ihr sagen. Du musst dich gut mit ihr stellen, denn wen sie nicht mag, den lässt sie nicht mehr vor zu mir. Es wird nicht mehr lange dauern, und ich werde sie als Doppelgängerin zu langweiligen Terminen schicken.

Báron hat aufgehört, seine Pfote zu lecken, kommt wieder zu mir, legt seine Schnauze auf meinem Oberschenkel und lässt sich den Kopf kraulen.

Der Hund, dein neuer bester Freund, war neulich fünf Tage lang verschwunden, sagt Verkin. Er kam nicht zurück von seiner morgendlichen Sushi-Runde. Wir haben gewartet, haben ihn gerufen, ihn gesucht, Nevin und ich sind herumgefahren – er aber war nirgends zu finden und auch am nächsten Morgen nicht zurück. Also postete ich Suchanzeigen auf Facebook und Instagram und bat darum, sie zu teilen, irgendwo in Istanbul musste der Hund doch sein. Und weißt du, wer sich zwei Tage später bei mir meldete, mit einem Foto, auf dem mein Báron mit zwei Löwenbabys spielt? Ein stadtbekannter Waffenhändler mit besten Verbindungen zum organisierten Verbrechen, der sich einen Privatzoo eingerichtet hat, weil er sich für den Pablo Escobar vom Bosporus hält. Von allen Orten der Welt findet Báron ausgerechnet in den Palast eines Waffenhändlers auf der asiatischen Seite.

Ist er hinübergeschwommen?, frage ich.

Nein, irgendjemand wird ihn eingefangen und zu Çerkes Cengiz gebracht haben, *look him up*. Vielleicht ist er sogar freiwillig mitgegangen, weil er uns zu langweilig fand? Tarek und ich sind schließlich hingefahren zu den Löwen, um meinen entlaufenen Báron zurückzuholen. Der Waffenhändler war sehr freundlich, er gab mir meinen Hund zurück und sagte, wann immer ich in Zukunft einen kleinen Raketenwerfer oder ein schweres Maschinengewehr bräuchte, dürfte ich mich vertrauensvoll an ihn wenden, er könne mir alles besorgen.

Dein Waffenhändler, sage ich nach einer Weile, hält sich nicht nur Löwen, er hat auch Krokodile in seinem Büro, sehe ich. Mein Telefon verrät es mir.

Krokodile beeindrucken mich nicht, ich hatte selbst schon mal eins, sagt Verkin. Habe ich dir von ihm erzählt?

Nein, noch nicht, aber bitte erzähl es mir bald. Bis dahin finde ich es ein wenig unglaubwürdig, dass Báron ausgerechnet im Löwenkäfig eines Waffenhändlers landet, der nicht nur gern mit Giftschlangen, automatischen Waffen und schwarzen SUVs posiert, wie ich sehe, sondern erst letzte Woche verhaftet wurde, drei Tage im Gefängnis verbrachte und nur gegen Zahlung einer hohen Kaution wieder freikam. Denkst du dir das alles aus, Verkin?

Welcome to Türkiye, my dear.

7

Bosporus

Die Fähre nach Eminönü / Pariser Barrikaden / Salvador Dalí vergibt einen Namen / Schalterhütchen / Die Geschichte der beiden Boyfriends / Marie-Christine von Dänemark war mein Zimmermädchen / Neue Frankfurter Schule / Cora aus Alaska / *All the Istanbul Malls* / Mit Gretchen in Amerika / Henry benutzt mein Make-up / Chili con Carne mit Angela Davis / Hippo in der Metro

Das historische, weiß-blau lackierte hölzerne Fährhaus von Büyükdere muss einmal versetzt worden sein, denn die Uferstraße verläuft vierspurig und auf Stelzen übers Wasser – dem Ort selbst, einst ein Dorf, bleibt der Durchfahrtsverkehr erspart, dafür ist die Lage am Bosporus dahin. Das Schiff, mit dem Verkin und ich nach Eminönü, zum Goldenen Horn, zur Altstadt und zur Hagia Sophia fahren wollen, ist schon zu sehen, die blutrote türkische Flagge flattert am Heck und leuchtet in der Sonne. Wir schieben uns durch das Drehkreuz auf den Pier, gehen an Bord und gleich hinauf aufs windige, teilweise überdachte Oberdeck der Fähre, die meisten anderen Passagiere sitzen unten in der geschlossenen Kabine.

Während wir ablegen, setzt Verkin eine verspiegelte Pilotenbrille auf und zeigt auf zwei Delphine, die sich vor Kireçburnu im Wasser tummeln, ich zähle bald drei, vier, fünf

Tiere, sie tauchen ab und wieder auf. Ich weiß nicht, ob sie fressen oder spielen.

Sie bringen Glück, sagt Verkin durch den aufdröhnenden Schiffsdiesel, volle Fahrt voraus, das Deck und die durchgehende, fest verschraubte Bank, auf der wir sitzen, beginnen zu vibrieren. Ich verliere die Delphine aus den Augen, kann aber nun quer über die Bucht Verkins Haus ausmachen. Ich mag seine klaren, harten Kanten ohne Firlefanz und Ornamente, halb schwebend ragt es aus dem Hang.

Wer hat es eigentlich entworfen?, frage ich, und Verkin erzählt, ihr Vater habe es selbst gezeichnet, aber natürlich auch einen Architekten gehabt, der die eigentliche Arbeit gemacht habe. Sie findet, dass heute zu viele andere Gebäude um ihr Haus herum stehen.

Mein Vater hätte die umliegenden Grundstücke nie verkaufen dürfen, sagt sie. In meiner Kindheit gab es unten am Wasser nur eine staubige schmale Straße und oberhalb unseres Hauses ein einziges anderes Gebäude. Darüber war Wald und Dickicht, in dem ich mich mit meiner Bande herumtrieb und Baumhäuser baute. Wir trafen uns nachts auf dem Friedhof, der ein Stück weiter oben liegt, meine Schäferhunde waren dabei, ich hatte ein Pony im Garten und einen Esel, den ich mit in den Wald hinauf- oder ans Ufer hinunternahm. Mein Vater pfiff mit einer Trillerpfeife, wenn er wollte, dass ich nach Hause kam. Und da – Verkin zeigt auf die breit betonierte Promenade, die heute als Autoabstellfläche dient – war ein Felsen, von dem ich gern ins Wasser gesprungen bin, um mich mit der Strömung in den Schwimmclub von Tarabaya treiben zu lassen. Am Abend musste ich im Badeanzug oder Bikini zurücklaufen, denn ich hatte ja keine Kleider dabei. Wo dieses neuere Hotel steht, stand ein Haus, in dem Detlev und ich unsere gemeinsame Wohnung hatten. Das kleine Yalı dort gehört den Russen, die Sommerresidenzen der Briten und der Franzosen daneben sind abgebrannt, und da – Verkin deutet auf ein großes weinrotes Holzgebäude hinter einem Baugerüst, der Firstbalken ist gebrochen, und die Farbe blättert ab – verrottet die ehemalige italienische Sommerresidenz.

Ein kleines Stück dahinter ragt schon der weiße Riegel des Grand Tarabya Hotels auf, an dessen Stelle sich bis Mitte der fünfziger Jahre ein hölzerner Vorgängerbau mit Erkern und Türmchen befand, das Tokatlıyan-Hotel, das seinen Namen von seinem armenischen Besitzer hatte.

Verkin zeigt auf den überdimensionierten Neubau mit den vielen Fenstern und sagt, ihre Freundin Ginestra habe mit ihren Eltern nach der Eröffnung 1964 zwei Suiten in der obersten Etage bewohnt, das ganze Jahr über.

Ginestra, die in Istanbul noch Susi hieß, war zwei Jahre älter als ich und ein stadtbekanntes *party girl*. Ihre Mutter verbrachte die meiste Zeit in Paris und gab das viele Geld aus, das ihr Vater Daviiid, ich liebte ihn, mit Altmetall verdiente. Er war der reichste Schrotthändler von Istanbul, ach was, der ganzen Türkei, und betrat das Grand Tarabya stets durch den Hintereingang, weil er immer wie der Schrotthändler herumlief, der er war, dabei war er so reich, er hätte sich das Hotel, eines der ersten Fünf-Sterne-Hotels des Landes, jederzeit kaufen können. Ginestra und ich verbrachten die Jahre 1968/69 zusammen in Paris, denn nach der Scheidung von Detlev brauchte ich eine Luftveränderung. Und kaum war ich im April 1968 mit viel Gepäck angekommen – die Fähre steuert nun dicht unter Land, nah am Grand Tarabya vorbei, nur einige Meter Wasser und das zementierte Ufer trennen uns von dem weißen Kasten –, begann der Mai *soixante-huit*, und ich fand es wahnsinnig aufregend, obwohl ich nicht ganz verstand, worum es eigentlich ging. Ginestra und ich saßen oft in einem Café in der Nähe der Sorbonne, bestaunten die Proteste und marschierten manchmal sogar mit. Es passierte so viel, dass ich ständig Hunger hatte, ich musste jeden Tag Fleisch essen, am liebsten *tartare de bœuf* mit Zwiebeln und Kapern, während um die Place du Panthéon herum Pflastersteine ausgegraben und Barrikaden gebaut wurden. Ich wusste noch nicht – aber das wusste ja kaum einer, das probierten die Studenten gerade aus, – dass Widerstand, dass eine Revolte möglich war. Ich wusste nur, dass protestierende Studenten in der Türkei sofort erschossen worden wären, was in Istanbul und Ankara im Jahr darauf leider auch passierte, als sie dort etwas Ähnliches versuchten. Was ich in Paris miterlebte, unterschied sich sehr von dem Leben, das ich mit Detlev und Emin zwischen Istanbul, Gstaad, Beirut und Düsseldorf geführt hatte, die Revolution gefiel mir besser, ich lernte, ich war begeistert – auch wenn ich mit meiner Lektüre der Mao-Bibel nicht weit kam.

Da warst du sicher nicht die Einzige, sage ich und stelle mir vor, wie Verkin in einem Kleid von Yves Saint Laurent auf einer Barrikade vor dem Panthéon steht, einen Louis-Vuitton-Weekender über der Schulter und eine aufgeschlagene Mao-Bibel in der Hand, aber sie behauptet ja, dass ihre Koffer und Taschen von Louis Vuitton, auf die sie ihr halbes Leben schwor, bloß gute Koffer aus Paris gewesen seien, keine Statussymbole, sondern Schulranzen, die ihr Vater ihr besorgt hatte, weil sie sechsmal im Jahr mit dem Orientexpress zwischen Istanbul und der Schweiz hin und her fuhr.

In Paris traf ich Nicolas wieder, er wohnte in Montparnasse, seine Frau, wegen der er einst von Australien in die Schweiz gezogen war und die um einiges älter war als er, lebte weiterhin in Lausanne. Er besuchte sie nur noch ab und zu.

Wusste sie eigentlich, dass ihr jüngerer Mann ein paar Jahre zuvor ein Verhältnis mit einer Vierzehnjährigen gehabt hatte?

Ich denke, sie hatten ihre Arrangements. Nun aber war ich zweiundzwanzig und frisch geschieden, und Nicolas und ich verbrachten viele Wochenenden miteinander. Gar nicht so selten fuhren wir nach Deutschland, Nicolas liebte *outre-Rhin*, wir waren zum Beispiel in Köln, wo eine große Fotomesse stattfand. Es war praktisch für ihn, dass ich viel besser Deutsch sprach als er und übersetzen konnte. Einige Male waren wir auch in der Nähe von Frankfurt, in Wetzlar, weil Nicolas mit Leica zusammenarbeitete, er testete ihre neuesten Kameras, er liebte auch diese Fotoapparate und schwärmte von den Deutschen und ihren Kameras.

Dein australorussischer Fotograf wird mir fast ein wenig unheimlich. War er am Ende ein Nazi-Sympathisant?

Nein, im Gegenteil. Kann aber sein, dass seine Sympathien für Deutschland auch damit zusammenhingen, dass ihr Deutschen Krieg gegen die Sowjetunion geführt und sie fast besiegt hättet, denn Nicolas Vater war ein General der Weißen Armee gewesen und hatte im russischen Bürgerkrieg ebenfalls gegen die Rote Armee gekämpft. Und verloren. Nicolas Familiengeschichte ist kompliziert, sein Nachname lautete Treatt, der eigentliche Familienname aber war Tretjakow, wie das Museum in Moskau, die Tretjakow-Galerie, die sein Urgroßvater Tretjakow und dessen Bruder einst stifteten, erfolgreiche Händler und Bankiers. Auf unseren Fahrten durch Frankreich und Deutschland hielten wir an jeder Kirche, ich glaube, wir haben alle gotischen Kathedralen besichtigt, Nicolas fotografierte und brachte mir bei, Dinge so anzusehen, dass sie zurückschauen, sie mit allen Details zu sehen. Er betrachtete die Welt, als wäre sie bereits ein Bild, für ihn war jeder Blick ein Ausschnitt. Berühmt wurde er später für seine Theater- und Bühnenfotografie ohne Blitz, er begleitete viele Inszenierungen von Patrice Chéreau, die beiden waren dicke Freunde.

Und ich muss nun, mitten auf dem Bosporus, an Chéreaus Jahrhundertring von 1976 denken, die Bayreuther Inszenierung, die mein Vater liebte und mit der ich aufgewachsen bin; die Inszenierung, in der Wotan als frühmoderner Kapitalist auftritt, dessen Unternehmungen grandios scheitern; die Inszenierung, für die mein Vater einen der ersten Videorekorder kaufte, um sie sich wieder und wieder anzusehen. *Die Walküre* lief in unserem Wohnzimmer auf Dauerschleife. Und ich frage mich, ob Nicolas auch in Bayreuth fotografierte, aber Verkin ist schon zurück in Paris, sie erzählt, Ginestra und sie hätten in der Avenue Kléber gewohnt, nicht weit vom Trocadéro, in einem der Häuser, die ihr Vater kurz nach dem Krieg günstig erworben hatte.

Wir hatten viel Platz, sagt sie, und wenn die Revolution pausierte oder wir keine Lust auf die Barrikaden im Quartier Latin hatten, fuhren wir zur Place Vendôme, um bei Chaumet oder Boucheron Ringe und Colliers anzuprobieren, schönstes Geschmeide, Ginestra musste nur die Visitenkarte ihrer dort wohlbekannten Mutter auf den Tisch legen. Und wenn wir genug gesehen hatten, sagte sie *on va demander à Papa*, denn es war ja ihr Vater, der hinreißende Schrotthändler, der alles bezahlte. Wir gingen auch gern zu Chanel und Yves Saint Laurent und ließen uns *haute couture sur mesure* schneidern, Karl Lagerfeld war damals noch nicht bei Chanel, sondern bei einem kleineren Modehaus, es hieß Chloé, und mir gefiel, was er dort machte, ich habe viel von ihm gekauft. Ich erinnere mich an einen pinkfarbenen Rock mit einem passenden Sweater, Nevin hat ihn irgendwann aufgetragen.

Klingt ein bisschen, als hättet ihr wie russische Oligarchentöchterchen gelebt, Verkin.

Ja, aber unsere Väter, der eine Jude, der andere Armenier, hatten ihre Vermögen nicht ergaunert, sondern erarbeitet. Ginestras Vater mit Bunt- und Altmetallen, mein Vater mit der Erleuchtung der Türkei, wenn ich es mal so formulieren darf, aber du hast natürlich recht, wir waren privilegiert – privilegiert, der Diskriminierung in Istanbul entkommen zu sein, wo wir unter Türken immer die Jüdin und die Armenierin waren. Und wir kannten in Paris viele Menschen. Mittags gingen wir oft in den *Salon des Dames*, das war eine Veranstaltung unserer Freundin Sylvia Wildenstein, die bei einer Eliteeinheit der israelischen Armee gedient hatte und von der es hieß, sie könne mit bloßen Händen töten. Sie lud jeden Wochentag zum *Ladys Lunch* ins Hotel Plaza Athénée an der Avenue Montaigne, dort hatte sie einen festen Tisch in einem Séparée. Finanziert wurde das von ihrem Liebhaber Daniel Wildenstein, dem Galeristen, Kunsthistoriker und Spross der berühmten jüdischen Kunsthändlerdynastie, *look him up*, Sylvia war seine Mätresse, geheiratet haben sie erst später, fällt mir ein – demnach hieß Sylvia damals noch gar nicht Wildenstein.

Hört sich an wie ein Roman aus dem neunzehnten Jahrhundert, als hätte Marcel Proust zwischen euch gesessen.

Im Paris der sechziger Jahre hatte das neunzehnte Jahrhundert noch nicht überall aufgehört, deshalb gab es ja die Barrikaden, deshalb wurden Pflastersteine geworfen. Und

Proust wohnte vor seinem Umzug in das Haus seiner Tante am Boulevard Haussmann gar nicht weit vom Hôtel Plaza Athénée entfernt, er hätte zu Fuß kommen können. Ab und zu kamen tatsächlich Künstler in den *Salon des Dames*, sie wurden hinzugebeten und durften über ihre Arbeit sprechen. Das waren begehrte Einladungen, denn über uns Ladys hatten die Künstler die Chance, sich in Daniel Wildensteins Nähe zu manövrieren oder vielleicht sogar in seine Galerie hineinzumanövrieren. Ginestra und ich brachten den Fotografen Ara Güler mit, den wir aus Istanbul kannten. Über den *Salon des Dames* kam er mit Wildensteins Großkünstlern in Kontakt, die er fotografieren konnte, er porträtierte Salvador Dalí und Pablo Picasso. Und schließlich war es Dalí, dem Ginestra ihren Namen verdankte, in Tarabya und Istanbul war sie ja eigentlich als Susi bekannt und beliebt. Der große Meister hatte sie umbenannt, als sie mit ihrer Mutter, die nicht nur eine große Schmuck-, sondern auch eine große Kunstkäuferin war und überallhin eingeladen wurde, nach Cadaquès en Catalogne fuhr, wo Dalí ein Haus hatte, in dem große Gelage und gigantische Partys gefeiert wurden. Während einem dieser Feste trug es sich zu, dass Dalí zu der damals fünfzehn- oder sechzehnjährigen Susi sprach: Du bist ein hübsches jüdisches Mädchen, dein Name aber passt nicht zu dir, Susi ist zu vulgär für eine Schönheit wie dich, ich werde dich ... ich werde dich Ginestra nennen.

Ginestra wie *finestra*?, frage ich.

Ginestra wie *finestra*, genau, italienisch für *Ginster*. Was im Nachhinein gut passt, weil Ginestra seit Jahrzehnten mit einem Römer verheiratet ist. Heute leben die beiden die meiste Zeit im Jahr auf einer Halbinsel vor Kaş, nicht weit von Kekova. Wenn du mal dorthin kommst, können wir sie besuchen, sie bewohnen ein wunderschönes Haus, eine Art lykische Villa Malaparte, die ein italienischer Filmarchitekt ihnen gebaut hat, leider ohne gültige Genehmigung, kann sein, dass sie es eines Tages wieder abreißen müssen.

Die Fähre wackelt ein wenig, sie schaukelt über ein, zwei Wellen, sie schunkelt, möchte ich sagen.

Mir fällt noch ein, sagt Verkin und zeigt zurück Richtung Grand Tarabya Hotel, das Ginestras Vater Daviiid – Verkin spricht den Namen wieder hebräisch und nicht deutsch oder englisch oder französisch aus, was alles schon vorgekommen ist – mir mal sehr geholfen hat, als ich Aluminium brauchte.

Wozu brauchtest du Aluminium?

Ich hatte die Idee, Schalterhütchen, die wir günstig aus der DDR importierten, selbst zu produzieren. Und dazu benötigte ich Aluminium, das ich natürlich vom Vater meiner besten Freundin beziehen wollte. Ich ging zu ihm und sagte, Daviiid, ich möchte Aluminium von dir kaufen. Er lachte mich aus, weil er dachte, ich mache mich über ihn lustig. Er kannte mich ja nur als *party girl* und *chick on speed* und nicht als Unternehmerin. Er reagierte nicht, ich aber insistierte. Zwei Tage später kam ich, wie fast jeden Morgen in dieser Zeit, sehr früh in die Fabrik in Topkapı und hörte von einer Angestellten, dass jemand in meinem Büro auf mich warten würde – und wen sehe ich an meinem Schreibtisch sitzen, auf meinem Stuhl? Daviiiid, der überprüfen wollte, ob ich tatsächlich in der EMFA arbeitete.

Wir werden vom Teemann unterbrochen, der aufs Oberdeck gekommen ist und sein rundes Tablett mit gefüllten Teegläsern und Bechern mit frisch gepresstem Orangensaft durch die Bankreihen balanciert. Verkin und ich nehmen je einen Tee, und sie feut sich, dass ich bezahle.

Sultan Abdülhamid II. hat euch das schönste Grundstück geschenkt, sieh, da weht eure Flagge, sagt Verkin und zeigt auf das weitläufige Ensemble aus weißen Holzhäusern, das einmal die Sommerresidenz des kaiserlichen deutschen Botschafters gewesen ist.

Mir gefällt Schwarz-Rot-Gold nicht besonders. Ich mag die Farbkombination nicht, sage ich.

Nicht alle Länder können eine so schöne Flagge haben wie wir, sagt Verkin und deutet zur türkischen Fahne am Heck. So schön und so blutrot. Aber schau, alles in Schuss bei euch Deutschen, frisch gestrichen und gut gepflegt. Ich weiß, dass ihr eine Armee von Gärtnern und Arbeitern beschäftigt, um den Park, den Wald, den Friedhof und die vielen Stützmauern instand zu halten.

Ich frage Verkin, ob sie schon mal auf dem Gelände war, das sich dicht begrünt den Hang hinaufzieht.

Sie laden mich zu ihren Sommerfesten ein. Und ich bin schon vor Jahrzehnten mit Detlev, Fritz, Emin und Abdulkadir dort gewesen, wir haben ja viele Geschäfte mit deutschen Firmen gemacht. Einmal war ich auch an einem Totensonntag da, bei einer Veranstaltung auf dem Soldatenfriedhof. Offiziere aller früheren Großmächte waren versammelt und sahen in ihren ordenbehangenen Galauniformen fast so tuntig wie katholische Priester aus, so lustig verkleidet. Der deutsche Soldatenfriedhof befindet sich passenderweise gleich neben dem Köşkü, der früher den deutschen Waffenhändlern gehörte, Ursache und Wirkung liegen dort ganz nah beieinander. Auf dem schönen Gelände eurer Sommerresidenz trafen sich einst auch die deutschen Militärberater, die nicht unbeteiligt waren an der Vertreibung und Ermordung der anatolischen Armenier. Sie berieten und lernten, wie Völkermord funktioniert.

Und wie man es besser machen kann. Menschen in die Wüste zu treiben, um sie dort verdursten zu lassen, hattet ihr ja schon mal beim Herero-Aufstand in einer eurer afrikanischen Kolonien ausprobiert. Es ist nicht unwahrscheinlich, dass die Idee, die Armenier in die syrische Wüste zu schicken, von einem der deutschen Berater stammte. Der deutsche Generalkonsul, der die Berichte über die Vernichtung der Armenier verfasste und nach Berlin telegrafierte, hieß übrigens Mordtmann.

Wir fahren an der großen Cremeschnitte aus Holz und dem Café vorbei, in dem Verkin und ich nach einer unserer ersten Ausfahrten zusammensaßen. Wo sie anfing, mir von ihrer Großmutter zu erzählen. Wo sie mich das erste Mal in den Bosporus schubste.

Trotz der Sommerresidenzen, trotz des Grandhotels und der Restaurants am Hafen war Tarabya in meiner Kindheit ein Fischerdorf, sagt Verkin. In der Bucht, in der du heute all die Yachten und Sportboote siehst, lagen fast nur Fischerboote, kleine und größere. Eines von ihnen gehörte einem schönen Türken mit großen grünen Augen, er hieß Haydar und war einer meiner ersten *boyfriends*.

Den hast du bisher unterschlagen, sage ich.

Er muss nicht auf die Liste. Und wenn, dann nur zusammen mit Bedros, meinem ersten armenischen Freund – du weißt schon, meine Freunde kommen selten allein. Bedros war einer der wenigen jungen Armenier aus guter Familie, die sich noch in Istanbul aufhielten und nicht geistig minderbemittelt oder körperlich versehrt waren. Ein junger Mann, der meiner Mutter gefiel. Beide *boyfriends*, der schöne Türke und der attraktive Armenier, folgten mir nach Zürich, wo ich bei meiner Tante Vera und ihrem Mann Rolf wohnte, weil ich eine neue Schule finden musste, denn dummerweise war ich schon von meinem zweiten Schweizer Internat geflogen.

Was hattest du angestellt? Und wo genau bist du zur Schule gegangen?

Ich war vier Jahre auf der English Châtelard School in Les Avants, nicht weit von Montreux. Ein Internat, das in einem ehemaligen Belle-Époque-Hotel untergebracht war. Das Zimmer teilte ich mir mit meiner Freundin Yana, der Tochter eines griechischen Reeders, und mit Anne-Marie von Dänemark, die später für einige Jahre die Königin von Griechenland werden sollte – was im Nachhinein lustig war, weil Yana und ich immer Griechisch miteinander sprachen, wenn wir nicht wollten, dass sie oder die anderen Mädchen uns verstanden, Griechisch war unsere gemeinsame Geheimsprache. Yana heiratete später, kurioser Zufall, einen Zarifi aus der ehemals reichsten Familie des späten Osmanischen Reichs, einen direkten Nachkommen von Yorgo Zarifi, der dem vorvorletzten Sultan Abdülhamid II. immer wieder Geld besorgen musste. Yorgo Zarifi war der Mann, dem Tarabya einst gehörte und der sowohl die erste Moschee als auch die große griechische Kirche in Therapiá erbauen ließ, sein Herz wird noch heute dort aufbewahrt, du kannst es dir zeigen lassen – falls jemand da ist, um dir die Kirche zu öffnen.

Ich glaube, du hast mir sein Grab auf dem griechisch-orthodoxen Teil des Friedhofs von Şişli gezeigt, die gigantische Marmorgruppe. Und du hast mir erzählt, dass er nach der Messe in seiner Kirche in Tarabya gern Goldstücke in die Menge warf.

Ja, solche Dinge werden über ihn berichtet. Der riesige, halb verfallene Holzpalast, an dem wir vorbeigefahren sind, gehörte den Zarifi.

Verkin deutet in Richtung eines der größten, einst sicherlich strahlend weiß gestrichenen, heute heruntergekommenen Yalı an der Promenade von Tarabya.

Ich möchte zurück zu Verkins Internatsgeschichten und frage nach dem Verhältnis zu ihren Zimmergenossinnen.

Ich habe es wie Yorgo Zarifi gemacht, ich warf mit Geld um mich, verteilte es großzügig, aber strategisch. Anne-Marie hingegen hatte nur Schokolade, die mehrere Schweizer Kantone ihr ständig schickten, weil sie sich irgendetwas vom Staate Dänemark erhofften. Entweder hielten ihre königlich-dänischen Eltern sie sehr kurz, oder sie waren es einfach nicht gewohnt, Geld in der Tasche zu haben – wo müssen ein König und eine Königin schon bezahlen? –, und kamen deshalb vielleicht gar nicht auf die Idee, ihrer Tochter Taschengeld zu geben. Yana und ich ließen sie gegen geringe Geldbeträge all die kleinen Arbeiten verrichten, die wir in unserem Zimmer zu erledigen angehalten waren, Betten machen, kehren und wischen. Solange ich mit Anne-Marie zusammenwohnte, habe ich mein Bett kein einziges Mal gemacht.

Ihr Levantinerinnen habt die dänische Prinzessin, die zukünftige Königin von Griechenland, zu eurem Zimmermädchen gemacht. Großartig!

Wir spielten, was ich damals noch nicht wusste, in unserem Zimmer europäische Geschichte nach. Wir spielten nach, wie armenisches, jüdisches oder levantinisches Geld den verarmten europäischen Hochadel finanzierte.

Für mich hört sich das an, als hättest du deine Schulzeit in Mallory Towers oder St. Clare's verbracht, auf einem der von Enid Blyton erfundenen Internate. Auf Deutsch heißen die Bücher nach ihren Protagonistinnen, *Dolly* und *Hanni und Nanni*. Meine älteste Schwester besaß fast alle Bände, und ich habe sie verschlungen. Dass sie als Mädchenbücher etikettiert waren, störte mich nicht, im Gegenteil. Dir aber hätten diese Romane nicht gefallen.

Warum?

Als Kind, das gern auf ein Internat gegangen wäre, fiel es mir nicht auf, aber am Ende sind doch immer alle brav; die widerspenstigen Rabaukinnen werden gezähmt.

Tja, gezähmt wurde ich nicht. Nach vier Jahren war die Zeit in Les Avants vorbei, ich wurde hinauskomplimentiert, *I was asked to leave*. Danach verbrachte ich ein Schuljahr im Voralpinen Töchterinstitut Buser am Bodensee.

Töchterinstitut klingt ein wenig wie Besserungsanstalt. Und nicht so, als hätte es dir gefallen können. Du wolltest doch nie ein Töchterchen sein.

Ich war kaum anwesend. Ich interessierte mich nicht für die Schule, denn ich hatte nicht das Gefühl, dort etwas zu lernen. Nicolas holte mich fast jedes Wochenende ab, wir fuhren herum, sahen uns Kathedralen in allen Städten Frankreichs an und endeten oft in Paris.

Wie war das möglich? Wurdest du nicht überwacht?

Ich habe alle bestochen. Das war für mich normal, so kannte ich es aus Istanbul. Als Elfjährige bezahlte ich den italienischen Küchenjungen in Les Avants dafür, uns so viele Pêche Melba zuzubereiten, wie wir essen konnten. Ich bezahlte ihn, damit er uns Wein kaufte, und ich bezahlte den Pförtner, mich das Tor passieren zu lassen, wann immer ich wollte. Ich wusste von meinem Vater, dass sich alle Menschen, nun, fast alle, kaufen lassen, selbst in der angeblich so korrekten Schweiz – oder eben gerade dort. Gleichzeitig wusste ich, auch das hatte mein Vater mir früh vermittelt, dass einem das viele Geld, mit dem man angeblich alles erreichen kann, am Ende nichts nützt, weshalb ich es gern großzügig verteilte, sprich investierte. Geld war für mich immer auch Spielgeld, weil ich wusste, dass am Ende nur Verbindungen weiterhelfen, Menschen, mit denen du zusammen gegessen hast, die dir gewogen sind, Menschen, die glauben, dir etwas zu schulden. Meinem Vater gefiel, was ich mit seinem in der Schweiz versteckten Geld anstellte – tatsächlich hatte ich nur Zugriff auf einen Bruchteil davon –, er sah, dass ich spielte und lernte, es auch auf orientalische Weise einzusetzen. Die Kunst dabei ist, gleich so hoch einzusteigen, dass eine tatsächlich gar nicht so weit verbreitete innere moralische Instanz sofort von der eigenen Gier überrumpelt wird, ich nenne es Blitzkrieg-Bakschisch. Für eine milde Gabe in Höhe einiger Monatslöhne erlaubten mir der Hausmeister und die jeweils aufsichtführende Erzieherin des Töchterinstituts Buser zu kommen und zu gehen, wann ich wollte, ja, sie überließen mir sogar einen Schlüssel.

Wir fahren an Kalender vorbei, wo der große Dichter Konstantinos Kavafis einst im Kaffeehaus saß, er hat einen seiner wenigen Prosatexte darüber geschrieben. Kavafis verbrachte einige Jahre in Yeneköy, das damals noch Nihori hieß, und hatte großes Heimweh nach Alexandria und den dortigen Kaffeehäusern.

Die beiden *boyfriends*, die dir nach Zürich gefolgt waren, hatten die nicht Heimweh nach dem Bosporus?

Es kann nicht so groß gewesen sein, denn beide blieben für einige Zeit in der Schweiz. Haydar, den Fischer mit den schönen grünen Augen, kannte ich ja schon seit meiner Kindheit. Er hatte sich über meine Tarabya-Bande lustig gemacht, von der er nur wusste, weil er in die Tochter der griechischen Familie verliebt war, die einige Jahre eine Etage in unserem Haus gemietet hatte. Meine Mutter und ich wohnten ganz oben, dazwischen lebte eine alleinstehende Griechin, die die Mätresse eines reichen Türken war, in der unteren Etage aber wohnte die Familie mit der schönen Tochter, fünfzehn oder sechzehn Jahre alt. Sie hieß, sie hieß – ich glaube, sie hieß Helena, bewundert viel und viel gescholten, ja, Haydar und Helena, das klingt überzeugend. Haydar benutzte mich, da war ich ungefähr neun, als Hermes, um Helena Nachrichten zukommen zu lassen. Nur deshalb hatte er überhaupt Notiz von mir genommen. Ich durfte Billetts, Kuverts und kleingefaltete Zettel zwischen den beiden hin- und hertragen, heimlich selbstverständlich, denn ihre griechischen Eltern durften nicht erfahren, dass ihre Tochter Briefe mit einem türkischen Fischer tauschte, es war einem griechischen Mädchen nicht erlaubt, sich mit einem Türken einzulassen.

Hat die Liebesbotin Verkin die Brieflein denn auch gelesen? Und vielleicht ein bisschen umgeschrieben?

Ha, hätte ich machen sollen, dann hätte ich gewusst, was mich erwartete, als derselbe Haydar mir sechs oder sieben Jahre später ein Liebesgeständnis nach dem anderen machte. Die schöne Helena war da längst ausgewandert, das heißt, ins Ausland verheiratet worden. Haydar und ich hatten einen schönen Bosporussommer auf seinem Boot und in Tarabya, in Zürich interessierte ich mich allerdings weniger für ihn, aber zum Glück war er klug genug, um zu verstehen, dass wir keine gemeinsame Zukunft hatten, er machte kein großes Theater, wie ich es mit anderen, besitzergreifenden türkischen Männern erleben musste. Er fand Arbeit und Unterkunft und freundete sich mit Bedros an, der ebenfalls in Zürich aufgetaucht war, eine Zeit lang wohnten die beiden sogar zusammen, was mich einigermaßen belustigte. Der sympathische, sehr umgängliche und gut aussehende Bedros, das ist eine Pointe dieser Geschichte, freundete sich nicht nur mit seinem Ex-Nebenbuhler Haydar, sondern auch mit meiner Tante Vera an, die großen Gefallen an diesem attraktiven jungen Armenier aus Tarabya fand. Sie, die sich in Zürich furchtbar langweilte und große Sehnsucht nach Istanbul hatte, fand solchen Gefallen an diesem sehr viel jüngeren Mann vom Bosporus, dass sie ihn zu ihrem Liebhaber machte, was mich natürlich amüsierte und mir das Leben ungemein erleichterte.

Wieso das?

Weil ich meine liebe Tante nun in der Hand hatte. Ich konnte sie auf subtile Art und Weise erpressen, und ich vermute, das hat ihr nicht einmal missfallen, es hat ihr eher Respekt abgenötigt. Sie litt unter ihrem langweiligen Mann, *boring Rolf*, der die Angewohnheit hatte, an vier von fünf Werktagen pünktlich um zwölf Uhr dreißig zu Hause zu erscheinen und von seiner Frau ein warmes Essen zu verlangen, was mir sehr kurios vorkam, aber anscheinend war es damals nicht nur in der Schweiz üblich, dass Ehefrauen ihren Ehemännern mittags etwas kochten. Im Falle meiner Tante Vera war es jedoch eine mutige, ja optimistische Erwartung, denn wie viele aus wohlhabenden Verhältnissen stammende Istanbuler Armenierinnen war Vera aufgewachsen, ohne je einen Fuß in eine Küche gesetzt zu haben. Eine Köchin einzustellen, verbot das Diktat der Sparsamkeit, dem *boring Rolf* sich und seine Frau unterworfen hatte, zu seinem eigenen Schaden, denn alles, was sie ihm vorsetzte, waren Tütensuppen oder Gerichte aus der Dose, die sie einfach erwärmte, kurz bevor er nach Hause kam. Kaum war ihr Rolf wieder weg, warf sie ihre Hausmütterchenverkleidung ab, malte sich die Lippen an und verließ das Haus, um sich mit Bedros oder irgendeinem anderen Bekannten zu treffen.

Die ersten Häuser von Yeneköy ziehen vorbei, ich sehe das österreichische Konsulat, einen Steinbau, und die große, rötlich verputzte armenische Kirche am Hang. Ein Stück weiter ist auch die griechische Kirche zu sehen.

Auch der schöne Haydar blieb eine Weile in Zürich, arbeitete, verdiente gut, ging zurück nach Istanbul und heiratete ein wohlhabendes Tarabya-Girl aus einer Familie mit einem Haus am Bosporus. Tarabya war damals ein Ort mit Möglichkeiten, die Griechen waren vertrieben, die meisten Armenier fort. Er und sein nicht ganz so kluger und gut aussehender Bruder eröffneten ein Geschäft und übernahmen ein Fischrestaurant. Er bekam eine Tochter, ein wunderschönes Kind, alles schien bestens und vielversprechend, bis diese, mittlerweile fünfzehn Jahre alt, an Knochenkrebs erkrankte. Er kam zu mir, weil er wusste, dass ich mich wegen der Geschichte mit meinem Bein mit Ärzten und Krankenhäusern auskannte, ich versuchte zu helfen, vermittelte Spezialisten, seine wunderschöne Tochter aber, sie hatte seine grünen Augen, ist leider gestorben, sehr, sehr traurig. Haydar hat sich nie davon erholt, er hat sich zu Tode getrunken.

Wir fahren nun dicht am Ufer entlang und können auf die Terrassen der Häuser sehen, in denen so manche türkische Telenovela gedreht wird. Verkin zeigt auf den überdachten Außenbereich des Emek Cafés, in dem wir auch schon gesessen haben.

Wie ging es in Zürich weiter?, frage ich. Wie lange bist du dort geblieben?

Nach acht oder neun Wochen, in denen ich viel Spaß mit und ohne Tante Vera hatte, fand sich eine neue Schule, die mich aufnehmen wollte. Es war nicht leicht gewesen, weil ich auf einer schwarzen Liste stand, mit der die Schweizer Institute einander vor schwierigen Schülerinnen warnten. Meine dritte Boarding School in Europa befand sich in Deutschland, im Taunus, nicht weit von Wiesbaden, hieß Schloss Rettershof und war eine Art Reitschule mit angeschlossenem Internat – dabei war ich gar kein Pferdemädchen mehr, meine vielversprechende Karriere als Springreiterin hatte ich abgebrochen. Ich ging lieber tauchen.

Verkin starrt auf ihr Telefon, sie liest und beantwortet Nachrichten, währenddessen ist es für mich kein Problem, etwas über Schloss Rettershof herauszufinden.

Heute ist es ein Romantikhotel, sage ich und lese Verkin vor: *1928 nahm eine Damenreitschule mit angeschlossenem Internat ihren Betrieb auf, für die der noch in Betrieb befindliche Reitplatz angelegt wurde. Nach dem Zweiten Weltkrieg beschlagnahmte die US-Armee das Haus und nutzte es bis 1953. Noch im gleichen Jahr quartierte sich die Organisation Gehlen* – das ist die Vorläuferorganisation des deutschen Geheimdienstes, des Bundesnachrichtendienstes, erkläre ich – *in Schloss Rettershof ein … Ab Ende der 1950er Jahre nutzte eine private Sprachenschule die Gebäude* – das muss dein Internat gewesen sein, Verkin. Und jetzt, warte, jetzt wird es lustig: *Von 1973 bis 1980 hatte die deutsche Hare-Krishna-Bewegung ihren Hauptsitz auf Schloss Rettershof und richtete dort einen Tempel ein.*

Ha, ich wusste nicht, dass nach mir die Hare Krishna kamen! Hätte ich, wäre ich geblieben!

Was für ein Ort, sage ich: Pferdeinternat, Amerikaner, Spione und Hare Krishna.

Hört sich an, als wäre das zwanzigste Jahrhundert einmal hindurchgeritten, sagt Verkin. Fehlen nur jüdische Vorbesitzer und die SS, die eine Ordensburg einrichtet, dann wäre alles beisammen für eine schöne deutsche Kolportage. Möchtest du dieses Buch nicht schreiben? Ich kann dir noch mehr über Rettershof erzählen, wo es mir überraschenderweise gut gefiel, was vor allem an meinem Deutschlehrer lag. Er war ein kurz zuvor aus Ostdeutschland geflüchteter junger Mann, der mir Lesen beibrachte, richtiges Lesen, meine ich. Er begeisterte mich für die deutsche Literatur, nur seinetwegen habe ich so viele deutsche Klassiker gelesen. Ich verliebte mich natürlich in ihn und lernte nicht nur von ihm, sondern für ihn Deutsch, ich wollte ihm gefallen, seinetwegen funktionierte Rettershof für mich so gut. Ich glaube, er war Kommunist, ein reiner, purer Kommunist, der in der DDR in Schwierigkeiten geraten war, eine große Seele.

War er wirklich geflüchtet, oder hatte man ihn ausgewiesen? Die Mauer stand doch schon, wir sind im Jahr 1962, oder?

Ja, ich war sechzehn, wurde siebzehn. Vielleicht hatte er es nach dem Mauerbau in den Westen geschafft? Ich weiß es nicht mehr. Er blieb nicht lange an der Schule. Kurz nach meinem Abschluss zog er weiter und ging an eine Universität, Rettershof war für ihn eine Durchgangsstation, nur der Anfang im freien Westen. Später wurde er Professor, *look him up*.

Dann müsstest du mir seinen Namen verraten, sage ich.

Ja, wie hieß er? Das habe ich leider vergessen. Es fällt mir vielleicht wieder ein, frag mich später noch mal. Ich erinnere mich, dass es ein lustiger deutscher Name war, der auch etwas anderes bedeutete, ein Wort wie *Waschzettel* oder *Trauzeuge*. Jedenfalls hätte ich ohne ihn nie richtig Deutsch gelernt. Ohne ihn wäre Deutsch nicht meine Lieblingssprache geworden, und ich hätte mich nicht immer wieder mit Deutschen eingelassen. Die Direktorin der Schule, eine deutsche Gräfin, war ebenfalls eine interessante Figur: Sie war glühende Anti-Amerikanerin, nicht bloß, weil Amerika den Krieg gewonnen hatte, in dem ihre Brüder und Onkel gefallen waren, sondern weil die amerikanische Populärkultur dabei war, die deutsche Jugend zu verweichlichen und zu verderben, wie sie sagte. Zu ihrem großen Missfallen waren in der Umgebung von Frankfurt und auch um Schloss Rettershof herum gar nicht wenige amerikanische Soldaten stationiert.

Elvis war ein paar Jahre zuvor in Friedberg stationiert gewesen, das dürfte nicht weit entfernt sein von Schloss Rettershof, oder?

Elvis Presley? Der war nicht mehr da. Wir Schülerinnen fuhren trotzdem am Wochenende nach Wiesbaden, flirteten mit den GIs und übten unser Englisch mit diesen naiven Jungen, die meisten von ihnen kamen aus nirgendwo im Mittleren Westen oder aus dem armen Süden der USA, wir konnten ihnen jeden Quatsch erzählen, sie glaubten uns alles. Es kam vor, dass sie in einem Jeep vor unserem Schlösschen auftauchten und nach Verkin fragten, *and the Gräfin was not amused*, dabei hätte sie ganz unbesorgt sein können, ich interessierte mich nicht für minderjährige amerikanische Besatzungssoldaten.

Zwei Möwen fliegen neben der Fähre her und müssen nicht mit den Flügeln schlagen, um mitzuhalten. Ich vermute, sie warten auf Brotstücke, die sie im Flug fangen können.

In den Sommerferien 1963 oder 1964 wollte ich arbeiten und bin nicht sofort zurück nach Istanbul gefahren. Ich blieb in Frankfurt, weil es irgendeine Fachmesse gab, und es nicht schwer war, Arbeit als Dolmetscherin zu finden. Für Armenisch interessierte sich zwar niemand, aber ich sprach ja Englisch, Französisch, Türkisch, Griechisch und Deutsch. Also fuhr ich fast vier Wochen jeden Tag zur Messe, saß in einem Büro und übersetzte oder war mit Besuchern unterwegs, für die ich dolmetschen musste. Am Ende hatte ich fast tausend Mark verdient, aber dummerweise ließ ich am letzten Tag meine Tasche mit zwei neuen Sommerkleidern und dem Geld, das vom Einkaufen übrig war, in der Bahn liegen, tja, so ein Pech, aber ich hatte ja nicht wegen des Geldes gearbeitet, sondern weil es mir in Frankfurt gefiel. Ich hatte Autoren der Zeitschrift *Pardon* kennengelernt, die ich las, wahrscheinlich, weil mein Lieblingslehrer sie mir empfohlen hatte. Vielleicht hatte ich mit ihm eine ihrer Veranstaltungen besucht oder die Kneipe, in der sie sich trafen, vielleicht war ich sogar ihretwegen in Frankfurt geblieben.

Robert Gernhardt, F.W. Bernstein, Chlodwig Poth. Später hießen sie die *Neue Frankfurter Schule* und gingen in die deutsche Literaturgeschichte ein.

Chlodwig? Robert? Die Namen klingen fern wie die Namen merowingischer Könige. Und doch irgendwie vertraut.

Du musst einigermaßen extraterrestrisch auf sie gewirkt haben im Schwarz-Weiß-Nachkriegsdeutschland: eine siebzehnjährige Istanbuler Armenierin, die von zwei Schweizer Nobelinternaten geflogen war, *haute couture* trug, sechs oder sieben Sprachen fließend sprach, sich in Paris und sonst wo auskannte und mit Geld um sich warf. Kein Wunder, dass sie sich für dich interessierten.

Und dass, obwohl ich kein Hippie war. Und noch keine Ahnung von Drogen hatte. Das kam erst später.

Wir erreichen İstinye, unseren ersten Halt Richtung

Eminönü, und Verkin erzählt, dass nicht weit von İstinye Iskele ein alter Maulbeerbaum stehen würde, dessen Früchte sie schon als Kind gepflückt habe. Wir legen ab, wenden und nehmen Kurs auf Emirgan, einmal quer über die Bucht. Unsere Fähre beginnt wieder zu schaukeln, ganz sanft, die zweite Brücke ist zu sehen, und die Spitzen der Hochhäuser und Bürotürme von Maslak, auch Mashattan genannt, ragen hinter der Bergkuppe hervor.

Wie kam das Geld damals eigentlich zu dir, wenn du es nicht ausnahmsweise selbst verdient hast? Hast du es dir bar aus Istanbul mitgebracht?

Umgekehrt, manchmal musste ich meinem Vater Bargeld aus Europa mitbringen, fünf- oder zehntausend Dollar in meiner Reisetasche. Ich kam immer ohne Probleme durch den Zoll, sie winkten mich durch.

Du schmuggelst also nicht nur Vankatzen, du schmuggelst auch Devisen. Respekt! Und was hast du gemacht, wenn du kein Geld mehr hattest? Bist du von Schloss Rettershof in die Schweiz gefahren und hast Nachschub geholt?

Ich musste nicht in die Schweiz fahren, ich rief einfach an. Ich telefonierte, und die Schweizer Bank schickte Geld. Ich weiß nicht mehr genau, wie das ablief, aber ich konnte es mir in einer deutschen Bank auszahlen lassen. Ich hatte einen Privatbankier, den ich Tag und Nacht anrufen konnte, er hieß Herr Bucheli und ging immer ans Telefon. Vierzig Jahre später, Herr Bucheli war in Pension, verhielten die feinen Herren von der Schweizer Bank sich leider weniger zuvorkommend und behaupteten, ich hätte keine Zeichnungsberechtigung für eines unserer Konten, mehrere Hunderttausend Franken verschwanden auf diese Weise, ich musste prozessieren, habe jedoch bis heute kein Geld gesehen.

Der Teemann ist wieder da, dreht eine neue Runde übers Oberdeck und sammelt leere Gläser ein, auch unsere. Ich nehme einen weiteren Tee.

Wir haben uns umgedreht und schauen über die niedrigen Lehnen der Sitzbänke hinweg aufs asiatische Ufer, auch dort stehen Häuser am Wasser, wunderschöne, vielleicht sogar schönere als auf der europäischen Seite, und Verkin erzählt, dass sie dort beinahe mal eines gekauft hätte.

Ich hatte ein schönes Yalı mit eigenem Bootshaus gefunden, sagt sie, ein älterer Arzt wollte verkaufen, zu einem guten Preis. Es gab die Erste Brücke noch nicht, ihr Bau hatte noch nicht einmal begonnen, aber ich wusste, dass sie kommen würde, und mit ihr würden die Preise auf der anatolischen Seite steigen.

Aber du hast das Haus nicht erworben?

Nein, ich war ... ich war in New York, und mein Vater, der alles abwickeln sollte, trat aus irgendeinem Grund vom Kauf zurück. Vielleicht dachte er, ich würde mich mit einem Haus am Wasser zu sehr exponieren – noch mehr, als es sowieso der Fall war. Oder er wollte mich nicht an die asiatische Seite verlieren, er selbst hat sie eigentlich immer gemieden. Er hat all seine Leben auf der europäischen Seite gelebt.

Hoch oben auf der zweiten Brücke reihen sich die Autos aneinander wie auf einem Fließband, das durch den Himmel führt, und Verkin erinnert sich an eine weitere Geschichte aus dem Sommer, in dem sie für die Frankfurter Messe arbeitete.

Cora, eine Freundin aus dem Internat, begleitete mich nach Istanbul, sie war Amerikanerin, sagt Verkin, zwei Jahre älter als ich, und ihre Eltern lebten in Alaska, weshalb sie während der Ferien nicht nach Hause reisen konnte oder wollte, sie fuhr lieber mit mir im Orientexpress nach Konstantinopel. Und weil auch sie sich für kluge Studenten interessierte, gingen wir in Istanbul fast jeden Tag auf das Universitätsgelände nicht weit vom Großen Basar und besuchten ein Café der studentischen Gewerkschaft, wir, die beiden *hot girls* aus Europa, die eine Amerikanerin, die andere Armenierin. Zu den Studenten, die sich dort trafen und irgendetwas planten, irgendwelche großen Aktionen, die Weltrevolution, nehme ich an, sagten wir: Wir können euch helfen, wir sprechen alle möglichen Sprachen, wir können übersetzen und euch chauffieren, wir haben ein Auto. Und so begann unser politisches Engagement. Ich lieh mir den Studebaker meines Vaters, und Cora, sie hatte einen Führerschein, kutschierte die Herren Studenten, ja, es waren nur Herren, die Anzüge trugen. Oder ließ einen von ihnen den Wagen fahren, meistens den Anführer, der heftig mit ihr flirtete. Einige Jahre später arbeitete er für Emin, dann für den türkischen Geheimdienst, er wurde Chef dieses Dienstes und war zuletzt Präsident des Nationalen Olympischen Komitees, *look him up*, er hieß Togay Bayatli.

Hat der zukünftige Geheimdienstchef dich damals rekrutiert?

Ich habe ihn mit Emin bekannt gemacht und hatte dann nicht mehr viel mit ihm zu tun.

Auf meinem Telefon sehe ich, dass ein Spielplatz in Bahçelievler, einem Istanbuler Viertel auf der asiatischen Seite, nach ihm benannt ist. Ich zeige Verkin den Kartenausschnitt.

Ein Kinderspielplatz in Anatolien, immerhin, er ist nicht vergessen! Und ich erzähle dir von ihm. Die Sommerferien mit Togay und Cora und all den anderen näherten sich dem Ende, Cora und ich mussten zurück nach Europa, der Unterricht auf Schloss Rettershof fing wieder an. Die Studenten standen Spalier, als wir in Sirkeci den Orientexpress bestiegen, sie waren traurig, dass wir abreisten, vor allem, weil sie nun keine Chauffeurin und kein Auto mehr hatten, sie mussten wieder zu Fuß gehen. In Jugoslawien verließen wir den Zug schon wieder, um dort, das hatten wir uns ausgedacht, auf ein Schiff zu wechseln, das die dalmatinische Küste hinauffuhr, mit Zwischenstopps in Split und Rijeka. Kaum waren wir in Triest von Bord gegangen und in den Zug nach München gestiegen, wurde Jugoslawien von einem heftigen Erdbeben erschüttert, dem stärksten seit Langem.

Ein großes Erdbeben in Jugoslawien? Ich befrage mein allwissendes Telefon, und mir wird das Skopje-Erdbeben angezeigt.

War das vielleicht der 26. Juli 1963?

1963 war ich siebzehn, ja, das kommt hin.

Es gab über tausend Tote, und die Altstadt von Skopje war zerstört, sage ich, während mein Teeglas auf dem Untertellerchen zu klirren beginnt, aber das dürfte nur die Vibration der Schiffsmaschine sein, die sich über die Sitzbank und durch meinen Körper auf das Glas in meiner Hand überträgt.

Werden wir das Große Beben in Istanbul bald erleben? Ich stelle Tellerchen und Teeglas neben mir ab.

Verkin zuckt nur mit den Schultern, die übliche Istanbuler Erdbebenverdrängung, denke ich, und zeigt, wir fahren dicht unter Land auf die Burg- und Festungsanlage Rumeli Hisarı zu, die von den Osmanen schon vor der Eroberung Konstantinopels auf der europäischen Seite erbaut wurde, um den Zugang zur Stadt vom Schwarzen Meer her abzuschneiden.

Hier, an der engsten Stelle des Bosporus, sagt Verkin, ließ der persische Großkönig Dareios im Jahre 513 vor Christus eine Schiffsbrücke errichten und ging mit seinem Heer über den Bosporus, um gegen die Skythen zu ziehen. Die kleine griechische Stadt Byzantion, die knapp achthundert Jahre später Konstantinopel heißen sollte, eroberte er nebenbei.

Ich weiß, das ist die erste Schiffsbrücke der Antike, von der wir wissen, sage ich und denke daran, Verkin von der Brücke zu erzählen, die Caesar über den Rhein schlagen ließ, in nur achtzehn Tagen und nur sechs Kilometer entfernt von dem Ort, an dem ich geboren bin, lasse es dann aber, ich möchte ja ihre Geschichten hören.

Ich bin an dieser Stelle schon zu Fuß über den Bosporus gegangen, sagt Verkin. Ich brauchte keine Brücke.

Du kannst übers Wasser gehen, Verkin? Ich möchte es fast glauben!

Bist du noch nicht überzeugt davon? Mein Vater ist mit mir aufs Eis gegangen, und an seiner Hand bin ich über den zugefrorenen Bosporus spaziert, im Winter 1952 war das, ich war fünf Jahre alt.

War das nicht gefährlich?

Und wie! So gefährlich, wie als Armenierin in der Türkei aufzuwachsen. Es war großartig. Ein Erlebnis. Einmalig.

War der Bosporus weiß?, frage ich und überlege, wie die Farben heißen könnten, in denen er sich heute zeigt.

Weiß wie eine leere Leinwand, sagt Verkin. Es war Eis aus dem Don, große Schollen, die übers Schwarze Meer gedriftet waren und den Bosporus blockierten. Dann hat es aufs Eis geschneit, und der Bosporus war weiß.

Heute ist er weinfarben und flaschengrün, fast türkis,

silberfarben und dann wieder blau. Und ich versuche, mir vorzustellen, wie Verkin an der Hand ihres Vaters über den weißen Bosporus spaziert.

Als wir auf den Fähranleger Bebek zusteuern, auch hier ragen die obersten Etagen einiger Hochhäuser im Hinterland über die Bosporusberge hinaus, sagt Verkin, dass es im Bebek Hotel eine schöne Bar gegeben habe. Und sie weist mich auf den prächtigen Yalı von Âli Pasha hin, der wie ein französisches Barockschloss aussieht. In ihm befindet sich heute das ägyptische Konsulat, Flaggen wehen über dem Dach.

Unsere Fähre, das fällt mir erst jetzt auf, legt zum Ein- und Aussteigen gar nicht richtig an, der Bootsmann wirft kein Tau über einen Poller, der Kapitän steuert das Schiff bloß mit dem durch alte Autoreifen abgefenderten Bug an die Kaimauer, Kopf gegen die Wand, und lässt die Maschine mit Kraft dagegenhalten. Die Gangway klappt aus, Passagiere gehen an Land und neue kommen an Bord, die Gangway faltet sich wieder ein, das Schiff lässt vom Ufer ab, volle Kraft zurück – und schon ist das Ufer einige Meter entfernt. Daran, dass in Bebek auch die Wohnung lag, in der Verkin drei- oder vierhundert Librax geschluckt hat, denke ich erst jetzt. Möwen schwimmen zwischen den ankernden Booten, lassen sich treiben, tupfen weiß-grau gefederte Flecken auf das große Graublaugrün, das immer in Bewegung ist, sie ruhen sich anscheinend aus im Auf und Ab. Andere Möwen schwärmen um eines der Müllsammelboote, das mit einem vorgebauten Korb und einem Rechen Abfälle aus dem Bosporus fischt.

Es dauert nicht lange, bis die Bordlautsprecher den nächsten Halt in Arnavutköy ankündigen, die erste und älteste Brücke ist schon zu sehen und eine riesige türkische

Flagge, die an einem turmhohen Fahnenmast auf einer Bergspitze weht.

Meine Großmutter Nivart besaß ein Haus in Arnavutköy, sagt Verkin und zeigt auf den Ort. Ein wunderschönes Haus aus Holz. Meine Mutter ist dort aufgewachsen, Arnavutköy war damals ein kleines, wohlhabendes Bosporusdorf, in dem viele armenische Pelzhändler wohnten. Von dort hatte meine Mutter es nicht weit zum Robert College, sie konnte mit der Straßenbahn am Ufer entlang bis nach Bebek fahren.

Steht das Haus noch?

Mein Vater hat es irgendwann günstig verkauft. Nivart wohnte nicht mehr dort, und meinen Vater störte, dass sie sich jeden Monat von ihren Mietern übervorteilen ließ, die immer wieder neue Geschichten erzählten, um weniger oder gar keine Miete zu zahlen. Nivart war zu empfindsam, zu mitfühlend, zu großzügig und gutmütig, um Geld einzutreiben, dabei hatte sie neben dem Haus kaum andere Einkünfte.

Ist es zu sehen?, frage ich, während die Häuser von Arnavutköy wie eine Theaterkulisse an uns vorüberziehen.

Ich glaube, es ist abgebrannt. Und was davon übrig war, wurde abgerissen. Es befand sich ungefähr dort, sagt Verkin und deutet auf eine Reihe in die Jahre gekommener Neubauten, die heute nicht mehr direkt am Ufer stehen, sondern, wie in Büyükdere, hinter der über dem Wasser neu gebauten vierspurigen Straße liegen. Auch hier wurde der Bosporus ein wenig schmaler, denke ich.

Unsere Fährfahrt ist eine Erinnerungsfahrt, einmal durch dein Leben, Verkin. Und durch die Leben davor. Und durch dreitausend Jahre Stadtgeschichte am Bosporus.

Kommt mir auch so vor, sagt sie und schaut auf ihr Telefon, das überraschenderweise länger nicht geklingelt hat.

Was ist das eigentlich für ein Gebäude?, frage ich und zeige auf ein hoch aufragendes Gebilde, das auf einem Berg über der asiatischen Seite steht.

Du meinst die neue Moschee? Die größenwahnsinnige Riesenmoschee?

Nein, die kann ich erkennen. Ich meine das turmartige Ding auf dem Berg dahinter. Ich verstehe nicht, was es sein soll. Ein schlanker Pinguin, der einen Stab auf seiner Stirn balanciert? Ein Gasanzünder, wie ich ihn verwende, um unseren Berliner Gasherd anzuzünden?

Es könnte ein Vibrator sein, sagt Verkin. Oder ein auf der Ferse, nein auf der Fußspitze stehendes Schnabeltier.

Jetzt möchte ich eine magersüchtige Schutzmantelmadonna erkennen, sage ich. Eine ausgehungerte Jungfrau Maria. Oder soll es doch ein Fisch sein? Ein Schwertfisch, der auf seiner Schwanzflosse turnt?

Leider ist es bloß ein Fernsehturm, aber immerhin das höchste Bauwerk der Türkei, sagt Verkin.

Wir unterqueren die Erste Brücke und passieren die Moschee von Ortaköy, die berühmte eklektizistische Elfenbeinschnitzerei in Stein, den historistisch-neobarocken Zauberwürfel mit Wölbung, der an alles Mögliche, nur nicht an eine Moschee denken lässt, kein Wunder, müsste Verkin sagen, wurde er doch, wie fast alle bedeutenden Bauwerke osmanischer Zeit, von einem armenischen Architekten erbaut. Verkin sagt heute aber nichts zur Moschee von Ortaköy, die mir von Wandbildern in türkischen Restaurants in Deutschland vertraut ist, meist ist sie zusammen mit der Brücke und dem Bosporus im Hintergrund abgebildet, stattdessen zeigt sie auf die vier hohen, eckigen Türme, die in einiger Entfernung aus dem Zorlu Center ragen.

Die müssten dich doch interessieren, sagt sie.

Vier kubische Minarette über einer Shopping Mall, sage ich.

Warst du schon dort?

Selbstverständlich. Ist doch jüngstes Mall-Nonplusultra, Wohn-, Geschäfts- und Konsumburg, alles in einem.

Das Gelände, auf dem das Zorlu Center errichtet wurde, gehörte dem Militär und wurde versteigert. Das Konsortium, das den Zuschlag erhielt, musste am Ende fast eine Milliarde Dollar für das Grundstück bezahlen.

Verstehe, deshalb wurde so viel und so hoch gebaut. Mit Pyramidenrampe am Hang und Geschlechtertürmen, der Kaufpreis musste sich amortisieren.

Am Bosporus und am Goldenen Horn wurde seit Kaiser Konstantin groß gebaut, und das Neue Rom pflegte seinen Gigantismus. Wo wurde die größte Kirche der Welt errichtet? Wir fahren auf sie zu. Wo die längste, höchste und aufwendigste Stadtmauer, die mehr als tausend Jahre unüberwindbar blieb? Wo waren die Dächer der Häuser mit Gold gedeckt? Na gut, Letzteres mag eine historische Übertreibung sein, aber es muss sehr viel vergoldet gewesen sein in Konstantinopel, bis die venezianischen Diebe kamen und all das gestohlen haben, was du heute in Venedig besichtigen kannst.

Ich weiß schon, du willst sagen, am Bosporus war schon immer alles ein bisschen größer als anderswo. Und in dieser Tradition wird heute der größte Flughafen der Welt gebaut. Und die dritte Brücke vor deinem Wohnzimmerfenster bekommt die höchsten Pylone der Welt. Und nirgendwo in Europa wurden in so kurzer Zeit so viele Malls eröffnet wie in Istanbul.

Ich erinnere mich an die erste in Ataköy. Nevin und ich waren einige Male mit den Kindern dort, sie waren noch klein. Ich saß im Rollstuhl oder bin auf Krücken herumgehumpelt, 1987 oder 1988 muss das gewesen sein. Zum ersten Mal gab es in Istanbul all das Zeug zu kaufen, das ich sonst aus Europa oder Amerika mitbringen musste, ich erinnere mich an Zeiten, da habe ich Toilettenpapier aus Paris importiert, weil es in der Türkei mal wieder keines gab.

Ich sollte dich als Zeitzeugin befragen, zu deinen Erlebnissen in der ersten Mall von Istanbul. Ich habe gelesen, dass die Galleria Ataköy auf Anregung des damaligen Ministerpräsidenten Turget Özal geplant wurde. Er hatte eine Mall in Houston, Texas, besucht und wollte so etwas auch in Istanbul haben.

Das kann gut sein. Heute dürften es ihm zu viele sein. Wie viele gibt es? Hast du das schon herausgefunden?

Der große Boom begann etwa zehn Jahre nach Eröffnung der Galleria Ataköy. Von 1999 an wurden jedes Jahr etliche erbaut, in Istanbul dürften es heute an die hundert sein.

Ja, die Lumpenbourgeoisie soll ihr Geld ausgeben, deshalb gibt es so viele. Und dank Tayyips weiser Politik können große Teile der Bevölkerung sich heute Konsumgüter leisten, von denen ihre Eltern und Großeltern nur träumen konnten: Kühlschränke, Waschmaschinen, Klimaanlagen und Fernseher, auf denen den ganzen Tag über türkische Telenovelas laufen.

Lumpenbourgeoisie? Ist das ein Wort, das du selbst erfunden hast in der Sprache der unbegrenzten Möglichkeiten?

Klingt so, nicht wahr? Nein, ich denke, ich habe es von Reinhart, meinem zweiten Deutschen, dem Schriftsteller und Kommunisten. Er pflegte einen gewissen marxistischen Jargon und mochte keine Shopping Malls. In welchen bist du schon gewesen?

Ich habe eine Liste. Eine lange Liste. Soll ich sie dir vorlesen?

Sieh an, nun hat er eine Liste! Du scheinst doch ein Deutscher zu sein. Und ich hatte schon meine Zweifel.

Ich nehme mein Notizbuch aus der Innentasche meiner Jacke, blättere ein wenig, finde meine Mall-Liste und lese vor:

Akasya Mall, Üsküdar
Akmerkez (1993), Etiler (die Dritte)
Atirus Shopping Center (2005), Büyükçekmece
Brandium AVM, Ataşehir
Capitol Shopping Center (1993), Üsküdar (die erste Mall der asiatischen Seite)
Carousel Shopping Center (1995), Bakırköy
Carrefour Maltepe Park (2005)
Cevahir Mall (2005), Şişli
Galleria Ataköy (1987, die Erste)
Istanbul Forum, Bayrampaşa
İstinye Park (2007)
Kanyon (2006), Levent, Beşiktaş
Marmara Forum, Bakırköy
Olivium Outlet Center (2000), Zeytinburnu
Optimum AVM, Ataşehir
Palladium AVM, Ataşehir
Sapphire (2011), Levent
Tepe Nautilus (2002), Acıbadem
Trump Alışveriş Merkezi (2012), Şişli
Venezia Mega Outlet (2014), Beylikdüzü

Und 2013 das Zorlu Center, Beşiktaş, sage ich, die Burg, an der wir gerade vorbeigefahren sind.

Klingt wie ein Bullshit-Gedicht, deine Liste, sagt Verkin und lacht, und ich bin mir nicht sicher, ob sie mich nicht auch ein bisschen auslacht.

Wir nähern uns der İskele von Besiktas, an der sehr viel mehr Fähren an- und ablegen als an den anderen Stationen, kleinere, aber auch größere als die, auf der wir uns befinden. Jede halbe Stunde setzen sie nach Kadiköy auf der asiatischen Seite über. Auf dem Wasser herrscht ein großes Durcheinander, fast ein Wunder, dass die Schiffe nicht aneinanderstoßen.

Dort hat Orhan seinen Wehrdienst abgeleistet, sagt Verkin und zeigt auf einen älteren Neubau, dessen schmale, senkrecht gegeneinander verschobenen Blöcke an ein Regal erinnern, in dem die Bücher nicht in einer Reihe stehen. Auf dem belebten Vorplatz des Gebäudes sind einige rostige Kanonen zu sehen.

Im Marinemuseum?

Ja, Orhan hat Skulpturen von osmanischen Seefahrern, von Admirälen und Piraten, geschnitzt, sie müssten noch immer dort ausgestellt sein. Es war ein angenehmes Jahr für ihn, er konnte viele seiner Hippie-Freunde als Helfer in den Werkstätten beschäftigen, dieselben, mit denen er im Jahr davor die École des Beaux-Arts besetzt hatte. Ich habe ihn oft besucht, in der besetzten Kunsthochschule ebenso wie im Marinemuseum, zusammen mit meinem geliebten Zombie, von dem ich mich damals gar nicht trennen konnte.

Orhan ist der zweite Mann, mit dem du verheiratet warst, das habe ich mir gemerkt.

Er ist der Vater meines ersten Kindes und der zweite Mann, den ich geheiratet habe, richtig. Viele Menschen hatten Angst vor ihm, weil er ein wenig unberechenbar war. Auch ich konnte mir nie sicher sein, welche Verrücktheit als Nächstes dran war, er improvisierte und überraschte immer wieder, deshalb mochte ich ihn so sehr. Ich kannte ihn als Bildhauer im Atelier und in weißer Marineuniform, als Tänzer, Musiker und in Motorradleder, denn er spielte gern *Easy Rider* am Bosporus und gründete eine Motorcycle-Gang.

Verkins Telefon klingelt, ich höre ihr *selam*, mit dem sie Gespräche auf Türkisch eröffnet, und verstehe, dass es wieder um eine politische Veranstaltung geht. Immer gibt es etwas zu organisieren, zu entscheiden, zu delegieren, immer muss irgendjemand ihr etwas erzählen, will etwas von ihr, fühlt sich übergangen, möchte sich beschweren oder muss etwas loswerden. Ich höre Verkin zuhören, mir ist schon aufgefallen, wie gut sie das kann, Politikerin zu sein heißt zuhören müssen, heißt zuhören können und dabei ein freundliches Gesicht machen, so viel hat sie mir bereits verraten.

Ich öffne mein Notizbuch, das ich noch in der Hand halte, ziehe die Kappe vom Füller und schreibe *zuhören* auf eine leere Seite. Ich schreibe *Bosporusüberforderung, Wasserfarbe, Phantasmagorie* und *Orhan tanzt und war Vorbild für eine Comicfigur, eine Katze* und unterbreche, weil ein Stückgutfrachter namens *Insomnia* sehr dicht an uns vorbeizieht. Das Schiff hat einen tiefroten Rumpf, rote Aufbauten und vier gelbe Kräne, die Schlaflosigkeit ist unterwegs Richtung Schwarzes Meer.

Diese Stadt hat alles überwuchert, sagt Verkin, als sie ihr Telefonat beendet hat, und weist auf das nun lückenlos bebaute europäische Ufer. Als ich sechs Jahre alt war, hatte Istanbul kaum eine Million Einwohner und war keine große Stadt. Heute sind es sechzehn, siebzehn oder achtzehn Millionen, niemand weiß es genau. Manchmal denke ich, es sind zu viele.

Inmitten des dicht geknüpften Häuserteppichs erkenne ich die Hoteltürme um den Taksim und den großen wilhelminischen Kasten, in dem sich das deutsche Konsulat befindet, einst die kaiserliche Botschaft.

Dort oben stand dein Geburtshaus, oder? Ich deute auf den Hang, dessen Dächer und Fassaden ihn wie die Tribüne eines voll besetzten Fußballstadions aussehen lassen.

Ja, seltsam, ich wurde am Wasserverteiler geboren, am Taksim. Und am Taksim traf Hippo auf Orhan und Tarek und nahm die beiden mit nach Tarabya. Und dann habe ich sie geheiratet, erst den einen, dann den anderen. Und von beiden habe ich ein Kind bekommen.

Wie kam Hippo eigentlich in dein Leben?, frage ich. Was hat er in Istanbul gemacht?

Ich habe ihn in New York City kennengelernt, 1969, auf einer Party. Und als ich mich einige Jahre später wieder mehr um die Firma kümmern musste, verließ er sein geliebtes Eiland Manhattan und zog mit mir an den Bosporus. Um aber zu seinem ersten Auftritt in meinem Leben zu kommen, muss ich dir erst erzählen, wie ich in New York City gelandet bin: In Paris hatte ich eine amerikanische Freundin, Gretchen, die Stewardess bei der TWA war – eine der vielen Airlines, die es heute nicht mehr gibt. Sie hatte reich geheiratet, einen Franzosen, und ein Baby bekommen, mit dem sie nach New York fliegen wollte, um es ihren Eltern vorzuführen. Sie fragte mich, ob ich mitkommen und ihr helfen wolle – wie sie darauf kam, weiß ich nicht, von Babys hatte ich keine Ahnung, aber natürlich hatte ich große Lust, nach New York zu fliegen, zum ersten Mal und fast umsonst, denn als First-Class-Stewardess bekam Gretchen die Tickets zu einem symbolischen Preis. Paris war im Frühjahr 69 nicht mehr so aufregend wie im Mai 68, ich war dreiundzwanzig Jahre alt und bereit für neue Abenteuer. Wir lieferten das Baby bei Gretchens Eltern in Pennsylvania ab – die Eltern sprachen Pennsylvania-Deitsch, ein eigenartiges Deutsch, von dem ich kaum ein Wort verstand – und flogen weiter nach Los Angeles. Und weil sie eine hübsche First-Class-Stewardess war, kannte Gretchen Gott und die Welt, sie hatte Hunderte Telefonnummern von Passagieren, die sie unbedingt wiedersehen wollten, weshalb wir problemlos im Haus des Bodybuilders und früheren Mr. Universe Mickey Hargitay unterkamen, einem Mann, der einst mit Mae West aufgetreten und mit Jane Mansfield verheiratet gewesen war. Tatsächlich wohnten wir in deren Haus, sie war kurz zuvor gestorben. Wir blieben zwei oder drei Wochen, *trust fund kids* schwirrten um uns herum, führten uns aus und auf die verrücktesten Partys, wir lernten Beverly Hills und die Hollywood Hills kennen und fuhren nach Las Vegas, weil Frank Sinatras Sohn uns eingeladen hatte, auch er war einer der vielen Gretchen-Verehrer, auch er war einmal mit ihr geflogen und hatte ihr seine Telefonnummer aufgedrängt. Wir wurden wie Königinnen empfangen, staunten und amüsierten uns, bis Gretchen zurück zu ihrem französischen Gatten musste, der sein Vermögen mit medizinischen Laboreinrichtungen gemacht hatte. Wir flogen nach New York City, sie holte ihr Baby und reiste weiter nach Paris – ich aber blieb erst mal, weil es mir in New York so gut gefiel. Woodstock hatte ich leider um einen Tag verpasst, die Zeitungen waren voll mit Berichten über das Festival, und ich war ein bisschen traurig, dass ich nicht dabei gewesen war. In einem perfekten Leben oder in einem Roman wären Gretchen und ich rechtzeitig zurückgekommen und zusammen nach Woodstock aufgebrochen – vielleicht könntest du das ändern, falls du all das eines Tages aufschreibst, und mich dort im Schlamm tanzen und Jimi Hendrix hören lassen, aber halt, das ist eigentlich unnötig, denn einige Wochen später lernte ich Angela Davis und Jimi Hendrix in der Wohnung von Henry Jackson kennen und war beim *Harlem Summer of 69* dabei, dem schwarzen Woodstock, einem Musikfestival, das gern unter den Tisch fällt, wenn die großen Geschichten über das Jahr 1969 erzählt werden.

Und wer war Henry Jackson?, frage ich.

Ein Politikwissenschaftler, damals Professor am Hunter College, später an der UCLA. Einer der ersten oder sogar *der* erste schwarze Professor überhaupt, der es auf einen Lehrstuhl in New York City geschafft hatte, *look him up*. Ich lernte ihn auf einer Party in der UN kennen, die ein algerischer Diplomat, den ich aus Paris kannte, für mich organisiert hatte, eine Verkin-Welcome-Party. Der Algerier, ein schöner Mann, wollte mich wohl beeindrucken, wie Männer es eben gern machen, er hatte eingeladen, wen er kannte. Und einer der Eingeladenen war ...

Hippo?

Nein, nicht so ungeduldig, mein Lieber, erst muss ich Henry kennenlernen, ohne Henry kein Hippo, ich sage dir doch, es ist eine längere Geschichte. Henry beeindruckte mich so sehr, dass ich auch seinetwegen in New York bleiben wollte, ich war euphorisiert, ein bisschen verliebt vielleicht, und suchte eine Wohnung. Ich fragte herum und fragte auch meine Musikerfreunde Linda und Sonny Sharrock, die ich aus Istanbul kannte – lustigerweise war Linda zehn Jahre später mit Tarek verheiratet und meine Nachbarin im East Village.

Mit deinem Tarek?

Ja, aber lass mich jetzt erst eine Wohnung in New York

finden. Linda und Sonny Sharrock spielten oft mit Herbie Mann zusammen, der mit seiner Frau Ruth in einem wunderschönen Apartment auf der Upper West Side wohnte, im El Dorado, 300 Central Park West, dem großen Gebäude mit den Zwillingstürmen, heute ist es eine Luxus-Co-op. Das heißt, Herbie wohnte gar nicht mehr dort, Ruth hatte ihn hinausgeworfen, weil er immerzu und überall herumvögelte, sie suchte eine Mitbewohnerin – und nahm mich auf. Faye Dunaway lebte ebenfalls im El Dorado, einige Etagen unter uns. Sie machte mir Komplimente, wenn wir uns im Fahrstuhl trafen, ihr gefielen meine Kleider von Yves Saint Laurent. Vom El Dorado spazierte ich fast täglich durch den Central Park oder am Hudson River entlang zu Henry Jackson, er wohnte in der 110th Street, also fast in Harlem.

Wir befinden uns kurz vor der Einfahrt ins Goldene Horn, und ich beginne, ich kann nicht anders, Bobby Womacks *Across 110th Street* zu summen, und muss an die Sequenz ganz am Anfang von *Jackie Brown* denken, Pam Grier steht auf einem Laufband im Flughafen von Los Angeles und fährt dem Schicksal entgegen. Verkin erkennt, was ich da summe, fast singe, und sagt, der Song sei damals, als sie durch Harlem spazierte, noch gar nicht komponiert gewesen, sie habe die 110th Street vor Bobby Womack überquert.

Ich besuchte Henry, weil ich sein *fangirl* war und so viel von ihm lernen konnte, jeden Tag war Seminar. Ich absolvierte eine Art Intensivstudium, hing an seinen Lippen, saugte auf, was er von sich gab, es war ein bisschen wie mit dem Deutschlehrer auf Schloss Rettershof, der mir das Lesen beigebracht hatte, ich schwärmte für Henry, ich war verliebt, bewunderte seine Klugheit und seine Analysen der Gegenwart und der politischen Situation. Auf einmal sah ich die Ungerechtigkeit in Amerika, die Unterdrückung der Schwarzen, die Ausbeutung und die Segregation, und begann, über mein eigenes Anderssein nachzudenken, über das anstrengende Immer-Anderssein, mit dem ich als Armenierin in Istanbul aufgewachsen, dem ich immer ausgesetzt gewesen war und bin, noch heute muss ich mich immer wieder erklären, muss ich sagen, ja, ich bin Armenierin, auf der Straße, im Taxi, in jedem zweiten Geschäft, ja, mein Name ist ein armenischer Name. In New York interessierte sich hingegen niemand für meine Herkunft, ich musste nichts erklären, weshalb ich mich kurioserweise oft weniger fremd fühlte als in meiner eigenen Stadt, weniger fremd als an dem Ort, an dem ich geboren und aufgewachsen war, privilegiert und diskriminiert zugleich. In New York war ich erlöst vom türkischen Alltagsrassismus, nun aber jeden Tag mit der Diskriminierung der Schwarzen konfrontiert. Henry schulte mich, sie zu erkennen, und ich war fasziniert von der Bewegung, der Gegenbewegung, mit der Henry mich vertraut machte, fasziniert, wie Black Power sich gegen die Unterdrückung und Benachteiligung wehrte – so anders, ganz anders als die Armenier in der Türkei, die sich selbst beim allmählichen Verschwinden zusahen. Henry nahm meine Ausbildung zur zukünftigen Aktivistin so ernst, dass er mit mir sogar nach Georgia fuhr, um mir zu zeigen, in welchen Verhältnissen, unter welchen Bedingungen er aufgewachsen war. Er nahm mich mit in das Dorf, in dem er seine Kindheit verbracht hatte – eine Ansammlung von Hütten in den Baumwollfeldern, die mit dem romantisierenden Begriff *Dorf* nicht richtig beschrieben ist, Hütten, in denen selbstverständlich nur Schwarze lebten, in einer von ihnen war Henry bei einer Tante groß geworden, seine Eltern hatte er bereits im Alter von fünf

Jahren verloren. Er zeigte mir, wo er als Kind den Ku-Klux-Klan hatte reiten sehen, er zeigte mir den wunderschönen und zugleich so grausamen, hässlichen Süden, die brutale Rassentrennung, die bornierten Weißen, die unter wehenden Konföderierten-Flaggen in ihren renovierten Sklavenhalter-Mansions lebten oder sie stolz besichtigten, als sei nichts gewesen, als hätten sie den Sezessionskrieg nie verloren. Es machte mich traurig und wütend, sehr wütend, und ich bewunderte Henry von da an noch mehr für seinen Aufstieg, der ihn aus den Baumwollfeldern nach Manhattan geführt hatte. Während unserer Reise wunderte ich mich ein bisschen, dass er immer wieder meine Schminke benutzte. Das kannte ich nicht, weder aus der Türkei noch aus Europa, aber was soll's, dachte ich, amerikanische Männer malen sich anscheinend gerne an, und Henry sah gut aus mit meinem Lippenstift und ein wenig Lidschatten, er gefiel mir, er gefiel mir sogar sehr, aber obwohl wir die ganze Zeit zusammen waren, machte er keine Anstalten, mich zu küssen. Okay, dachte ich, es geht ihm nicht um Sex, *it's an intellectual thing*. Selbst als er mir von seiner tiefen Freundschaft zu einem amerikanischen Schriftsteller erzählte, der seit einigen Jahren in Istanbul lebte, verstand ich nicht, was los war, er sagte, lies alles von ihm, lies alle seine Bücher – und dieser Schriftsteller war niemand anderes als James Baldwin, dessen Namen ich damals, 1969, zum ersten Mal hörte. In Istanbul bin ich ihm leider nie begegnet, Tarek hingegen, den ich damals noch nicht kannte, Tarek, der erst 1971 oder 1972 seinen ersten Auftritt in dieser Komödie haben wird, ist ihm mehrfach begegnet – im zarten Alter von sechzehn Jahren traf er ihn einige Male im Haus eines Robert-College-Professors, der sich gern mit jungen Männern umgab.

Und wann hat Hippo seinen Auftritt? Wir sind bald in Eminönü, und deine New-York-Erzählung steckt irgendwo zwischen amerikanischen Baumwollfeldern und dem Robert College in Bebek am Bosporus.

Bevor Hippo auftritt, muss ich nach Kalifornien springen, denn um mein Grundstudium in Politik und Widerstand abzuschließen, schickte Henry mich in die Kommune der Black Panther in Berkeley, wo ich Angela Davis wiederbegegnete und von ihr und ihren Mitbewohnern nicht nur viel über Marxismus erfuhr, sondern auch lernte, wie Chili con Carne gekocht wird.

Verkin, es wird absurd!

Doch, glaub mir, ich war einige Tage dort zu Gast, eine Woche vielleicht. In ihrem Haus gab es eine große offene Küche, und sie sagten, *come on, help*, was blieb mir also anderes übrig, zum ersten Mal in meinem Leben half ich in der Küche. Black Panther Chili con Carne ist bis heute das einzige Gericht, das ich kochen kann.

Angela Davis hättest du auch in Frankfurt treffen können, sage ich, sie hat bei Herbert Marcuse promoviert.

Ich weiß, sie hat mir davon erzählt, aber sie war älter als ich. Ich war ein ahnungsloser Teenager, als ich in Frankfurt war.

Immerhin hast du *Pardon* gelesen und angeblich einige Autoren der Zeitschrift gekannt. Wie hast du es nur geschafft, immer und überall auf die richtigen Leute zu treffen? Und zur rechten Zeit am richtigen Ort zu sein – mal abgesehen davon, dass du nicht in Woodstock warst, aber dort wahrscheinlich nichts verpasst hast?

Es wirkt nur im Nachhinein so, als wäre ich von Weltgeschehen zu Weltgeschehen gehüpft. Ich habe bloß versucht, so viel wie möglich mitzunehmen und überall mit möglichst vielen Menschen zu reden. Eine Übung, die ich mir später angewöhnt habe, geht so: Versuche immer, mit der dir unsympathischsten Person im Raum ins Gespräch zu kommen. Von ihr wirst du wahrscheinlich am meisten lernen.

Und so hast du Hippo kennengelernt? Weil er die unsympathischste Person im Raum war?

Nein, im Gegenteil. Er war der König von Manhattan, Henry und ich waren auf einer Party bei Linda und Sonny Sharrock eingeladen, Linda wollte mich mit Freunden bekannt machen. Hippo, der seinen schwarzen Pelzmantel über dem weißen Hemd den ganzen Abend lang nicht ablegte, war da, weil Sonny und er in derselben Kleinstadt im Staat New York aufgewachsen waren, in Ossining. Ich fragte ihn nach seinem Sternzeichen, dieser Astroquatsch war damals groß in Mode, ich interessierte mich eigentlich nicht besonders dafür, aber die Frage nach dem *sign* des Gegenübers war eine nicht unübliche Möglichkeit, ein Gespräch zu eröffnen. Hippo grinste mich an, lachte und sagte: *Scorpio with penis rising*. Wir redeten und redeten bis in den frühen Morgen hinein, bis er vorschlug, in sein Atelier in Alphabet City zu fahren, weit, weit weg von der Upper Westside, er wollte mir Downtown zeigen, weil ich mich bisher fast nur Uptown und in Harlem aufgehalten hatte und nicht viel weitergekommen war als bis zum Columbus Circle. Der schwarze Riese lud mich ein, mit ihm in die Avenue L on 4th Street zu fahren, mit der Metro, die ich bisher nicht betreten hatte, weil es im New York des Jahres 1969 als lebensgefährlich galt, in den Untergrund hinabzusteigen. Kaum waren wir in der Subway, fragte Hippo mich mit seiner großvolumigen, röhrenden Stimme so laut, dass alle im Wagen aufschauten: *What's with the queen?* Was willst du von ihr?

Von der Queen?, fragte ich zurück. Ich kenne die Königin von England nicht, ich kenne nur Anne-Marie von Dänemark, sie ist jetzt Königin von Griechenland, wir sind zusammen zur Schule gegangen.

No, I mean the queen, sagte Hippo. Es dröhnte durch den ganzen Wagen.

Welche Queen? Ich verstand immer noch nicht.

Henry the queen. Your queer friend Henry Jackson!

Und es dämmerte mir: *What? Is he gay?*

Fahrgäste um uns herum begannen zu kichern, Hippo lachte, lachte, so laut er konnte. Und auf einmal verstand ich, was ich in meiner Naivität und Begeisterung für alles, was Henry mir beibrachte, gar nicht gesehen hatte, verstand, warum Henry auf unserer Reise meine Cremes und mein Make-up benutzt hatte und warum er eine Perlenkette trug und ihm meine Ringe so gut gefielen.

Ich dachte, alle schwarzen Männer würden sich schminken, sagte ich, und die Leute im Waggon müssen gedacht haben, wir spielten Theater, ein Stück mit dem Titel *Die Außerirdische in Haute Couture und der Riese im Pelzmantel*. Ein Stück, in dem die Außerirdische erfährt, dass sie mit einem Homosexuellen zusammen ist. Hippo hatte seine erste Performance mit mir veranstaltet, und ich hatte mitgespielt, ohne es zu merken. Ich war ein bisschen sauer auf Linda und fragte sie, warum sie mir nicht verraten hätte, dass Henry sich sexuell nur für Männer interessiere. Sie aber war bass erstaunt und sagte, mein Gott, wir dachten, du wüsstest das!

Wie hieß Hippo eigentlich richtig?, frage ich, der Galataturm ist nun gut zu sehen, wir nähern uns dem letzten Halt der Fähre.

Er hieß Nathanial Hunter Junior, sagt Verkin. Viele

nannten ihn Junior, für mich aber war er immer Hippo. Seine Mutter war sehr früh gestorben, er war als *foster child* in einer Pflegefamilie aufgewachsen, bis zu seinem Auszug hatte er einundvierzig Pflegegeschwister gehabt. Er war siebzehn oder achtzehn, da bekam seine gleichaltrige weiße WASP-Hippie-Freundin ein Kind, das deren Eltern sofort zur Adoption freigaben. Er zog nach New York, arbeitete als Nacktmodel in Kunstschulen, studierte Bildhauerei und war an einer Ausstellung im Whitney Museum beteiligt – nur verkaufte seine Kunst sich leider nicht. Einer der wenigen, die etwas kauften, war sein Freund Jimmy Hendrix, und zwar eine Skulptur, die Hippo *Katze* genannt hatte, aus Holz geschnitzt. Eine Skulptur, die mich, ich habe sie gesehen, tatsächlich an eine Katze erinnerte.

Aber nicht an eine Vankatze, nehme ich an.

Nein, Vankatzen lernte er erst kennen, als er mit mir nach Istanbul kam und wir kreuz und quer durch die Türkei fuhren, nach Kekova zum Beispiel, dass ich schon entdeckt hatte, nur das Haus besaß ich noch nicht. Hippo wanderte gern durch Istanbul, er streunte, er driftete durch die Stadt, wie nur Männer es können, und tauchte manchmal tagelang nicht in Tarabya auf, während ich versuchte, die Firma zu retten, weil türkische Konkurrenten und korrupte Gewerkschaftsbosse das Lebenswerk meines Vaters zerstören wollten. Das Haus in Tarabya war in diesen Jahren unser Hauptquartier, Hikmet hütete das Heim und kümmerte sich um die Tiere. Mein Vater mochte Hippo, die beiden verstanden sich gut. Ich glaube, Hippo war glücklich in Istanbul und vielleicht sogar froh, Manhattan für eine Weile entkommen zu sein, er sammelte Zeitungen, klebte Collagen und lernte viele Menschen kennen, obwohl er kaum Türkisch sprach, er redete mit Händen und Füßen, spielte, was er nicht sagen konnte, und brachte die Leute zum Lachen. Im Grunde hat er immer und überall Theater gespielt – vielleicht lernt man das, vielleicht muss man das lernen, wenn man mit einundvierzig Geschwistern aufwächst – und fand damit eine spielerische Antwort auf die Verrücktheit der Welt und die Absurdität des Lebens, eine Antwort, die fast allen gefiel. Nur die selbsternannten Moralapostel unter den wenigen Armeniern, die noch in Istanbul wohnten, hielten es für einen großen Skandal, dass ich, eine Armenierin, mit einem Schwarzen durch Istanbul spazierte. Emin war ebenfalls nicht begeistert von meinem Freund, er musste sich viel rassistischen Mist anhören und dass seine Freundin ihn wohl für einen schwarzen Riesen verlassen hätte, er gab auch selbst einiges von sich, was ich lieber nicht gehört hätte, aber trotz aller Lästereien, die sich eher gegen mich, die durchgeknallte Armenierin, als gegen Hippo richteten, trotz des türkischen Alltagsrassismus, lebte Hippo in Istanbul ohne den institutionellen Rassismus Amerikas eher angenehmer als zu Hause in New York – wobei ihm selbstverständlich half, dass er US-Amerikaner und nicht Afrikaner war, Gründe, aus denen auch Henrys guter Freund James Baldwin so lange und gern in Istanbul gelebt hat.

Um uns herum ist hektisches Fotografieren und Filmen im Gange, fast alle Passagiere halten ihre Handys Richtung Galatabrücke und Galataturm oder schwenken sie zur Hagia Sophia, und auch ich verspüre nun wieder den Impuls, alles zu fotografieren, alles zu behalten, diesen Moment, diesen Augenblick, alles aufzunehmen, was ich sehe und von Verkin höre, jede Geschichte, ich möchte hundert, nein tausend Fotos machen – und lasse das Telefon, meinen Fotoapparat, doch in der Tasche.

Hippo hat die Väter meiner Kinder ausgesucht, sagt Verkin, das ist mir erst vor einigen Jahren klar geworden. Er hatte diese unglaubliche Menschenkenntnis, er konnte Menschen sehen, sehen im Sinne von durch und durch erkennen, er hatte Übung und blieb in Übung, er redete ja jeden Tag mit Hunderten, ja, ich glaube, ich kenne niemanden in meinem Leben, der mit mehr Menschen gesprochen hat. Als er Orhan und Tarek das erste Mal nach Tarabya brachte, war ich lustigerweise gar nicht da, ich arbeitete damals so viel, war immer in der Firma, musste die EMFA retten. Erst als sie das zweite oder dritte Mal nach Tarabya kamen, lernte ich sie kennen, und ja, seit diesem Tag waren, nein sind die beiden in meinem Leben und haben es nicht mehr verlassen.

Es riecht nach Bratfisch, als wir in Eminönü an Land gehen, es ist viel los zwischen all den Schiffen, die anlegen, von hier gehen Fähren nach Üsküdar und Kadiköy und Pendik, und ich muss daran denken, dass armenische Grabsteine des Pangaltı-Friedhofs auch für den Bau des Platzes vor der Moschee gegenüber verwendet wurden. Verkin wankt ein wenig während unserer ersten Schritte an Land, ich weiß nicht, ob sie ihr Bein spürt, das ihr fast amputiert worden wäre, oder ob wir nur zu lange auf der Fähre waren, dann aber, wir haben die wenigen Meter bis zur Galatabrücke zurückgelegt, geht sie wieder ganz normal und beschleunigt die Rollstuhlrampe hinauf.

Zurück können wir mit der Metro fahren, sagt sie, das geht schneller als mit der Fähre. Sie zeigt zu der futuristischen Stahlbrücke, auf der die U-Bahn das Goldene Horn überquert, die Station Haliç befindet sich genau in der Mitte der Überführung, hoch oben über dem Wasser.

Du fährst gern Metro, oder?, frage ich, da müssen wir

uns an all den Anglern und Angelverleihern vorbeidrängen, die den Gehweg der Galatabrücke blockieren.

Ja, sie fährt so schnell, sagt Verkin. Mein Vater hätte die Metro gemocht, er liebte die Geschwindigkeit.

8

Thrakien

Der Gestank des Goldenen Horns / Die Landmauer / Die Fabrik in Topkapı / Union Buster / *The fuck room* / Die *Madonna Lactans* vom East Village und die Jesusschnitzer / Eis im Ramadan / Die segelnde Apotheke und zwei Mittel gegen Männer / Venezia Mega Mall / Ich wollte ein Mann werden / Der Pate von Kasımpaşa

Nevin möchte uns heute nicht chauffieren, der Ramadan hat begonnen, sie fastet von Sonnenauf- bis Sonnenuntergang. Verkin fährt wieder selbst und sagt, wenn Nevin den ganzen Tag nichts isst, möchtest du nicht mit ihr zusammen im Auto sitzen.

Wir überqueren das Goldene Horn auf der Galatabrücke, und ich weiß, das nicht so goldene Wasser unter uns hat früher bestialisch gestunken, jetzt aber, sagt Verkin, werden seine Ufer zur neuen Istanbuler Riviera, die Werften und die Gerbereien sind stillgelegt, und die Silahtarağa Elektrik Santralı ist geschlossen. Wir fahren auf der Altstadtseite am Wasser entlang bis zu der Stelle, an der die berühmte Theodosianische Mauer beginnt, die den Landrücken bis zum Marmarameer durchschneidet und Konstantinopel bis zu dem traurigen Tag im Mai 1453 vor der Eroberung geschützt hat.

Sie sah schon mal verfallener aus, sagt Verkin, als wir an ihrer Seite Richtung Marmara rollen, einige Abschnitte wurden restauriert und neu aufgemauert. Die neueren Steine scheinen jedoch schneller zu zerbröckeln als die, die fünfzehnhundert Jahre früher verbaut wurden.

Ich erzähle, dass ich die Landmauer bereits zweimal abgelaufen bin, von Gestade zu Gestade. Einmal in der einen, einmal in der anderen Richtung, einmal innerhalb der Befestigung, einmal außerhalb. Und erzähle, dass mein Fußweg in den Kindergarten mich einst an einer mir damals ähnlich mächtig und hoch erscheinenden Mauer entlangführte, an einer auf römischen Fundamenten errichteten mittelalterlichen Stadtmauer, die von John Ruskin gezeichnet und von William Turner gemalt wurde.

Du bist also ebenfalls in einer Landschaft mit Ruinen aufgewachsen, sagt Verkin.

Ja, sage ich, nur standen im Diorama meiner Kindheit auch Atommeiler und gekachelte Silotürme neben romantischen Schloss- und Festungsruinen.

Zwischen der niedrigen, in manchen Abschnitten erhaltenen Theodosianischen Vormauer und der Hauptmauer liegen noch heute Gärten und bewirtschaftete Felder, Konstantinopel konnte sich selbst versorgen, verhungern musste während der vielen Belagerungen niemand.

Die Hallen in Topkapı, die du sehen willst, sind heute vermietet, erzählt Verkin, da taucht vor uns Yediküle auf, die mächtige Burg der sieben Türme mit dem vermauerten Goldenen Tor, einst die prächtigste Pforte ins Neue Rom.

Dort, wo die Jungunternehmerin Verkin die ersten türkischen Schalterhütchen produzieren ließ, wird also nichts mehr hergestellt?

Nein, sagt Verkin, und das Fabrikgelände und die EMFA gibt es nur noch, weil Emin mich eines Tages Anfang der siebziger Jahre in New York anrief und mir nahelegte, sofort nach Istanbul zurückzukommen: Wenn du nicht schnellstens hier aufkreuzt, sagte er, ist euer Unternehmen bald kaputt und Geschichte. Diesmal waren korrupte Gewerkschaftler bestochen worden, einen Arbeitskampf um unser Unternehmen zu inszenieren, dabei waren die meisten unserer Arbeiter gar nicht gewerkschaftlich organisiert. Es war eine politisch gesteuerte Maßnahme, mit der armenische Unternehmen in türkische Hände gebracht werden sollten, Gewerkschaftsbosse wurden geschmiert, die wiederum arme Schlucker dafür bezahlten, vor unserer Fabrik, vor Suma Han und an anderen Standorten Krawall zu machen, Ein- und Ausfahrten zu besetzen und Mistfuhren vor ein Haus zu kippen, von dem sie dachten, mein Vater würde dort wohnen. Sie zündeten Feuer in Öltonnen an, skandierten antiarmenische Parolen und bedrohten alle, die es wagten, trotzdem zur Arbeit zu erscheinen. Mein Vater war über siebzig und hatte nicht genügend Reserven, um auf diese Einschüchterungsversuche zu reagieren, keine Kraft mehr für weitere anstrengende Auseinandersetzungen, er dachte daran, die Fabrik in Topkapı zu schließen. Ich aber, auf Emins Notruf hin war ich sofort nach Istanbul zurückgekehrt, wollte auf keinen Fall nachgeben und diese Verbrecher gewinnen lassen, sie durften das Lebenswerk meines Vaters nicht zerstören, ich nahm den Kampf an. Was glaubst du, wie die großen türkischen Unternehmerfamilien zu ihren Firmen gekommen sind? Es gibt die gruselige Geschichte von dem türkischen Anwalt, der seinen verstorbenen griechischen Mandanten, Besitzer eines großen Kühlunternehmens, mehrere Jahre in einer Tiefkühltruhe aus der eigenen Produktion versteckte und so lange juristisch weiterleben ließ, bis er alles wasserdicht auf seinen eigenen Namen überschrieben hatte. Und so konnte aus einem griechischen Kühlunternehmen ein bedeutender türkischer Mischkonzern entstehen.

Wie du weißt, sage ich, haben auch nicht wenige bundesdeutsche Wirtschaftswundergeschichten ihren Ursprung in der Aneignung jüdischer Geschäfte und Firmen während des Dritten Reichs. Wir Deutschen nannten es Arisierung.

Ich weiß davon und habe in Düsseldorf einige dieser Diebe getroffen. Fritz kannte sie und stellte sie mir im Industrie-Club vor. Er verriet mir, wer von den so rechtschaffen auftretenden Herren wie viel von welchen Juden gestohlen hatte, er hatte das nicht vergessen.

Mir fällt Josef Neckermann ein, bekannt für sein Versandhaus und das gleichnamige Reiseunternehmen. Ein Mann, der noch in den neunziger Jahren als Wohltäter auf Briefmarken geehrt wurde, obwohl er sich sein erstes Versandgeschäft mit miesen Tricks von Billy Joels Großvater Karl Amson ergaunert und sich nach dessen Flucht aus Deutschland sogar in dessen Berliner Villa eingenistet hatte.

Der eine oder andere Türke wäre sicherlich auch gern in unser Haus gezogen, sagt Verkin. Der Arbeitskampf, der nur eine Charade war, endete mit einer Waffenruhe. Mein Vater, gegen den die Aktion sich hauptsächlich gerichtet hatte, zog sich offiziell aus der Firma zurück, fortan führte ich die Geschäfte. Ich blieb in Istanbul, erweiterte die Produktion, Emin und ich übernahmen weitere Alleinvertretungen und waren so erfolgreich, dass unsere Konkurrenten neidisch wurden, kurz, es dauerte nur anderthalb Jahre, und die korrupten Gewerkschaftsfunktionäre unternahmen einen neuen Versuch, die EMFA zu zerschlagen. Sie versuchten es wieder und sagten mir offen ins Gesicht: Wir lassen uns doch von einer Armenierin nicht auf der

Nase herumtanzen, wir wollen, dass du pleitegehst, wir werden dich zerstören. Diese aufgeblasenen Typen erklärten mir den Krieg und wussten nicht, worauf sie sich einließen. Und mussten lernen: Leg dich nicht mit Verkin an. Ein begabter junger Anwalt fand für mich heraus, dass gewerkschaftliche Organisierung erst in Betrieben mit mehr als zwölf Beschäftigten erlaubt war, also kam uns die Idee, unsere Istanbuler Fabrik und ihre Belegschaft in ein Konglomerat aus einundzwanzig Werkstätten à zwölf Arbeiter umzuwandeln, was wegen irgendwelcher unverständlichen Vorschriften innerhalb einer Nacht geschehen musste. Und, nicht unwichtig, alle unsere Arbeiter mussten von sich aus kündigen, um anschließend neu eingestellt zu werden. Falls sie Gewerkschaftsmitglieder waren, mussten sie ihre Mitgliedschaft aufgeben. Meine Aufgabe war es, möglichst viele, am besten alle Arbeiter, für dieses Manöver zu gewinnen, sie zu überzeugen, denn es war der einzige Weg, die Firma zu erhalten. Ich sprach zur Betriebsversammlung und führte Einzelgespräche, und am Ende machten alle mit, sie vertrauten mir, obwohl ich als die Kommunistin verschrien war, die mit einem schwarzen Riesen durch Istanbul lief. Am nächsten Vormittag trafen im Büro der Gewerkschaft an die hundert Kündigungsbriefe ein, mein Gegenspieler, das korrupte Oberarschloch, der Mann, der die Armenierin hatte aus dem Weg räumen wollen, erlitt einen Herzinfarkt, kam ins Krankenhaus und starb.

O Gott, Verkin! Du hast ihn umgebracht!

Das war nicht meine Absicht gewesen, und es tat mir leid, aber gewissermaßen war ihm nun das geschehen, was er meinem Vater hatte antun wollen. Die geschwächte Führungsriege der Gewerkschaft stand unter Schock, ich machte ein Friedensangebot zu meinen Bedingungen, sie akzeptierten, und von da an war Ruhe, einige Jahre zumindest. Zur Belohnung für mein unnachgiebiges Vorgehen gegen die Gewerkschaft erhielt ich eine Green Card für die USA, denn für die Amerikaner war ich fortan keine verdächtige Black-Panther-Sympathisantin mehr, sondern eine hochgeschätzte Union-Buster, eine Person, die eine Gewerkschaft in ihre Schranken gewiesen hatte.

Wir haben uns weit vom Goldenen Horn, der Landmauer und allen anderen Sehenswürdigkeiten entfernt, die auf den ersten Blick erkennen lassen, durch welche Stadt wir fahren. Nur die vielen Autokennzeichen mit der Nummer 34 verraten, dass wir uns noch immer durch Istanbul bewegen.

Die Gegend hat sich stark verändert, sagt Verkin, ich kenne mich kaum noch aus, hier wurde viel abgerissen und neu gebaut.

Ich sehe Industriebrachen, wilde Parkplätze und neue Wohnhochhäuser. Gehwege gibt es keine, nicht alle Straßen sind asphaltiert. Wir kurven durch ein seltsam unentschlossenes Gebiet und halten schließlich vor einem schlichten zweistöckigen Verwaltungsgebäude, auf dessen Fassade ich ein verblasstes EMFA-Logo erkenne, vier Buchstaben, ein Kreis und ein großer stiebender Funken.

Das Bürogebäude und die beiden Hallen, deren Stirnseiten du siehst, sind inzwischen vermietet, sagt Verkin. Schalterhütchen und all das andere Zeug kommen heute aus China. Manchmal denke ich daran, alles abreißen zu lassen und auf dem Areal ein Hochhaus zu bauen, das würde sich rentieren und meinem Vater gefallen.

Auf einer Freifläche neben den beiden Hallen, die sich weit in das tiefe Grundstück hinein erstrecken, parken einige Lastwagen, zwischen ihnen stehen, wie Überlebende, zwei hohe Bäume. Ihre Kronen sind völlig eingestaubt, der Himmel über ihnen aber ist klar, hell, blau und wolkenlos.

Warum baust du nicht eine Shopping Mall, Verkin? Platz wäre genug, und ich könnte dich bei der Themenfindung beraten. Du könntest der Verkin-Mall einen Mid-Century-Industrial-Look geben, in Shanghai funktioniert das in ehemaligen Fabrikhallen aus den fünfziger Jahren sehr gut, ich habe sie mehrfach besucht, sie waren immer voll.

Gute Idee, sagt Verkin und deutet auf die beiden nagelneuen, mindestens fünfundzwanzig Stockwerke hohen Wohntürme auf der gegenüberliegenden Straßenseite. All die Menschen, die dort wohnen, müssen schließlich irgendwo einkaufen.

Was für Betriebe befinden sich heute in den alten Produktionshallen, frage ich und fotografiere die Umgebung durch die Windschutzscheibe, aber die Hallen sind zu groß, sie passen nicht auf ein Bild.

Eine der Firmen kauft überall in der Türkei alte Gebetsteppiche auf, reinigt sie, zerschneidet sie und näht sie bunt gemustert neu zusammen, sagt Verkin. In Deutschland verkaufen sie sich angeblich gut.

Recycling orientalism, orientalism recycled, das ist ja fast schon wieder komisch, sage ich.

Ich war oft hier, sagt Verkin, einige Jahre fast jeden Tag. Ausgehandelt aber wurden die Geschäfte und Verträge anderswo, in der Stadt, in Restaurants oder in Tarabya. Und die schwierigsten Fälle bestellte ich in den *fuck room*.

Wie bitte, in den *fuck room*?

Habe ich dir noch nicht gezeigt, wo der war? Im Haus in Tarabya, gleich neben dem Eingang links. Das Zimmer mit den Fenstern zum Bosporus, heute steht dort die Bügelstation. Während der siebziger Jahre war es mein Boudoir, das Empfangszimmer für die Männer, die glaubten, eine unverheiratete Armenierin sei Freiwild und warte auf ihre Verführung. Wenn die Avancen während einer Verhandlung überwogen und ich die eindeutig schwanzwedelnden Angebote meiner männlichen Gegenüber gar nicht mehr ignorieren konnte, während ich bloß Geschäftliches besprechen wollte, lud ich zur Fortsetzung nach Tarabya ein und führte sie dort gleich in den mit rotem Samt, unzähligen Polstern, einem Wasserbett, weichen Teppichen sowie mit Wand- und Deckenspiegeln eingerichteten *fuck room*. Ich gab den Kandidaten keine Zeit, die mogulischen Miniaturen mit den Haremsszenen an den Wänden zu betrachten, sondern überrumpelte sie sofort mit den Worten *you wanted to fuck, so let's go, let's fuck.* Und du kannst dir nicht vorstellen, wie klein diese bis dahin so aufdringlichen Männer plötzlich wurden, wie sehr es sie verunsicherte, ja überforderte, von einer Frau zum Ficken aufgefordert zu werden, nein, da liege wohl ein Missverständnis vor, stotterten sie, da hätte ich wohl etwas missverstanden, sie seien doch aus geschäftlichen Gründen gekommen. Die weibliche Verführungsattacke verwirrte sie so gründlich, dass die folgenden Verhandlungen eigentlich immer zu meinen Gunsten verliefen. Einmal begegnete ich auf einer Party in Bebek einer Frau, die von einem Opiumhaus in Tarabya erzählte, von einer Drogenhöhle, in der Haschisch und LSD konsumiert werde. Das klingt aber interessant, sagte ich, waren Sie schon mal dort und haben etwas ausprobiert? Nein, nie im Leben würde ich das tun, sagte die Frau, das Opiumhaus soll einer gefährlichen Armenierin gehören, die türkische Männer verhexe.

Hast du dich zu erkennen gegeben?

Selbstverständlich. Und zur Sicherheit verhexte ich sie gleich vor Ort. Mein Ruf war das eine, die Wirklichkeit eine andere. Tatsächlich fanden viele, vielleicht die meisten Partys in Tarabya ohne mich statt, denn meine Jungs feierten allein und machten, was sie wollten, während ich ein Unternehmen führte. Ich war der Mann, der arbeiten ging. Ich arbeitete immer, ich arbeitete wie verrückt und nicht selten auf Speed, weil es gar nicht anders zu schaffen war. *Verkin is always arbeiting*, sagte Tarek damals, und mir gefiel, dass er das deutsche Verb mit englischer Endung benutzte, auch für ihn brachte nur das deutsche Wort es wirklich auf den Punkt, traf das Deutsche es am besten, ich arbeitete, arbeitete, arbeitete.

Wir sind zum Fabrikverkauf einer Keks- und Schokoladenfabrik weitergefahren, und Verkin erzählt, schon ihr Vater habe dort tütenweise Bruchkekse gekauft, Gebäck, das er an seine Arbeiter und Angestellten verteilte und nach Hause mitbrachte. Aus dem einst wohl eher bescheidenen Fabrikverkauf, den Verkin beschreibt, ist heute ein gut besuchter, mittelgroßer Einkaufsmarkt geworden, der neben Kekssortimenten und Pralinen aller Art auch Duftwässerchen und Drogeriemarktprodukte führt. Ich schnüffele am *limon kolonyası* und am Feigenparfüm, während Verkin Kekspackung um Kekspackung und diverse Pralinenschachteln in den Einkaufswagen wirft. Wir sind weiter in der Firmengeschichte unterwegs, und sie berichtet, dass sie nach einigen Jahren an der Spitze der EMFA sehr müde geworden sei, müde, sich wieder und wieder gegen Männer durchsetzen zu müssen, die immer alles besser wissen wollten, nur weil sie Männer waren. Ich vermisste Hippo, sagt sie, ich vermisste Manhattan und musste feststellen, dass das ständige Hin und Her zwischen Istanbul und New York nicht funktionierte, ich konnte nicht in zwei Städten gleichzeitig leben.

Und ich dachte, wenn jemand das kann, dann du, sage ich. Wenn du erzählst, hört es sich an, als hättest du zwei, drei, vier Leben gleichzeitig geführt.

Nein, das geht nicht einmal in Istanbul. Eines Tages musst du dich für eine Seite entscheiden, sagt sie, entweder oder, entweder Europa oder Asien.

Mindestens dreißig Kekspackungen und Pralinenschachteln sind mittlerweile in den Einkaufswagen gewandert, ich schiebe und weiß schon, wie ihr Vater verteilt auch sie gern Geschenke.

Plötzlich, sagt Verkin, sollte ich die alleinige Führung der EMFA abgeben, die nur dank meines Dauereinsatzes so hervorragend lief und große Gewinne erwirtschaftete. Nun wollte mein Mädchenbruder mitreden und mitentscheiden, dabei hatte er nur dumme Ideen, die uns viel Geld kosten sollten. Meine Mutter war es, die meinen Vater bearbeitete, ihrem Söhnchen einen Platz im Unternehmen zu verschaffen – dass mein Vater nachgab, obwohl er wusste, dass es falsch war, obwohl er wusste, dass meinem Bruder das Gen fürs Geschäftliche fehlte, enttäuschte mich. Ich war zweiunddreißig, bald dreiunddreißig Jahre alt, schaute auf mein Leben und dachte, ich müsste etwas ändern. Ich beschloss, wieder dauerhaft nach New York zu ziehen und ein Kind zu bekommen, woran ich bis dahin eigentlich überhaupt nicht gedacht hatte.

Wir steigen wieder ins Auto und fahren weiter, jetzt Richtung Yeşilköy. Verkin möchte mir zeigen, wo Detlev seine Wohnung hatte, als sie ihn mit Emin und einer geladenen Pistole im Handschuhfach vom Flughafen abholte.

Yeşilköy war einst ein überschaubarer Ferien- und Ausflugsort mit Bahnanschluss am Marmarameer, der San Stefano hieß. Wohlhabende Armenier und Griechen wohnten dort, sagt Verkin. Der Friede von San Stefano wurde dort geschlossen.

Ich muss nachfragen, was das für ein Friede war, und lerne, dass er den Krieg des Russischen Zarenreichs mit dem Osmanischen Reich beendete, zu allerdings sehr unvorteilhaften Bedingungen für die türkische Seite, weshalb er noch im selben Jahr auf dem Berliner Kongress von 1878 revidiert wurde, *dem* Berliner Kongress, auf dem Bismarck seine geflügelten Worte sprach, dass der Balkan nicht die Knochen eines einzigen pommerschen Musketiers wert sei.

Verkin hat wieder ein Bismarck-Zitat von sich gegeben. Sie kennt so viele. Ich finde es fast ein bisschen komisch.

Der einstige Badeort ist während der letzten Jahrzehnte von Istanbul überwuchert worden. Oder überflutet? Auch wir sitzen in einem dieser vielen Autos, wir sind der Verkehr. Verkin erinnert sich an eine berühmte Eisdiele, findet sie und hält in zweiter Reihe. Dafür, dass wir Ramadan haben und so viele Türken vom Fasten und Fastenbrechen sprechen, stehen gar nicht so wenige Menschen in der Schlange.

Verkin erzählt, sie sei 1979 schwanger und mit hunderttausend Dollar in bar in New York gelandet. Hippo hatte eine Wohnung mit mehreren Schlafzimmern in der 4th Street nahe der Avenue A gefunden, nicht weit vom Tompkins Square Park, deren bisherige Bewohner vor den Hells Angels im Nachbarhaus und den Zuständen auf der Straße nach New Jersey geflüchtet waren. Das East Village war damals voller Hippies, Künstler, Freaks und Drogen, sagt Verkin, das jüdische, polnische und ukrainische Kleinbürgertum hatte Manhattan zum großen Teil verlassen. Mir kam es vor, als bewohnten wir Ruinen, in denen alles möglich war. Die junge Madonna und Meat Loaf traten in einem Keller um die Ecke auf, Debbie Harry lebte zwei Häuser weiter und pflegte ihren heroinsüchtigen Freund.

Hat dir das raue New York der späten siebziger Jahre nichts ausgemacht?, frage ich.

Wovor sollte eine türkische Armenierin sich fürchten? Ich hatte ja auch Istanbul überlebt. Ein Kind zu bekommen war ein guter Anlass, die chaotische Türkei zu verlassen, in der sich wieder einmal etwas zusammenbraute, ich habe es nicht mehr ausgehalten. Türkiye stand immer am Rande des Abgrunds, kein Gas, dann kein Strom, und nie gab es Toilettenpapier zu kaufen, die Versorgung funktionierte nicht, das Land war arm. Unterentwickelt. Mir war klar, dass es früher oder später wieder einen Putsch geben würde. In New York hatte ich Hippo an meiner Seite, der sich um mich kümmerte, mich fast überallhin begleitete, mir Tee kochte. Er wusste ja, wie hilflos ich war. Dass ich mir nicht mal Tee kochen konnte.

Hast du nicht Chili con Carne à la Angela Davis zubereitet?

Nein, Orhan kochte, als er zu uns stieß, er konnte das besser. Unser Apartment füllte sich jeden Tag und oft über Wochen mit Besuchern, Tarek wohnte nur einige Blocks entfernt in der 13th Street, er und Linda waren fast immer bei uns, eine türkische Ballerina zog ein, die wegen einer Verletzung nicht mehr tanzen konnte. Sie sollte die Nanny für das ungeborene Baby werden, aber Orhan schlief schon am zweiten Tag mit ihr, weshalb sie nicht lange blieb. Unser Wohnzimmer wurde Matratzenlager, wurde ein türkischer Campingplatz, weil jeder aus Istanbul bei uns unterkommen konnte, es gab immer etwas zu essen, zu rauchen, und Orhan und unsere Musikerfreunde machten Musik, es war nicht viel anders als in Tarabya, nur war ich jetzt immer dabei, weil ich kein Unternehmen mehr führen und nicht arbeiten musste, ich ließ Hippo und Orhan für mich arbeiten. Über den armenischen Patriarchen von New York, der mit einem Stipendium meines Vaters in Istanbul studiert und oft bei uns zu Mittag gegessen hatte, erhielten die beiden den Auftrag, einen überlebensgroßen Jesus am Kreuz zu schnitzen, eine Skulptur, die für eine Kirche in Connecticut bestimmt war. Sie besorgten sich alle nötigen Werkzeuge und einen riesigen Block Ebenholz und begannen, zwischen den osmanischen Polstern unseres Wohnzimmers ihren Heiland zu schnitzen, sehr einträchtig, womit sie, Drogen halfen, monatelang beschäftigt waren. Sie arbeiteten sich mit- oder auch gegeneinander an dem Holzblock ab, während mein Bauch größer und größer wurde. Im Laufe des siebten Monats besuchte ich das Lennox Hill Hospital auf der Upper Eastside – das Krankenhaus, das einmal German Hospital hieß, bis ihr Hunnen es euch während des Ersten Weltkriegs mit den Amerikanern verscherzt hattet – und nahm an einer *pregnancy class* teil, schließlich musste ich mich irgendwie auf die Geburt vorbereiten, ich hatte ja keine Ahnung vom Kinderkriegen, keine Ahnung von nichts und auch keine Mutter, Tante oder Freundin in New York, die mir hätte erklären können, was ich tun oder lassen sollte. Um mich herum gab es fast nur Jungs, die meisten Musiker oder Maler, Peter Bradley, Pharao Sanders, Sonny Rollins und einige andere, Betty und Miles Davis zum Beispiel, sie bildeten eine lose Gruppe, die sich entweder bei uns oder in Peter Bradleys Haus trafen. Sie waren alle mal berühmt und dann nicht mehr. Peter wohnte in einer alten Feuerwache in China Town, in der es noch eine Stange zwischen den Etagen gab, an der die Feuerwehrleute zu ihren Wagen hinuntergerutscht waren. Dort, wo die Löschautos geparkt hatten, stand nun ein riesiger Kaktus, den Peter aus Nevada mitgebracht hatte. Ab und zu waren wir auch bei Kenneth Noland, ebenfalls ein bekannter Maler, der ein Haus in der Bowery besaß und mit Joanne DuPont liiert war, einer Erbin des gleichnamigen Chemiekonzerns, und ich brachte überall Pistazien, Feigen, Halva und Haschisch mit, meine beliebten Morgenlandgaben, über die alle herfielen, es war ein bisschen wie Jahre zuvor bei meinen Besuchen in Ost-Berlin, nur dass ich den ostdeutschen Ministerialbeamten kein Haschisch mitgebracht hatte – hätte ich mal sollen, vielleicht wäre es schneller zu Ende gegangen mit der traurigen DDR. Eines Tages tauchte dann Susan in unserem Apartment auf, Peter Bradley brachte sie mit, sie arbeitete in seinem Atelier, durfte den Boden kehren, Pinsel auswaschen und ihm Drogen besorgen. Sie dealte recht erfolgreich und finanzierte sich bald ihr eigenes Loft, in dem sie noch heute lebt und arbeitet. Peter nannte sie seine Assistentin, später, als sie selbst eine bekannte Malerin war, seine Schülerin. Susan wurde meine Freundin.

Ist das die New Yorker Susan, die ich bei meinem ersten Besuch in Tarabya kennengelernt habe und die sich in Istanbul hat operieren lassen?

Das kann gut sein. Sie hat sich öfter liften lassen. Was wahrscheinlich damit zusammenhängt, dass ihr Vater, dieses Arschloch, an ihrem vierzehnten Geburtstag zu ihr gesagt hat: Susan, du bist so hässlich, ich hoffe, du wirst bald viel, viel Geld verdienen, um dir den besten Schönheitschirurgen leisten zu können, denn den hast du nötig! Mich erinnerte das an meine Mutter, die mich ab meinem zwölften Lebensjahr dazu drängte, mir die Nase korrigieren zu lassen.

Eine neue Nase? Warum?

Weil ich eine armenische Nase hatte. Eine Nase wie mein Vater. Eine Nase, die nicht gerade klein war. Nicolas, den ich zu dieser Zeit ja schon kannte, war sehr dagegen, er mochte mein Gesicht, wie es war, und hatte es bereits tausendmal fotografiert. Mit armenischer Nase. Meine Mutter aber gab keine Ruhe, ließ nicht locker. Weißt du, wie gemein Mütter zu ihren Töchtern sein können? Irgendwann habe ich nachgegeben, pubertierende Mädchen sind ja leicht zu verunsichern, was ihr Aussehen angeht.

Ich glaubte mit vierzehn oder fünfzehn, meine Nase wäre zu klein, sage ich. Weil in der Familie meiner Mutter alle eher große Nasen hatten. Ich wollte mich deshalb aber nicht operieren lassen, es kam auch gar nicht in Frage.

Na, eine armenische Nase hast du wirklich nicht gerade, sagt Verkin. Und jüdisch sieht sie auch nicht aus. Susan, die übrigens Jüdin ist, erzählt heute gern, sie sei damals in eine Opiumhöhle voller kiffender Hippies gestolpert, und in der Mitte dieser Höhle, auf Seidenkissen und osmanischen Polsterbergen, habe eine hochschwangere Armenierin in orientalischen Gewändern gethront. Bei den Geburtsvorbereitungen konnte meine neue Freundin mir allerdings nicht helfen, vom Kinderkriegen hatte sie noch weniger Ahnung als ich. Immerhin brachte sie mich auf die Idee, mich vor meinem Geburtstermin um Babysachen zu kümmern. Also fuhr ich eines Tages zu Saks Fifth Avenue, ging in die Kinder- und Baby-Abteilung und kaufte, umfassend und sehr kompetent beraten, mehrere Garnituren Baby-Ausstattungen ein, alles, was ein Neugeborenes angeblich braucht. Die überfreundlichen Saks-Expertinnen stellten zusammen, das Ganze kostete ein Vermögen – woran ich mich nur erinnere, weil Cengiz, als er schließlich zur Welt kam, in keinen einzigen dieser Strampler hineinpasste, Cengiz war ein Riesenbaby, die Luxusausstattung, die ich mir hatte andrehen lassen, konnte ich verschenken.

Wir haben nun jeder ein Eis in der Hand, Verkin in der Waffel, ich im Becher, und sitzen auf einer Bank unter einem dürren, halb vertrockneten Baum. Ich muss daran denken, dass ich ebenfalls ein Riesenbaby gewesen sein soll, so wurde es jedenfalls erzählt.

Wir feierten gerade eine kleine Party zu Hause, wie fast jeden Abend, da setzten die ersten Wehen ein. Die Fruchtblase platzte im Taxi, Hippo, Orhan und drei, nein vier weitere Freunde begleiteten mich ins Krankenhaus, Peter Bradley war dabei, Pharao Sanders, Sonny Rollins und Chester, ein weiterer Musiker, dessen Freundin, wie praktisch, im Lennox Hill Hospital arbeitete. Ich wurde aufgenommen und kam in den Kreißsaal, während die Jungs im Warteraum weiterfeierten, sie hatten ihre Instrumente dabei, gaben ein kleines improvisiertes Konzert, und einige Ärzte und Schwestern sollen sogar getanzt haben – wovon ich leider nichts mitbekam, weil ich ein Kind zur Welt bringen musste. Cengiz hatte die Nabelschnur um den Hals und wäre fast erstickt, ich verlor das Bewusstsein und wachte erst am nächsten Tag in einem riesigen Krankensaal wieder auf. Ohne Kind. Ich hatte doch eines geboren, oder? Oder hatte ich das nur geträumt? Ich sah kein Baby neben mir, ich sah nur fröhliche schwarze und puerto-ricanische Frauen um mich herum, ich verstand nicht, wo ich war, gestorben und im Himmel vielleicht mit all diesen lachenden Frauen? Nein, irgendwann kam mein teurer Arzt, den ich an seinen malerisch abstehenden Prinz-Charles-

Ohren erkannte, und berichtete, dass ich anderthalb Tage geschlafen hätte und aus Versehen, er entschuldigte sich, nicht in dem für mich vorgesehenen und bereits bezahlten Einzelzimmer, sondern bei den *colored* gelandet sei, ein Versehen, wiederholte er, ein Versehen, das vielleicht damit zusammenhinge, dass ich mit so vielen schwarzen Freunden im Krankenhaus erschienen sei, aber wer weiß, warum ich als Nichtweiße einsortiert worden war, auch das war und ist Amerika, ich kannte das ja. In diesem Moment machte es mir nichts aus, im Gegenteil, ich wollte in diesem fröhlichen Krankensaal bleiben, denn meine puertoricanischen Bettnachbarinnen zeigten mir – mittlerweile hatte ich mein Kind bei mir, ich hatte tatsächlich eines zur Welt gebracht, worüber ich wirklich staunte –, wie ich dieses schreiende Baby anlegen und stillen konnte, dieses gierige Baby, das sofort begann, mich auszusaugen, weshalb ich das Stillen auch nach wenigen Wochen aufgab. Das Riesenbaby war mit Milch aus meinen Brüsten nicht satt zu bekommen, und trotzdem wird Susan dir erzählen, du musst sie nur fragen, dass die Armenierin mit einem an ihrer Titte saugenden Riesenbaby auf ihrem Polsterthron in der 4th Street saß.

Hat Susan das gemalt, hat sie ein Bild der armenischen *Regina caeli* in ihrer Opiumhöhle, ein Bild der *Madonna lactans* vom East Village gemalt? In französisch-orientalistischer Manier? Dieses Gemälde würde ich gern sehen.

Soweit ich weiß, hat Susan in ihrem Leben noch nicht ein einziges gegenständliches Bild gemalt. Sie produziert nur farbige Flächen, fröhlichere Farbfelder als Noland, Rothko, Bradley und all die anderen *colorfield painter*. Ziemlich gegenständlich hingegen war der Jesus auf unserm Esstisch, die Skulptur, an der Orhan und Hippo seit Monaten schnitzten. Sehr, sehr langsam schnitzten. So langsam, dass der dunkle Ebenholzblock, mit dem wir frühstückten und zu Abend aßen, sich sehr unmerklich in eine oliveschwarze Jesusfigur verwandelte. Herr Jesus war unser Gast, jeden Abend, wir mussten ihn gar nicht zu uns bitten, er lag auf unserem Tisch, überlebensgroß, fertig zur Verspeisung. Und als Orhan eines Tages sagte, Verkin, schau, der Herr Jesus ist fertig, sah ich ihn mir genauer an, sah ihm ins Gesicht und in die Augen – und sah: Jesus ist ein Mongole! Orhan und Hippo hatten einen Jesus mit Mongolenfalte und negroiden Lippen geschnitzt! Ich musste sehr lachen. Die Auftraggeber beschwerten sich nicht, im Gegenteil, sie waren begeistert, und die Skulptur hängt noch heute in der Kirche in Connecticut, für die sie bestellt worden war. Letztendlich aber brachten weder Orhans Bildhauerei noch seine Musik etwas ein, in New York war es viel zu heiß, und mein Vater wollte sein Enkelkind sehen, sein erstes Enkelkind, also flogen Baby Cengiz, Orhan und ich in die Türkei, ohne Hippo, der Manhattan nicht mehr verlassen wollte. Wir blieben einige Wochen in Istanbul, bis wir auf die glorreiche Idee kamen, auf einer Yacht nach Kekova zu segeln, zusammen mit Freunden von Orhan, darunter eine Alkoholikerin und ein Junkie, die beide auf diesem Törn entziehen wollten, was nun, o Wunder, nicht funktionierte, weil Orhan alle Drogen der Welt eingekauft hatte. Wir segelten eine Apotheke, wir fuhren auf einem Narrenschiff. Einmal war Orhan so high, dass er Cengiz ins Wasser warf, weil irgendjemand ihm gesagt hatte, dass Babys von Geburt an schwimmen können. Es stellte sich allerdings heraus, dass das nicht stimmt, zumindest dann nicht, wenn ein Baby schon acht Monate alt ist und bis dahin eher selten gebadet wurde. Cengiz konnte jedenfalls nicht schwimmen, denn weder Orhan noch ich waren mit ihm zum Babyschwimmen gegangen, wir hatten andere Hobbys. Unser Kapitän, der einzige nüchterne Mensch an Bord, sprang hinterher, sonst wäre Cengiz wohl ertrunken. In Kekova angekommen, ließen Orhan und ich Cengiz bei der Nachbarin, die sich während meiner Abwesenheit um das Haus kümmerte, wir setzten die Hippies und die Junkies ab und segelten allein nach Finike, um Vorräte einzukaufen. Wir blieben über Nacht in der Marina und durften, Überraschung, am nächsten Morgen nicht auslaufen, es herrschte Ausgangssperre, weil es, *welcome to Türkiye*, schon wieder einen Putsch gegeben hatte. Der dritte oder vierte, den ich miterlebte. Es war der 13. September 1980, wir hingen in Finike fest, und ich hatte Zeit, viel Zeit, nachzudenken, und kam zu dem Ergebnis, dass ich mich von Orhan trennen würde, trennen musste, was gar nicht so sehr daran lag, dass er ständig high war und unser Kind ins Wasser geworfen hatte, nein, das hätte mir auch passieren können, es war vielmehr so, dass Orhan sich immer öfter wie ein türkischer Pascha aufführte und über mich bestimmen wollte. Ich hatte ein Kind mit ihm bekommen, weil er talentiert, verrückt und unkonventionell war, weil er in einer Istanbuler Fabriketage wohnte und ich mir sicher war, dass er nicht Vater, Mutter, Kind und Heilige Familie mit mir würde spielen wollen. Ich hatte ihn mir als Kindsvater ausgesucht, weil ich ihn mochte und an einer Kombination unserer Verrücktheiten interessiert war, ich wollte ein Kind, so lebenshungrig und verrückt wie er und ich zusammen – und nun begann er, den Pascha-Patriarchen zu spielen. Das war eine Rolle, die er nicht ausfüllen konnte. Immerhin, da hatte ich Glück, war ich finanziell nicht abhängig von ihm, ich konnte mich scheiden lassen.

Der Rest von meinem Eis ist im Becher geschmolzen, Verkin hält ihre Waffel noch in der Hand.

Mir fällt ein, sagt sie, dass ich damals, an diesem stillen Tag nach dem Putsch von 1980, in der Marina von Finike auch zum ersten Mal über Medikamente für Männer nachgedacht habe, ein Mittel, das, unters Essen gemischt, entweder gegen gewalttätige oder viel zu langweilige Männer wirken sollte. Einige Jahre später kam mir die Idee zu Xantason und Vintison, zwei Pillen, die Frauen das Leben leichter machen und Männer, falls nötig, auf ihre letzte große Reise schicken könnten, *microdosing men into happiness* lautete der Claim, den ich mir dazu ausdachte. Xantason sollte aus beruhigendem und angstlösendem Xanax und ein bisschen Cortison bestehen, Vintison hingegen aus Cortison mit ein bisschen Viagra, damit die Beziehung nicht zu langweilig würde.

Ach, Verkin, du solltest eine Beziehungsanleitung schreiben, ein *How to* ...

How to kill your husband and have a glückliche Ehe? Aber ich habe leider keine Erfahrung mit glücklichen Ehen! Und Orhan wollte sich nicht scheiden lassen und nicht verstehen, dass ich nicht mehr mit ihm zusammen sein mochte. Mit der Kränkung des Verlassenwerdens kam er gar nicht zurecht. Nachdem ich die Scheidung durchgesetzt hatte – geheiratet hatten wir ja bloß wegen seiner Aufenthaltsgenehmigung in den USA –, trat er dem Verkin-Hate-Club bei, weitere Mitglieder waren Emin, mein Bruder und einige andere, die nicht begreifen wollten, dass ich meinen eigenen Kopf hatte. Heute ist Orhan eher für seine Musik als für seine Bildhauerei bekannt oder dafür, dass er einmal mit mir verheiratet gewesen war. Einer seiner Songs, fast ein Hit, wird noch immer gecovert und im

Radio gespielt, er heißt *Gemiler*, du kannst ihn dir auf YouTube ansehen.

Gemiler heißt Schiffe, oder?

Ja. Und das Seltsame ist, dass er seine letzten Lebensjahre auf einer Segelyacht an der amerikanischen Ostküste verbracht hat, nicht weit von Washington. Er wohnte auf dem Boot und baute riesige, mit aufwendigen Schnitzereien verzierte Tische für das Smithsonian Castle, seine Holzarbeiten waren gefragt. In die Türkei konnte er wegen irgendeiner dummen Geschichte nicht mehr einreisen, ihm drohte eine Gefängnisstrafe. Und dann ist er auf seinem Segelboot gestorben. Er wurde nur sechzig Jahre alt.

Wir sitzen im Auto und sind wieder unterwegs, nun Richtung Karaköy, und ich hätte Lust, Orhans Lied zu hören, finde es auch gleich, verschiebe es dann aber auf später. Ich wechsle zur Karten-App und folge dem blauen Punkt auf dem Display, der blaue Punkt sind wir, und wir rasen über die Stadtautobahn, der blaue Punkt wandert, und es dauert nicht lange, bis ich sowohl auf der Karte in meiner Hand als auch draußen in der Wirklichkeit vor der Windschutzscheibe, im Niemandsland von Gaziosmanpaşa, die von einem gigantischen ringförmigen Wohnblock mit vier- bis fünftausend Apartments umgebene Venezia Mega Outlet Mall auftauchen sehe. Meine Istanbuler Lieblingsmall, wie ich Verkin sogleich verkünde, ich habe sie bereits mehrfach besucht.

Was, dieses hässliche Ding?, sagt sie.

Ich berichte ihr von meinen Streifzügen durch das nachgebaute Pseudo-Venedig, erzähle vom bereits bröckelnden Campanile, von den Fake-Kapitellen des falschen Dogenpalasts, von den Tiepolo-Wolken an der Decke der unterirdischen Einkaufsflure, vom Canal-Grande-Becken und dem Pseudo-Ponte-di-Rialto.

Bist du auch in einer dieser venezianischen Gondeln gefahren?, fragt Verkin.

Nein, ich fahre lieber auf Bosporusfähren, sage ich. Mit dir.

Ich sehe die Venezia-Mall als unsere Rache an Venedig, sagt Verkin, schließlich hat die Republik Venedig uns einst die halbe Stadt gestohlen.

Das war während des vierten Kreuzzugs, der nicht mit der Eroberung Jerusalems, sondern mit der Plünderung des christlichen Konstantinopels endete, oder?

Ja, im Jahre 1204. Es ist ein bisschen her, ich gebe es zu. Und trotzdem nicht verjährt. Nicht vergeben, nicht vergessen.

Venezianer behaupten noch heute, ihre Vorfahren hätten bloß gerettet, was ansonsten – lass mich rechnen – zweihundertneunundvierzig Jahre später von den Osmanen zerstört worden wäre.

Wäre Konstantinopel nicht von den unchristlichen Raubrittern geplündert worden, wäre es 1453 gar nicht erobert worden, die Geschichte wäre eine andere. Für Venedig war Konstantinopel die große Shopping Mall, in der sie sich frei bedienten und nicht bezahlten. Aller Marmor und alle Säulen an der Fassade von San Marco kamen aus Konstantinopel, die Säulen der Piazetta standen in der Polyeuktoskirche. Und die antiken Bronzepferde der Quadriga schmückten das Hippodrom. Hätten die venezianischen Diebe die Hagia Sophia auf ihre Schiffe verladen können, sie hätten auch die abtransportiert.

Vergiss die vier Tetrarchen nicht. Von ihnen ist nur eine abgebrochene Ferse in Istanbul geblieben, ich habe sie im Archäologischen Museum gesehen.

Unsere spätantike Kaiser-Boygroup, stimmt, auch die

befindet sich zurzeit in Venedig. Ich sollte sie mal wieder besuchen, ich habe sie schon viel zu lange nicht gesehen.

Die Tetrarchen stehen seit achthundert Jahren in Venedig, Verkin! Und davor waren sie achthundert Jahre in Konstantinopel. Ursprünglich aber stammen sie aus Ägypten, nur dort konnte der harte rote Stein, aus dem sie bestehen, bearbeitet werden.

Porphyrit heißt der Stein. Und sie sollten endlich nach Hause kommen. Nach Konstantinopel. Wo sie hingehören. Gibt es in der Venezia Mega Mall Tetrarchen?

Ich habe keine gesehen. Ansonsten fühlt es sich dort aber fast wie in Venedig an, was allerdings auch daran liegen kann, dass Venedig selbst immer so etwas ähnliches wie eine große Shopping Mall war. Eine, deren große Schau- und Lagerräume für Produkte aus aller Welt am Canal Grande lagen, Schau- und Lagerräume, die über die Jahrhunderte hinweg immer prächtiger wurden und schließlich zu Pallazzi mit Prunkfassaden mutierten. Damit wurde die Stadt Venedig selbst zur Ware, irgendwann reichte es aus, die eigene Ansicht zu verkaufen. Ja, Venedig ist wahrscheinlich die erfolgreichste Shopping Mall der Weltgeschichte, sie ist ihr eigenes Produkt, und heute, welche Ironie, achthundert Jahre nach der ertragreichen Plünderung Konstantinopels, wird sie ihrerseits von Kreuzfahrern heimgesucht, überlaufen und geplündert, visuell und kulturell, wie Zombies stapfen sie durch die Stadt, zu jeder Jahreszeit.

Du meinst, Venedig wird von den Kreuzfahrern der Kreuzfahrtschiffe überlaufen? Die legen auch in Istanbul an, in Karaköy wird ein neuer Pier für sie gebaut. Sie bringen viel Geld in die Stadt.

Dass Shopping Malls auf der ganzen Welt sich als Venedig verkleiden, zeigt eigentlich, dass die große Zeit der Shopping Malls vorbei ist. Es reicht nicht mehr aus, Geschäfte zusammenzuballen, nein, heute braucht jede Mall eine Erzählung, ein Thema, eine Inszenierung und viel, viel Zuckerguss, denn der *homo consumens* müsste sich ja gar nicht mehr in eine Mall begeben, er kann alles per Telefon bestellen und sich nach Hause liefern lassen.

Und, hast du was gekauft, als du in Pseudo-Venedig warst?, fragt Verkin.

Ich sehe die Mega Mall und ihre Wohnburg im Rückspiegel, wir sind schon vorbeigefahren.

Ich habe einen Kaffee getrunken, sage ich, obwohl es kein Caffé Lavena und kein Caffé Rosso gibt. Ich musste Starbuck's-Kaffee trinken. Bei meinem zweiten Besuch habe ich tatsächlich etwas gekauft, und zwar ein Paar Sneaker – was ich zwei Tage später allerdings bereut habe, als ich dasselbe Modell in der Nähe des Großen Basars für ein Fünftel des Preises gesehen habe.

Da muss es sich dann aber um gefälschte Markenware gehandelt haben. In der echten Istanbuler Altstadt kannst du Fake-New-Balance und Fake-Adidas kaufen. Im falschen Venedig erwirbst du hingegen echte Markenware, die kostet halt ein wenig mehr. Die Galleria Ataköy, in der ich früher manchmal mit Nevin und den Kindern gewesen bin, liegt übrigens ganz in der Nähe. Nur falls du mal eine Mall von früher sehen möchtest. Ich weiß nicht, ob du das bei deinen Forschungen berücksichtigst, aber eine der Errungenschaften der türkischen Malls ist auf jeden Fall, dass Frauen sich dort viel freier und sicherer bewegen können als anderswo im öffentlichen Raum. Und das sogar ohne männliche Begleitung. Jemand wie du, der überall herum- und hineinspaziert und allein an der Landmauer entlangwandert, hat ja keine Vorstellung davon, wie schwierig es war, und zum Teil immer noch ist, sich in der Türkei als Frau in der Öffentlichkeit zu bewegen. Als Kind war das kein Problem, als Kind konnte ich durch Pera streunen, wie ich wollte, später ging das nicht mehr so leicht, später musste selbst ich immer mindestens einen Mann dabeihaben, besser aber zwei oder drei.

Wir überqueren wieder das Goldene Horn, diesmal auf der Autobahnbrücke, also ein Stück weiter landeinwärts, und Verkin beschließt – sie hat noch nicht genug, und auch ich habe noch nicht genug –, dass wir uns Kasımpaşa ansehen, das Viertel, in dem es einst das beste Haschisch zu kaufen gab. Aus einer Tiefgarage, in der es duftet, als wäre sie erst vorgestern eröffnet worden, führt Verkin mich zu einem geschlossenen Rolltor, vor dem wir einen Mann in einem weißen Kittel treffen, der sie sofort als Partei- und Facebook-Freundin erkennt. Er öffnet die Pforte und lässt uns – Sesam öffnet sich heute elektrisch – in eine riesige unterirdische Lager- und Verkaufskatakombe eintreten. Nur wenige Schritte, und wir befinden uns in einem Supermarkt der Unterwelt, in dem ich über Paletten voller Konserven und haltbarer Lebensmittel staune, ich sehe zu kleinen Inseln zusammengeschobene Kühlschränke, Küchentische und Kinderbetten, ich sehe Speiseölkanister, Küchengeräte und Kleiderstangen voller Kinderkleidung.

Hier kann sich versorgen, wer sich den Einkauf in den Malls nicht leisten kann, erklärt Verkin. Hier lagert, was Firmen, Privatpersonen und die Stadt spenden.

Verkin unterhält sich mit ihrem Parteifreund, der diesen Sozialmarkt leitet, er ist ein Fan, so viel verstehe und erkenne ich, er folgt ihr auf allen sozialen Netzwerken und freut sich, ihr endlich persönlich zu begegnen. Er beginnt, sein Herz auszuschütten, Verkin lässt ihn plappern und lauscht. Sie hat diese bewundernswerte Fähigkeit, geduldig zuzuhören und nachzufragen, bis es ihr gelingt, auch für mich überraschend, sich auf elegante und rücksichtsvolle Art und Weise dem ungebremsten Redefluss zu entziehen, zurück aufs Trockene. Und das, soweit ich es einschätzen kann, ohne den Sozialmarktleiter mit dem Gefühl zurückzulassen, er sei abgewürgt worden. Vorbei an neuen, architektonisch banalen, dafür angeblich erdbebensichereren Apartmenthäusern spazieren wir zum nahen Haus der AK Parti, heute ist es allerdings geschlossenen. Verkin sagt, dass sie mich an einem anderen Tag gern dem Bürgermeister und den übrigen Granden von Beyoğlu vorstellen würde, dabei weiß ich gar nicht, ob ich das möchte. Wir passieren mehrere Schaufenster, in denen Töpfe, Küchengeräte und sonstige Haushaltswaren angeboten werden, ich sehe vier fast identische Auslagen nebeneinander, dann aber grinsen gekochte Schafsschädel durch die Scheibe einer Fleischerei. Wir überqueren einen Platz, der fast ein wenig ausgestorben wirkt – was am Ramadan liege, wie Verkin erklärt, seine Gebote würden in Kasımpaşa strenger befolgt als in Yeşilköy.

Wir wollen mit dem Essen jedoch nicht bis Sonnenuntergang warten, wir haben Hunger, weshalb wir eines der Lokale betreten, die um den Meydanı herum liegen. Die leicht schläfrig wirkende Bedienung – ein Mann selbstverständlich – bittet uns aus Rücksicht auf die Fastenden nicht auf der Terrasse, sondern im ersten Stock Platz zu nehmen, wir setzen uns an einen Tisch am Fenster.

Früher, sagt Verkin, bis vor ein paar Jahren, wollte ich immerzu in einem der Cafés dort unten sitzen, Tee trinken und dummes Zeug reden. Und das als Mann.

Als Mann, wie soll ich das verstehen?

Wir haben Ayran und Şiş Kebap bestellt.

Ich wollte mich operieren lassen und ein Mann werden. Und dann einer von denen sein, die den lieben langen Tag auf dem Meydanı herumsitzen können.

Du wolltest ein Transmann werden?

Ich wollte ein Mann werden, um es endlich so leicht zu haben wie ein Mann. Um den größten Bullshit von mir geben zu können, und trotzdem hören alle ehrfürchtig zu, weil ein Mann spricht. Ich wollte ein Mann werden, um nicht mehr überall beobachtet und angesprochen zu werden, um nicht mehr aufzufallen, wenn ich nicht auffallen möchte. Um mich frei und uneingeschränkt durch meine Stadt bewegen zu können, so, wie ich es als Kind gekonnt habe. Um dort unten mit den Männern auf dem Meydanı zu sitzen.

Jetzt fällt mir auf, dass auf dem Platz und an den Tischen der Cafés, die mir eben wie ausgestorben vorkamen, nur Männer zu sehen sind. Männer, die heute keinen Tee trinken, weil sie bis Sonnenuntergang fasten.

Mein Schönheitschirurg hat mich ausgelacht, als ich ihm das erste Mal von meinem Wunsch erzählt habe. Er sagte: Ich habe dir diese wunderschönen Titten erschaffen, meine Meisterwerke, und nun möchtest du sie dir entfernen lassen?

Hast du die OP nur aufgeschoben?, frage ich. Ich habe von Transmännern gehört, die nach ihrer Transition sehr positive Erfahrungen mit *male privilege* gemacht haben. Als Mann, sagen sie, werde ihnen viel aufmerksamer zugehört.

Ich hatte alles vorbereiten lassen, aber mein Chirurg warnte mich, dass ich nach einer anpassenden Operation wahrscheinlich nicht würde im Stehen pinkeln können und eventuell ein wenig undicht sein würde. Vor der Operation hatte ich keine Angst, auch die Hormontherapie schreckte mich nicht, wieso auch, diese dummen Hormone haben mich mein ganzes Leben genervt – aber dass ich nicht wie ein Mann würde pinkeln können, das ließ mich zögern.

Ach, darauf kommt es dir an? Weißt du, dass es in Deutschland vielerorts unerwünscht ist, dass Männer im Stehen pinkeln? In vielen Toiletten kleben entsprechende Schildchen mit schematischen Zeichnungen auf dem Spülkasten oder der Innenseite der Toilettendeckel.

Und warum?

Damit es nicht so spritzt, nehme ich an. Damit nicht nach jedem männlichen Benutzer der Boden gewischt werden muss.

Ihr Deutschen seid völlig verweichlicht. Kein Wunder, dass ihr keine Kriege mehr gewinnt.

Wir haben schon lange keine Kriege mehr gewonnen. Seit 1871, um genau zu sein. Und das ist vielleicht ganz gut so. In Berlin habe ich mal eine Israeli kennengelernt, die sich wie du über die deutsche Sitzpinkelei lustig gemacht hat. Sitzpinkler seien für sie keine Männer, hat sie zu mir gesagt.

So eine kluge Frau. Und du? Wie pinkelst du?

Wenn ich nicht muss, setze ich mich nicht immer. Allerdings bin ich meist auch derjenige, der das Klo putzt. Ich putze gern.

So, so, das werde ich mir merken, sagt Verkin. Und bei Gelegenheit darauf zurückkommen.

Die Angst, undicht zu werden, müsstest du heute wahrscheinlich nicht mehr haben. Es gab große Fortschritte bei den anpassenden Operationen, Aufbau ist möglich, sogar Penistransplantation.

Vielleicht werde ich doch noch ein Mann, eines Tages. Und dann werde ich nach Deutschland kommen und überall im Stehen pinkeln, wo ich möchte, an jeden Baum, an jeder Straßenecke ... Nein, ich glaube, der eigentliche Grund meiner Entscheidung gegen die Operation war, dass ich verstanden habe, ich brauche den Widerstand. Ich befinde mich nicht im falschen Körper, nein, ich möchte die bleiben, die ich in der Türkei immer gewesen bin: eine selbstständige Frau und Unternehmerin. Was für viele Türken schon eine Provokation darstellt. Eine Provokation, die sich potenziert, wenn diese Frau Armenierin ist.

Wir haben aufgegessen, und der Strohhalm im Ayran-Schaum meines Kupferbechers saugt nur noch Luft.

Übrigens, sagt Verkin, dort unten ist Tayyip aufgewachsen. Er ist hier groß geworden.

Um diesen Platz herum?

Hier in Kasımpaşa, ja. Als Junge und junger Mann hat er in einem der Cafés gearbeitet, das damals einem Mann gehörte, der Sultan Dede genannt wurde, er war so etwas wie Tayyips Ziehvater. Sultan Dede, eigentlich Demircan, *look him up*, hatte beste Kontakte zu allen Schwarzmeerschmugglern und war der starke Mann im Kasımpaşa Football Club. Er war bekannt dafür, auf Fußballer zu schießen, die seiner Meinung nach nicht schnell genug liefen, er wollte Kasımpaşa in der ersten Liga sehen.

Das hat Kasımpaşa Istanbul doch geschafft. Und das Stadion heißt heute Recep Tayyip Erdoğan Stadı, ich sehe es überall ausgeschildert.

Der junge Tayyip arbeitete nicht nur in Sultan Dedes Café, er war auch einer seiner Fußballspieler. Einer, der mitbekam, wie Sultan Dede Geschäfte machte. Und mit wem. Er hörte zu und lernte. Tayyip war Sultan Dedes Wunderkind, ein großes Versprechen, das Profifußballer werden wollte, aber der Pate von Kasımpaşa hatte andere Pläne, er wusste, dass sein Ziehsohn zu Höherem berufen war.

Ach, Verkin, erzählst du nun Tayyips Anfänge? Den Beginn seiner Heldenreise? Ich muss das nicht hören.

Doch, hör zu, das ist wichtig, um die Türkei zu verstehen. Sultan Dede förderte und beschützte Tayyip, während er selbst für eine große Dummheit berühmt wurde: Eines Tages entführte er einen bekannten Fußballspieler und versteckte ihn in seinem Café, es hieß, er habe das getan, um Emin zu beeindrucken, denn dem bot er diesen Spieler dann an.

Deinem Emin? Emin Cankurtaran?

Ja, meinem Emin, der kurz zuvor, Detlev und ich hatten ihn dazu überredet, Präsident des Fußballclubs Fenerbahçe geworden war. In dieser Zeit wollte auch Tayyip für Fenerbahçe Fußball spielen, er sprach sogar bei Emin vor – der aber wollte ihn nicht, der junge Tayyip war ihm zu schlau, Emin wollte keine zu klugen Spieler in seiner Mannschaft.

Kanntet ihr euch damals, Tayyip und du, seid ihr euch begegnet?

Ich kannte ihn nicht, er ist ja einige Jahre jünger als ich. Er aber kannte mich, denke ich, denn halb Istanbul kannte die verrückte Armenierin, die nur in Mailand zum Friseur ging, immer eine Entourage von Männern um sich hatte und in ihrem Mercedes SL Cabrio nach Kasımpaşa fuhr, um Haschisch zu kaufen.

Cemit Turan hieß der von Sultan Dede entführte Fußballer, sage ich, mein Telefon hat ihn gefunden. Er war sogar Nationalspieler.

Hast du mir etwa nicht geglaubt?

Du weißt, ich glaube dir fast alles. Und ich weiß, dass du

nichts erfinden musst, das hast du gar nicht nötig. Ich wollte nur wissen, wie der Spieler heißt, und es gleich wieder vergessen. Und Sultan Dede, sehe ich, wurde nur dreiunddreißig Jahre alt.

Ja, er wurde erschossen, da war Tayyip bereits auf dem Weg, ein bedeutender Mann zu werden.

Warum, Verkin? Warum? Warum? Ich bringe das nicht zusammen. Ich verstehe nicht, wie es zusammenpasst.

Was? Was soll nicht zusammenpassen?

Du und die AK Parti, Tayyip und du!

Das verstehen manche türkischen Freunde auch nicht. Und deshalb sind einige von ihnen jetzt ehemalige Freunde. Dabei ist es ganz einfach, mein Lieber: Die Feinde meiner Feinde sind meine natürlichen Verbündeten. Wir helfen einander und sind Freunde geworden. Gute Freunde. Und in der Türkei, das weißt du doch, brauchst du Freunde, gute Freunde, die dir helfen und dich beschützen können. Für eine Armenierin gilt das mehr als für alle anderen. Und auch ich habe sein politisches Talent gesehen, schon während der neunziger Jahre, schon vor seiner Zeit im Gefängnis.

So wie Sultan Dede?

So wie Sultan Dede, wenn du willst. Und wenn sich heute einer der Akolythen der Partei über mich beschwert oder über die Machenschaften der armenischen Hexe lästert, sagt Tayyip selbst, so wird es mir berichtet: Seid nett zu ihr, sie ist wertvoll für uns.

Du bist das armenische Asset der AKP.

Ich war von Anfang an dabei, *canım*, schon beim allerersten Wahlkampf. Ich war mir nicht zu fein, auf der Straße zu stehen und Zettel zu verteilen.

Wir sind wieder in der Tiefgarage, in der es noch immer,

aber vielleicht bilde ich mir das nur ein, nach neuem Kunststoff und frischer Farbe riecht.

Den deutschen Autos bist du treu geblieben, sage ich, als ich die Fahrertür des BMWs für Verkin öffne.

Deutschen Männern nicht, deutschen Autos schon. Bis wir Türken unsere eigenen bauen, bleiben eure eben die besten der Welt. Sogar mein sephardischer Mieter, du kannst Spanisch mit ihm sprechen, fährt einen deutschen Wagen, einen Mercedes.

Einen weißen, eine Sportausführung, nicht wahr? Ich habe ihn vor deinem Haus stehen sehen.

9

Anatolien

Wasser auf der Autobahn / Detlev erfindet einen Look und Emins Ende / Zu schnell / Käsetoastland / Weltreise mit Abdulkadir / *Pussy, pussy, pussy* / Beinah Opiumfarmerin / Die Tweedwanze / An der Quelle des Mäanders / Parkplatz mit Grabmal

Wie ging es mit Emin und mit Detlev weiter?, frage ich von der Rückbank.

Wir sind früh aufgebrochen, Verkin, Nevin und ich, die Sonne ist gerade aufgegangen, und wir rollen auf der zweiten Bosporusbrücke nach Asien hinüber.

Mit unserer Ehe zu dritt, meinst du? Verkin spricht vom Beifahrersitz.

Kaum sind wir auf der anatolischen Seite, spritzen feine Tröpfchen von der Fahrbahn auf die Windschutzscheibe. Nevin muss die Scheibenwischer einschalten.

Emin und ich arbeiteten weiterhin hervorragend zusammen. Wir machten gute Geschäfte und verdienten außerordentlich, wir waren ein Team, über viele Jahre. Er konnte nicht ohne mich und ich nicht ohne ihn, den großen Jungen von der Straße, der nicht aus einem Nobelinternat in Europa kam, sondern in Kasımpaşa aufgewachsen war. Was ihm auch anzusehen war, bis Detlev sich einen Look für ihn ausdachte, ihn quasi neu erfand, ihn verwandelte. Detlev hatte großen Spaß daran, er steckte Emin in einen dunkelblauen Nadelstreifenanzug, kreierte ihm ein Mafia-Outfit, lange bevor *The Godfather* und all die anderen Filme über den Mob gedreht wurden. Detlev hätte vielleicht Modemacher werden sollen, aber dazu fehlten ihm wohl die deutschen Tugenden Ausdauer und Disziplin.

Die Scheibenwischer schieben die Tröpfchen im gleichmäßigen Rhythmus von der Scheibe, trotzdem glaube ich, den einen oder anderen im Gesicht zu spüren.

Wir brachten Emin dazu, kubanische Zigarren zu rauchen, denn wir fanden, er sollte den erfolgreichen Geschäftsmann verkörpern, der er geworden war. Mit einer Zigarre in der Hand oder im Mund bewegte er sich ganz anders und beeindruckte noch mehr als zuvor. Er war eine Erscheinung.

Mir fällt ein, dass mein Großvater Zigarren geraucht hat, in meiner Erinnerung besteht sein vernebeltes Büro nur aus Zigarrenkisten, sein Schreibtisch, die Regale dahinter, die Ledersessel, die mechanische Rechenmaschine, der Cognac in der Vitrine – jeden Gegenstand sehe ich heute aus Zigarrenkistensperrholz gefertigt. Immer, wenn ich ihn besuchte, schenkte er mir ein leeres Zigarrenkistchen, das ich anschließend mit besonderen Steinen, beschriebenen Zetteln und einigen Münzen füllte und als Schatzkiste in unserem Garten oder im Wald dahinter vergrub.

Wie war Emin überhaupt an die Importlizenzen gekommen, die ihn so reich gemacht haben?, frage ich nach einer Weile, wir rasen über die leere Autobahn Richtung Bursa.

Über seinen Vater, der *kayyum* in einer Moschee in der Nähe von Suma Han war. Ein *kayyum* ist eine Art Küster, ein Moscheediener, der sich auch um die Schuhe der Betenden kümmern kann. Erbakan ging in diese Moschee und erkundigte sich beim Schuhbesorger nach dessen Kindern, und Emins Vater klagte wohl ein wenig über die Nichtsnutzigkeit seines einzigen Sohnes, der dabei war, auf die schiefe Bahn zu geraten. Woraufhin Erbakan sagte: Schick ihn zu mir, deinen Sohn, ich werde ihm helfen. Und so kam es, dass Emin begann, für Erbakan zu arbeiten, und über dessen Verbindungen in Ankara einige Jahre später an die Importlizenzen, die *permis*, gelangte.

Sprichst du von dem Erbakan, der später Präsident wurde?

Ministerpräsident wurde er. Ministerpräsident der Türkischen Republik, ja, Necmettin Erbakan, ein frommer Ingenieur, der in Deutschland studiert hatte. Du siehst, in der Türkei musst du nur fromm sein und in die richtige Moschee gehen, dann passiert etwas mit deinem Leben. Oder du musst einen Vater haben, der einflussreichen Gläubigen die Schuhe putzt.

Klingt ein bisschen wie aus Tausendundeiner Nacht, deine Schuhputz- und Ministerpräsidenten-Anekdote, sage ich.

Unser Leben *war* wie ein Märchen aus Tausendundeiner Nacht. Mit den Importlizenzen, die ein Armenier nie erhalten hätte, konnte Emin nicht viel anfangen, er hatte keine Ahnung, wie Importgeschäfte funktionierten, die erforderliche, nicht gerade triviale Behördengymnastik, die unzähligen Bestimmungen, der komplizierte internationale Zahlungsverkehr, die Sicherheiten – Emin hatte zwar die *permis*, aber keine Erfahrung in der Branche und keinen Vertrieb. Er brauchte einen Partner. Er brauchte uns, die Armenier. Wir halfen einander und brachten uns in ein gegenseitiges Abhängigkeitsverhältnis, weshalb zwischen uns stets eine Spannung lag, eine Art gegenseitige Erpressung im Spiel war, wir waren Gegenpole und immer geladen. Das Besondere an den *permis*, die teils versteigert, teils unter der Hand vergeben wurden – unsere bezogen sich auf Stromzähler, Bauteile für Schalter, Sicherungskästen und andere elektrische Ausrüstungen –, war, dass derjenige, der sie hielt, damit ein Monopol auf die jeweiligen Produkte hatte. Du kannst dir vielleicht denken, was das bedeutete: Jedes Haus in jeder türkischen Stadt, die elektrifiziert wurde, jede Hütte in jedem Dorf der Türkei brauchte Schalter, Sicherungen und Stromzähler. Überall, wo in der Türkei eine Glühbirne brannte, verdienten wir, an den Lampenfassungen, den verlegten Leitungen und den Leuchtmitteln selbst. Die *permis* waren wie eine Erlaubnis zum Gelddrucken.

Nevin stellt die Scheibenwischer aus, weiter im Landesinneren ist der Asphalt plötzlich trocken, und erst jetzt verstehe ich, dass das Wasser auf der Fahrbahn Morgentau war, die Feuchtigkeit, die um den Bosporus herum alles zum Grünen bringt.

Verkin macht mich auf die Einkaufszentren und auf jede Shopping Mall neben der Autobahn aufmerksam und fragt, ob ich sie schon besucht habe, aber ich sage nur: Große Forschungsgebiete liegen noch vor mir, es gibt viel zu viele Malls im Großraum Istanbul, und frage sie, warum ich hier und überall in Istanbul und in der Türkei die gleichen neuen Moscheen sehe. Werden sie alle in derselben Fabrik hergestellt, in Einzelteilen geliefert und vor Ort zusammengesetzt? Und warum sehen sie alle wie die Meiler kleiner Atomkraftwerke aus?

Weil sie Kraftwerke des Glaubens und Orte der Macht sind, *Power Stations*, antwortet Verkin. Tayyip regiert die Türkei als Ermöglicher von Konsum und Religion, Moscheen und Shopping Malls sind die Orte, an denen seine

Wählerinnen und Wähler zusammenkommen, deshalb kann es gar nicht genug von ihnen geben.

Ich habe keine Lust, über Erdoğan zu reden, aber er ist halt immer dabei, überall, er sitzt mit uns im Auto. Nevin fährt hundertachtzig, hundertneunzig, die Autobahn ist frei, es ist noch immer früh, wir fliegen an Leichtbauhallen, Fachmärkten und weiteren Shopping Malls vorbei, wir passieren Sabiha Gökçen, den Flughafen auf der asiatischen Seite, und es dauert fast anderthalb Stunden, bis es so aussieht, als hätten wir Istanbul verlassen. Haben wir? Ich bin mir nicht sicher, ich weiß noch immer nicht, ob diese Stadt tatsächlich irgendwo an ein Ende kommt, sie ist eine Wucherung, ein Riesenpilz, der über die Ränder zweier Kontinente wächst, immer weiter und weiter – bis wir plötzlich durch eine grüne hügelige, auf den ersten Blick unberührt wirkende Landschaft fliegen, aber da ist ja die sechsspurige Autobahn, auf der wir uns bewegen. Ich muss daran denken, wie viel langsamer Darios durch Anatolien zog, Alexander der Große, Caesar unterwegs nach Zela, Friedrich Barbarossa auf dem Kreuzzug Richtung Kleinarmenien – die Hügel, der Himmel und die Berge scheinen alles behalten zu haben, sie waren so oft Schauplatz und Bühne, so viele sind hier aufgetreten oder durchgeritten, Perser, Griechen, Galater, Römer, Araber, Seldschuken, Kreuzritter, Osmanen und Mongolen.

Auf einem Straßenschild hinter Bursa lese ich den Namen Inegöl, ich lese laut, und Verkin sagt, dass es in dieser Gegend viele heiße Quellen gibt, Thermalquellen, die bereits von den Römern besucht und geschätzt wurden. Und dass aus dem Holz der Bäume auf den Berghängen über uns Tische und Stühle produziert werden, wir fahren durchs türkische Möbelland.

Möbelland?, frage ich und notiere *Möbelland im Morgenland*, obwohl ich weiß, dass ich die Hälfte von all dem, was ich während der Fahrt in mein Notizbuch krakele, später nicht mehr werde lesen können.

Mit Detlev bin ich oft in dieser Gegend gewesen, sagt Verkin, mit Detlev und seinen dekadenten Internatsfreunden, die es liebten, auf die Jagd zu gehen; Wildschweine um Bursa, Bären in Erzurum. Ein Prinz von Thurn und Taxis war dabei, ein Windisch-Graetz und ein weiterer vergnügungssüchtiger junger Mann aus einer bekannten deutschen Industriellenfamilie, deren Name mir nicht mehr einfällt. Detlev war ihr Liebling und Mittelpunkt der Bande, er lud sie immer wieder nach Istanbul ein.

Ab und zu fahren wir an Polizeiauto-Attrappen aus Pappe vorbei, große, flache, bedruckte Kartons am Straßenrand, die vor zu hoher Geschwindigkeit und Radarfallen warnen. Eigentlich ist immer schon von Weitem zu erkennen, dass es sich nicht um echte Polizeiwagen handelt.

Der von Detlev verwandelte Emin und ich, wir machten weiterhin lukrative Geschäfte, trotzdem versuchte ich, ein wenig Abstand zu gewinnen und eine gewisse Entfernung zwischen mich und Emins immer wieder ausbrechender Eifersucht zu bringen. Die war auch ein Grund für meinen Umzug nach Paris und weiter nach New York, aber selbst dort rief er mich jeden Tag an und wollte wissen, was passierte, er ließ nicht los.

In New York City anrufen, das muss 1969 doch ein Vermögen gekostet haben, oder?

Das störte ihn nicht, Geld verdienten wir genug. Und immer mehr davon. Er besuchte mich in Manhattan und wohnte im Carlyle Hotel, das damals als eine New Yorker Dependance, eine Art Außenstelle des Weißen Hauses fungierte. Ich erinnere mich, dass wir zusammen nach Wisconsin fuhren, um uns in der Mayo Clinic untersuchen zu lassen, einmal durchchecken von oben bis unten. Und das bloß, weil die Mayo Clinic als das beste Krankenhaus der Welt galt. Durch seine Verbindungen in Ankara verschaffte Emin sich weitere Lizenzen und Alleinvertretungen, wir begannen, Bauteile von Rowenta aus Offenbach zu importieren, die wir in der Türkei zu Toastern zusammensetzten, weshalb Politiker stolz verkünden konnten, die Türkei sei nun in der Lage, Toaster zu produzieren, was natürlich nicht ganz stimmte, aber das war uns egal. Emin hatte einen fähigen Berater engagiert, weil er all seine Unternehmungen gar nicht mehr überblicken konnte, es waren zu viele, er war zu groß geworden. Dieser Berater war niemand anderes als Abdulkadir, der erkannt hatte, dass die wirtschaftliche Zukunft der Türkei im Bereich der Herstellung lag, *in manufacturing*, auch in so etwas Einfachem wie der Herstellung von Schuhsohlen zum Beispiel, denn Anfang der siebziger Jahre gab es in der Türkei keine einzige Fabrik, die im industriellen Maßstab Schuhsohlen produzieren konnte. Also, dachte sich Abdulkadir, besorgen wir uns doch die Maschinen und produzieren welche. Über seine Verbindung zu Erbakan erhielt Emin die entsprechende Erlaubnis, und es dauerte nicht lange, bis er und Abdulkadir Schuhsohlen herstellten, die teils nach Deutschland exportiert wurden, weil sie dank der niedrigen Lohnkosten und laxerer oder inexistenter Vorschriften in der Türkei viel günstiger gefertigt werden konnten als in Deutschland, und teils dazu verwendet wurden, um preiswerte Schuhe auf den türkischen Markt zu bringen, ach was, zu werfen, Trainer zum Beispiel, einfache Turnschuhe, die sich bei kurdischen Kämpfern bald großer Beliebtheit erfreuten, die PKK schwor auf Emins leichte Sneaker, mit denen sie ihre Leute sogar über Gebirgspfade marschieren ließ, die Marke geriet fast ein wenig in Verruf – ist heute, Jahrzehnte später, aber wieder beliebt, im Club in Suma Han sehe ich Emins Schuhe hin und wieder auf der Tanzfläche.

Nun stand leider ein echter Polizeiwagen am Straßenrand und hat unsere Geschwindigkeit mit einer Radarpistole gemessen, wir werden auf den Seitenstreifen gewunken. Verkin und Nevin verwickeln die Verkehrspolizisten in ein Gespräch und verhandeln, während ich mir die Beine vertrete und schaue, was neben der Straße wächst. Kamille, Mohn, Wegerich, ein weiteres gelb blühendes Kraut und viele andere Pflanzen, die ich nicht benennen kann, aber das wäre irgendwo in Mitteleuropa auch nicht anders. Seitenstreifen entlang der Seidenstraße zu botanisieren, das wäre auch eine Beschäftigung, überlege ich und habe den Kindergedanken: Nie wieder werde ich an diesen Ort und in diesen Moment zurückkehren, den es gar nicht geben würde, wäre Nevin nicht zu schnell gefahren.

Irgendwann verzettelte Emin sich, erzählt Verkin weiter, da sitzen wir wieder im Auto, einige seiner ambitionierteren Projekte kamen ihm teuer zu stehen, er verlor viel Geld mit Fabriken in Südafrika, musste Kredite in Dollar bedienen, und aus den *permis*-Geschäften sprudelte das Geld weniger ergiebig, weil nun mehr und mehr in der Türkei produziert wurde; kurz, er verdiente nicht genug, um all seine Spielverluste auszugleichen, die er in Baden-Baden und Monte Carlo machte.

Hast du auch gespielt?, frage ich.

Wenn, dann nur, um mich zu amüsieren. Richtig gepackt oder überwältigt hat es mich nie. Ich habe lieber mit meinem Leben gespielt als mit Jetons, oder andersherum, das Leben spielte mit mir. Es passierte immer genug, eher zu viel, als dass ich dachte, ich müsste Roulette um meine Existenz spielen. Emin hingegen war ein Spieler durch und durch, er war süchtig und musste sich bald hohe Summen bei den falschen Leuten leihen. Er trank immer mehr und begann, sich von mir zu distanzieren, vielleicht, so verstehe ich es heute, damit ich nicht in seine Machenschaften mit der Mafia hineingezogen wurde. Schließlich, das war traurig, schoss eine bekannte Unterweltgröße ihm in den rechten Fuß, weil er seine Schulden nicht bezahlen konnte. Einem Mann in den Fuß zu schießen, bedeutet in diesen Kreisen, ihn zu entehren, der arme Emin, bis zu seinem Tod konnte er nicht mehr richtig gehen.

Nevin steuert eine Raststätte auf der Straße nach Eskişehir an, wir tanken und fahren auf den danebenliegenden Parkplatz, eine Schotterfläche, es gibt einen Kiosk, einen Imbiss und einen Kinderspielplatz. Wir steigen aus und sitzen bald auf Plastikstühlen um einen Tisch, trinken Tee und frühstücken Käsetoasts, es gibt sie mit Wurst und ohne. Und ich weiß schon, ja, die Türkei ist ein Käsetoastland.

Nevin telefoniert mit ihrer Tochter und ihrer Enkelin, und Verkin erzählt mir mehr von Abdulkadir, dem Berater, der sich irgendwann dachte, warum immer nur anderen helfen, mehr Geld zu verdienen.

Er begann, Geschäfte ohne Emin zu machen, importierte zum Beispiel im großen Stil Gebrauchtwagen, um sie in der Türkei weiterzuverkaufen, besorgte in Deutschland ausgemusterte Maschinen für die entstehende türkische Textilindustrie und beteiligte sich an den Firmen. Als ich nach der New Yorker Opiumhöhlenzeit mit Orhan, Hippo, Jesus und meinem Baby wieder in Istanbul war, freundeten

Abdulkadir und ich uns an und entwickelten gemeinsam Projekte. Ich erzählte ihm von meinen Problemen mit Orhan, der große Schwierigkeiten hatte, unsere Trennung zu akzeptieren, Abdulkadir und ich kamen uns näher, obwohl er verheiratet war und zwei Kinder hatte, zwei fast erwachsene Kinder, einen Jungen und ein Mädchen.

Ich kaue Käsetoast, länger, als ich ihn kauen müsste, und schaue in die ungewohnt leere Landschaft. Die Hügel sind nicht bewaldet, keine Bäume nirgends, bis auf einige kleine Gestrüppinseln sind die Hänge alle kahl.

Abdulkadir hast du bisher viel seltener erwähnt als deine anderen Männer, sage ich.

Kommt es dir so vor? Vielleicht, weil er in der einen Minute neben mir im Auto saß und in der anderen auf der Straße lag und in meinen Armen starb. Oft kommt es mir vor, als hätte ich das noch immer nicht verstanden, bis heute nicht.

Kann man ja auch nicht, sage ich.

Ja, bis heute bin ich nicht nur traurig, sondern auch zornig und ein bisschen beleidigt, dass er gestorben ist. Er hat mich alleingelassen. Zurückgelassen. Komplizierte, gemischte Gefühle. Abdulkadir stammte aus Adana in Kilikien, einst eine bedeutende Stadt im Königreich Kleinarmenien. Er könnte ein Krypto-Armenier gewesen sein, also jemand, der nicht weiß, dass er Armenier ist, denn in Adana fand schon im Jahr 1909, sechs Jahre vor 1915, ein gigantisches Massaker statt, bei dem zwanzigtausend Armenier abgeschlachtet wurden. Unmöglich ist es nicht, dass er von Überlebenden dieses Gemetzels abstammte, viele Türken wissen nicht viel über ihre Vorfahren, viele wollen auch nichts über sie wissen.

Nevin drängt zum Aufbruch, sechs- oder siebenhundert

Kilometer liegen noch vor uns, Verkin muss im Auto weitererzählen.

Emin gefiel es gar nicht, dass ich nun mit einem seiner ehemaligen Angestellten zusammen war, einem seiner Untergebenen, wie er es sah, und so kam es, dass Abdulkadir und ich nicht nur vom verrückten Orhan, sondern auch von Emin verfolgt wurden, der durch seinen noch immer funktionierenden Überwachungsapparat wusste, wann und wo wir unterwegs waren. Auch deshalb kamen wir auf die Idee, eine Weltreise zu unternehmen. Abdulkadir hatte zwanzig Jahre nur gearbeitet, und bisher war all das Geld, das er verdient hatte, bloß dazu verwendet worden, sein Haus in Sarıyer in einen neoosmanischen Kebab-Palast zu verwandeln, geschmacklose Inneneinrichtung war das Hobby seiner Frau, die sich nicht von ihm scheiden lassen wollte. Zur Ablenkung, um etwas von der Welt zu sehen und über unsere Zukunft nachzudenken, gingen wir also auf Weltreise, auf vorgezogene Hochzeitsreise, alberten wir herum. Wir flogen nach Thailand, blieben drei Wochen und schauten uns um, reisten nach Japan, besuchten eine Textilmesse in Tokio und informierten uns über neueste Strickmaschinen, wir trafen Geschäftspartner aus Taiwan, flogen nach Hawaii und eine Woche später weiter nach Los Angeles, wo wir all die Freunde besuchten, die ich seit meinem Aufenthalt mit Gretchen zwölf Jahre zuvor nicht mehr gesehen hatte. Zuletzt landeten wir in New York, weil ich einen Termin bei meinem Frauenarzt Dr. Bachmann hatte. Selbstverständlich machte ich mich gleich nach unserer Ankunft in Manhattan auf die Suche nach Hippo, wir fanden ihn auf seinem Thron, seiner angestammten Bank im Tompkins Square Park. Es gibt Fotos von ihm und Abdulkadir im East Village, die könnte, die müsste ich dir zeigen, nur muss ich leider immer weinen, wenn ich sie sehe. Mittlerweile hatte Orhan erfahren, dass wir in New York waren, war uns hinterhergereist und hatte herausgefunden, wann ich meinen Gynäkologen besuchen würde. Unter einem Vorwand hatte er in der Praxis angerufen, was mir umgehend mitgeteilt wurde, weil sie dort viel Erfahrung mit eifersüchtigen Ehe- und Ex-Ehemännern hatten. Zur Sicherheit begleiteten Abdulkadir, Hippo und zwei weitere große schwarze Jungs mich zu meinem Termin bei Dr. Bachmann, dessen Praxis in der Park Avenue, Upper East Side, lag, wo sonst.

Ich saß schon im Behandlungszimmer hinter Milchglasscheiben und Vorhängen, da hörte ich Hippo auf der Straße – er hatte ja eine sehr durchdringende Stimme – laut und deutlich *pussy, pussy, pussy* rufen, Hippo performte wieder und improvisierte eine Vorstellung, er war, wie mir nachher berichtet wurde, auf die Kühlerhaube eines der wartenden Town Cars gesprungen, hatte sich auf den Rücken gelegt, die Beine gespreizt und einen Pussy-Monolog improvisiert, wie seltsam es doch sei, dass Männer in *topless bars* und Peepshows viel Geld dafür bezahlten, um *pussies* zu sehen, während die weibliche Upper East Side und der Rest der reichen Welt zu Dr. Bachmann kamen und neunhundert Dollar zahlten, um ihre *pussies* vorzuführen. Hippo rief *pussy, pussy, pussy, free pussy, pussy for free, come to see my pussy, pussy, pussy, pussy*, und das Erstaunliche war, dass da drei Schwarze und ein Türke auf der Upper East Side beisammenstanden und Unfug machten, ohne dass die berittene Polizei ihre Schlagstöcke auspackte. Das Publikum, das sich spontan versammelte, die Passantinnen in Pelzmänteln, die Nannys mit Kinderwagen, die Bauarbeiter und die Chauffeure der wartenden Limousinen lauschten und applaudierten seiner Vorführung, seiner vergänglichen *pussy sculpture*, die sie als Intervention, als Straßentheater, als Performance verstanden, mit der Hippo sich selbstverständlich auch über mich lustig machte, die Armenierin, die um die halbe Welt geflogen war, um in New York zum Gynäkologen zu gehen.

Und Orhan, der dich überfallen wollte, applaudierte der mit?

Nein, Orhans Überfall fand dann doch nicht vor Dr. Bachmanns Praxis, sondern in Susans Loft statt. Er hatte sich mit Peter Bradley verbündet, der aus irgendwelchen Gründen, die ich nicht nachvollziehen konnte, ebenfalls eifersüchtig und dem Verkin-Hate-Club beigetreten war, aber Hippo war bei uns, Hippo der Riese, Orhan konnte nichts ausrichten, und schließlich haben wir uns alle wieder vertragen.

Wie alt warst du damals?

Im Herbst 1982 war ich sechsunddreißig Jahre alt.

Nel mezzo del cammin di nostra vita / ti ritrovasti per una selva oscura.

Schön, du kannst auch Italienisch, *caro*, aber ich wollte eigentlich nicht in die Unterwelt, ich wollte ein zweites Kind, auch deshalb war ich bei Dr. Bachmann gewesen.

Und was passierte dann? Wie kam es zu dem Unfall?

Abdulkadir hatte Land in Lykien gekauft, viel Land, eine ganze Bucht zwischen Kemer und Kiriş, nicht weit von Antalya, damals eine menschenleere Gegend. Bezahlt hatte er mit neunhundert Goldmünzen, die aus einem dubiosen Importgeschäft stammten, was, das gebe ich zu, ein wenig märchenhaft klingt, aber ich erfinde nichts, ich erzähle dir alles, wie es geschehen ist, Land ließ sich in der Türkei damals noch mit Gold und Handschlag erwerben. In der Bucht wollte er, wollten wir, eigentlich meine Idee, ein Hippie-Hüttendorf eröffnen, in dem die Gäste nicht mit Geld, sondern mit Perlen bezahlen sollten. Wir wünschten uns ein ökologisches Ressort, lange bevor in der Türkei oder sonst wo in Europa irgendjemand auch nur ahnte, was das sein könnte, und es ging uns darum, etwas zu entwickeln, entstehen zu lassen und gleichzeitig zu bewahren – dann aber, auf einer unserer Rückfahrten nach Istanbul, der letzten im Dezember 1982, wir hatten Station bei den heißen Quellen von Inegöl gemacht, kam uns auf der alten Straße, die dort durch ein dichtes, dunkles Waldstück führte, ein Lkw auf unserer Spur entgegen und krachte in uns hinein, Frontalzusammenstoß. Und bis heute ist nicht geklärt, ob es nicht Emin war, der uns diesen Wagen entgegengeschickt hat.

Wie bitte?

Ja, der Verdacht kam auf, denn er ließ uns wieder verfolgen. Nachzuweisen war ihm nichts, aber warum war der Lkw-Fahrer, dem nichts passiert war, der keinen Kratzer abbekommen hatte und alles abstritt, auf unsere Spur hinübergeschert? Abdulkadir, er war nicht angeschnallt, flog durch die Windschutzscheibe und wurde gegen das Führerhaus des Lkws geschleudert.

Ich taste über das Polster der Rückbank und überprüfe, ob mein Sicherheitsgurt eingerastet ist.

Und du, warst du angeschnallt?

Ja, und ich weiß gar nicht, warum. Abdulkadir starb auf der Straße, und mir wurde schwarz vor Augen, ich wurde ohnmächtig und war weg.

Verkin verstummt und schaut auf ihr Telefon, als könnte sie Abdulkadir anrufen.

Wir fahren mittlerweile durch Phrygien, wie Google Maps mir verrät. Die phrygische Mütze fällt mir ein, die Kopfbedeckung der Jakobiner während der Französischen

Revolution. Und die phrygische Tonleiter, die ich nun zu singen versuche – wo aber liegen ihre Halbtöne? Zwischen der ersten und zweiten sowie der fünften und sechsten Stufe? Klingt wie eine Molltonart. Und dann doch nicht.

Und die Bucht?, frage ich nach einer Weile, weder Nevin noch Verkin haben sich an meiner Singerei gestört. Was wurde aus der Bucht, die tausend Goldstücke gekostet hatte?

Neunhundert, sagt Verkin, sie hat neunhundert Goldstücke gekostet.

Die phrygische Landschaft wirkt einmal unberührt und dann wieder misshandelt und so rücksichtslos zerstört, als hätten Riesen im Sandkasten gespielt und am Ende alles zertrampelt.

Nichts, sagt Verkin. Es wurde nichts aus unserem Hippie-Hüttendorf. Abdulkadirs Erben, seine Kinder und die Frau, die den Kebab-Palast in Sarıyer bewohnte, verkauften die Bucht. Heute ist sie mit Betonburgen zugebaut, und immer, wenn ich auf dem Weg von Antalya nach Kekova dort vorbeikomme, werde ich wütend. Und traurig. Und dann wieder wütend. Alles ist ruiniert.

Fahren wir dort vorbei?

Das musst du Nevin fragen, sie ist die Pilotin, sie bestimmt die Route.

Und Nevin sagt, dass wir nicht vorbeikommen, wir werden in Finike aufs Mittelmeer stoßen und Richtung Demre weiterfahren.

Schau aus dem Fenster, David, wir fahren nun durch Opiumland, sagt Verkin. Wir sind wieder ein Stück vorangekommen.

Ich schaue die ganze Zeit aus dem Fenster, denke ich, die Windschutzscheibe ist ein großer Bildschirm, auf der ein anatolischer Landschaftsfilm in langen Einstellungen läuft, und Verkin ist die Stimme aus dem Off, die Erzählerin dieses Films, die Stimme, die ihr Land, ihre Leben und ihre toten Männer erzählt.

Mir fällt noch einer ein, sagt Verkin, einer meiner hartnäckigsten Verehrer, der erst Abgeordneter, dann Landwirtschaftsminister war. Er versuchte, in dieser Gegend einen staatlichen Opiumanbau zu initiieren, dessen Produkt für medizinische Zwecke und die Forschung verwendet werden sollte. Der Minister war vernarrt in mich und bot mir an, eine der Versuchsfarmen, eine Opiumplantage zu übernehmen – was ich jedoch dankend ablehnte. Was sollte ich auf einem Mohnfeld in Anatolien, außerdem hätte ich als Opiumfarmerin doch immerzu testen und probieren müssen, und meine drogenaffinen Männer Orhan und Tarek wären völlig in der Opiumfresserei versumpft, dabei fand ich die Idee gut, legalen Opiumanbau zu etablieren, *organic opium cultivation* hätte mich interessiert, aber ich hatte keine Lust, Landwirtin zu werden.

Und heute betreibst du einen Bio-Hof am Schwarzen Meer, sage ich.

Ich lasse ihn betreiben, das ist ein Unterschied. Und ich muss zum Glück nicht dort wohnen, wie Ovid in der Verbannung, ich muss nicht den Acker umgraben und mich mit Feldarbeitern herumärgern, das überlasse ich Tarek, er versteht mehr davon. Nur vom Geschäft versteht er leider nicht viel, er verkauft das Gemüse viel zu billig, wir machen keine großen Gewinne, *opium farming* wäre lukrativer.

Aber du hast immer den frischesten und besten Salat im Haus, sage ich, bist quasi Selbstversorgerin.

Immerhin. Der Landwirtschaftsminister, sagt Verkin, erlebte mit mir so etwas wie seine zweite Jugend. Immer, wenn er in Istanbul war, ließ er sich von seinem Fahrer nach Tarabya bringen, klingelte, kam ins Haus und fragte, wohin fahren wir? Was willst du unternehmen? Wo möchtest du hin? Einmal kam er am späten Nachmittag, und aus einer Laune heraus sagte ich, ach, lass uns nach Sivas fliegen und in ein Dorf weiterfahren, in dem wir uns von kleinen Fischlein die Hornhaut von den Füßen knabbern lassen können, das kitzelt ganz wunderbar. Er war begeistert von der Idee, benutzte mein Telefon, und zweieinhalb Stunden später saßen wir nebeneinander in einem Flugzeug, das Richtung Sivas abhob, der Herr Minister machte alles möglich. Ich war völlig übermüdet und noch ein bisschen high vom Vortag, deshalb traute ich meinen Augen nicht, als ich plötzlich zwei dünne Antennen aus der Brusttasche seines Tweedjacketts kommen sah, eines Jacketts, das ein bisschen nach Mottenpulver roch. Die zarten Antennchen fuhren aus und wieder ein, fuhren aus und ein, und ich fragte mich, ob ich halluzinierte oder ob da ein neuartiges Überwachungsgerät arbeitete, um uns zu belauschen. Ich schloss die Augen, versuchte, an etwas anderes zu denken, öffnete die Augen wieder und sah nun eine Kakerlake mit zwei langen Fühlern über das Revers des Tweedjacketts krabbeln, während der Minister selbst mir irgendwelchen langweiligen Regierungsklatsch erzählte, mit dem er sich vor mir aufplusterte. Die Kakerlake krabbelte über das Schulterpolster und bis auf seinen Kopf, ich starrte sie an, und er dachte, ich würde ihn anstarren, und er oder die Kakerlake, ich weiß nicht mehr, wer von beiden, fragte mich, ob es mir gut gehe, die Kakerlake winkte mit ihren Antennen, und ich sagte, doch, doch, alles okay, ich bin nur ein bisschen müde.

Opiumland sieht ziemlich angeknabbert aus, sage ich. In der Ferne sehe ich hohe, weiß leuchtende Berge aus einer mit kurzem Gras und Büschen bewachsenen Ebene ragen.

Wir kommen ins Marmorland, sagt Verkin.

Und jetzt, wo sie es gesagt hat, fallen mir kleinere und größere Bruchsteinhalden in der Landschaft auf.

Von hier kommt der Marmor, mit dem Orhan und ich in Amerika reich werden wollten, wir hatten die Idee, ihn zu exportieren. Mir war aufgefallen, dass es in den USA nur überteuerten italienischen Marmor gab, dessen Einfuhr von der Mafia kontrolliert wurde, bis dahin hatte niemand daran gedacht, anatolischen Marmor zu importieren. Wir versuchten es, bestellten einige Container, kooperierten mit einer Bekannten, die einen Vertrieb an der Ostküste hatte, das Geschäft lief vielversprechend an – und versandete wieder, weil Orhan lieber Musik machte, als sich um Einfuhrgenehmigungen zu kümmern. Orhan war unfähig, bei einer Sache zu bleiben, aber mir ging es im Grunde nicht anders.

Ich mag Marmor, sage ich. Meinetwegen könnte alles aus Marmor sein.

Die Reste unseres Marmorabenteuers ließ ich einige Jahre später bei der Renovierung des Hauses in Tarabya verbauen.

Ach, deshalb sieht es in deinem Haus wie in einem großen Hamam aus! Ich hatte mich schon gewundert. Mich beeindruckt, dass Marmor in der Türkei sogar zum Beschweren von Sonnenschirmständern benutzt wird. In Deutschland verwenden wir Waschbetonplatten.

Türkiye kann es sich leisten, sagt Verkin, Türkiye ist Marmorland. Wir haben genug.

Irgendwann am Nachmittag halten wir wieder an und kaufen in einem Supermarkt ein. Nein, Supermarkt ist nicht das richtige Wort, wir besuchen einen Hypermarché, einen Superstore mit gigantischer Verkaufsfläche, in dem es alles gibt. Alles. Anatolischer Überfluss, unweit des Fruchtbaren Halbmonds. Nevin und Verkin füllen je einen Einkaufswagen, die ich abwechselnd schiebe, dabei denke ich an Annie Ernaux' Büchlein über Hypermarché-Besuche in der Banlieue von Paris, es heißt *Regarde les lumières mon amour*, und seine Nichthandlung könnte auch hier spielen, irgendwo in Anatolien. Der Inhalt der beiden Einkaufswagen passt nicht mehr in den Kofferraum, die meisten Tüten wandern in den Fußraum hinter dem Fahrersitz und zu mir auf die Rückbank.

Wir sind wieder unterwegs und fahren über eine fruchtbare Hochebene. Lokumland heißt die Gegend, sagt Verkin, und langsam hege ich den Verdacht, dass sie sich all diese Länder nur ausdenkt, die wir angeblich durchqueren. Wir geraten in einen Sturzregen, es klart auf, und plötzlich sind in der Ferne schneebedeckte Gipfel auszumachen, sie strahlen wie frisch gewaschen, zum Greifen nah. Wir fahren, fahren, fahren und rasten in einem Ausflugslokal an der Quelle des Mäanders, sitzen an einem Goldfischbecken, aus dem der Fluss entspringen soll, dessen Schleifen und Windungen Verb geworden sind, und ich muss an den Mäander meiner Mutter, die Mosel, denken. Wir trinken türkischen Kaffee, da beginnt es wieder zu regnen, zu schütten, wir fliehen unter einen Sonnenschirm, ich nehme mein Telefon aus der Hosentasche, um ein Foto von der Quelle des Mäanders im Regen zu machen, da sehe ich, dass Verkin bereits drei Instagram-Storys gepostet hat, sie zeigen die Felswand, aus der der Fluss entspringt, herumliegende Säulentrommeln und Kapitelle, die ein wenig opernbühnenhaft hindekoriert wirken, obgleich sie zweifellos alt, vielleicht sogar echt und von hier sind, sowie die schwarzen gusseisernen Pfannen, in denen das Fleisch brutzelt, das wir bereits gegessen haben. In einer der Storys, die von den Enten zu den Goldfischen und zurück schwenkt, höre ich meine Stimme, ich sage etwas über den Regen und darüber, wie gut er riecht.

Wieder im Auto schlafe ich ein und wache erst auf, als wir am Straßenrand halten. Verkin möchte Kirschen kaufen und muss nicht einmal aussteigen, sie wickelt das Geschäft durch die heruntergelassene Seitenscheibe ab, zwei Kilo Kirschen und zwei Kilo Aprikosen wandern ebenfalls zu mir auf die Rückbank.

Die Berge vor uns in der Ebene sehen aus wie Pyramiden, sage ich, als wir wieder rollen.

Vielleicht waren sie mal welche, sagt Verkin.

Wir sind durchs Möbelland gekommen, durchs Marmorland, durchs Opium- und durchs Lokumland. Durch wie viele Länder müssen wir noch bis zum Mittelmeer?

Durchs Weinland, in dem seit Urzeiten Wein angebaut wird. Leider trinken die Türken kaum Wein, heute werden die meisten Trauben gegessen. Die griechischen und armenischen Winzer sind vertrieben oder umgebracht worden.

Unser Gespräch verstummt, während wir an Weinstöcken vorbeifahren, Reben links, Reben rechts, bis sie von Obstbäumen abgelöst werden.

Das Apfelland, sagt Verkin und zeigt nach draußen, aber es dauert nicht lange, da gleiten wir aus der Höhe hinab, Nevin hat den Sinkflug eingeleitet, durch Oleander- und Orangenhaine schweben wir ins Mittelmeer – nein, sie bremst und hält in Finike, einst Phoinix, um Orangen zu kaufen, angeblich wachsen hier die besten der Welt. Und mit einer gewissen Istanbuler Arroganz und Rücksichtslosigkeit fährt Nevin direkt auf den Markt und sehr dicht an einen der Stände heran, worüber sich allerdings niemand beschwert, im Gegenteil, als wir aussteigen, werden Verkin und Nevin euphorisch begrüßt, denn Verkin kauft seit bald fünfzig Jahren Obst und Gemüse bei dieser Familie ein, Tüte um Tüte wandert auf die Rückbank.

Und wohin jetzt?, frage ich, als wir auf einer Bank am Hafen von Üçagiz sitzen, einem winzigen Ort, der in der Antike Teimiussa hieß. Vor uns schwimmen vertäute Ausflugs- und Fischerboote, in der Dunkelheit mehr zu erahnen, als zu sehen. In unserem Rücken liegt ein verbundsteingepflasterter Parkplatz, in dessen Mitte ein lykisches Grabmal aufragt. Drum herum stehen Autos – darunter auch unseres –, die neben dem aus einem einzigen Felsen herausgeschlagenen Sarkophag und seinem mächtigen Sockel klein, fast putzig wirken.

Lass dich überraschen, sagt Verkin. Wir warten auf Ahmed, unseren Kapitän, der uns im Dingi nach Kale übersetzen wird.

Was, wir warten auf den Fährmann?

Keine Angst, *mon cher*, er setzt uns nicht über den Styx. Wir fahren nur nach Kaleköy hinüber.

Das Meer ist schwarz und glatt, und die Sterne und die Milchstraße leuchten nicht nur über uns, sie spiegeln sich auch im Wasser.

10

Kekova

Deli Gül heißt *Verrückte Rose* / Vier Koffer Schuhe / Wer alles in Kekova war / Die Geschichte meines Beins / Der Cowboy von Cardiff / Ein Köder für Tarek / Die 47. oder 54. Operation / Badezimmerteppiche aus Geldern

Erst am nächsten Vormittag, als wir aus dem Dingi auf Verkins Kajütboot klettern, das in der Bucht vor Anker liegt, verstehe ich so richtig, wo wir letzte Nacht gelandet sind. Verkins Haus steht nicht auf der unbewohnten Insel Kekova, sondern auf einer nur per Boot bequem zu erreichenden Halbinsel des Festlands. Jetzt, vom Wasser aus, sehe ich das Dorf Kaliköy, genannt Kale, unterhalb der Ruine einer Kreuzritterburg, welche die Johanniter vor bald tausend Jahren auf den Resten einer antiken Akropolis erbauten. Kaliköy besteht aus einigen wenigen, über Treppen im Felsen verbundenen Häusern aus Stein, die teils zwischen, teils auf uralten lykischen Gräbern stehen. Einige Sarkophage ragen aus dem Wasser, andere gruppieren sich oberhalb des Dorfes auf einem Bergrücken neben der Burg. Der Ort, er hieß einmal Simena, war einst eine Nekropole.

Die Gräber sind alle leer, sagt Verkin, während ich nur schaue und mir vorkomme, als befände ich mich in einem riesigen Gemälde, halb Landschaftsbild, halb Seestück, grün und blau gerahmt.

Sie wurden bereits in der Antike geplündert, fährt Verkin fort, kein Knöchelchen ist mehr in ihnen zu finden, keine Grabbeigabe, nichts.

Kapitän Ahmed bereitet das Neun-Meter-Boot zur Abfahrt vor, er hat uns gerade mit dem Dingi vom Ufer abgeholt und auf die in der Bucht ankernde *Deli Gül* gebracht. Verkin kennt ihn seit seiner Geburt, er kümmert sich übers Jahr um das Haus, den Garten und das aus Kastanienholz gebaute Schwarzmeerboot, welches er nun zu einer der vielen kleineren Inseln und ihren versteckten Buchten und Grotten steuern wird. Die *Deli Gül* – auf Deutsch *Verrückte Rose* – muss im Frühjahr überholt und frisch gestrichen worden sein, weiß und hellblau, hier und da sind winzige Reste des Kreppbands zu sehen, mit dem die Beschläge abgeklebt waren.

Wie hast du diesen Ort entdeckt, Verkin? Ich bin ein wenig überwältigt vom Blick auf Burg, Berg, Wasser, Boot und Himmel.

Einer unserer Vertreter, der in der Provinz Antalya Schalt- und Sicherungskästen verkaufte, erzählte mir von Kekova, der versunkenen Stadt Dolchiste, der Bucht und den Gräbern. Er war Taucher, wie ich, deshalb hatte ich ihn engagiert. Mit ihm war ich das erste Mal hier, im Sommer 1966, damals führte noch keine Straße nach Üçağız. Es gab nur unbefestigte Wege, auf denen Esel und Kamele unterwegs waren. Und direkt am Ufer den Lykischen Weg, den Pfad, der seit Tausenden von Jahren bewandert wird. Ich kam hierher und wollte nicht mehr weg, ich hatte so etwas wie eine Erleuchtung und wusste, hier muss ich bleiben. Ich hatte einen magischen Ort gefunden, sieh dich um!

Ich sehe, sage ich. Es ist so schön, es tut fast weh. Ich habe Angst zu fotografieren, ich höre Vögel singen, ich glaube, ich träume.

Die Vögel zwitschern uns von Kekova zu, neben ein paar Ziegen sind sie die einzigen Inselbewohner. Nach meiner ersten Ankunft musste ich leider bald wieder weg, kehrte aber nach fünf Wochen mit vier großen Koffern voller Schuhe zurück nach Kale, weil mir aufgefallen war, dass niemand im Dorf Schuhe besaß, alle liefen barfuß.

Ahmed, der auf einem am Boden des Cockpits festgeschraubten Hocker vor dem Steuerrad sitzt, hat per Knopfdruck den Motor angelassen, ich höre keine Vögel mehr.

Schuhe waren teuer, weil sie nur von Schustern und in Handarbeit hergestellt wurden, und Abdulkadir war noch nicht auf die Idee gekommen, Maschinen zur Fabrikation von Schuhsohlen zu importieren.

Ahmed lichtet den Anker, auch das per Knopfdruck, die Kette läuft über eine Winde auf dem Vordeck und verschwindet unter Deck.

In den folgenden Jahren kam ich jeden Sommer nach Kekova zurück, selbst aus New York, auch mit Hippo, das muss 1971 gewesen sein. Damals hausten wir in der einzigen Unterkunft, die Kale hatte, einem winzigen Raum ohne Strom und fließend Wasser, es gab nur Regenwasser, das in den dreitausend Jahre alten Zisternen gesammelt wurde. Ich suchte ein Haus, ich wollte unbedingt ein Haus in Kale haben, und Hippo wünschte sich, noch war er nicht *King of the Homeless and Mayor of Tompkins Square Park* und vehement gegen jegliche Form von Privateigentum eingestellt, dass ich die Kreuzritterburg kaufte, Verkin, kauf die Burg, sagte er – Verkin zeigt auf die von Schwalbenschwanzzinnen gekrönten Mauern und den Bergfried, von dem eine riesige rote türkische Flagge weht –, aber das ging leider nicht, ich konnte die Burg nicht erwerben, sagt sie, stattdessen ergab sich die Möglichkeit, das Haus zu erstehen, in dem wir heute übernachtet haben, eines, das nicht zu weit entfernt vom Wasser und nicht zu weit oben am Berg liegt. Ursprünglich waren es einmal zwei kleinere Häuser, die nun über die Terrasse und eine Holzbrücke miteinander verbunden sind. Um sie zu bekommen, musste ich dem hiesigen Muchtar ein eher wertloses Stück Land weit oberhalb von Üçağiz abkaufen, so konnte ich ihn auf meine Seite ziehen.

Hast du ihn etwa bestochen?

Bestochen ist so ein hässliches Wort, *mon cher*. Sagen wir, ich habe ihm einen Gefallen getan. Und dafür hat er mir einen Gefallen getan. Leider gibt es bis heute keinen Titel über das Land, das ich dort besitze. Heißt es Titel? Nein, wie heißt es auf Deutsch?

Möchtest du sagen, dir fehlt ein Grundbucheintrag? Ein Eintrag im Kataster?

Selbst wenn ich ihn hätte, so ein Eintrag wäre im Zweifel so wenig wert wie das Papier, auf dem er gedruckt ist, weil der Staat am Ende doch an jedes Grundstück kommt, in der Türkei sowieso, aber auch in Frankreich. Einige Wohnungen in den Häusern, die mein Vater kurz nach dem Krieg in Paris erworben hatte, musste er wenige Jahre später an die Mieter verkaufen, ein dubioses französisches Gesetz erlaubte es. Er kaufte zwei kleinere Gebäude in Montmartre, die fünfundzwanzig Jahre später ebenfalls enteignet wurden, gegen eine lächerliche Entschädigung, weil irgendetwas gebaut werden sollte. Ich musste prozessieren, das Geld, das uns zusteht, habe ich bis heute nicht gesehen.

Die Kette ist nun im Ankerkasten, der Anker selbst hängt außen unter dem Bug. Wir tuckern los und ziehen das Dingi hinter uns her, es ist zum Beiboot geworden, das unsere Heckwelle hinauf- und hinuntertanzt.

Ich stellte Ahmeds Eltern ein, damit sie sich während meiner Abwesenheit um das Haus und den Garten kümmerten, wobei es anfangs gar keinen Garten und keine Bäume gab, es gab überhaupt kaum Grün, nur dorniges Gestrüpp. Erstens fehlte das Wasser, zweitens liefen Esel und Ziegen frei herum und fraßen alles auf, was wuchs und ihnen köstlich erschien. In den ersten Jahren musste ich immer wieder neu pflanzen, aber heute wachsen Zitronen, Orangen, Jasmin und ein Johannisbrotbaum.

Und Kräuter, die so herrlich duften, bis auf mein Kissen hat es heute Nacht nach Salbei, Rosmarin und Thymian gerochen.

Während der siebziger und achtziger Jahre war die Bucht ein Geheimtipp unter Blauwasserseglern, weil selbst die größten Yachten sicher ankern können. David Bowie, Mick Jagger und Herbert von Karajan waren hier, auch ein Armenier, wie sein Name verrät. Er hatte die größte, vielleicht sogar die schönste Yacht.

Hast du ihn getroffen?

Er kam nicht an Land, aber ich habe ihn auf seinem Deckchair sitzen sehen. Einmal lief Ahmed, er war noch ein Kind, zu uns auf die Terrasse und fragte, ob wir Caroline von Monaco kennenlernen wollten, sie säße im Café am Ufer, dem Café, das damals noch gar kein richtiges Café war. Cengiz war zwei oder drei Jahre alt und saß auf Mick Jaggers Schoß, Jackie Onassis kam, und wir stellten fest, dass wir zum selben Gynäkologen gingen, auch sie war eine Patientin von Dr. Bachmann in New York. Und Prinz Charles war hier, mit Camilla, zu einer Zeit, da er noch mit Diana verheiratet war.

Und weil es noch keine fotografierenden Telefone und kein Internet gab, blieb es ein Geheimnis?

Ein offenes Geheimnis, ja.

Ich mache gleich mal ein Foto, zum Beweis, dass wir hier sind. Heute. Jetzt.

Dass wir noch da sind. Dass es uns gibt, sagt Verkin.

Ein Geheimtipp ist diese Bucht heute aber nicht mehr, oder? Ich zeige auf eines der größeren Ausflugsboote, schon das zweite oder dritte, das uns in einigem Abstand passiert.

Nein, die Tage sind vorbei, und ich weiß, ein bisschen ist es auch meine Schuld. Ich habe viel zu vielen Menschen erzählt, wie schön es hier ist. Und immer alle eingeladen. Viele der Ausflugsschiffe haben einen Glasboden, sie kommen aus Demre, Kaş oder Üçağız, oft mit Hunderten Touristen an Bord, sie ankern in den kleinen Buchten, die wir früher für uns hatten, die Horden hüpfen ins Wasser und pinkeln ins Meer. Die Ausflugsschiffe sind eine Industrie, die vielen der früher bitterarmen Fischerfamilien Wohlstand gebracht hat, Ahmeds Sohn, er ist Mitte zwanzig, schippert mit einem dieser Schiffe herum, heute muss hier niemand mehr barfuß gehen.

Ahmed hat uns über die Ruinen manövriert, ganz nah an die Insel Kekova heran, ich höre die Vögel wieder und kann die Mauern im klaren Wasser auch ohne Glasboden gut erkennen, Sonnenstrahlen leuchten sie aus – und nun verstehe ich endlich, warum überall von der versunkenen Stadt die Rede ist, da liegt tatsächlich eine unter Wasser. Oder vielmehr das, was von ihr übrig ist, nach bald zweitausend Jahren. Dolchiste soll bei einem Erdbeben untergegangen sein, untergegangen im wahrsten Sinne des Wortes.

Heute ist das Tauchen verboten, sagt Verkin, es wurde zu viel gestohlen.

Wir fahren weiter, bis Ahmed uns in eine kleine Bucht hineinsteuert und den Anker setzt, die Kette rollt wieder über die Winde, und ich sehe zu, wie winzige Rostpartikel sich von den Gliedern lösen und im klaren Wasser davonschweben. Mir fällt die Ankerregel ein: Damit er hält, muss mindestens dreimal so viel Kette gegeben werden, wie das Wasser tief ist, bei Wind entsprechend mehr. Wir springen ins Meer, schwimmen ums Boot herum, an Land und wieder zurück und legen uns auf die große Polsterfläche des Vorderdecks. Verkin hat ein Buch dabei, ich ebenfalls.

Es ist ein Wunder, dass ich noch zwei Beine habe, sagt sie, nachdem sie zwei oder drei Seiten gelesen hat. Ich habe mein Taschenbuch noch nicht aufgeschlagen, es plätschert so schön und leise um die Bordwand, ich höre lieber zu, als zu lesen, das Schiff dreht sich im Wind und setzt die Kette unter Zug.

Welches hättest du beinahe verloren?, frage ich. Verkins Beine sehen für mich gleich aus, ich kann keinen Unterschied erkennen.

Siehst du die nicht? Sie zeigt auf einen unauffälligen, kaum sichtbaren Narbenstrich auf der Außenseite ihres linken Oberschenkels. Nach dem Unfall bin ich in ein Koma gefallen und war weg. Weit, weit weg. Niemand rechnete mehr damit, dass ich zurückkommen würde, nicht einmal mein Vater. Tiefer Schlaf, fast drei Monate lang, und als ich doch wieder zu mir kam, war ich nicht froh, nein, gar nicht, im Gegenteil. Hätte ich aufstehen können, hätte ich mich zum Fenster geschleppt und wäre hinausgesprungen, aber das ging nicht, ich konnte nicht, mein Bein war gebrochen. Sehr kompliziert gebrochen und bereits einige Male operiert worden. Wobei alles falsch gemacht worden war, was falsch gemacht werden konnte.

Ich kenne die Verführung der Klinikfenster, sage ich. In vielen meiner Krankenzimmer ließen sie sich öffnen, ganz weit. Und meist lagen die Zimmer hoch genug, im sechsten oder siebten Stock.

Ich bin nicht gesprungen, nicht nur, weil ich nicht aufstehen und das Bein nicht belasten konnte, sondern weil ich Cengiz nicht mit seinem verrückten Vater allein lassen wollte. Ich habe mir gesagt, ich muss noch bleiben. Ich bleibe, das war der Pakt mit mir selbst, solange ich mein Bein noch habe, das mir nun, kaum war ich aufgewacht, amputiert werden sollte.

Du hast den Kindertrick angewendet, sage ich.

Kindertrick? Was soll das sein?

Nicht aufzugeben, nicht zu sterben, solange dein Kind dich braucht. Solange du glaubst, dass dein Kind dich braucht.

Nevin kommt mit einer Schüssel Datteln aufs Vordeck, stellt sie zwischen uns ab und reicht Verkin ihr Telefon, das auf dem Tisch im Cockpit liegen geblieben war. Die beiden besprechen etwas, das ich nicht verstehe. Es ist seltsam mit dem Türkischen, manchmal verstehe ich fast alles, was Nevin und Verkin sagen, manchmal kein einziges Wort. Ich greife nach einer der getrockneten Datteln, kaue vorsichtig und behalte den Stein im Mund.

Ich habe fast neun Monate in diversen Istanbuler und Londoner Kliniken verbracht, hebt Verkin nach einer Weile wieder mit ihrer Erzählung an. Überall, wohin meine Krankenhaus-Odyssee mich führte, überall wollten die Ärzte amputieren, überall wollten sie mir mein Bein abschneiden, was ich auf keinen Fall zulassen wollte, das Bein war doch mein Leben, das sollte mir niemand nehmen. Als die Londoner Ärzte nicht weiterwussten, hörte ich zum ersten Mal von einem Chirurgen in Wales, den alle den Cowboy nannten, ein Mann für hoffnungslose Fälle, der gerade dabei war, sich einen Namen zu machen. Gehen Sie zu Jenkins, dem Cowboy von Cardiff, sagten die Londoner Chirurgen, vielleicht kann der Ihnen helfen, und ich, die nichts zu verlieren hatte, nur ein Bein, das ich behalten wollte, fuhr nach Cardiff. Der Unfall lag mittlerweile ein Dreivierteljahr zurück, und es war schon ein kleines Wunder, dass es überhaupt noch da war. Dass ich es noch mit mir herumschleppte. Ich kam in Cardiff an, ließ mich zur Klinik fahren und ging in die Cowboy-Sprechstunde, das heißt, er hatte gar keine Sprechstunde, seine Sekretärin, die später eine Freundin werden sollte, versuchte, mich abzuwimmeln, aber ich marschierte einfach hinein in sein Sprechzimmer, nein, humpelte hinein, marschieren war nicht mehr, ich konnte ja kaum gehen, bewegte mich mit Hilfe zweier Krücken vorwärts, ziemlich mühsam. Ich stürzte also eher hinein und überfiel ihn, wie Dschingis Khan eine Stadt erobert, ich ließ mich einfach fallen.

Sie haben ein Problem mit Ihrem Bein, sagte er.

Well, isn't it obvious, sagte ich, und so ging es hin und her, wir sahen uns das erste Mal, und sofort war da diese Spannung zwischen uns, Elektrizität, es knisterte, und wäre es dunkel gewesen in seinem Zimmer, hätte nicht dieses grelle OP-Licht geleuchtet, wir hätten stiebende Funken sehen müssen. Ich knallte meine Krankenakte auf den Tisch und sagte, ich sei hier, um mein zu Bein behalten. Ich hätte gehört, er sei der Arzt, vielleicht der einzige auf der Welt, der es retten könne.

Er blickte mich aus seinen wasserblauen Augen an, griff nach der Akte, blätterte hinein, sah sich die Bilder an, sagte nichts, sagte lange nichts – und dann, dass es nicht gut aussehe, dass es leider gar nicht gut aussehe. Er versprach nichts und machte mir keine großen Hoffnungen, gar keine, um genau zu sein, im Grunde sei es eine medizinische Sensation, dass das Bein noch nicht beerdigt oder entsorgt worden sei. Er untersuchte mich und sagte schließlich, er wolle versuchen, mir zu helfen, obwohl der Knochen, oder vielmehr das, was vom Knochen übrig war, stark entzündet sei und die Chance gering, das Bein zu retten. Er müsse eigentlich sofort operieren, sagte er, besser heute als morgen, doch – er sah mich wieder so seltsam an aus seinen blauen Augen, sie strahlten, wie von hinten beleuchtet – es gebe da ein Problem, heute ginge es aus logistischen Gründen nicht, und morgen fliege er leider in die USA, voraussichtlich für vierzehn Tage, ich müsse also warten. Aber, fuhr er fort, und da saß ich gerade mal seit sieben oder acht Minuten in seinem Zimmer, Minuten, die sich wie ein halbes Leben anfühlten, komm doch mit. Er sagte, komm mit, begleite mich, wobei er mir wieder in die Augen schaute, der Blitz hatte eingeschlagen, ein *coup de foudre*, wir hatten uns gegenseitig erobert, ganz schnell, weitgehend widerstandslos. Trotzdem flog ich nicht mit nach New York, ich konnte ja keine drei Schritte gehen, hatte eine Sepsis und das Gefühl, mein Bein könnte jeden Moment abfallen. Ich blieb in Cardiff und wartete auf seine Rückkehr, ich war schon zu schwach, um zwischenzeitlich nach Istanbul zurückzureisen, ich trank Tee, ich trank fürchterlichen englischen Tee und wartete, dabei bin ich keine geduldige Person, überhaupt nicht, gar nicht. Nie gewesen. Im Gegenteil.

Ich weiß, sage ich.

Bist du geduldig?

Kommt darauf an. Im Krankenhaus, wo ich sehr viel Zeit

verbracht habe, ja. In all den Wartezimmern, in denen ich in meinem Leben gesessen habe, musste ich es lernen, sonst wäre ich verrückt geworden. Wenn ich allerdings bei einem Bäcker oder in der Apotheke Schlange stehen muss, werde ich sehr schnell ungeduldig.

Wie lange bist du eigentlich im Krankenhaus gewesen? Auch Verkin isst nun eine der köstlichen getrockneten Datteln.

Alles in allem über ein Jahr, aber nicht am Stück. Einmal fast drei Monate. Später habe ich ein Buch über die Reisen durch meine Spitalzimmer geschrieben.

Das kenne ich. Das habe ich gelesen. Und jetzt, nach den Krankenhäusern, interessierst du dich für Shopping Malls.

Vielleicht unterscheiden die sich gar nicht so sehr voneinander. Ich spucke den Dattelkern aus meinem Mund über Bord und sehe zu, wie er versinkt. Malls und Kliniken sind Organisationen in Gebäuden, die mit Geschichten handeln, Krankengeschichten im einen Fall, Konsumgeschichten im anderen, bezahlt werden muss hier wie dort, Zeit und Geld sind die Währungen. Und wann, frage ich, kam der Cowboy zurück? Wie lange dauerten die Rodeos?

Er war schon elf Tage später wieder da, sagt Verkin.

Ist er früher als geplant zurückgekommen? Deinetwegen?

Kann gut sein, dass er Sehnsucht nach Cardiff hatte, schließlich war er nur in Cardiff ein Cowboy. Einen Tag nach seiner Rückkehr operierte er mich das erste Mal, er hatte alles vorbereiten lassen. Und dann wieder und wieder, er konnte nicht von mir lassen. Und mein Bein nicht von ihm. Als ich aus der Betäubung erwacht war und er mit mir sprechen konnte, sagte er, dass der Knochen im Bein noch viel schlimmer aussehe als auf den Röntgenbildern. Sehr viel schlimmer. Und nur, weil er nicht derjenige habe sein wollen, der das Bein abnimmt, habe er nicht sofort amputiert.

Wie rücksichtsvoll von ihm, vor allem sich selbst gegenüber, denn das hättest du ihm wohl nicht verziehen.

Unwahrscheinlich, sagt Verkin.

Wahrscheinlich hatte er Angst vor dir, sage ich.

Na, das hoffe ich doch. Mein Oberschenkelhalsknochen sah wohl nicht nur aus wie ein Käse voller Löcher, der Knochen war auch weich wie Käse. Um einen fehlerhaft implantierten Metallnagel herum gab es kaum noch Gewebe, und alles war entzündet. Jenkins sagte, er könne sich gar nicht vorstellen, wie weh mir das tun müsse, er verstehe gar nicht, warum ich nicht Tag und Nacht wie am Spieß brüllen würde, ich müsse eine hohe Schmerztoleranz haben. Nun ja, antwortete ich ihm, ich bin Armenierin und lebe in der Türkei, da bin ich einiges gewohnt, aber mit dieser Information konnte er nicht viel anfangen, er wusste noch nichts über die Situation der Istanbuler Armenier. Er flirtete mit mir, fragte, wohin ich mit ihm reisen wolle, machte Vorschläge, wohin wir mit seinem kleinen Flugzeug fliegen, wo wir hinziehen könnten. Er träumte von der weiten Welt, er wollte weg aus Cardiff, weil Wales nicht gerade Kalifornien ist. Warst du mal in Wales?

Nein, aber als Kind bin ich öfter in Preston, Liverpool, Manchester und Blackpool gewesen. Und kann mir ungefähr vorstellen, wie Cardiff sich für dich angefühlt haben muss. Jenkins hingegen muss es doch vorgekommen sein, als wärst du zu seiner Rettung erschienen. Du, der byzantinische Engel, der ihn abholt. Die Erscheinung, welche die große weite Welt in den Kohlehafen Cardiff brachte. Du, die Außerirdische mit deinem Bein, das dich durch Schweizer

Internate, durch Düsseldorf, Paris, Manhattan und Mexiko getragen hatte – und nun solche Probleme machte.

Und du glaubst, er wollte mit meinem Bein aus seinem Leben weglaufen?

Du bist sicherlich seine aufregendste Patientin gewesen, sage ich. Oder hat er sich in alle seine Patientinnen verliebt?

Er hat sich nicht für mich interessiert, weil ich die schönste Frau im Raum war. War ich nicht. War ich nie. Ich saß im Rollstuhl, und wenn ich aufstehen konnte, ging ich an Krücken, auch nach der OP. Trotzdem flog ich nach sieben Wochen in Cardiff zurück nach Istanbul und war noch nicht in Tarabya angekommen, hatte Cengiz noch nicht gesehen, da hatte er schon zweimal angerufen. Das Telefon klingelte, als ich das Haus betrat – und von da an rief er jeden Tag an, um mit mir zu sprechen, was damals noch ein Vermögen kostete, ihn aber nicht juckte, denn er rief aus der Klinik an, der National Health Service zahlte unsere Liebestelefonate.

Aber er musste doch wissen, wie es dir geht. Auf Deutsch heißt das Nachsorge.

Er wollte, dass ich nach Cardiff komme. Jeden Tag fragte er mich, wann ich wiederkomme, aber ich wollte nicht, was sollte ich in seinem Kaff?

Verkin reckt ihr linkes Bein in die Höhe, es wirkt wie eine Gymnastikübung.

Du kommst aus Konstantinopel, sage ich, was willst du da in Cardiff. Ich verstehe dich.

Es machte seltsame Dinge, mein Bein. Es hatte wohl Sehnsucht nach David, es wollte anscheinend wieder zum Cowboy, der fehlerhaft implantierte Metallnagel brach, der Knochen entzündete sich erneut, und ich reiste wieder nach Cardiff. Tarek begleitete mich, denn allein hätte ich es nicht geschafft, ich hatte Fieber. Er begleitete mich, obwohl er wusste, dass der Cowboy in mich und ich in den Cowboy verliebt war, wahrscheinlich kam er gerade deshalb mit. In Cardiff sagte Jenkins zu ihm, wenn sie diese Woche überlebt, kann ich eventuell noch einmal operieren, aber davon bekam ich gar nichts mit, ich befand mich im Delirium. Jenkins entfernte den Metallnagel, mein Bein wurde, was viel früher hätte geschehen müssen, hochgehängt – und ich lag darunter. Im Bett. Neunundvierzig Tage lang. Neunundvierzig Tage lang starrte ich auf mein Bein und hatte sehr viel Zeit, über mein Leben nachzudenken. Alles, was ich bis dahin angestellt und nicht angestellt hatte, ging mir durch den Kopf. Ich fragte mich, ob ich tatsächlich genug versucht und unternommen hatte, ob ich nicht mehr hätte machen, mehr hätte erleben müssen, ich dachte an den toten Abdulkadir, der mich verlassen hatte und mir so sehr fehlte, ich dachte an Cengiz und seine Zukunft, an Hippo, Nicolas und Detlev, ich dachte an alle, die mir wichtig waren, an meinen Vater, an meine Großmütter Nihart und Verkin und ab und zu sogar an meine Mutter und daran, dass sie ihre knapp vierzehnjährige Tochter zu einer Nasenoperation überredet hatte. Nach knapp zwei Monaten sollte der Draht entfernt werden, der die Knochenreste zusammenhielt. Und der Cowboy sagte: Du hast so viel Opium geraucht und so viele Drogen genommen, Schmerzmittel wirken nicht mehr bei dir, ich werde den Draht ohne Betäubung entfernen. Er beschrieb die Prozedur als winzigen Eingriff, tatsächlich aber musste er ihn aus dem Knochen schrauben, und ich sah ihn mit den behandschuhten Fingern seiner Riesenpranken in meinem offenen Oberschenkel herumfummeln, ich schrie, ich brüllte, ihm aber machte es anscheinend große Freude, mich zu foltern, er rächte sich, denn er war beleidigt, dass ich Tarek mitgebracht hatte, und führte sich auf wie der Großinquisitor, dabei war er es, der verheiratet war und links und rechts vögelte, was nicht bei drei auf dem Baum saß. Einige der wenigen jüngeren weiblichen Chirurginnen ließ er bei länger dauernden Operationen gern verantwortungsvolle Aufgaben übernehmen, wie er mir erzählte, unter der Bedingung, dass sie für die Dauer des Eingriffs auf seinem Schoß Platz nahmen. Er nannte das Nachwuchsförderung.

In welchem Jahr war das?

1983, vielleicht auch 1984. Ohne Tarek hätte ich diese Jahre nicht überstanden. Der Cowboy nahm Tarek nicht ernst, er sah ihn bloß als meinen Pfleger, während er operierte oder mit seinem dämlichen Kleinflugzeug herumflog, in dem er mich immer mitnehmen wollte.

War Tarek kein guter Pfleger?

Doch, er kümmerte sich und bezahlte, denn mittlerweile hatte ich fast kein Geld mehr.

Hattest du keine Krankenversicherung?

Du bist süß und naiv, wie es nur ein immer sozial- und krankenversicherungsverwöhnter Deutscher sein kann. Welche Assekuranz hätte all diese Kosten übernehmen können? Wie hätte, selbst wenn es eine gegeben hätte, eine türkische Krankenversicherung meine Operationen in Großbritannien, in den USA und in Deutschland bezahlen sollen? Nein, ich bezahlte immer selbst und in bar. Ich reiste mit einem Koffer voller Dollar-, Pfund-Sterling- und Deutsche-Mark-Scheinen, da steckte alles drin – bis der Koffer eines Tages leer war, womit ich leider gar nicht gerechnet hatte. Und ich kam auch an kein neues Geld heran, weder in England noch in der Schweiz, weil meinem feinen Bruder mein Bein zu teuer geworden war. Während ich im

Koma lag und mich nicht wehren konnte, hatte er viel von dem Schweizer Geld und die gesamte Firmengruppe auf seinen Namen überschreiben lassen. Mein Vater konnte es nicht verhindern, dabei hatte er mich von klein auf immer gewarnt, pass auf, Verkin, sie werden versuchen, dir alles wegzunehmen – und dann ist es der eigene Bruder, der sich alles unter den Nagel reißt. Am meisten ärgert mich, dass er nichts aus dem Unternehmen gemacht, sondern es in die Bedeutungslosigkeit geführt hat. Dass er die Gelegenheit genutzt und mich ausgebootet hat – nun, an seiner Stelle hätte ich wahrscheinlich das Gleiche getan. Dass die EMFA heute aber nur noch als Handelsmarke existiert, die Importschrott aus China vertreibt, das kann ich ihm nicht verzeihen.

Die *Deli Gül* schaukelt ein wenig im kaum sichtbaren Wellengang, ich bin im Erzählparadies, ich muss nur zuhören.

Tarek heiratete mich, obwohl ich arm und krank und pleite und in den Cowboy verliebt war. Und obwohl mein Vater ihn warnte, Tarek, sagte er, was willst du mit einer Frau, die bald nur noch ein Bein haben wird, was willst du mit einer Frau, die nie und auf niemandem hört, die immer macht, was sie will, hüte dich vor ihr, Verkin ist eine gefährliche Frau.

Das hat dein Vater über dich gesagt?

Hat er, ja. Nicht schmeichelhaft, aber doch auch wahr. Ich hatte schon immer einen eigenen Kopf, das ist sein Verdienst, so hat er mich erzogen. Ich mache, was ich für richtig halte, und lasse mir nichts vorschreiben, schon gar nicht von einem Mann, der mit seinem Penis herumwedelt. Tarek wusste, worauf er sich einließ, er kannte mich ja schon eine ganze Weile, er kannte mich, seit Hippo ihn und Orhan am

Taksim aufgegabelt und mit nach Tarabya gebracht hatte. Und nun, im Grunde ist es ein Witz, heiratete ich nach Orhan auch Tarek. Manchmal frage ich mich, was wohl passiert wäre, wenn Hippo nie mit nach Istanbul gekommen wäre.

Du hättest sie auch ohne ihn getroffen. Sie hätten dich gefunden.

Wer weiß, wer weiß. Tarek war keine schlechte Partie, er besaß noch seine gut gehende Firma, er war fast reich, wir lebten von seinem Geld.

Er stellte Badezimmerteppiche her, oder?

Ja, er arbeitete nicht mehr in seiner Werbeagentur, nicht mehr als Konzertimpresario und nicht mehr für seinen verrückten Freund, der mit einer Agentur namens Zetmedia zwei Millionen Dollar verbrannt hatte, unter anderem bei dem Versuch, Stierkampf als Spektakel in der Türkei zu etablieren. Was gewaltig schiefging, denn es stellte sich heraus, dass Kampfstiere sich nicht transportieren lassen, jedenfalls nicht von Spanien in die Türkei. Tareks Textilfirma hingegen lief, er produzierte für die Türkei und halb Europa und hatte sogar eine Fabrik in Deutschland, seine Badezimmerteppiche aus Geldern galten als besonders flauschig.

Badezimmerteppiche aus Geldern, wiederhole ich, weil es hier auf einem Boot im Mittelmeer so lustig klingt.

Kennst du die Stadt?

Dem Namen nach, aber ich bin nie dort gewesen. Und um ehrlich zu sein, habe ich nur eine vage Vorstellung, wo diese Stadt liegt. Am Niederrhein?

Wegen der Teppiche und Badematten musst du nicht hinfahren, die Fabrik existiert nicht mehr, auch Badezimmertextilien kommen heute aus China oder Vietnam.

Über die neue Seidenstraße. Über die Badezimmerteppichstraße.

Produzierte Tarek auch diese Dinger mit halbrunder Aussparung, die in meiner Kindheit in vielen Bädern um die Toilettenschüsseln herumlagen? Und farblich passende Klodeckelbezüge, aus demselben flauschigen Stoff? Die habe ich lange nicht gesehen!

Genau deshalb gibt es die Fabrik nicht mehr, dieses Zeug wird kaum noch gekauft, die Badezimmermode hat sich geändert.

Und eure Hochzeit?

Die fand im Sommer 1985 statt, wir feierten in einem Hotel am Taksim, Ara Güler hat fotografiert. Der Cowboy und seine Frau Jane waren da, Yana, die Freundin, mit der ich in Montreux das Zimmer geteilt hatte, und ihr Mann Ari, und alle kamen mit auf die große Yacht, die wir für unsere Hochzeitsreise gechartert hatten, sie sollte uns wieder nach Kekova segeln. Diesmal hatte Tarek die Drogen dabei, denn Orhan, der sich noch immer nicht damit abfinden konnte, dass ich ihn verlassen hatte, war nicht eingeladen. Als wir hier in Kekova ankamen – Verkin deutet Richtung Kale und Kreuzritterburg –, reiste Davids Frau Jane sofort ab. Sie hatte genug von ihrem Mann, verständlicherweise, denn an Bord hatte Jenkins nur Augen für mich gehabt. Ein Wunder, dass sie diese Dauerdemütigung eine ganze Woche ertragen, dass sie ihn nicht über Bord geschubst hatte. An ihrer Stelle hätte ich mich seiner gleich am ersten Tag entledigt.

Und Tarek?, frage ich. Wie kam der mit der Situation zurecht? Es war doch auch seine Hochzeitsreise.

Er und der Cowboy verstanden sich mittlerweile prächtig. Wir haben doch einiges gemeinsam, sagten sie sich, zum Beispiel lieben wir dieselbe Frau. Tarek hat besondere soziale Fähigkeiten, die er im Internat des Robert College ausgebildet – einer seiner Klassenkameraden war übrigens Orhan Pamuk – und im Gefängnis verfeinert hat, er kommt mit fast allen Menschen gut aus, weil er Dinge sieht und spürt und findet, von denen sie selbst keine Ahnung haben. Deshalb arbeitet er heute neben der Bio-Landwirtschaft so erfolgreich als Heiler. Er war mit meinem Orhan befreundet und hielt ihn aus, und er hält Verkin aus, auch ein kleines Wunder. Und weil er mich aushält, kann ich es mit ihm aushalten, aber nicht immer und nicht auf Dauer. Wenn es mir zu viel wird, schicke ich ihn in den Garten, in sein Exil am Schwarzen Meer, aber nach unserer Hochzeit wohnten wir erst einmal glücklich in Tarabya. Wir ließen das Haus renovieren, installierten eine weitere Innentreppe, verbauten die Reste, die von Orhans Marmorabenteuer übrig waren, und das überflüssig gewordene Boudoir, der lange nicht benutzte *fuck room*, das heutige Bügelzimmer, wurde zu einem Teil des Wohnzimmers. Ich hatte mein Bein, ich hatte, worüber ich mich bis heute jeden Tag freue, zwei Beine, ich hatte ein Kind und war wieder einmal verheiratet, zum dritten Mal in meinem Leben. Nun fehlte zum ganz großen Glück nur ein zweites Kind, dachte ich, ein Kind von Tarek, ein Kind zu meinem geretteten Bein. Leider waren alle Ärzte dagegen und hielten es für keine gute Idee, der eifersüchtige Cowboy am allerwenigsten. Viel zu gefährlich für dich, sagte er, aber er wusste ja nichts von Kindern, hatte keine Ahnung vom Kinderkriegen, wusste nicht, was es bedeutet, eines zu bekommen, was es mit einem macht und was es alles verändert.

Als Mann sowieso nicht, oder?

Natürlich weiß ein Mann weniger davon, die unmittelbare körperliche Erfahrung der Schwangerschaft und der Geburt fehlen ihm, aber es gibt auch Männer, die sich einfühlen, mit denen es etwas macht. Und wenn es nur bedeutet, sich endlich aus den Fängen der eigenen Eltern zu befreien. Ein oder zwei oder drei Kinder zu bekommen, gehört einfach zum Leben, ohne Kinder ist das alles noch viel sinnloser als ohnehin schon, ohne Kinder stirbst du und hörst einfach auf. Du hast doch ein Kind, du musst das doch wissen.

Ich hätte nichts dagegen, einfach aufzuhören, sage ich. Und ich würde kein Kind mit der Aufgabe befrachten wollen, irgendetwas fortzusetzen. Ich selbst hatte auch nie Lust fortzusetzen, was meine Eltern, Großeltern oder Urgroßeltern gemacht haben. Im Gegenteil.

Aber das tust du doch, allein durch deine Existenz. Du bist auch all die, die vor dir waren. Du setzt sie fort. Wie dem auch sei, meine zweite Schwangerschaft war eine Qual. Die meiste Zeit musste ich liegen, und wenn überhaupt, konnte ich mich nur im Rollstuhl fortbewegen, erst in Istanbul, dann wieder in New York, denn ich wollte, dass auch mein zweites Kind in Amerika zur Welt kommt, dass es, wenn schon nicht Armenierin oder Armenier, wenigstens Amerikaner oder Amerikanerin sein würde, nicht nur Türke oder Türkin.

Du hast also zwei amerikanische Söhne, sage ich.

Ja, beide besitzen die amerikanische Staatsbürgerschaft, sind aber Türken durch und durch. Süreyya wurde nicht in New York City, sondern in Durham, North Carolina, geboren, im Duke University Hospital, weil mein Bein wieder Probleme machte, große Probleme. Der Orthopäde sagte: *This looks bad, this looks really bad* – und wollte amputieren. Ich lag in einer der besten Kliniken Amerikas, und alles, was diesem überbezahlten Idioten einfiel, war, mir mein Bein abschneiden zu wollen. Das hätte ich schon früher und preiswerter haben können, sagte ich, nein danke, *I would prefer not to*. Ich rief den Cowboy an, der beleidigt war, weil ich, da war ich schon schwanger, nicht mit ihm hatte durchbrennen wollen. Bei einer Dinnerparty in Cardiff hatte er sich vor mir aufgebaut, sein Jackett geöffnet, auf eine Zahnbürste in der Innentasche gezeigt und gesagt: Ich habe alles dabei, lass uns verschwinden. Ich aber wollte nicht in sein klappriges Flugzeug steigen, nur weil gerade keine andere Frau an seiner Seite war.

Mein Telefon klingelt, mit dem ich nun ab und zu doch das Wasser, die grüne Insel und den Himmel fotografiere, weil ich nicht fassen kann, wie schön es ist. Ein Blick aufs Display verrät, dass mein Vater anruft. Ich vermute, er hat sein Handy wieder für eine seiner Fernbedienungen gehalten, wild auf den Tasten herumgedrückt und eher zufällig eine Verbindung hergestellt. Ich nehme den Anruf an und bemerke seine Verwunderung, meine Stimme zu hören. Versteht er jetzt, dass er ein Telefon in der Hand hält? Weiß er, wer ich bin? Ich versuche zu erklären, dass ich, sein Sohn, mich in der Türkei befinde, an der lykischen Küste, auf einem Boot. Ich versuche, ihm die Umgebung zu beschreiben, spreche vom tiefblauen, glitzernden Mittelmeer, vom hellen, hohen Himmel und dem sattgrünen, in dieser Bucht bis auf einige römische Ruinenreste unberührten Ufer. Ich erzähle, dass die lykische Stadt Dolchiste, die hier einst stand, vor langer Zeit versunken ist. Ihm fällt der Lykische Städtebund ein, an den kann er sich sonderbarerweise erinnern, aber als ich ihn frage, ob er heute schon im Garten war, weiß er keine Antwort und sagt abrupt, er müsse nun los, wünscht einen schönen Tag und legt auf.

Mein Vater hat ein Talent dafür, mich an den entlegensten Orten anzurufen, sage ich. Er scheint es zu spüren, wenn ich weit weg bin und es mir irgendwo gefällt.

Mein Vater ruft mich ebenfalls ab und zu an, sagt Verkin, obwohl er lange tot ist.

Wie damals auf dem Friedhof, als er dir als Lichtstrahl erschienen ist?

Ja, auch da hat er mir ein Zeichen gegeben.

Weil es zu heiß geworden ist, wandern wir vom Vorderdeck an den Tisch unter das Sonnensegel. Nevin hat Melone aufgeschnitten, Ahmed kommt mit gefüllten Teegläsern aus der Kombüse.

Die Tortur mit dem Bein war noch nicht zu Ende, sagt Verkin nach dem ersten Schluck Tee. Mein linkes Bein führte ein Eigenleben und hatte wohl Sehnsucht nach dem Cowboy, mein Bein wollte zurück zu ihm, also zog die ganze Familie von Durham, North Carolina, nach Cardiff, Wales, wieder eine kleine Weltreise. Die Familie bestand nun aus Cengiz, Tarek und Hikmet, Nevins Mutter, auch ohne sie hätte ich diese Jahre nicht überstanden. Und aus dem gerade geborenen Süreyya natürlich, der im Gegensatz zu seinem Bruder ein winziger Säugling war, ihm hätten die Strampler von Saks Fifth Avenue gepasst, die ich nach meiner ersten Geburt verschenken musste. Jenkins operierte mich wieder und probierte etwas Neues, er verpflanzte Gewebe in den porösen Knochen meines linken Beins, Gewebe, das er meinem rechten Wadenbein und meiner Hüfte entnahm, er transplantierte mir quasi mein eigenes Bein, fast wie die Wunderärzte Cosmas und Damian es einst gemacht haben.

Aber sollen diese beiden Heiligen nicht ein schwarzes Bein an einen weißen Körper genäht haben?, frage ich.

Die unterschiedlichen Hautfarben dienen in dieser Legende doch bloß der besseren bildlichen Darstellbarkeit. Ein neues schwarzes Bein an einem weißen Körper lässt sich nun mal viel leichter malen! Konstantinopel hatte übrigens ein berühmtes Kloster, das Cosmas und Damian gewidmet war, es befand sich fast tausend Jahre lang in Eyüp, ungefähr dort, wo ich mich gern begraben lassen würde, Tareks Familie besitzt eine schöne Grabstelle in der Gegend.

Wie, du möchtest nicht in Kekova ruhen? In einem dieser Sarkophage, vielleicht in dem, auf dem dein Haus erbaut wurde? Und warum nicht auf dem armenischen Friedhof von Şişli, wo deine Eltern liegen? Und müsstest du, um in Tareks Familiengrab bestattet zu werden, nicht Muslimin werden?

So viele Fragen, *canım*. Noch bin ich ja nicht gestorben. Und Muslimin werden, das geht schnell, das geht auch auf dem Totenbett.

Ein Mann und Muslimin werden, diese Dinge stehen also noch aus, sage ich und nehme ein Stück Melone vom Teller.

Erst werde ich Muchtar. Muchtar von Arap Camii, der Nachbarschaft um Suma Han herum. Darauf habe ich große Lust.

Was ist noch mal ein Muchtar?, frage ich.

Eine Art Dorfbürgermeister. Ein Dorfbürgermeister, der eine Waffe tragen darf. Nächstes Jahr ist Wahl.

11

Simena

Detlev, das kleine Krokodil / Hippies, die nach Indien wollen / Ein Affe im Dekolleté / Sitare und ihr Ende / Der Gendarm von Üçağız / Mein Koch aus der Bronx / Sam und seine Stühle / Die Prinzessin von Jugoslawien / Der große Mumienschwindel

Verkin und ich sitzen seit dem frühen Nachmittag auf der Terrasse, trinken Tee und schauen auf die Bucht hinaus. Die *Deli Gül* schwoit zwischen anderen Yachten, Kette und Anker scheinen zu halten. Links erstreckt sich Kekova, ganz weit rechts ragt eine ebenfalls unbewohnte Landzunge in die Aussicht – diese Aussicht, in der Verkin, es hat nur eine Woche gedauert, bis ich es verstanden habe, den unverbauten Blick auf den Bosporus ihrer Kindheit wiedergefunden hat. Sie ist hier zu Hause. Und ich wünschte, ich wäre es auch.

Weil ich noch nicht weiß, wie die Geschichte des Cowboys von Cardiff ausgeht, frage ich nach.

Das Ende ist traurig, sagt sie, das habe ich dir bereits verraten. Er ist mit seinem dummen Flugzeug ins Meer gestürzt, mit dem Flugzeug, in das ich immer einsteigen sollte, weil er mit mir verschwinden wollte, wahrscheinlich ins Jenseits. Vielleicht war es ein Unfall, eine Fehlfunktion seiner Maschine, vielleicht war er betrunken, oder er ist absichtlich abgestürzt, weil ich nicht mit ihm zusammenbleiben wollte. Nach all unseren Operationen, als es endlich so aussah, als könnte mein Bein gerettet sein, hatten David und ich so etwas wie eine Affäre, eine Affäre, die im Grunde eine Enttäuschung war, eine Enttäuschung wie fast jede langersehnte Erfüllung, die dann gar keine sein kann. Ich ging zurück nach Istanbul, er aber ließ nicht locker und versuchte sich an lustigen Liebesintrigen, zum Beispiel schickte er die sechzehnjährige Tochter seiner Sekretärin – der Sekretärin, mit der er eine Daueraffäre hatte – als Au-pair zu uns nach Istanbul. Sie hieß Cheryl und war eine hübsche junge Frau, die, um es vorsichtig zu formulieren, sexuell sehr aktiv war. David hatte sie beauftragt – ich weiß nicht, was er ihr versprochen hatte –, Tarek zu verführen, um mir gegenüber dessen Untreue gegen ihn zu verwenden, so sein Plan. Nur interessierte Tarek sich nicht für diesen frühreifen Köder, der sich liebevoll um die Kinder kümmerte, weshalb Cheryl uns auch bei einem Segelurlaub mit Freunden auf einer gecharterten Yacht begleitete. Während wir die Schwarzmeerküste entlangsegelten, schlief sie erst mit einem der Matrosen, dann mit dem Skipper, dann wieder mit einem Matrosen, vielleicht auch umgekehrt, ich weiß nicht mehr in welcher Reihenfolge, jedenfalls führte ihre sexuelle Freizügigkeit zu Verwerfungen innerhalb der Mannschaft und fast zu einer Meuterei an Bord. Jenkins kam auch selbst einige Male nach Istanbul, um Verwirrung zu stiften, was mir gefiel, ich mochte die Energie, mit der er in unserem ungeklärten Mal-ja, Mal-nein agierte, er hielt Vorträge in Ankara und Istanbul und präsentierte neue Operationstechniken. Einmal sollte er einen türkischen Medizinstudenten für ein Stipendium aussuchen, das mit einem Praktikum und einem Aufenthalt in Cardiff verbunden war. Und wen, na, wen wählte er aus? Nicht den begabtesten Studenten und nicht die Hübscheste, wenn es in diesen Kursen überhaupt Frauen gab, nein, er entschied sich für einen, dessen Vorname Ufuk lautete, Ufuk, türkisch für *Horizont*. Du musst den Namen nur englisch aussprechen, dann weißt du warum. Und Jenkins, der Cowboy, hatte größtes Vergnügen daran, den Namen Ufuk in jedem Satz, den er an den Jungen richtete, gleich mehrfach unterzubringen. Dann, es muss ein Tag Mitte der neunziger Jahre gewesen sein, rief seine Sekretärin mich in Istanbul an und sagte, er sei mit seinem Flugzeug ins Meer gestürzt, wie durch ein Wunder aber noch am Leben und in ein künstliches Koma versetzt worden, zuvor habe er nach mir gefragt. Kurz nach seiner Sekretärin rief seine neue Frau an, eine Alkoholikerin, die mich hasste, aber gut, dafür hatte ich Verständnis, an ihrer Stelle hätte ich das ebenfalls getan, denn sie war eine Ersatzfrau und wusste es. Sie sagte, ich solle kommen, er habe nach mir gefragt, er wolle mich sehen. Eine Stunde später rief sie wieder an und lallte, komm nicht, er möchte nicht, dass du ihn in diesem Zustand siehst, aber da war ich schon fast auf dem Weg nach Cardiff. Er starb, während ich im Flugzeug saß.

Warum hieß er eigentlich der Cowboy von Cardiff? Warum nennst du ihn so?

Er wollte immer einer sein. Und er trug diese komischen Stiefel, in denen er sogar operierte. Cowboystiefel.

Nevin stellt ein Schälchen mit Oliven auf den Tisch, und ich hätte Lust, zum Aperitif überzugehen, aber wir trinken weiter Tee.

Sind das Eseloliven, oder sind die von deinem Baum?, frage ich, da habe ich die erste bereits im Mund.

Weder noch, diese hier müssten aus Hatay sein. Wir haben sie in Demre gekauft, auf dem Markt, du warst dabei.

Aber habe ich dir schon erzählt, wie Eselchen einige Jahre nach unserer Scheidung plötzlich in Istanbul auftauchte?

Nein, ich wusste gar nicht, dass du ihm noch einmal begegnet bist, sage ich.

Eines Tages rief Detlev mich an und sagte, er sei in Istanbul und habe mir etwas aus Brasilien mitgebracht, etwas ganz Besonderes – was, wollte er mir nicht verraten. Etwas Grünes, sagte er. Was wird das sein?, fragte ich mich. Ein Smaragd? Hatte er mir vielleicht einen großen grünen Smaragd aus Brasilien mitgebracht? Er kam nach Tarabya, betrat das Haus, stand im Wohnzimmer, öffnete die großen goldenen Knöpfe seines dunkelblauen Zweireihers – und plötzlich schaute ein kleines Krokodil unter seinem Arm hervor, riss sein Maul auf und zeigte seine Zähnchen! Und obwohl ich eher einen Edelstein erwartet hatte, verliebte ich mich sofort in das quicklebendige kleine grüne Krokodil. Ich werde es Detlev nennen, sagte ich, dir zu Ehren, lieber Detlev. Er lachte und erzählte, dass er sehr verzweifelt gewesen sei, weil das dumme kleine Krokodil nicht habe fressen wollen, es habe nichts, gar nichts angerührt, weshalb er sich in Düsseldorf zu einer Zoohandlung auf der Königsallee habe fahren lassen, den Chauffeur habe er angewiesen, direkt vor dem Geschäft auf dem Bürgersteig zu halten. Der Zoohändler wusste zum Glück, dass junge Krokodile nur übel riechendes, fast verdorbenes Fleisch fressen und es ihnen weit in den Rachen geschoben werden muss. Als Detlev aus der Zoohandlung kam, stand ein Polizist neben dem Mercedes und war dabei, ihn aufzuschreiben, die Proteste des Fahrers halfen nichts. Detlev aber, das kleine Krokodil auf dem Arm, erzählte dem Gendarmen die Geschichte von seinem fast verhungerten kleinen Raubtier, woraufhin der Polizist, ganz gerührt, den schon halb ausgefüllten Strafzettel zerriss – und du siehst, Moral von der Geschicht, es braucht nur ein ausgezehrtes Babykrokodil auf dem Arm, um einen deutschen Polizisten zu erweichen. In Istanbul nahm der große Detlev nun eine Tupperdose aus seiner Krokoledertasche, öffnete sie und begann, dem kleinen Detlev bestialisch stinkende Fleischfetzen in den Rachen zu schieben, ganz tief hinein.

Mich würde ja interessieren, sage ich, wie der große Detlev den kleinen nach Istanbul transportiert hat. Und zuvor von Brasilien nach Düsseldorf.

First Class war alles erlaubt, und ihm sowieso. Ein bisschen Geld links und rechts bewirkte ebenfalls Wunder.

Das müssen interessante Zeiten gewesen sein, als Krokodile im Handgepäck reisen durften, aber du hast ja auch schon eine Katze geschmuggelt.

Welche Katze soll ich geschmuggelt haben?

Kedi, die Vankatze, die du nach Berlin gebracht hast. Auf deren Willkommensfest wir uns kennengelernt haben.

Ach ja, das war ganz einfach. Ich habe sie in meinen Weekender gesteckt und ins Flugzeug getragen. Ich hatte Papiere für sie, ich habe nichts verbrochen.

Und ich dachte bisher, du hättest dich quasi in Lebensgefahr begeben, um sie nach Deutschland zu transportieren.

Nein, nein, so wild war das nicht, sagt Verkin.

Und der kleine Detlev, wo ist der heute?, frage ich.

Eine meiner Zugehfrauen, die letzte Griechin, die für uns gearbeitet hat, hielt ihn für eine große Echse, die aus dem Garten ins Haus gekommen war. Sie packte ihn in einen Putzeimer und warf ihn in den Bosporus. Vielleicht schwimmt er noch dort, wer weiß, du musst Ausschau nach ihm halten.

Jetzt weiß ich nicht, ob ich noch im Bosporus schwimmen möchte, Detlev müsste doch mittlerweile riesig sein. Wachsen Krokodile nicht ihr Leben lang?

So wie Fische? Ja, kann sein. Eselchen kam jedenfalls Anfang der achtziger Jahre, ich war mit Süreyya schwanger, ein weiteres Mal zurück nach Istanbul, diesmal jedoch nicht mit einem Krokodil, sondern mit einer seltsamen Frau und einem VW-Bus. Und wie es aussah, lebten sie in diesem Bus. Es war Dezember, es hatte geschneit, und Detlev trug keine Maßanzüge mehr, er war nun ein Hippie, ein alternder, langhaariger, betrunkener Hippie mit einer betrunkenen Hippie-Frau, die mir nicht ganz geheuer war. Die beiden klingelten in Tarabya, fragten bald nach Geld und erklärten mir, dass sie in ihrem Van nach Indien fahren wollten. Ich musste lachen, weil ich bezweifelte, dass sie es bis auf die asiatische Seite hinüberschaffen würden. Einige Wochen später kam heraus, dass Detlev alle alten Bekannten in Istanbul abgeklappert und angebettelt hatte, einen nach dem anderen. Als sein Vater Fritz davon erfuhr, schickte er einen Mann mit gefüllter Aktentasche herum, um die ihm peinlichen Schulden seines Sohnes zu begleichen.

Das ist aber kein schönes letztes Kapitel für Detlev, den deutschen Dandy.

Er ist nicht zurechtgekommen mit seinen Privilegien. Er hat nichts aus ihnen gemacht, dabei hatte er alle Möglichkeiten. Und ich glaube nicht, dass ihm seine fortdauernde Selbstzerstörung bewusst war.

Mir gefällt dieser Detlev, von dem du da erzählst, und ich wünschte, viel mehr Nachkommen deutscher Nazi-Unternehmerfamilien hätten als zugedröhnte Hippies in einem VW-Bus auf dem Weg nach Indien geendet. Als Typus ist mir dieser an sich oder Deutschland oder was auch immer kaputtgehende Detlev viel sympathischer als die immer und unter jedem System funktionierenden deutschen Ingenieure, die Autos entwickeln, deren Verbrennungsmotoren beim Abgastest betrügen.

Ach, eure berühmte Schummelsoftware, für die seid ihr ja nun bekannt in der Welt! Jahre später, es muss Mitte der neunziger Jahre gewesen sein, war ich einmal wegen einer Schönheitsoperation in Düsseldorf und suchte den Namen Arendt in dem Telefonbuch, das in meinem Hotelzimmer herumlag. Ich fand eine Frau von Arendt unter einer Adresse, die mir etwas sagte, ich erinnerte mich an den Straßennamen und wählte ihre Nummer. Sie hob ab, wir plauderten, und es stellte sich heraus, dass auch sie einmal mit Detlev verheiratet gewesen war.

War das die Frau aus dem Wohnmobil?

Nein, mit der war er anscheinend durchgebrannt. Ich erfuhr, dass er verschollen war, angeblich ertrunken, irgendwo in Kleinasien.

Und, hast du ihr verraten, dass du selbst einmal Frau von Arendt warst?

Darauf habe ich verzichtet. Detlevs Ende, fällt mir jetzt auf, passt hervorragend zu Sitares Geschichte, die ihr halbes Leben in Kekova verbracht hat, hier in Kale und bei den Ruinen von Apalai am anderen Ende der Bucht.

Verkin hebt die Hand und deutet in eine undefinierte Richtung.

Sitare? Der Name erinnert an Sitara, das Land der Sternenblume und der Menschheitsseele, *Sitara und der Weg dorthin*, fällt mir ein, Karl May und Arno Schmidt.

Kekova mag für Sitare so etwas wie Sitara gewesen sein. Sie stammte aus einer mächtigen türkischen Familie, ihr Vater war ein bekannter Politiker, und sie, die verwöhnte

Tochter, die wie ich in Paris gelebt und von allen Süßigkeiten des Westens gekostet hatte, kam mit ihrem schwulen Freund nach Kekova. Ich hatte die beiden quasi angeworben, denn in Istanbul machte ich damals kein Geheimnis daraus, welches Paradies ich hier entdeckt hatte. Die beiden lebten eine Zeit lang in dem Haus, das später einer der Koç-Brüder erwarb, ein Haus, das ich selbst hätte kaufen können, mir aber lag es zu weit oben am Berg, von dort laufe ich nicht mal eben hinunter, um schwimmen zu gehen, dachte ich mir damals, und das war eine Entscheidung, die ich getroffen hatte, ohne zu wissen, dass ich mich später über Jahre nur auf Krücken oder im Rollstuhl würde fortbewegen können. Sitare und ihr Freund brachen in das damals leer stehende Haus ein und campierten dort, der Muchtar, ihm blieb nichts anderes übrig, musste sie verhaften lassen, aber sie war ja die Tochter eines einflussreichen Politikers, ein Anruf genügte, und sie kam wieder frei, ihr Vater zahlte. Später wohnte sie in einem kleinen Haus unterhalb der Burgruine und blieb das ganze Jahr über hier, sie fuhr überhaupt nicht mehr nach Istanbul, sie wurde die Hippie-Queen von Kekova, schockierte die Dorfbewohner mit halb transparenten Umhängen und war berühmt für ihren kleinen Affen, der sich oft unter ihren Gewändern versteckte und ab und zu zwischen ihren riesigen Brüsten hervorkletterte. Der Affe wohnte gewissermaßen in ihrem Dekolleté, Sitare war eine Attraktion für die Leute von den Yachten, die kamen, um Burg und Gräber zu besichtigen. Irgendwann zog sie in ein baufälliges Haus in der Nähe der Ruinen von Aperlai und lebte dort ziemlich einsam ohne Strom und fließend Wasser, ernährte sich nur noch von Nescafé, Heroin und Keksen, weil sie sich einbildete, Krebs zu haben wie ihr schwuler Freund, der an Lungenkrebs gestorben war. In Hippie-Kreisen existierte damals dieser verrückte Irrglaube, Heroin könne Schönheit konservieren, vor Krankheiten schützen und Krebs heilen. Ihre Familie, zu der sie lange kaum Kontakt gehabt hatte, die mächtige Familie, die ihr den Geldhahn zugedreht hatte, unternahm noch Versuche, sie zu retten, aber Heroin war überall leicht zu bekommen, sie starb in den frühen Zweitausendern an einer Überdosis.

Nevin ruft etwas aus der Küche herauf, es geht um die Zubereitung des Essens, um den Fisch, den Ahmed heute früh gefangen hat.

Sitare ist auch schuld daran, dass Mihoko, die Japanerin, in Kale blieb, sie wohnt noch heute hier, auf der anderen Seite des Berges, unterhalb der Burg. Mihoko war eigentlich bloß für einen Nachmittag mit einem Ausflugsboot nach Kekova gekommen, und nun, neunundzwanzig Jahre später, ist sie noch immer da.

Dagegen hätte ich auch nichts, sage ich, mit einer bestickten Serviette auf dem Schoß, die zu der mit den gleichen Blütenmotiven bestickten Tischdecke passt. Wir essen gleich, Berlin habe ich fast vergessen.

Sitare sprach Mihoko in dem Teegarten unterhalb des Theaters an und sagte etwas wie: Du siehst so gut aus, du bist so schön, bleib doch, ich zeige dir mein Haus, du kannst bei mir wohnen. Und Mihoko blieb, eine junge Japanerin auf Selbstfindungstrip, die, das war ihre Hippie-Idee, auf dem Landweg zu Fuß zurück nach Japan reisen wollte. Ihre Familie besitzt große Vergnügungsparks, die in Japan wohl jeder kennt, sie aber ging nicht zurück, liebt ihr Land nur noch aus der Ferne, verabscheut japanische Männer und sagt Dinge wie, die gehörten alle vergiftet. Sie hat einen wunderbaren Garten, den wir uns ansehen können, leider wird er immer wieder von Wildschweinen verwüstet, die Tiere sind eine Plage, es fehlt ein Raubtier, das sie in Schach hält.

Die Löwen, die es in der Antike gab?

Ja, uns fehlen Löwen, Löwen und Löwinnen, die die Schweine in Schach halten. Ein Schwein konnte ich erfolgreich verjagen, und zwar den aufdringlichen Gendarmen von Üçağiz, der Mihoko bedrängte, nachts um ihr Haus herumschlich, sie immer wieder grundlos auf die Gendarmerie bestellte und begrapschte. Tarek fragte ihn eines Tages ganz freundlich, ob er die junge Frau, die da allein in unserem Land lebe, nicht in Frieden lassen und die Belästigungen einstellen könne. Keine Reaktion. Am nächsten Vormittag, wir wollten abreisen, und Ahmed hatte unser Gepäck schon ins Dingi verladen, das halbe Dorf war am Wasser versammelt, um uns zu verabschieden, kam der Gendarm mit zwei Hilfspolizisten und fragte nach Tarek, der mit letzten Packarbeiten im Haus beschäftigt war. Tarek müsse mit zur Wache kommen, er müsse wegen Beamtenbeleidigung vernommen werden. Wenn du Tarek jetzt mitnimmst, werde ich für deine Versetzung weit, weit weg in die Berge sorgen, sagte ich zu ihm, dann sitzt du übermorgen in Südostanatolien, wo die PKK dich zum Frühstück verspeisen wird. Er lachte nur und führte Tarek tatsächlich ab, wobei er sich nicht entblödete, ihm Handschellen anzulegen. Damit hatte er mich vor dem ganzen Dorf herausgefordert, mittlerweile waren alle da, und nun musste ich selbstverständlich handeln und meine Muskeln, meine Verbindungen spielen lassen, denn nichts ist gefährlicher für deine Position, als Drohungen auszusprechen, auf die nichts folgt. Ich überlegte. Emins Schwager war Verteidigungsminister, aber ob ich den so schnell erreichen würde? Mir fiel ein, dass ich noch jemanden in Ankara kannte, der im richtigen Ministerium arbeitete, ihn rief ich an und erzählte, was vorgefallen war. Woraufhin er sagte, ach, der Kommandeur der Gendarmerie der Provinz Antalya ist ein guter Freund, kein Problem. Der Grapscher von Üçağiz erhielt seinen Versetzungsbefehl am nächsten Morgen, und zwei Tage später saß er, wie versprochen, in einem Kaff an der irakischen Grenze. Und das Dorf war erleichtert, denn er hatte nicht nur Mihoko belästigt.

Wieder einer, der den Fehler begangen hat, dich zu unterschätzen, sage ich.

Männer unterschätzen Frauen allgemein, deshalb mache ich so gern Geschäfte mit ihnen.

Und sie wissen nicht, was ihnen geschieht, sage ich und überlege, ob das eigentlich auch für mich gilt, aber Verkin erzählt schon weiter, sagt, dass sie nicht nur als Frau, sondern auch als Türkin unterschätzt worden sei, gern auch von Geschlechtsgenossinnen.

Vor ein paar Jahren saß ich mit einigen Frauen aus dem Dorf hier auf der Treppe vor dem Haus – Verkin zeigt auf die in den Felsen gehauenen Stufen hinter dem niedrigen Holzlattenzaun – und trug, was ich hier immer anhabe, ein schlichtes Sommer- oder Hemdkleid, ein T-Shirt vielleicht. Wir hockten da, wir unterhielten uns, wir tratschten, denn in so einem Dorf, wo jeder fast alles über jeden weiß, gibt es natürlich immer viel zu besprechen. Eine Yacht ging in der Bucht vor Anker, keine besonders große, keine besonders schöne, ihr Beiboot legte an, und vier Amerikaner, zwei Frauen und zwei Männer, kamen an Land, keuchten die Stufen herauf und fragten nach dem Weg zur Burg und den Gräbern. Und obwohl es eigentlich keiner größeren Wegbeschreibung bedarf, es geht ja nur geradeaus nach oben, gab ich freundlich und ausführlich Auskunft. Wir kamen ein wenig ins Plaudern, schließlich fragte eine der beiden Frauen – und sie konnte ihre weiße, neuenglische Herablassung dabei nicht wirklich kaschieren –, warum ich so gut Englisch spreche. Ich hatte keine Lust, ihr meine Lebensgeschichte aufzutischen, deshalb antwortete ich: Weil ich einen amerikanischen Koch habe. *You're joking*, sagten sie und fragten nach, ob ich als Köchin in Amerika gearbeitet hätte, ich aber sagte, nein, nein, ich habe einen amerikanischen Koch, und rufe: *Eddi, get the fuck out of the kitchen and show your ass to some fellow Americans*. Und Eddi, er bereitete gerade das Abendessen vor, kam aus der kleinen Küche, wuchtete sich die Treppe zur Pforte hinauf und erinnerte dabei, *he was a big guy*, ein wenig an Godzilla, seine Füße waren groß wie kleine Boote und fanden kaum Platz auf den alten Stufen. Er sagte: *Hi, how are you. I'm Eddi. I'm the cook. I'm from the Bronx*, und verschwand wieder in der Küche, in die er kaum hineinpasste. Seinen Landsleuten stand der Mund ziemlich weit offen.

Und wieso hattest du einen Koch aus der Bronx in Kekova?, frage ich.

Eddi machte den besten Käsekuchen, so viel davon, dass wir ihn im Ankh-Café verkaufen konnten. Meine große Liebe Philip hatte ihn aus New York City mitgebracht und nach Kekova geschickt, ich denke, das war der Sommer, als Philip und seine Frau Lydia das erste Mal mit Tarek und mir gemeinsam hier waren; der Sommer, in dem Philip und ich uns besser kennenlernten; der Sommer, in dem wir uns viel, in dem wir uns fast alles erzählten. Ich erzählte ihm zum Beispiel von meinen Problemen mit Tarek und dem Dilemma mit dem Cowboy, von dem ich mich noch immer nicht getrennt hatte. Philip wurde ein Freund und ein Vertrauter, ich zahlte ihm einen symbolischen Betrag, ich gab ihm tausend türkische Lira und erklärte mich zu seiner Mandantin, deshalb war er zur Verschwiegenheit verpflichtet.

War das der Sommer 1992?, frage ich. In Kekova verschwimmen die Jahrzehnte.

Ja, das kommt hin, sagt Verkin, denn Sam Green, den ich erst durch Philip in New York kennenlernte, kam im Jahr darauf zum ersten Mal nach Kekova. Und dann jedes Jahr bis zu seinem Tod. Sam, der große Kurator, Sam, der Entdecker der Pop-Art, dachte sich immer neue Verbesserungen für Haus und Garten aus, er wurde mein Stil- und Einrichtungsberater und entwarf zum Beispiel die Stühle, auf denen wir sitzen. Er ließ sie hier in der Gegend von einem Handwerker nach seinen Zeichnungen schreinern, sie sind so etwas wie seine Hinterlassenschaft.

Meiner wackelt ein bisschen und knarzt, wenn ich mein Gewicht verlagere.

Sie sind zwanzig Jahre alt und stehen die meiste Zeit draußen. Sam hatte diesen Spleen, dass er keine Sekunde auf einer Sitzgelegenheit aus Kunststoff verbringen konnte, er hasste Plastikstühle und gab keine Ruhe, bis alle entsorgt waren, die hier auf dieser Terrasse, im Garten oder sonst wo im Haus herumstanden.

Ich verstehe seinen Hass auf Kunststoff, auch wenn ich ihn nicht teile. Es gibt schöne Dinge aus Plastik, nur leider viel zu viele davon.

Sam hatte einen regelrechten Stuhlfetisch. Er entschied zum Beispiel anhand der *deck chairs* auf den in der Bucht ankernden Superyachten, ob wir die Eigner zu einem Drink auf die Terrasse bitten sollten oder nicht. Er war es auch, der sich das Prinzessinnenzimmer ausdachte, in dem du schläfst. Es heißt so, weil es für die Prinzessin von Jugoslawien erfunden wurde, die eines Tages überraschend über Nacht bei uns blieb, obwohl kein Schlafzimmer mehr frei war. Sam improvisierte aus Decken, Teppichen und Tüchern ein luftiges Gemach auf der hinteren Terrasse, das seither, auch ihr zu Ehren, das Prinzessinnenzimmer genannt wird.

Die Prinzessin von Jugoslawien? Hatte Jugoslawien ein Königshaus?

Du bist nicht gut informiert und scheinst keine *Yellow Press* zu lesen, *my dear*. Unsere Prinzessin hieß Elisabeth von Jugoslawien, entstammte dem Haus Karađorđević, fotografierte für unsere Stiftung und war eine von Sams Freundinnen, eine Preziose seiner *collection of amazingly interesting women*, zu der auch Greta Garbo, die Bakelite-Erbin Barbara Daly Baekeland und Yoko Ono gehörten.

Nevin ruft von unten, und ich helfe ihr, Tabletts aus der Küche die Steinstiege hinaufzutragen, Teller, Gläser und gefüllte Schüsseln. Es ist fast dunkel, als wir zu essen beginnen, Nevin hat den Fisch gegrillt, der heute früh noch irgendwo da draußen im Meer herumschwamm, jetzt liegt er zwischen Zitronenscheiben und Salbeiblättern auf einer ovalen Porzellanplatte.

Es gibt eine lustige Anekdote aus Sams an verrückten Geschichten nicht armen Leben, sagt Verkin, und zwar die, in der er seiner Freundin Yoko Ono ihre eigene Mumie aus einem vermeintlich vorherigen Leben andrehte. Er nannte es *The Great Mummy Swindle*, einen Betrug, den er mit Hilfe seiner Freundin Marlene einfädelte, die Yoko Onos Hellseherin und Wahrsagerin war. Sie überzeugte Yoko davon, dass sie in einem ihrer vielen früheren Leben eine ägyptische Königin gewesen sei, eine Pharaonin, deren Mumie in einem noch ungeöffneten Grab ihrer Entdeckung und Erlösung harre. Yoko Ono war eingebildet genug zu glauben, dass die Mumienkönigin durch die Hellseherin zu ihr spräche, sie glaubte an die Botschaften ihrer altägyptischen Seele, die da lautete, befreie mich, beauftrage Sam, mich zu finden. Marlene und Sam brachten Yoko Ono dazu, eine Reise, ach was, eine Expedition und eine fiktive Ausgrabung in Ägypten zu finanzieren. Ihr eine größere Summe aus den Rippen zu leiern, war das eigentliche Ziel dieses Hoax, weil Sams gute Freunde Yoko und John sonst leider viel zu selten bezahlten, sie waren es einfach nicht gewohnt und hatten, wie viele reiche Leute, fast nie Geld dabei. Sam machte sich mit seinem Freund Sam, einem Antikenhändler, und zweihunderttausend Dollar nach Alexandria auf. Die beiden Sams wohnten im Cecil Hotel an der Corniche, saßen in den großen Kaffeehäusern, reisten herum und genossen alle Annehmlichkeiten des Orients. Antikenhändler Sam kaufte das eine oder andere Stück aus Raubgrabungen, ja, die Sams waren so großzügig und gut im Geldausgeben, dass sie bald eine Nachforderung stellten. Marlene übermittelte weitere Nachrichten der Mumie, und Yoko schickte noch einmal hunderttausend Dollar, die Sams prassten weiter, bis, Überraschung, Yoko und John sich in Ägypten ankündigten, weil sie dabei sein wollen, wenn das Grab, das es gar nicht gab, geöffnet würde. Sie wollten anwesend sein, weil sie sich die Öffnung wohl wie die des Tutenchamun-Grabes vorstellten, sie selbst in der Rolle von Lord Carnarvon. Als die beiden tatsächlich in Kairo eintrafen, ließ *clairvoyante* Marlene die Mumie flüstern, dass die Anwesenheit der beiden internationalen

Berühmtheiten die geheime Grabung gefährden, verraten oder die Behörden erst auf sie aufmerksam machen könnte, weshalb Yoko und John nach einigen Tagen und dem obligatorischen Besuch der Pyramiden von Gizeh wieder abreisten, während die beiden Sams es sich noch einige Wochen in Ägypten gut gehen ließen, bis auch sie schließlich nach New York zurückkehrten, natürlich nicht ohne eine Mumie, die sie kurz vor ihrer Abreise irgendwo aufgetrieben hatten, Antikenhändler-Sam hatte Kontakte. Und irgendwie gelang es ihnen, diese Mumie nach New York zu transportieren – ob sie ihr einen Sitzplatz in der Businessclass gebucht oder wen auch immer bestochen hatten, ich weiß es nicht, denn auch damals war es nicht erlaubt, Altertümer aus Ägypten auszuführen. Es ist möglich, dass sie die Königin auf einer Yacht nach New York schmuggelten, Sam kannte genug Superreiche mit großen Booten, jedenfalls befand die Yoko-Ono-Mumie sich eines Tages in New York und wurde, großer Moment und altertumswissenschaftliche Todsünde, aufgeschnitten, denn Yoko wollte ihren einbalsamierten Körper von vor viertausend Jahren betrachten. *But she is black! That's the mummy of a black person!*, schrie sie, als die Leinenstreifen fielen. Und ganz plötzlich wollte sie keine altägyptische Königin mehr gewesen sein.

Dir hat Sam aber keine Mumie mitgebracht, oder habe ich irgendwo eine übersehen?

Er hat mir zwei Opiumpfeifen geschenkt, die John Lennon gehört haben. Sie hängen in Suma Han an der Wand.

Am Abendhimmel zeigen sich die ersten Sterne, und von dem großen Fisch, dem Fang des Tages, sind nur Gräten und einige Hautfetzen übrig. Die Nachbarskatzen sind schon da, reiben sich an unseren nackten Beinen und warten auf die Reste, da fragt Verkin plötzlich in die Dämmerung hinein:

Wie geht es eigentlich der Katze, die ich angeblich nach Berlin geschmuggelt habe?

12
Mysien

Eine Krähe ist mit uns / Die dritte Brücke über den Bosporus / Ein Anwalt als Chauffeur / Tayyip im Radio, Tarek im Gefängnis / Türken brauchen Löwen / Die Tarabya-Bande / Wie Tarek deutschen Terroristen half / Die beiden Susurluk-Affären / Eine Fleischereifachverkäuferin aus Altona

Das ist Ali, sagt Verkin, als ich morgens in die Sommerküche komme. Tarek grüßt rauchend, im Kamin brennt ein Feuer, die Schiebetüren zur Terrasse sind geschlossen, dicke Regentropfen laufen die Scheibe hinunter, und der Bosporus liegt unter einer Nebeldecke versteckt.

Today Ali will be our driver, sagt Verkin, er war mal ein bekannter Anwalt, jetzt ist er unser Chauffeur.

Ali lacht und gibt mir die Hand. Ich schätze ihn auf Mitte sechzig, sein Haar ist grau, er trägt eine Brille und ist nicht so schlank wie Tarek, wirkt aber auch nicht unsportlich.

Ich bin erst seit einigen Tagen wieder in Istanbul, und Verkin hat mich eingeladen, sie zu einer der Thermalquellen zu begleiten, die sie so gern besucht, irgendwo in Anatolien, schon die Römer sollen dort gebadet haben. Nevin hat heute frei, höre ich, und Medea ist zurück in Georgien. Eine neue Köchin, sie ist Turkmenin, bringt mir Tee.

Im Auto erteilt Verkin Anweisung, über die vor wenigen

Wochen eröffnete dritte Bosporusbrücke zu fahren. Über die Brücke, deren Bau während der letzten Jahre so gut von ihrem Wohnzimmer aus zu beobachten war. Heute habe ich sie noch nicht gesehen, auch sie versteckt sich im Nebel.

Wo ist Karga, frage ich, als wir am Wasser entlang Richtung Sarıyer rollen, ich sehe sie weder neben noch über uns.

Sie fliegt sehr weit oben, sagt Verkin, die neben mir auf der Rückbank sitzt. Karga begleitet uns, sie wacht über uns.

Ich beginne nun, ich kann nicht anders, *eine Krähe war mit mir / aus der Stadt gezogen* zu summen. Und Verkin sagt, sie erkennt das Lied aus Schuberts *Winterreise*, die deutsche Romantik habe eigentlich alles begriffen. Tarek beginnt, den ersten Joint zu rollen.

Voilà, das großartige Bauwerk, das unser Gemüse so sehr verteuert hat, sagt Ali, als wir den Bosporus auf der neuen Brücke überqueren. Er erklärt, dass alle Lkw, auch alle Gemüsetransporter, nur noch über die dritte Brücke in die Stadt hineinfahren dürfen, was für viele Lieferanten einen gewaltigen Umweg bedeutet, der Zeit und viel Treibstoff kostet.

Typisch Ali, sagt Verkin, er sieht wieder nur das Negative. Er unterschlägt, dass wir nun viel weniger Verkehr auf der ersten und der zweiten Brücke haben, weniger Staus.

Erst jetzt fällt mir auf, dass außer uns nur Lastwagen über die Autobahn rollen, die sich durch eine modelliert wirkende Prospekt-Landschaft zieht. Hier wurden Berge angeschnitten, abgetragen, eingeebnet, es wurde wiederbegrünt und passend oder unpassend renaturiert, hier und da sieht es aus, als wären gigantische Modellbau-Nadelbäume aufgestellt, vermutlich Zypressen, und künstliches Moos angeklebt worden.

Alles, was du siehst, ist auf Pump gebaut, sagt Ali, dieses

Land hat sich verschuldet, hoch verschuldet, mit Krediten, die in Dollar abbezahlt werden müssen. Wir haben das Geld unserer Enkel ausgegeben, um all diesen Größenwahn zu errichten.

Ali hat zu allem eine andere Meinung, deshalb verstehen wir uns so gut, sagt Verkin.

I adore Verkin, sagt Ali, stimme aber selten mit ihr überein. Und streite gern mit ihr.

Ich habe ihn für dich engagiert, sagt Verkin zu mir, damit du hörst und siehst, wie verkorkst und verkommen die alte Türkei war. Die Türkei, die Ali zurückhaben möchte.

Ich vermute, er ist kein Parteifreund?, sage ich.

Ali lacht laut auf, schüttelt den Kopf und sagt, nein, nein, auf keinen Fall.

Nein, Ali ist Kemalist, sagt Tarek.

Ali ist vor allem unser Fahrer, sagt Verkin, aber wir bezahlen ihn nicht dafür. Dass er mitkommen darf, ist seine Belohnung.

Ich chauffiere gern, sagt Ali, und wir wollen alle ins gesunde heiße Wasser.

Ich schaue hinaus, sehe Hochspannungsleitungen, sehe vier Spuren plus Seitenstreifen auf dieser Seite der Autobahn und vier Spuren plus Seitenstreifen auf der anderen Seite. Dieses Land, denke ich wieder, sieht aus, als hätte es im Lotto gewonnen.

Ali ist von gestern, nein vorgestern, sagt Verkin. Er ist ein Spross der alten türkischen Elite, der Schicht, die sich ausgiebig an armenischen Vermögen bereichert hat. Er ist einer von denen, die ein paar lausige Dollars im Ausland versteckt haben und darauf hoffen, dass Tayyip stirbt. Und nun jede Nacht in ihre Kopfkissen weinen müssen, weil das nicht passiert.

Ali lacht wieder laut auf und sagt, Tayyip sei nichts Besonderes. In der Türkei, fährt er fort, hatten wir oft solche autoritären Figuren an der Spitze des Staates, wir Türken scheinen die starke Führung zu brauchen. Wir wählen sie immer und immer wieder. Wir wählen *ihn* immer wieder.

Da hat Ali recht, sagt Verkin, Türken brauchen die starke Hand, brauchen einen Leader. Einen Löwen. Einen, der brüllen und beißen kann.

Oder eine Löwin? Gab es nicht mal eine Frau, die Ministerpräsidentin war?, frage ich.

Du meinst Tansu Çiller? Sie war eine Marionette und hat sich maßlos bereichert. Und damit bewiesen, dass Frauen genauso gierig, korrupt und verdorben sein können wie Männer. Ich bin ihr eigentlich dankbar, weil sie uns gezeigt hat, dass eine Frau nichts besser macht, nur weil sie eine Frau ist.

Tayyip bereichert sich gleichermaßen, sagt Ali, seine Familie und die, denen die Baukonzerne gehören, aber darüber darf in diesem Land nicht berichtet werden.

Ja, sage ich, ich kenne ein paar, die deswegen im Gefängnis saßen. Oder noch sitzen.

Ali, pass auf, was du sagst, nicht dass du noch ins Gefängnis musst, sagt Verkin. Ich weiß nicht, ob ich dich beschützen kann, wenn du solches Zeug behauptest.

Tarek reicht den Joint auf die Rückbank und schaltet das Radio ein, eine Stimme ist zu hören, und selbst ich erkenne sofort, dass *er* spricht, es ist die Übertragung einer Wahlkampfrede.

Mach das bitte wieder aus, sagt Ali, ich kann nicht fahren, ich kann mich nicht konzentrieren, wenn er spricht. Ich rege mich zu sehr auf.

Shut up, Ali, du bist bloß der Fahrer, sagt Verkin, ich will ihn hören, und ich entscheide. *I get to decide*.

Ich verstehe nur die sich häufig wiederholenden Wörter *Türkiye* und *demokrasi* und frage, ob schon wieder Wahlkampf sei.

In diesem Land herrscht immer Wahlkampf, antwortet Ali, und wenn *ihm* ein Wahlergebnis nicht passt, lässt er einfach noch einmal wählen.

Ach was, Wahlen sind uns Türken heilig, sagt Tarek, nirgendwo in Europa ist die Wahlbeteiligung so hoch wie in Türkiye. Wir lieben die Republik und unsere Demokratie, weil wir lange keine hatten.

Tarek müsste sich Sorgen machen, sagt Ali, denn Tayyip ist nicht nur Staatsmann, sondern auch ein hervorragender Mediziner, er macht ihm als Heiler Konkurrenz. Er hilft zum Beispiel allen, die an zu niedrigem Blutdruck leiden.

Wie das?, fragt Tarek. Wie soll er das machen?

Ganz einfach, alle Erkrankten müssen ihm nur drei Minuten zuhören, schon haben ihre Werte sich normalisiert.

Tayyip ist der Erwählte, sagt Verkin, Ali kann ihn kritisieren, wie er will, Tayyip macht einfach. Er baut uns Straßen, Brücken, Krankenhäuser, neue Flughäfen, und bald beginnt der Bau des Istanbul-Kanals.

Er *lässt* bauen, sagt Ali, und unsere Kinder und Enkel werden die Rechnung bezahlen müssen.

Als ob du oder deine Kinder irgendetwas bezahlen würdet, Ali!

Und er bekämpft die Korruption, sagt Tarek.

Stimmt, er erlaubt sie nur noch seiner Familie und seinen Freunden, sagt Ali.

Wir Türken lieben ihn, weil er uns Wohlstand gebracht hat, sagt Verkin. Die Straßen, auf denen wir fahren, die Brücken, die wir überqueren, und die Moscheen und die Malls, die dich so sehr interessieren. Und er gibt uns eine neue Erzählung. Er motiviert und hilft uns, dieses seltsame Land Türkiye zu lieben.

Merkst du's?, sagt Ali, Verkin ist keine Armenierin mehr, Verkin ist eine türkische Nationalistin geworden. Sie ist schon zu lange eingesperrt in diesem Land, sie leidet am Stockholm-Syndrom.

Ist mir auch schon aufgefallen, sage ich.

Das sagen meine Söhne auch, sagt Verkin, Ali quasselt nur nach, was Cengiz und Süreyya sagen.

Und auch diese Straße hat Erdoğan erbaut, sagt Ali und deutet auf ein Autobahnkreuz und ein dahinterliegendes Häusermeer. Und auch auf dieser Baustelle hat er geschaufelt, sagt er, und hier war er Baggerfahrer, und hier hat er Armierungseisen gebogen. Und Beton gegossen.

Tarek lacht.

Und er hat alle Gebäude persönlich gestrichen, sagt Ali. Hoffentlich fallen sie beim nächsten Erdbeben nicht in sich zusammen!

Ali kann nur noch traurig witzeln, weil er und seine Partei nichts mehr zu sagen haben, sagt Verkin, weil er und alle seine Freunde so abgemeldet sind.

Und all die neuen Gefängnisse, baut er die nicht auch?, frage ich.

Muss er gar nicht, sagt Ali, mittlerweile ist das ganze Land ein Gefängnis, und nun, das ist das Neueste, möchte er auch noch über die Farbe meiner Unterhose bestimmen.

Die Türken, sagt Verkin, brauchen einen Löwen, den sie fürchten. Einen wie in dem Witz, in dem der Löwe, der Esel und ein Fuchs gemeinsam auf die Jagd gehen.

Wir Türken, sagt Tarek, waren immer stark, wenn wir

starke Führer hatten. Mehmed der Eroberer, Süleymān, Atatürk, Tayyip.

Atatürk ist und bleibt der größte Türke, sagt Ali und stellt das Radio aus, er ist mein Idol, mein Held und mein Ein und Alles, für immer und ewig.

Und ich überlege, ob ich erzählen soll, dass auch meine Großmutter, eigentlich sogar beide Großmütter, einer ähnlichen quasireligiösen Verehrung eines politischen Führers verfallen waren, die auch während meiner Kindheit, lange nach Kriegsende, hin und wieder durchschien. Lasse es dann aber und frage stattdessen nach dem Witz mit dem Löwen. Den kenne ich gar nicht, sage ich.

Der Witz mit dem Löwen heißt *Equal Sharing*, sagt Verkin, Tarek, erzähl du ihn, du kannst das so gut!

Also, sagt Tarek und zündet den neuen Joint in seiner Hand nun doch nicht an, ein Fuchs, ein Esel und ein Löwe verabreden sich, gemeinsam auf die Jagd zu gehen. Und sieh an, sie sind zusammen sehr erfolgreich, sie machen fette Beute. Wie teilen wir nun, fragt der Esel am Ende des Tages.

Was schlägst du vor?, fragt der Löwe.

Wir sind zusammen auf die Jagd gegangen, sagt der Esel, also lass uns gerecht teilen. Ich schlage vor, jeder bekommt ein Drittel. Der Esel hat noch nicht ausgesprochen, da beißt der Löwe ihm den Kopf ab, frisst ihn auf, rülpst, wendet sich zum Fuchs und fragt, und, was schlägst du vor?

Und, was lernen wir daraus, unterbricht Ali, die Jagd ist nie vorbei, und dieses Land ist ein Gefängnis.

Im Gefängnis zu sitzen, gehört in der Türkei dazu, sagt Verkin, mein Vater war im Gefängnis, Tarek war im Gefängnis, Orhan wurde verhaftet, und Tayyip selbst saß ebenfalls im Gefängnis.

Und du, Verkin, warst du schon mal im Gefängnis?, frage ich.

Nein, bisher ist alles gut gegangen. Mein Gefängnis war das Krankenhaus.

Wir sind an der nächsten nagelneuen mautpflichtigen Brücke angelangt, der Osman Gazi Köprüsü, die uns über den Golf von İzmit bringen wird. Sie ist die viertlängste Hängebrücke der Welt und erspart uns fast zwei Stunden Fahrzeit um die tief ins Landesinnere ragende Meeresbucht herum.

Das nächste Wunder, das Tayyip uns erbaut hat, sagt Verkin, weil sie Ali weiter ärgern möchte.

Wir Türken konnten die großartige Brücke, auf die Verkin so stolz ist, leider gar nicht bauen, sagt Ali, ein japanischer Baukonzern musste die Aufgabe übernehmen, auch deshalb wurde sie sehr teuer.

Es ist eine großartige Brücke, sagt Verkin, und Ali kann froh sein, dass wir ihm erlauben, sie zu benutzen.

Die Maut ist so hoch, dass das Volk murrt, sagt Ali, aber Baukosten und Bestechungsgelder müssen halt refinanziert werden.

Weißt du, sagt Verkin in meine Richtung, aber so, dass Ali es hören muss: Ali liebt es, erniedrigt zu werden. Es kitzelt ihn, an Tayyips Errungenschaften und Erfolgen vorbeizufahren.

Und bald, sagt Tarek, bald haben wir den größten Flughafen der Welt.

Den wir uns gar nicht leisten können, sagt Ali, von der Abholzung des Belgrader Waldes, der Gefährdung der Trinkwasserversorgung und den Schäden an der Küste des Schwarzen Meers ganz zu schweigen.

Und der Istanbul-Kanal wird auch gebaut, sagt Verkin.

Bitte nicht!, sagt Ali und fragt, ob Verkin vielleicht schon zukünftige Wassergrundstücke erworben habe, denn deswegen soll der neue Bosporus ja gebaut werden, für Villen an der Wasserstraße, der ganze Plan sei nichts als eine gigantische Immobilienspekulation.

Mir gefällt der echte Bosporus, das Original, sage ich. Und mir gefällt, was ihr hier aufführt, Politik und Kiffen. Mir gefällt, wie ihr euch liebt, beschimpft und übertreibt.

Das ist kein Theater, *mon cher*, das ist die Wirklichkeit.

Wir übertreiben nicht, sagt Tarek, wir untertreiben eher.

Stimmt, sagt Verkin, wir nehmen Rücksicht darauf, dass wir einen empfindsamen Deutschen dabeihaben.

Verkin hat dich eingeladen, um ein Stück für dich aufzuführen, sagt Tarek. Und es funktioniert.

Das Stück heißt *Türkischer Surrealismus*, sagt Verkin.

Langweilig ist es mit ihr jedenfalls nie, sagt Ali zu mir.

Nein, sage ich, langweilig wird es mit Verkin nie.

Ali darf nur dabei sein und seinen Senf dazugeben, weil ich ihn als Fahrer engagiert habe, sagt Verkin, daran erkennst du, wie groß die Verschiebungen innerhalb der türkischen Gesellschaft sind: Früher ein berühmter Anwalt, Sohn eines bekannten Politikers, ist er nun unser Chauffeur.

Ab und zu, sagt Ali.

Ja, sage ich, die Spaltung der türkischen Gesellschaft sitzt hier im Auto.

Ali ist am Steuer, aber wir bestimmen die Richtung, sagt Tarek und fragt, ob ich die Geschichte kenne, wie Verkin mal mit einem Heiligenschein in der Kirche saß.

Nein, sage ich, davon habe ich noch nicht gehört.

Sie hatte einen elektrischen Heiligenschein, ein bunt blinkendes chinesisches Gimmick, das sie nicht absetzen wollte, weshalb der Priester sie aus der Kirche warf.

Moment mal, ich habe mich nicht hinauswerfen lassen, sagt Verkin, wir haben diskutiert.

War es ein Weihnachtsgottesdienst?, frage ich. Da hätte das Geblinke doch gut gepasst.

Nein, es handelte sich um eine kirchliche Trauung, sagt Verkin. Und ich wollte nicht einsehen, warum ich bei einem so fröhlichen Anlass nicht mit einer Leuchte auf dem Kopf in der Kirche sitzen durfte. Hast du mal die Heiligenscheine in einer beliebigen Kirche gezählt? Es sind ziemlich viele.

Wieso wundere ich mich nicht? Du hast ja als Fünfjährige schon rebelliert und den Nonnen erklärt, dass es keinen Gott gibt, sage ich. Dass du trotz deiner Renitenz gegenüber dem Religiösen auf dem Schoß zukünftiger Päpste gesessen hast und Beraterin des Patriarchen von Konstantinopel wurdest, ist aber schon bemerkenswert.

Sie kann sehr diplomatisch sein, sagt Tarek. Wenn sie möchte.

Und wie ging der Streit um deinen Heiligenschein in der Kirche nun aus?, frage ich.

Mit einem Kompromiss. Ich habe die LED-Aura ausgeschaltet, aber nicht abgenommen. Ich habe nachgegeben, ein bisschen, weil die Klügere in diesem Land eben immer nachgibt – außerdem ging es ja um eine Trauung, ein junges Paar wollte heiraten, es ging ausnahmsweise nicht um mich.

Die neunjährige Verkin hat eine kleine Armee von Jungs herumkommandiert, sagt Tarek, hast du von ihrer berüchtigten Tarabya-Bande gehört? Spätabends klebte sie Zettel mit Aufgaben für ihre Soldaten an die Friedhofsbäume, und wer die bis zum Morgengrauen nicht erledigt hatte, dem versohlte sie den nackten Hintern. Sie verhaute ihre Jungs.

Je nach Vergehen oder Verfehlung, sagt Verkin, *divide et impera*, ich habe zu führen gelernt. Und zu manipulieren.

Alle, die mitmachen wollten, mussten um die Wette pinkeln, sagt Tarek, *she was the boy of the boys*.

Von meinen Jungs habe ich viel gelernt. Das half mir später bei Verhandlungen, ich habe viele *pissing contests* gewonnen.

Ich erinnere mich an den Grapscher von Üçağız, an den Gendarmen, der sich auf ein Wettpinkeln mit dir einließ, sage ich.

Ja, der landete in Südostanatolien und durfte sich dort an sein eigenes Bein pinkeln.

Verkin ist immer ein paar Runden weiter, sagt Tarek, du denkst, du läufst neben ihr, dabei hat sie dich schon überholt. Verkin läuft ihr eigenes Rennen.

Ja, das ist Tareks Gleichnis, sagt Verkin, er liebt es und wiederholt es immer wieder, dabei müsste ihm im Laufe der Jahre aufgefallen sein, dass ich nie renne, weil ich gar nicht rennen kann. Er müsste sich eigentlich daran erinnern, dass er mich im Rollstuhl durch Manhattan schieben und mir die Krücken hinterhertragen musste. Wofür ich dir sehr dankbar bin, Tarek!

Verkin is a survivor, sagt Ali, sie überlebt in Türkiye, allein dafür gebührt ihr ein Orden!

Sie hat das Überlebensgen, sagt Tarek, sie ist die größte türkische Surrealistin, sie schwebt über den Dingen.

Die surrealistischen Verhältnisse erfordern eine surrealistische Politik, denn in diesem Land kannst du dich auf nichts verlassen, Armenier wissen das schon länger als andere, das war immer mein Vorteil.

In der Türkei brauchst du verlässliche Freunde, sagt Ali, immer auch auf der anderen Seite.

Wir haben die Hoffnung nicht aufgegeben, dass Ali auf die richtige Seite findet, sagt Tarek, zu uns.

Tarek, das fällt mir auf, spricht immer von *wir* und meint Verkin und sich, Verkin hingegen spricht immer von sich, ihre Bezugsgröße ist allein sie selbst.

Nur deshalb darf er mein Auto fahren. Und damit Tarek in Ruhe kiffen kann, sagt Verkin. Weißt du schon, dass Tarek als junger Mann in London mit dem Verkauf von Henna und Haschisch sehr gut verdient hat? Und weißt du, warum er so gut Französisch spricht?

Das war leicht, weil viele Engländer noch nicht wussten, wie Haschisch aussieht, sagt Tarek. Und die Wirkung bildeten sie sich dann ein.

Tarek, erzähl doch mal, warum du so gut Französisch sprichst. Erzähl von deinem Auslandsaufenthalt in der Schweiz!

Verkin will wieder meine Gefängnisgeschichte hören, sagt Tarek, die hat ihr immer gefallen.

Die will ich auch hören, sage ich. Wo warst du im Gefängnis? Und wie lange?

Sechs Monate Untersuchungshaft in Genf und in anderen Schweizer Städten. Ich kenne Gefängnisse am Lac Leman, in Basel, Bern und Zürich, denn ich wurde in einem Gefangenentransporter durch die Schweiz kutschiert und überall vorgeführt, ich sollte als internationaler Drogendealer identifiziert werden, dabei hatte ich nie gedealt.

Ich habe in Basel mal in einem Hotel übernachtet, das in einem ehemaligen Gefängnis untergebracht war, sage ich. Vielleicht habe ich in deiner ehemaligen Zelle übernachtet?

Ich hoffe, sagt Tarek, dass sie zwei oder drei zusammengelegt haben, um ein Hotelzimmer daraus zu machen, denn die Zellen waren sehr klein.

Mir fällt ein, dass auch Verkins Vater in einem Istanbuler Gefängnis eingesperrt war, aus dem später ein Hotel wurde, und frage Tarek, wann seine aufregende Rundreise durch die Schweizer Gefängnisse stattgefunden hat.

1971. Ich wohnte seit einigen Wochen mit zwei Freunden in Genf, und wir hatten Karten für die Weltpremiere von *Let it bleed*, dem Film mit den Rolling Stones, die nach der Vorführung ein Konzert geben sollten. Am Nachmittag stimmten wir uns ein wenig ein, rauchten Pot, einige Schweizer und französische Freunde und Bekannte kamen vorbei, wir hörten Musik, auch die Stones, nicht wirklich laut, aber laut genug, dass einer unserer Nachbarn die Polizei rief, die sich nicht freute, eine Horde bekiffter Hippies in einer Wohnung mit Blick auf den Genfer See zu finden, die sie selbst sich nie hätten leisten können. Die nicht sehr freundlichen Beamten durchsuchten alle Räume, fanden dreihundert Gramm Haschisch, ließen die Franzosen und Schweizer laufen und nahmen uns drei langhaarige Türken mit, die die Wohnung gemietet hatten. Gefängnis und Untersuchungshaft statt Opening Night, sie sperrten uns gleich ein.

Ach, dreihundert Gramm galten nicht als Eigenbedarf? Das ist aber seltsam, sage ich. Verkin und Ali lachen.

Was meine Lage verkomplizierte, erzählt Tarek weiter, bei der Durchsuchung der Wohnung waren viele an mich adressierte Briefe und Postkarten aus aller Welt aufgetaucht, außerdem mein britischer Pass. Das war nun dummerweise ein Pass, in dem unter meinem Foto ein anderer Name stand als in meinem türkischen Ausweis. Der britische Pass war nicht gefälscht, nein, eine britische Behörde hatte ihn mir ausgestellt, als ich mit der Geburtsurkunde einer existierenden Person auf einem Amt in der englischen Provinz aufgetaucht war, eine Freundin hatte herausgefunden, dass das funktionierte, auf Geburtsurkunden klebten ja keine Fotos.

Tarek, erzählst du Märchen? Wie soll das möglich gewesen sein? Du kannst ruhig zugeben, dass du einen gefälschten Pass gekauft hast, sage ich.

Das ist eine Geschichte aus der Zeit vor dem Terrorismus der IRA, sagt Verkin, es gab noch keinen Überwachungsstaat, keine Kameras überall und keine Meldepflicht in Großbritannien.

Ich hatte mich nie wirklich als diese Person im Reisepass ausgegeben, sagt Tarek, ich verwendete ihn bloß ab und zu bei Grenzkontrollen. Mit meinem türkischen Pass war ich überall der Idiot, der dreimal durchsucht wurde und stundenlang warten musste, ein britischer Pass hingegen machte das Reisen einfach, als vermeintlicher Brite war jeder Grenzübertritt ein Kinderspiel.

Tarek, musst du wissen, lief damals in einem pinken Pelzmantel herum und trug eine blau getönte Sonnenbrille, er sah so *hot* aus, alle wollten ihn durchsuchen, sagt Verkin.

Ich war öfter in London, sagt Tarek, denn ich hatte dort eine Freundin, eine Chemikerin, die LSD herstellen konnte, das ich für die Musiker brauchte, die ich managte. Kein Konzert fand ohne LSD statt, ohne LSD kein Konzert. Mein britischer Pass ließ die Schweizer Ermittler glauben, sie hätten einen internationalen Drogendealer mit verschiedenen Identitäten gefasst, sie fuhren mich durch die Schweiz und veranstalteten Gegenüberstellungen, bei denen ich entlarvt werden sollte, es war wirklich albern.

Das war Tareks Auslandssemester, sagt Verkin, *his year abroad*.

Im Prison de Saint-Antoine *à Genève*, wo ich die meiste Zeit der Untersuchungshaft verbracht habe, musste ich mir die Zelle mit einem Schweizer teilen, der seine Tochter und seine Nichte vergewaltigt und geschwängert hatte, seine Kaution betrug hunderttausend Schweizer Franken. Die für mich hingegen wurde auf eine Million festgesetzt! Da fühlte ich mich schon ein bisschen geehrt. Eine Million Schweizer Franken! Das war im Jahr 1971 richtig viel Geld.

Er hat sich wie Al Capone gefühlt, sagt Verkin, dabei hatte er überhaupt nichts angestellt.

Im Endeffekt konnten sie mir und meinen beiden Freunden – der eine war ein griechischer Türke und der Sohn eines Reeders, der andere stammte aus einer bekannten jüdischen Istanbuler Familie, wir waren alle auf dem Robert College gewesen – nichts nachweisen, weil es keinen Fall gab. Und um die Herkunft der dreihundert Gramm zu erklären, die wir aus Istanbul mitgebracht hatten, erzählten wir wirre Storys, wir erfanden einen traumatisierten amerikanischen Vietnamkriegsveteran, einen MG-Schützen, der den Stoff in unserer Wohnung deponiert hatte. Uns konnte kein Handel nachgewiesen werden, letztendlich wurden wir alle drei wegen Gefährdung der Schweizer Jugend ausgewiesen.

Das haben Tarek und ich gemeinsam, sagt Verkin, auch ich wurde aus der Schweiz ausgewiesen, weil Interpol mich nach meinem Verschwinden aus dem Bodenseeinternat zur Fahndung ausgeschrieben hatte.

Möchtest du zur Abwechslung eine Liebesgeschichte hören?, fragt Ali. Die von meiner Tochter?

Ja, Ali, erzähl auch mal was, sagt Verkin, erzähl mal eine Geschichte. Mach mal was für dein Geld, das wir dir gar nicht zahlen!

Wir hatten ein Haus auf einer der Prinzeninseln, sagt Ali,

unser Sommerhaus, in dem wir als junge Familie viele Sommer mit unserer Tochter verbracht haben, die von klein auf mit dem fast gleichaltrigen Sohn der deutschen Nachbarn spielte. Mit dreizehn wurden sie ein Paar und trennten sich, als sie sechzehn, fast siebzehn waren. Meine Tochter hatte einen anderen Freund, machte ihr Abitur auf der Deutschen Schule, studierte – und traf zehn Jahre später, so ganz hatten sie sich nicht aus den Augen verloren, den Nachbarsjungen in Düsseldorf wieder, die Liebe flammte erneut auf, sie heirateten und bekamen zwei Kinder. Meine Enkelkinder.

Eigentlich ist diese uninteressante Geschichte eine Erzählung über sein Haus auf Büyükada, sagt Verkin. Über das Haus, das er nach der Scheidung seiner Frau überlassen musste, weil er sie nicht auszahlen konnte. Und das ihm nun fehlt. So wie das Leben mit seiner Frau ihm fehlt.

Wenn sie möchte, steckt Verkin ihre Finger ganz tief in die Wunde, sagt Tarek. Das kann sie gut.

Ich wollte das Haus gar nicht behalten, sagt Ali. Zu viele Erinnerungen.

Was er nicht erzählt, unser lieber Ali, sein Großvater hatte das Sommerhaus einer armenischen Familie weggenommen.

Ja, das stimmt, leider, sagt Ali, mein Großvater hat es in den vierziger Jahren für nur wenig mehr als einen feuchten Händedruck von einer Armenierin übernommen, die Istanbul verlassen musste.

Wir hatten ebenfalls ein Haus auf Büyükada, sagt Verkin, als Kind verbrachte ich die Sommer entweder dort oder in Tarabya. Meine deutlichste Erinnerung an dieses Haus ist, dass meine Großmutter Nivart jeden Abend in allen Zimmern im Erdgeschoss Wassereimer vor die Fenster stellte, damit sie umfielen und wir aufwachen würden, falls Türken einstiegen, um uns zu töten. So bin ich aufgewachsen, mit einer Großmutter, die sich selbst in ihrem Sommerhaus fürchten musste, im Schlaf ermordet zu werden.

Nun verstehe ich, warum du dem Haus auf den Prinzeninseln nicht hinterhertrauerst, sage ich.

Vielleicht solltest du besser einen historischen Roman statt eines Buchs über Shopping Malls schreiben, sagt Verkin. Einen Roman, in dem aufmüpfige armenische und verschleierte osmanische Schönheiten auftreten; Schönheiten, die im Harem leben und in geschlossenen Booten über den Bosporus gerudert werden, eine orientalisch duftende Erzählung mit parfümiertem Kostümsex, alten Gemäuern und schlecht instand gehaltenen Holzhäusern am Bosporus.

Dieses Buch gibt es doch schon, sage ich, du hast es mir empfohlen, als ich dich das erste Mal in Tarabya besucht habe, Pierre Loti hat es geschrieben, und es ist über hundert Jahre alt.

Schreib es einfach noch einmal, Großer Basar und Gewürzbasar statt Zorlu Center und İstinye Park. Du könntest flackernde Kerzenlichter auf Schildkrötenpanzern durch den Text und die heute zugebauten Gärten von Kasımpaşa wandern lassen. Es müsste nach Moschus, Sandelholz, Opiumschwaden und all dem anderen orientalistischen Zeug duften, das ihr im Westen noch immer so liebt. Du könntest einen jungen europäischen Gesandten erfinden, einen aus Fontane-Berlin abkommandierten *officier de liaison*, der sich in meine Großmutter verliebt, als er sie in ihrer von Apfelschimmeln gezogenen Kutsche durch Galata fahren sieht. Er versucht, diese mysteriöse Frau wiederzufinden, während er den osmanischen Militärs dabei hilft, die Ermordung der anatolischen Armenier zu planen, die Armenierfrage zu lösen, wie er es nennt. Die Beratungen, bei denen es vor allem um wirksame und kostengünstige Liquidierungsmethoden geht, finden, ganz im Geheimen, in der traumhaft am Bosporus gelegenen Sommerresidenz des kaiserlichen Botschafters in Tarabya statt, sie steht noch, sie ist nie abgebrannt, du könntest den Ort eins zu eins beschreiben.

Verkin denkt sich ein Buch für dich aus, sagt Tarek, du musst es nur noch schreiben.

Shut up, Tarek, ich bin noch nicht fertig: Neben seiner Hilfe bei der Planung eines Völkermords organisiert der kultivierte junge preußische Verbindungsoffizier, der in Berlin einige Semester Archäologie studiert hat, Ausgrabungen griechischer Altertümer in Kleinasien und lässt die Funde heimlich nach Berlin transportieren, dann ...

Trifft er die Armenierin wieder, fragt Ali, und braucht die Geschichte nicht eine dramatische Wendung?

Auf jeden Fall, sagt Verkin, unser deutscher Held stirbt an gebrochenem Herzen, weil die schöne Armenierin gegen ihren Willen nach Ankara verheiratet wird, er stürzt sich in den Bosporus, ertrinkt und wird auf dem deutschen Soldatenfriedhof in Tarabya bestattet.

Ich glaube, er liegt dort, Verkin, ich habe sein Grab und seinen Stein schon gesehen. Und ich glaube, du hast in deiner Outline tatsächlich an alles gedacht: Es gibt eine Liebesgeschichte, osmanischen Schwulst, Preußenkitsch, Völkermord, Raub von Altertümern und das Setting zwischen Bosporus und dem Goldenen Horn, ich sehe Stoff für mehrere Bände, für eine Serie vor mir. In der zweiten Staffel könnte die frühemanzipierte Schwester des preußischen Gesandten aus Berlin nach Konstantinopel kommen, um Nachforschungen über ihren im Bosporus ertrunkenen

Bruder anzustellen. Sie verliebt sich in einen Jungtürken, übernimmt die Vertretung mehrerer großer deutscher Rüstungsbetriebe und wird eine erfolgreiche Waffenhändlerin.

Sie könnte Augustine Huber heißen, sagt Verkin, denn der echte Auguste Huber aus Augsburg, der die Vertretung für Mauser-Gewehre und Kanonen von Krupp übernommen hatte und Huber Koskü erbaute, wird oft für eine Frau gehalten, dabei schrieb er seinen Vornamen, wie in Konstantinopel üblich, bloß französisch, so wie Auguste Rodin oder Pierre-Auguste Renoir.

Also ich möchte diese Serie sehen, sagt Ali, ich finde, sie sollte möglichst schnell produziert werden!

Schreib doch bitte ein Drehbuch, David!, sagt Verkin.

Aber ich muss doch ein Buch über die Gegenwart schreiben! Über die schönen neuen Shopping Malls von Istanbul. Über den frischen Beton, der überall in Thrakien und Anatolien aushärtet. Über all die neuen Brücken, über die wir fahren, über die Moscheen, Flughäfen und Autobahnen.

Möchtest du in deinem Shopping-Mall-Buch nicht ein paar deutsche Terroristen auftreten lassen, die sich in Istanbul verstecken müssen? Tarek, erzähl doch mal, wie Orhan und du den Terroristen geholfen habt!

Wie bitte?

Ja, stell dir vor, Tarek hat deutsche Terroristen in der Türkei unterstützt.

Tarek nimmt einen tiefen Zug und reicht den Joint in seiner Hand an Ali weiter.

Das war 1969, sagt Tarek. Verkin, die ich noch gar nicht kannte, lebte in New York City und …

Die Terroristen, Tarek!, ruft Verkin.

Einer von ihnen hieß der Doktor, trug eine Brille und einen Fellmantel. Sie waren zu fünft, drei Frauen, zwei Männer, und versteckten sich in einer Pension in Sultanahmet, dort, wo alle Europäer abstiegen, die über den Hippie-Trail nach Kathmandu wollten. Istanbul war damals voll von diesen Vögeln, und ihr erster Anlaufpunkt war stets The Pudding Shop, ein Café mit einem großen Message Board. Orhan und ich hingen gern dort ab und begutachteten die frisch eingetroffenen Europäerinnen. Wir mochten Niederländerinnen, Französinnen, Skandinavierinnen und Frauen aus Deutschland und achteten besonders auf ihre Schuhe, wir schauten, ob sie *Fuck me!*- oder *Fuck you!*-Schuhe trugen. Orhan wollte herausgefunden haben, dass die Schuhe verrieten, ob sie mit uns ins Bett gehen würden.

Wie unterschieden sich die *Fuck me!*-Schuhe von den *Fuck you!*-Schuhen?, frage ich, weil mich das natürlich interessiert.

Das hing mit dem jeweiligen Fuß zusammen, es war eine Wissenschaft, nein, eher eine Einfühlung.

Erzähl keinen misogynen Mist, Tarek, und romantisier nicht eure Suche nach *chicks to fuck*, komm endlich zu den Terroristen, ich möchte die Baader-Meinhof-Story hören!

Uns fiel ein sympathisch wirkender dicker Typ auf, *a nice fat guy*, der sehr schweigsam im Pudding Shop herumsaß. Bald war uns klar, dass er auf jemanden wartete. Am dritten Tag sprachen wir ihn an und versuchten, mit ihm ins Gespräch zu kommen. Er war zurückhaltend, fast schüchtern, und wich allen Fragen aus – dass er Deutscher war, konnte er uns aber nicht verheimlichen. Wir spendierten ihm einen Trip, und auf Acid taute er schließlich auf, lockerte sich, alle Unsicherheit und Verklemmtheit fielen von ihm ab, und er begann, von seinen fünf Landsleuten zu erzählen, die sich in Sultanahmet versteckt hielten und auf einen Kontakt mit neuen Pässen warteten. Einen Kontakt, er wusste nicht mal, ob Mann oder Frau, den er im Pudding Shop treffen sollte. Er verriet uns auch, dass seine von Interpol gesuchten Freunde nicht nur keine Papiere zur Weiterreise nach Syrien, sondern auch fast kein Geld mehr hatten, dafür aber einen gigantischen Vorrat an Haschisch, zwei ganze Platten, fast vier Kilo. Da wurden Orhan und ich hellhörig und boten unsere Hilfe an.

Die armen deutschen Terroristen, sage ich, nun waren sie schon in der Stadt aller Städte und konnten sich keine einzige Sehenswürdigkeit ansehen.

In ihrer Pension konnten sie nicht bleiben, das war klar. Fünf Deutsche, die ihr Zimmer nicht verließen, das war auf Dauer viel zu auffällig. Wir organisierten einen Van und holten sie mit Zelten, Schlafsäcken, Decken und Kochgeschirr ab, alles sollte wie ein Campingausflug aussehen, der es dann auch wurde. Wir brachten sie aufs Land, auf den Bauernhof eines Freundes in der Nähe von Çanakkale. In die Einsamkeit.

Ihr habt sie also nach Troja gefahren?, frage ich.

Ja, quasi nach Troja. Aber ich bezweifle, dass sie die Ausgrabungen gesehen haben. Sie blieben fast drei Wochen und bezahlten uns mit ihrem Haschisch und ein bisschen Geld, das irgendwann mit den Pässen kam.

Und was wurde aus ihnen?

Keine Ahnung. Sie haben uns keine Ansichtskarten aus Syrien geschrieben, um sich zu bedanken. Ihr Haschisch aber bereitete uns große Freude.

Ich vermute, sie wurden in Syrien ausgebildet, sage ich. Es gab dort Trainingscamps, in denen westeuropäische Terroristen den Umgang mit Waffen und Sprengstoff lernten, vom ostdeutschen und von anderen osteuropäischen Geheimdiensten finanziert, die Interesse an Anschlägen und der Destabilisierung des Westens hatten.

Und während ich noch darüber nachdenke, ob ich als Kind vielleicht einige dieser Terroristen, denen Orhan und Tarek damals halfen, auf den Fahndungsplakaten gesehen habe, die in den siebziger und achtziger Jahren an jeder Litfaßsäule klebten, an der ich auf meinem Weg in den Kindergarten oder in die Grundschule vorbeikam, endet die schöne neue Straße mit der glatten Fahrbahn. Wir finden uns auf einer kurvigen Landstraße wieder, die nach einigen Kilometern an einen großen Süßwassersee und in eine kleinere Stadt führt, die einst Apollonia am Rhyndakos hieß. Verkin sagt, wir wollen zu Mittag essen, Fisch aus dem Apolyont Gölü.

Heute heißt die Stadt Gölyazı, sagt Tarek. Und der See heißt Uluabat oder Apolyont Gölü.

Ja, sagt Ali, wir Türken mussten viele Städte, Dörfer und Seen umbenennen, nachdem wir die Griechen vertrieben hatten.

Wir fahren durch die engen Gassen der Altstadt, die sich auf einer befestigten Halbinsel in den See hinein erstreckt. Sogar aus dem Auto heraus ist zu erkennen, dass die stehen gebliebene römische Stadtmauer voller antiker Spolien steckt. Die Kirche, an der wir vorbeikommen, ist, wenig überraschend, eine Ruine, auf ihren Mauerresten wachsen Feigenbäume. An jeder zweiten Hausfassade sind in naiver Manier gepinselte Störche zu sehen, hier und da stehen ältere Männer auf der Straße, allein, zu zweit oder zu dritt, Frauen sind keine zu sehen.

Die Störche rasten hier auf dem Weg nach Afrika und fressen sich satt an den Fischen im See, sagt Tarek, und die Stadt feiert ihre Ankunft jedes Jahr mit einem großen Fest.

Auf der überdachten, aus Holz gezimmerten Seeterrasse des Fischrestaurants sind wir heute Mittag die einzigen Gäste. Wir bestellen und sitzen mit Aussicht, der weite Rhyndakos liegt still und wassergrau zwischen seinen Ufern, See und Himmel haben fast dieselbe Farbe. Als es erneut zu tröpfeln beginnt, bildet sich auf seiner Oberfläche ein bewegtes Muster aus immer neuen, sich ausbreitenden und wieder verschwindenden konzentrischen Kreisen. Auf einem unbebauten Nachbargrundstück sehe ich Autoreifen, leere Flaschen, Mülltüten und das verrostete Wrack eines Autos, das vor vierzig oder fünfzig Jahren ein Neuwagen gewesen sein könnte. Mehrere große Vögel, eindeutig keine Störche, sitzen regungslos auf den kahlen Ästen eines abgestorbenen Baums – und plötzlich ist mir, als hätte sich hier viel zu viel Vergangenheit für einen Ort allein angehäuft.

Während des Essens überlege ich, wie es sich wohl anfühlt, als Storch über den Bosporus und den Uluabat Gölü zu fliegen. Ich erzähle, dass Mitteleuropäer bis ins neunzehnte Jahrhundert hinein gar nicht wussten, was mit den Störchen passierte, die den Winter über nicht zu sehen waren. Viele glaubten, dass Störche Winterschlaf hielten. Andere waren überzeugt davon, dass Störche sich über den Winter in Mäuse verwandeln können. Erst als ein Storch mit einem afrikanischen Pfeil im Hals in Mecklenburg auftauchte, begann sich die Fernzug-Theorie durchzusetzen.

Das arme Tier war mit einem Pfeil im Hals von Afrika bis nach Europa geflogen?, fragt Tarek.

Nein, sagt Verkin, ich vermute, dass jemand den Storch entsprechend präpariert hat, um davon abzulenken, dass Störche sich in Mäuse verwandeln können.

Als wir wieder im Auto sitzen, trommeln dicke Regentropfen aufs Dach und auf die Windschutzscheibe.

Schlechteres Wetter hätten wir uns nicht aussuchen können, sagt Verkin, während Ali mit hundertvierzig über die holprige Landstraße brettert und jeden Lastwagen überholt. Und ich denke, dass ich mich mit Nevin am Steuer wohler fühle. Ich vermisse sie.

Wir kommen an einer riesigen Baustelle vorbei, die sich in einiger Entfernung ausmachen lässt, große Mengen Erde wurden schon bewegt, Hügelkuppen sehen angeknabbert oder abgetragen und begradigt aus.

Wird hier eine U-Bahn durch Anatolien gebaut, ein Windpark, eine Abschussrampe?, frage ich.

Ich glaube, Tayyip baut einen Raketenbahnhof, sagt Ali, er möchte doch hinauf auf den Mond.

He is fucking Anatolia, sagt Tarek, *and he is fucking it like hell.*

Drei, vier Kurven weiter, und der Landstrich, durch den Alexander der Große einst zog und am Granikos die erste Schlacht gegen die Perser schlug, wirkt wieder unberührt und unschuldig.

Wir Türken fliegen bald auf den Mond, sagt Ali. Hast du noch nicht davon gehört?

Ali hält es für einen Scherz, sagt Verkin, dabei ist es Tayyip ganz ernst damit. Er macht keine Witze. Türken werden bald auf dem Mond landen!

Ich denke, wir werden hinaufreiten und ihn erobern, wie wir einst Konstantinopel erobert haben, sagt Ali, das Reitervolk reitet zum Mann im Mond!

Deutsche sind noch keine auf dem Mond gewesen, fragt Verkin, oder? Dabei habt ihr doch die Raketen gebaut, nicht wahr?

Nein, wir haben keine Mondrakete gebaut, Verkin, es waren nur einige deutsche Ingenieure an ihrer Entwicklung beteiligt, und das auch nur deshalb, weil sie mit der berühmten V2 so viel Erfahrung im Raketenbau gesammelt hatten. Die Vergeltungswaffe 2 war die Rakete, die gegen Ende des Zweiten Weltkriegs aus der Eifel bis nach London flog und dort explodierte.

Der Krieg ist der Vater aller Dinge, sagt Tarek, am Ende werden wir auch unseren Mondflug dem Zweiten Weltkrieg zu verdanken haben.

Ich mag euch Deutsche, obwohl ihr es noch nicht auf den Mond geschafft und so viele schlimme Dinge angestellt habt. Ihr habt diese schöne Sprache, die ich so gerne spreche und in der ich Sachen sagen kann, die mir in meinen anderen Sprachen nicht einfallen. Ich mag euch Deutsche, aber viele Deutsche mögen mich nicht, weil ich gern bittere Wahrheiten ausspreche, zum Beispiel, dass ihr euch wirtschaftlich und geopolitisch auf dem absteigenden Ast befindet. Dass euer Autowohlstand enden wird.

Ich mag dich, Verkin, es stimmt also nicht, dass wir Deutsche dich nicht mögen.

Aber ich bin mir nicht sicher, ob du ein Deutscher bist, du scheinst deine Landsleute ja kaum auszuhalten, oder warum fliehst du dauernd in die Türkei?

Wegen der vielen Shopping Malls. Und deinetwegen.

Du bist jetzt auch eine ihrer Marionetten, sagt Tarek.

Tarek kennt sich aus, sagt Verkin, er hat Erfahrung, er hängt schon länger an meinen unsichtbaren Fäden.

Du bist jetzt eine ihrer Puppen, und sie spielt mit dir, sagt Tarek. Vor zwanzig Jahren hat sie sich von ihrem französischen Friseur überallhin begleiten lassen oder ließ ihn einfliegen, sobald die Haare nicht mehr saßen. Heute hat sie dich dabei, den Schriftsteller, der ihre Geschichte schreiben soll. Ist es nicht so, Verkin?

Und deine, Tarek! Ich bin nicht egoistisch. Du und deine Abenteuer sollen auch vorkommen!

Ich kann mir gar nicht vorstellen, dass Verkin je mit Puppen gespielt hat, sage ich.

Habe ich auch nicht, sagt Verkin. Aber wisst ihr, am Ende werden wir *seine* Puppen sein, denn wenn er ein Buch schreiben sollte, in dem wir vorkommen, kann er seine Figuren sagen lassen, was er will, stimmt's?

Ali steuert den Wagen in eine neue Stadt hinein, die deutlich trostloser wirkt als Appollonia am Rhyndakos. Keine römische Stadtmauer, keine malerische Kirchenruine, bloß eine in die Jahre gekommene anatolische Normalbebauung, hässliche Karton- und Kastenhäuser, die nicht erdbebensicher wirken. Die Straße, über die wir rollen, ist nicht asphaltiert, aber das mag daran liegen, dass die Kanalisation gerade erneuert wird.

Wo befinden wir uns jetzt?, frage ich.

In meinem Lieblingsstädtchen Susurluk, erklärt Verkin, ich wäre beinahe mal hergezogen.

Ich schaue hinaus und möchte das nicht so recht glauben. Diese Stadt sieht nicht aus wie eine, in der Verkin wohnen würde.

Wir besichtigen hier die beiden Susurluk-Affären, sagt Tarek.

Welche Affären? Ich verstehe nicht, was er meint.

Tarek versucht, witzig zu sein, sagt Verkin. Vor bald zwanzig Jahren gab es hier in der Nähe einen schweren Unfall, bei dem vier Personen verunglückten. Sie saßen alle in einem Auto. So weit, so traurig, aber nicht ungewöhnlich, wenn wir uns erinnern, in welch schlechtem Zustand alle Straßen waren, bevor Tayyip überall im Land neue bauen ließ. Ungewöhnlich war, *wer* in diesem Auto gesessen hatte: der stellvertretende Polizeipräsident von Istanbul, ein steckbrieflich gesuchter Auftragsmörder und führendes Mitglied der Grauen Wölfe, eine Schönheitskönigin sowie ein Großgrundbesitzer und Abgeordneter der Partei des Rechten Weges. Da tauchten natürlich viele Fragen auf, von denen kaum eine je beantwortet wurde, weil gewisse politische Kreise kein großes Interesse an der Aufklärung dieser sonderbaren Reisegesellschaft hatten.

Waren sie bei der heißen Quelle gewesen, zu der wir fahren?, frage ich.

Könnte sein, sagt Verkin, vielleicht waren sie gemeinsam baden.

Der Unfall und die Vertuschung der Verbindung zwischen den rechtsextremen Grauen Wölfen, der Politik, der Polizei und der Schönheitskönigin werden die Susurluk-Affäre genannt, sagt Ali.

Ja, aber es gab noch eine weitere Susurluk-Affäre, sagt Tarek, und zwar die unwahrscheinliche Liebesgeschichte zwischen Verkin und einem jungen Klarinettisten aus Susurluk.

Shut up, Tarek, das ist meine Geschichte. Wenn überhaupt, dann erzähle ich sie. Sie gehört mir.

Stell dir vor, sagt Tarek, sie wäre fast hierhergezogen!

Ali hält vor dem Schaufenster einer Fleischerei, blassgelbe Klebebuchstaben auf der Scheibe setzen sich zu den Wörtern *Istanbul Kasabi* zusammen.

Hier gibt es die besten Würste, sagt Tarek, deshalb lieben wir das Städtchen.

Mich erinnert der Laden an die *butcher shops* auf der Lower East Side Ende der Siebziger. Ja, sagt Verkin und lacht, ich mag nicht nur deutsche Wurstwaren!

Als wir das Geschäft betreten, stehen der weiß gewandete Fleischermeister, seine beiden erwachsenen Söhne und eine jüngere, ebenfalls weiß gewandete Frau Spalier. Verkin wird wieder einmal euphorisch begrüßt, Protokollchefin Nevin muss uns schon gestern oder vorgestern telefonisch angekündigt und Würste vorbestellt haben. Eingerahmte Metzger-Meisterbriefe hängen an den weiß gekachelten Wänden, dazwischen ebenfalls gerahmte Fotos von Männern, die mit sehr viel rohem Fleisch im Vorder- und Hintergrund abgebildet sind, wahrscheinlich befinden sie sich auf einem Wettbewerb oder einer Messe. Sehr viel rohes Fleisch ist auch in der Kühltheke zu sehen, vor der ich stehe, einige kahle Schafsköpfe grinsen mich an, Packpapiertüten voller Holzkohle stapeln sich unterhalb der Theke. Ein Wasserspender steht im Raum, und ich bin gerade versucht, mir einen Pappbecher zu füllen, da balanciert ein zehn- oder elfjähriger Junge ein Tablett voller Teegläser durch die Tür, unser Einkauf wird zum Besuch. Verkin, Tarek, Ali und die Fleischer beginnen, über Politik und Würste zu fachsimpeln, während die Frau – sie hat große, dunkle, fast schwarze Augen – mich überraschenderweise auf Deutsch anspricht und sagt, sie sei in Hamburg-Altona aufgewachsen. Ich freue mich über ihre unerwartete norddeutsche Intonation, ich höre die Hamburgerin und bringe die Bullaugen in der Tür zum Fleischkühlraum hinter ihr gleich mit Schiffen im Hamburger Hafen in Verbindung. Auf meine Nachfrage, wie sie hierher geraten sei, sagt sie, sie habe es eines Tages nicht mehr ausgehalten in dem Land, in dem sie immer die Ausländerin gewesen sei. Es hat sich nicht richtig angefühlt, sagt sie, da bin ich halt gegangen. Nun sei sie hier in Susurluk verheiratet, arbeite im Geschäft ihres Schwiegervaters und gelte in der Stadt als die Deutsche.

13
Susurluk

Sehr heißes Wasser / Nichts zu essen im Gezi-Park / Tee am Taksim / Das Konzert auf der Kennedy Cassedi / Nevin entscheidet

Das Thermalbad Misla entpuppt sich als eine einsam in die romantische mysische Landschaft gebettete Bau- und Investitionsruine, die ein Stück oberhalb des Makestos, halb im Tal, halb an einem bewaldeten Abhang der umstehenden Berge liegt.

Unter Bäumen stehen einige ältere, bescheiden wirkende flache Gebäude, von denen der Putz bröckelt, dahinter und dazwischen aber auch unfertige Rohbauten, aus denen rostige Armierungseisen ragen, teilweise angebrachte Fassadenverblendungen sind schon wieder abgefallen.

Wie du siehst, hat es hier nicht so gut funktioniert mit der neuen Türkei, sagt Ali und erzählt von dem Freund, der die seit der Antike sprudelnde heiße Quelle weltweit habe bekannt machen wollen, sich dann allerdings mit dem eingesammelten Geld in die Vereinigten Arabischen Emirate abgesetzt habe. Verkin und ich, wir hatten beide investiert, sind reingefallen, sagt er, wir sind auf unserem Time-Share-Rohbau sitzen geblieben. Theoretisch gehört mir ein Teil des dritten von links, sagt er und zeigt auf eine Häuserzeile am Hang, der auch im unfertigen Zustand anzusehen ist, dass der Versuch unternommen wurde, ambitionierte Architektur zu imitieren.

Mir gefällt die Unaufgeräumtheit des Geländes, überwuchertes Bauholz, Verschalungsbretter, zerbrochener Badezimmermarmor, Paletten von Bodenkacheln und leere Kabeltrommeln liegen herum, und ich bin für einen Moment unsicher, ob ich mich nun auf einer bereits seit Längerem verlassenen Baustelle oder am Ort einer nur unterbrochenen archäologischen Ausgrabung befinde. Einige Bauschilder mit verblassten, teils abgefallenen oder herabgerissenen Abbildungstafeln zeigen im Rendering, was um die großen marmorgefassten Schwimmbecken herum entstehen sollte: eine sehr weiße, vielleicht von Richard Meier inspirierte Bäder- oder Spa-Architektur, ein kleines Getty Center am mysischen Makestos. Weil Verkin und Ali die vom Zwangsvollstrecker eingesetzte Verwalterfamilie kennen, dürfen wir herkommen, baden und übernachten, obwohl die Anlage eigentlich geschlossen ist, wir bezahlen, osmanische Lösung, mit Trinkgeldern und haben das Areal für uns allein.

Dort würde ich gern schlafen, sage ich zu Verkin und zeige auf ein mehrstöckiges Baumhaus, das ich vier- oder fünfhundert Meter den Berg hinauf zwischen den auch im Dezember grünen Baumkronen erspähe. Wie ein überdimensionierter eckiger Adlerhorst schaut es auf uns und die bedrohlich dampfenden Becken im Tal herab, ein Baumhaus, wie ich es als Junge erträumt und gezeichnet habe, mehrere Etagen, aus rohem Holz und hoch oben in der Krone eines mächtigen Baums.

Auch das ist nie fertig geworden, sagt Verkin, aber du könntest es kaufen und das Gelände samt Quelle dazu. Du könntest ein exklusives Spa eröffnen, ein römisches Wasservergnügen. Und eine kleine Mall.

Ich erinnere mich an die Thermalbadbesuche meiner

Kindheit, mit meiner Großmutter und diversen Tanten. In Bad Breisig gab es ein offenes Becken mit stark eisenhaltigem und daher rotbraunem Wasser direkt am Rhein, rostiges Wasser, sagten wir, helle Badehosen und Badeanzüge verfärbten sich in dieser Brühe, die als heilkräftig galt.

Wir beziehen unsere eher kargen Übernachtungskabinen in einem der barackenartigen Flachbauten aus einer früheren Bebauungsphase – ihre Besonderheit sind die riesigen Heizkörper, durch die das heiße Quellwasser fließt, weshalb die Räume, obwohl kaum isoliert, wunderbar warm, mollig, ja fast überheizt sind – und treffen uns schon bald in Bademänteln am Beckenrand wieder. Ich teste das dampfende Wasser mit den Füßen und kann mir nicht vorstellen, hineinzugehen, es ist viel zu heiß. Dann bewege ich mich aber doch Schritt für Schritt – die Lufttemperatur beträgt sechs Grad, und ich stehe nun in der Badehose im Nieselregen –, eine Stufe nach der anderen, ins klare, eigentlich unaushaltbar heiße Wasser hinein und kann zusehen, wie meine Haut sich rötet, ich werde blanchiert, gesotten, gekocht, bald bin ich gar.

Es ist heute so heiß, weil die Becken für uns frisch befüllt wurden, sagt Tarek, der schon einmal untergetaucht ist. Ich verstehe nicht, wie er das macht.

Du wirst dich an die Temperatur gewöhnen, sagt Verkin, heißes Wasser tut gut.

Jetzt spürst du, wie es sich anfühlt, unter Tayyip in der Türkei zu leben, sagt Ali und taucht ebenfalls unter. Als er mit dem Kopf wieder aus dem Wasser kommt, ist sein von den nassen grauen Haaren gerahmtes Gesicht puterrot, und ich befürchte, er könnte gleich einen Schlaganfall erleiden.

Am nächsten Morgen sitzen Verkin und ich ohne Ali und

Tarek am Frühstückstisch und trinken Tee, Verkin erzählt mir von der anderen Susurluk-Affäre, die, wie sie sagt, mit einem großen Fest im Gezi-Park begann.

Es war 2008 oder 2009, ich war Behindertenbeauftragte der Beyoğlu Belediyesi, und zu meinen Aufgaben gehörte es, einen großen Empfang für Schwerbehinderte und ihre Helfer zu organisieren. Dreihundert Personen waren geladen, und neunhundert sind gekommen, zu Musik und Tanz, es war eine erfolgreiche Riesenparty, aber dann war nichts zu essen übrig für die jungen Musiker, die ich engagiert hatte und die den gesamten Abend über großartig aufgespielt hatten, alles war aufgefuttert worden. Also sorgte ich dafür, dass auch sie noch etwas bekamen, ich ließ neues Essen kommen. Einer von ihnen, der gut aussehende Klarinettist, bedankte sich überschwänglich, wir unterhielten uns ein wenig, er erzählte, dass er sonst auf Hochzeiten und in den Tanzsälen von Beyoğlu spielen würde und früher in einem Schlachthof gearbeitet habe, weshalb er gut mit dem Messer umgehen könne, und ich sagte, wie sehr mir die Musik gefallen habe. Das war eigentlich alles. Am nächsten Tag rief er mich an, irgendwie hatte er meine Nummer herausbekommen, die ich ihm nicht gegeben hatte, und sagte, er wolle sich noch einmal bei mir bedanken und mich zum Tee einladen. Ich sagte, sehr nett, aber ich hätte keine Zeit, und als Organisatorin sei es doch meine Aufgabe gewesen, für das leibliche Wohl der Musiker zu sorgen. Am Tag darauf rief er wieder an, gleiches Spiel, er wolle mich zum Tee einladen. Am dritten Tag erklärte ich ihm, dass ich nicht mit ihm Tee trinken könne, unter anderem deshalb, weil er halb so alt sei wie ich. Am vierten Tag wiederholte sich alles, am fünften Tag gab ich schließlich nach, und ja, wenn ich ehrlich bin, hatte ich mich schon auf seinen Anruf gefreut, na gut, dachte ich mir, treffe ich den jungen Mann halt einmal, trinke Tee mit ihm und erkläre, dass … dass … Er schlug ein Kettencafé am Taksim als Treffpunkt vor, ein Café, in das ich normalerweise nie einen Fuß setzen würde, aber gut, es war sein Vorschlag, und ich akzeptierte, es sollte eine Begegnung zu seinen Bedingungen sein. Er wartete an einem Tisch am Fenster, stand auf, kam auf mich zu – und ich, die ich hatte sagen wollen, dass ich nicht mit ihm in einem Simit Saray am Taksim sitzen könne, nicht nur, weil ich seine Mutter sein könnte, bekam kein Wort heraus. Und das war wirklich seltsam, so etwas war mir in meinem Leben noch nicht passiert. Wir setzten uns, ich trank ein Wasser, fasste mich wieder, kam zu mir, fand mein Gehirn wieder und erklärte, dass ich mich nur mit ihm getroffen hätte, um ihm zu sagen, dass wir uns nicht treffen könnten; er und ich, das ginge nicht, das sei aus vielen Gründen unmöglich. Ich stand auf, obwohl mir noch ein bisschen schwindlig war, ging und dachte, die Sache sei erledigt. Er aber ließ sich von meiner halbherzigen Abfuhr überhaupt nicht entmutigen, er rief wieder an, am nächsten Tag schon und am Tag darauf und am darauffolgenden Tag ebenfalls und so weiter. Mit seinen Musikerfreunden stand er um vier Uhr morgens vor Suma Han und spielte Serenaden, er freundete sich mit den Nachteulen vom Club an, wurde Stammgast, lernte Cengiz und Süreyya kennen, und schließlich begann ich, auf seine Konzerte zu gehen, zu denen er mich immer wieder einlud. Und ich verliebte mich in seine Musik und in sein Klarinettenspiel.

Tarek und Ali spazieren in weißen Bademänteln Richtung Schwimmbecken, wir sehen sie durch das große Fenster. Das Wasser ist heute Morgen etwas weniger heiß als gestern, über Nacht hat die Luft es an der Oberfläche abgekühlt, obgleich beständig frisches heißes Wasser nachfließt.

Mustafa war ein besonderer Mensch, sagt Verkin, er war offen, fröhlich, auf entwaffnende Art direkt und ehrlich und verströmte eine kindliche, fast naive Lebensfreude, war dabei aber gläubig und extrem traditionell. Ich durfte zum Beispiel nie für ihn bezahlen, nicht ein einziges Glas Tee, er sagte, er könne es nicht annehmen, nie im Leben, dass eine Frau etwas für ihn bezahle, weshalb wir uns nur in Lokalen trafen, die er sich leisten konnte oder in denen er, weil er dort Musik machte, nicht zahlen musste. Er war eine reine Seele, um es so kitschig zu sagen, eine unverstellte, unverdorbene Seele – was vielleicht damit zusammenhing, dass er bis zu seinem achtzehnten Lebensjahr im mysischen Bergland Schafe gehütet und Klarinette gespielt hatte. Jahrelang hatte er nichts anderes gemacht, als Schafe zu hüten und Schalmei zu spielen, Tag und Nacht und bei Wind und Wetter, wenn überhaupt, war er nur einige wenige Wochen im Winter zur Schule gegangen, er konnte kaum lesen und schreiben, sein Instrument aber spielte er wie ein junger Gott, es sagte und erzählte alles, er ließ es sprechen.

Welch bukolische Idylle du da entwirfst, ich möchte *Es tönen die Lieder, der Frühling kehrt wieder* singen, *es spielet der Hirte auf seiner Schalmei*, dabei weiß ich nicht, ob du dir das nicht nur ausdenkst.

Wenn du ihn jetzt nur hören könntest! Er konnte seine Klarinette malen lassen, ihre Töne malten Wolken, Himmel, den Wind, die Berge, den Schnee und den Regen. Mit Worten konnte Mustafa viel weniger gut umgehen, weshalb er nicht viele benutzte, meist schaute er mich einfach an. Natürlich wollte ich ihn nun, da ich wusste, wie gut er spielte, unterstützen, fördern und produzieren, er war schließlich ein Versprechen, aber er wollte nicht einmal eine neue Klarinette von mir annehmen, er spielte lieber auf seinem uralten, zigfach reparierten Instrument und trug jeden Tag und jede Nacht zu jedem Auftritt denselben schwarzen Anzug, er hatte nur einen, seinen Bühnenanzug, und keine richtige Jacke, keinen Anorak, keinen Mantel, nichts gegen den Regen, der in Istanbul nicht so selten fällt, wie du weißt. Also kaufte ich ihm einen Übergangsmantel, einen Burberry, nichts Besonderes – er aber flippte völlig aus und wollte ihn auf keinen Fall tragen. Er könne keine Geschenke von einer Frau akzeptieren, sagte er, außerdem könne er sich von dem Geld, das dieser Mantel koste, drei Jahre lang einkleiden. Und dabei wollte ich ihm bloß helfen und ihn beschützen, nicht nur vor dem Regen.

Uns wird neuer Tee gebracht, die Frau des Bauruinenverwalters und ihre vielleicht dreizehnjährige Tochter kümmern sich um unser Frühstück.

Einmal holte ich ihn am Fernsehstudiogelände in der Nähe des Flughafens ab – er spielte in einer Telenovela den Leibwächter einer Unterweltgröße, die Rolle hatte ich ihm über einen Bekannten vermittelt –, und wir gerieten auf der Kennedy Caddesi zwischen Seemauer und Marmarameer in eine Polizeikontrolle, bei der es hieß, mit Mustafas Papieren sei etwas nicht in Ordnung. Er sagte, ich werde ihnen beweisen, wer ich bin, öffnete seinen Klarinettenkoffer, setzte sein Instrument zusammen und begann zu spielen. Und obwohl wir auf dem Seitenstreifen der Kennedy Caddesi standen, die Seemauer links, das Marmarameer rechts, ungefähr dort, wo es zum Bosporus wird, hielten immer mehr Fahrzeuge an, Menschen stiegen aus, die Tiere des Waldes versammelten sich, die Autos hörten auf zu hupen, die Schiffe verlangsamten ihre Fahrt, und die Polizisten begannen zu weinen und interessierten sich nicht mehr für Mustafas Ausweis. Orpheus war wiederauferstanden, seine Klarinette sang in aller Reinheit und malte die Berge, die Weiden, die Felsen, den Tod, das Leben und die Liebe. Nicht lange nach dieser unbeabsichtigten Vorstellung, an dem Tag, an dem seine Rolle in der Telenovela vorbei war, weil der Leibwächter, den er spielte, sich bei einem Anschlag auf seinen Chef in die Kugel werfen und für ihn opfern musste, fragte er mich: Warum überlässt du deine Häuser, das Unternehmen und all dein Geld nicht deinen Söhnen und heiratest mich? Wir können in Susurluk wohnen, im Haus meiner Mutter, sie möchte, dass ich nach Hause komme und mich um sie kümmere. Ich war gerührt von seinem Antrag, den er mir mit Klarinette in der Hand machte, dieser junge Mann liebte mich und nicht mein Geld; ich war gerührt, und obwohl aus Liebe zu heiraten natürlich gegen mein Beziehungsprinzip des offenen Endes verstieß, fragte ich mich, warum eigentlich nicht? Mustafas Wunsch, unserem Verhältnis einen Rahmen zu geben, hing vielleicht auch damit zusammen, dass seine Mutter verschiedene Gerüchte gehört hatte. Ihr war beispielsweise zugetragen worden, ihr Sohn sei der Gigolo einer älteren armenischen Puffmutter geworden. Auch um diesem Gerede etwas entgegenzusetzen, wollte Mustafa mich ihr vorstellen, und ich hatte nichts dagegen, im Gegenteil, ich wollte sie kennenlernen. Nevin, er und ich setzten uns also ins Auto und fuhren nach Susurluk, wo Mustafa uns in das heruntergekommenste Viertel dieses Städtchens dirigierte, das noch nie einen Aufschwung erlebt hat, er führte uns in den ungepflasterten Hof hinter einem baufälligen Haus, auf dem einige magere Hühner im Dreck scharrten und zwei Ziegen mit zusammengebundenen Vorderbeinen herumhumpelten. Er betrat ein Kabuff mit niedriger Decke, bedeutete uns, ihm zu folgen, und sagte: Willkommen zu Hause, Verkin! Nevin machte ein langes Gesicht und fragte sich, wo wir gelandet waren. Mustafa sagte: Das ist die Küche und unser Wohnzimmer. Und erst als unsere Augen sich an das schummrige Dämmerlicht gewöhnt hatten und ich meine Sonnenbrille abgenommen hatte, erkannte ich im Chiaroscuro dieser Höhle, dass auf einer Pritsche in der Ecke des niedrigen Raums eine Person lag, die Mustafa uns nun als seine gehbehinderte Mutter vorstellte. Aufstehen konnte sie nicht. Bei Nevin, das spürte ich, setzte der Fluchtreflex ein, sie wollte keine Sekunde länger bleiben, ich aber interessierte mich nun schon für meine Schwiegermutter in spe, in der ich selbstverständlich mich selbst, die einst für viele Jahre gehbehinderte Verkin, wiedererkannte. Ich interessierte mich auch für mein mögliches neues Zuhause und hörte mir nach gegenseitiger Vorstellung und Begrüßung bereitwillig an, was die Aufgaben und Pflichten einer Schwiegertochter im Hause sein würden: Aufstehen gegen kurz nach fünf, sagte Mustafas Mutter, Feuer machen, Tee aufsetzen, die Kühe und Ziegen melken, Frühstück zubereiten, putzen und das Mittagessen vorbereiten und viele weitere Dinge im Haushalt erledigen, auch Dinge, von denen ich noch nie gehört hatte. Nevin, die mehr oder minder auf der Schwelle stehen geblieben war und sich ihren Schal vors Gesicht hielt, um den rußigen Mief der Höhle nicht einatmen zu müssen, fing an zu lachen und sagte, aber Verkin kann überhaupt kein Feuer machen, Verkin kann nicht kochen, nicht einmal Tee, sie ist berühmt dafür, noch nie in ihrem Leben einen Tee aufgebrüht zu haben. Nevin witterte die Gefahr, sie begann, meine Eheanbahnung zu sabotieren. Kochen, was ist schon dabei, unterbrach ich sie, ein paar Eier in die Pfanne schlagen, umrühren, fertig. Und ich fragte Mustafas Mutter, ich schätzte sie auf etwa achtzig, nach ihrem Alter. Zu meiner großen Überraschung verriet sie, dass sie neunundfünfzig Jahre alt sei. Aber dann bin ich ja die Ältere von uns beiden!, rief ich, und du musst kochen!, worüber wir beide lachen mussten, da hatte sie schon begonnen, mir ein Kopftuch zu binden, denn als zukünftige Schwiegertochter konnte ich natürlich nicht ohne bei ihr sitzen. Die Frage nach der Religion hatte sie da noch gar nicht gestellt. Dass ich keine Muslimin sein könnte, lag vermutlich außerhalb ihres Vorstellungsvermögens. Ich gebe zu, mich faszinierte die Idee, eine andere zu werden und plötzlich ein ganz anderes Leben zu führen. Mich faszinierte die Idee, Istanbul aufzugeben, mich verschwinden zu lassen und in Susurluk etwas Neues zu beginnen. Ich stellte mir vor, ein schönes großes Haus zu kaufen oder zu bauen, ein Haus, in dem Mustafa und seine Musikerfreunde mit ihrer Band spielen sollten, ungefähr so wie Orhan und seine Freunde es einst in unserem Apartment im East Village gemacht hatten, dreißig Jahre zuvor, ja, vermutlich wollte ich wieder etwas anfangen und aufbauen, das ich in Istanbul mit Suma Han im Grunde schon hatte, ein Haus für Feste, Kunst, Konzerte und Feiern, ja, die Liebe macht ein bisschen blind. Zum Glück aber gibt es Nevin, die oft besser weiß als ich, was gut für mich ist und was nicht. Sie weiß, wann ich spinne und mich verrenne, weshalb sie hin und wieder eingreift und entscheidet, und so hat sie entschieden, was ich in weniger verliebten und klarinettenverzauberten Tagen auch gesehen hätte, dass es selbstverständlich völliger Blödsinn gewesen wäre, Mustafa zu heiraten und nach Susurluk zu ziehen.

Ich nehme an, *sie* hatte keine Lust, nach Susurluk zu ziehen, sage ich.

Stimmt, sie sieht sich eher in New York, dorthin würde sie mich sofort begleiten. Außerdem wusste sie natürlich, dass ich es kaum länger als zehn Tage in Susurluk aushalten würde.

Zehn Tage? So lange? Glaube ich nicht.

Tarek und Ali sitzen nun mit am Tisch, und wir frühstücken, was wir gestern eingekauft haben, Sucuklu Menemen mit der guten Wurst aus der Fleischerei von Susurluk, vier Sorten Käse, Honig, Kirschmarmelade und geschälte Tomaten, die Tarek mit Öl beträufelt und mit Kräutern bestreut. Die Frau des Verwalters und ihre Tochter, die hier in der Einsamkeit der Bauruinen aufwachsen muss, bringen uns immer wieder Tee und frisch getoastetes Brot, Tarek raucht den ersten Joint, und ich erzähle von meiner kleinen Wanderung zum Baumhaus hinauf, die ich ganz früh am Morgen unternommen habe. Ich berichte von der Aussicht auf Windräder, die aus weit entfernten Bergkuppen zu wachsen scheinen, und von der Wiese mit den blühenden Wintergänseblümchen, von denen ich eins gepflückt und in mein Notizbuch gelegt habe, um es zu pressen.

Gegen Mittag sitzen wir wieder im Auto, Ali steuert über die Straße, die am Fluss entlangführt und seinen Biegungen folgt, und ich möchte schon sagen, ach, ein naturbelassener, unregulierter Flusslauf, etwas, was ich gar nicht kenne, in Mitteleuropa sind alle mir bekannten Flüsse kanalisiert – da sehe ich hinter der nächsten Kurve mehrere Bagger im flachen Bett des Makestos. Von der berühmten, ein kleines Stück weiter flussabwärts gelegenen römischen Brücke der Spätantike haben der stete Strom des Wassers und die Zeit nicht viel stehen gelassen. Nur die Reste zweier

Pfeiler ragen noch aus dem Fluss, mehr ist von der einst zweihundertvierunddreißig Meter langen Segmentbogenbrücke nicht übrig, die an dieser Stelle über tausend Jahre lang die Querung des Makestos möglich machte.

Einige Kilometer weiter, und wir sind wieder auf der Landstraße Richtung Susurluk unterwegs. Der Straße, auf der das Auto verunglückte, das den Susurluk-Skandal auslöste. Wir kommen an einer kleineren Outlet-Mall vorbei, ich sehe eine Starbucks- und eine McDonald's-Filiale.

Möchtest du anhalten und forschen?, fragt Verkin, aber ich sage, nein danke, heute habe ich frei. Und dann, Tarek hat einen neuen Joint angezündet, den ersten im Auto, gibt es bei jeder Ortsdurchfahrt Richtung Marmarameer, wo wir die Autofähre hinüber auf die europäische Seite von Istanbul nehmen wollen, um uns die Rückfahrt über alle Brücken zu ersparen, das gleiche Spiel. Zeigt ein Großplakat oder ein Banner über der Straße, dass ein Dorf von der CHP regiert wird, sagt Verkin: Schaut euch dieses dreckige Kaff an, wie es hier aussieht! Fahren wir aber durch ein von der AKP regiertes Örtchen, heißt es, wie schön, wie aufgeräumt, wie gepflegt, wie gut regiert, hier geschieht etwas.

Ich gestehe, ich sehe meist keinen Unterschied.

14

Lykien

Gold in Demre / Der Wald der Foliengewächshäuser / Überfahrt mit Bügelbrett / Kokain in Cartagena / Greta Garbo geht spazieren / Das Mortimer's gibt's nicht mehr

Nevin und Verkin sind schon über eine Woche in Kekova, als ich sie in einem Lokal in der kleinen Küstenstadt Demre treffe. Ich bin gerade aus dem Bus gestiegen, der mich aus Antalya hergeschaukelt hat, drei Stunden über die kurvige Uferstraße, die fast jede Halbinsel und jede kleine Einbuchtung der Küste nachzeichnet.

Demre hieß einmal Myra, und Touristen kommen her, um das antike römische Theater, die lykischen Felsengräber und die St.-Nikolaus-Basilika zu besichtigen, die Mitte des neunzehnten Jahrhunderts von einer mehr als sechs Meter mächtigen Schlammschicht befreit wurde. Ihre Fresken waren von ihr über siebenhundert Jahre konserviert worden, St. Nikolaus von Myra gilt deshalb als eine der am besten erhaltenen frühbyzantinischen Kirchen, auch wenn der Marmorsarkophag, den so viele gläubige Besucher dort berühren, mit Sicherheit nicht das Grab des heiligen Nikolaus ist, der einst Bischof von Myra war.

Lahmacun, Pide, Wasser, Salat und Şalgam stehen auf dem Tisch, wir sitzen in einem überdachten Außenbereich am Hauptplatz, und Verkin erzählt, dass dieses Städtchen zu Beginn der sechziger Jahre nur aus einstöckigen anatolischen Holzhäusern bestanden habe.

Es gab kein Hotel und keinen Strom, sagt sie, und es kam vor, dass ich bei den Familien der Geschäftsleute übernachten musste, denen ich den Fortschritt verkaufte, überdimensionierte Schalterschränke, Generatoren und sonstige elektrische Einrichtungen. Die Männer, mit denen ich verhandelte, gaben sich stets großzügig und luden mich zu sich nach Hause ein, ihre Frauen und Töchter hatten die Arbeit, kochten Hunderte Gerichte, verausgabten sich und ließen mich am Ende des Tages in ihren Betten schlafen. Als Gast durfte ich ihnen selbstverständlich kein Geld geben, Gastfreundschaft ist heilig, aber um etwas zurückzugeben, hatte ich mir angewöhnt, schlichte, dünne goldene Armreifen zu tragen, die immerzu an meinen Handgelenken klimperten, zwei oder drei von ihnen konnte ich unauffällig abstreifen und den Frauen des Hauses über ihre Hände schieben.

Ich trinke Wasser und probiere den vergorenen Rote-Bete-Saft, dessen Namen ich immer wieder vergesse. Ich nehme einen zweiten Schluck Şalgam, ja, so heißt der Saft, ich mag den säuerlichen, leicht bitteren, sauerkrautigen Geschmack am Gaumen und muss daran denken, dass auch meine Mutter vor langer, langer Zeit schmale goldene Armreifen trug, mindestens acht oder neun. Ich erinnere mich an das klirrend-klimpernde, manchmal klackernde Geräusch, das sie machten, wenn sie ihren Arm bewegte, den linken, ein Muttergeräusch, das ich nun höre, mir einbilde, und überlege, ob meine Mutter ihre Armreifen vielleicht in einer der Gold- und Schmuckstraßen im Großen Basar von Istanbul gekauft haben könnte. Ich weiß, dass sie einmal dort gewesen ist, sie hat Istanbul besucht, 1974 oder 1975, ich kenne Fotos von dieser Reise, sie hat die Hagia Sophia fotografiert, den Bosporus und die Blaue Moschee, alles in Schwarz-Weiß.

Mittlerweile ist in Demre anscheinend der Wohlstand ausgebrochen, sage ich und zeige auf die Schmuckgeschäfte in dem neuen fünfstöckigen Gebäudekomplex gegenüber, gleich drei Goldhorte leuchten dort, die Schaufenster glitzern wie geöffnete Schatztruhen. In einem vierten Geschäft werden Unkraut- und Insektenvernichtungsmittel verkauft, und auf der perfekt verputzten Fassade des bunten Kastens aus dem Katalog der modernen anatolischen Standardbebauung, eventuell erdbebensicher errichtet und mit Klimaanlagen bestückt, werben ein *Psikolog*, eine Diät- und Ernährungsberaterin sowie ein *Beauty House*.

Der Wohlstand kommt nicht nur von den frommen Touristen, die zum vermeintlichen Grab des heiligen Nikolaus pilgern, sagt Verkin, sondern vom Gemüse. Demre ist Gemüse-Boomtown, die Gewächshäuser dürften dir ja aufgefallen sein, überall wuchern Plastikgewächshäuser, in denen Plastikpaprika und Plastiktomaten gezüchtet werden. Dabei gibt es gar nicht genügend Wasser in der Gegend.

Sie sind nicht zu übersehen, antworte ich, schon aus dem Flugzeug sah es aus, als wäre das ganze Land in Frischhaltefolie eingewickelt.

Ja, seltsam, dass wir hier nicht ersticken, sagt Verkin.

Ahmed holt uns mit dem Dingi in Üçağız ab und setzt uns nach Kale über. Wir fahren nicht nur mit meinem Gepäck und all dem Obst und Gemüse übers Wasser, das Nevin und Verkin auf dem Markt von Demre eingekauft haben, wir transportieren auch Tüten mit Handtüchern, einen Karton mit einem neuen, schlichten weißen Frühstücksservice und ein Bügelbrett, das Nevin gekauft hat, um auch im Paradies besser bügeln zu können.

Auf der vertrauten Terrasse mit der Aussicht auf die Bucht, die Insel, die Hügel, die ankernde *Deli Gül* und die halb im Wasser versunkenen Sarkophage, freut Nevin sich über die Mentholzigaretten und öffnet den Campari, den ich ebenfalls aus dem Duty-free-Shop am Flughafen mitgebracht habe, auf Verkins speziellen Wunsch. Wurstwaren habe ich ausnahmsweise keine dabei, es ist zu heiß, ich habe nur eine Packung Bio-Sauerkraut in der Tasche. Damit Verkin nicht vergisst, dass ich aus Deutschland komme.

Nevin presst Finike-Orangen und erinnert Verkin daran, dass Sam Green es war, der zum ersten Mal mit Campari nach Kekova kam. Klare Eiswürfel fallen in die drei Gläser, es klirrt so schön laut, und ich bilde mir ein, das Eis knistern zu hören.

Ja, auch Sam, der raffinierteste Genießer, dem ich in meinem Leben begegnet bin, wusste stets, wann welches Getränk einzunehmen war, sagt Verkin, in dieser Hinsicht war er wie Detlev. Sam hat sogar mich dazu gebracht, hin und wieder Alkohol zu trinken.

Wir sitzen auf seinen Stühlen, denke ich, während Verkin von ihrer ersten Begegnung mit Sam erzählt.

Philip hatte uns nach New York eingeladen und wollte mich mit seinem Freundes- und Bekanntenkreis beeindrucken. Wir gingen ins Mortimer's auf der Upper Eastside, damals eines *der* Restaurants in New York City, ein Society-Treffpunkt und einer der Orte, an denen entschieden wurde, wer dazugehörte und wer nicht. Das Mortimer's war Sams Wohnzimmer, nicht nur, weil er dort einen eigenen Tisch hatte, einen der guten, die leicht erhöht an der Wand standen, und weil er mit dem legendären Patron Bernbaum befreundet war, sondern auch, weil er im selben Haus eine kleine Wohnung besaß, sein *pied-à-terre* in Manhattan.

Sein anderer Wohnsitz war ein kleines Dorf auf Fire Island, ein Weiler nicht weit von den Hamptons, dessen fünf Häuser alle ihm gehörten und der wie eine Gated Community funktionierte. Philip hatte die Idee, mich und die Kinder dort für einige Strandtage einzuquartieren, auch deshalb saßen wir im Mortimer's zusammen. Philip schwärmte Sam von Istanbul und Kekova vor, mittlerweile musste ich keine Werbung mehr für die Türkei machen, das übernahmen alle, die dort gewesen waren. Ich lud Sam ein, mich zu besuchen, und während wir uns über die Welt und ihre schönsten Orte austauschten, stellte sich heraus, dass Sam und ich uns siebzehn oder achtzehn Jahre vor dieser ersten Begegnung auf der Upper East Side einmal knapp verpasst hatten, und zwar in Cartagena, Kolumbien.

Nevin raucht die erste türkische Mentholzigarette, die Eiswürfel in meinem Glas sind ein wenig kleiner geworden, Campari Orange hat fast die Farbe von Şalgam, das Meer glitzert, und Verkin erkundigt sich lachend, ob ich hören möchte, was sie 1975 in Cartagena, Kolumbien, gemacht habe.

Selbstverständlich möchte ich, was für eine Frage, deshalb bin ich in Berlin in ein Flugzeug nach Antalya gestiegen und habe mich dreieinhalb Stunden im Bus nach Demre schaukeln lassen.

Ich flog von New York nach Cartagena, weil ich Kokain und Smaragde kaufen wollte. Mein Vater liebte und sammelte diese Steine, besaß bisher aber nur indische, ich wollte ihm kolumbianische besorgen. Er hatte sich gerade, vielleicht aus Rache, weil unsere Familie 1915 alle Juwelen verloren hatte, den berühmten Süreyya-Pasha-Emerald gekauft, einen Smaragd, mit dem die *Paris Match* mich einmal vor der Blauen Moschee fotografieren ließ – aber ich wollte ja vom Kokain erzählen. In New York gab es Anfang der siebziger Jahre kaum welches, und wenn, kam ich nur an schlechtes oder gestrecktes Zeug heran, denn so oft ich auch ins Studio 54 oder sonst wohin ging, am Ende war ich doch eine Touristin, ich sah die Szene, war aber kein Teil von ihr, war, wie fast überall auf der Welt, nur zu Besuch, mochte aber Kokain, mochte diese Droge, die viel besser zu mir zu passen schien als das synthetische Speed, das ich über Jahre genommen hatte. Ich liebte das High, die Intensität, die Energie und große Klarheit, die Kokain erzeugen kann, weshalb ich auf der Suche nach dem guten, reinen Stoff frisch vom Strauch war, ich wollte *organic cocaine* konsumieren, das es gar nicht gibt, aber das wusste ich noch nicht. In Cartagena angekommen, engagierte ich einen lokalen Cicisbeo, einen Gigolo, der mich herumführen und mir das beste Kokain Kolumbiens kaufen sollte. Mit ihm, einem angenehmen, gar nicht dummen jungen Mann, dessen Name mir leider entfallen ist, kam ich einige Male an einem wunderschönen, leicht verwunschen wirkenden Haus in der barocken Altstadt vorbei, ein freistehendes, im spanischen Kolonialstil erbautes Gebäude, das von einem fantastischen Garten umgeben war, in dessen Bäumen grüne und rote Papageien herumflatterten. Wer wohnt in diesem Traumhaus, fragte ich meinen Begleiter, wem gehört es, und mein Gigolo verriet, dass dies *la casa del Gringo* sei, das Haus eines US-Amerikaners also. Diesen Gringo möchte ich kennenlernen, sagte ich, er hat Geschmack, aber mein Gigolo konnte mir nicht helfen, denn der Gringo, hinter dem sich niemand anderes als Samuel Adams Green verbarg, der Bilderbuch-WASP, der Nachkomme des *founding father* Samuel Adams, der Quasi-Erfinder der Pop-Art, war damals leider nicht im Lande. Nun aber, siebzehn oder achtzehn Jahre später, saß dieser Gringo mir in seinem Wohnzimmer Mortimer's in Manhattan gegenüber und erzählte von seiner Spazierfreundschaft mit Greta Garbo und dem Tag, an dem ein kurioser unbekannter Künstler namens Andy Warhol mit dem Gemälde *200 One Dollar Bills* unter dem Arm seine Galerie in Midtown betrat und er beschloss, es in eine Gruppenausstellung aufzunehmen, weil dieses Bild ihm die Essenz aller Americana abzubilden schien. Leider konnte Sam mich nun, was er sehr bedauerte, nicht mehr in das schöne Haus in Cartagena einladen, in dem Greta Garbo, Yoko Ono und Jacky Kennedy ihn besucht hatten, denn er hatte es jüngst verkauft, und zwar – das war die erste von vielen verrückten Geschichten, die ich von Sam hören oder selbst mit ihm erleben sollte – an einen der kolumbianischen Narcos, die während der neunziger Jahre bekanntlich in Geld schwammen. Sam hatte nicht ganz freiwillig verkauft, da war halt dieser Drogenboss mit der Frau oder Geliebten, der das schöne Haus mindestens so sehr gefiel wie mir, so sehr, dass sie *la casa bonita* unbedingt besitzen wollte, weshalb ihr Mann, der freundliche Narco, Sam vier Millionen Dollar bot, ein Angebot, dass Sam nicht ausschlagen durfte, wenn er Kolumbien lebend verlassen wollte. Die Pointe dieser Geschichte, die Sam während unserer ersten Begegnung im Mortimer's genüsslich ausbreitete, war nun, wie der korrekte Narco die Bezahlung des Kaufpreises abwickelte: Er ließ die vier Millionen Dollar direkt in Sams New Yorker *pied-à-terre* liefern, und zwar in bar und eher kleinen Scheinen. Alles in allem waren es wohl zwanzig Pappkartons voller Banknoten, Geld, das direkt von der Straße kam. Höfliche Drogenhändlerhelfer mit Waffen im Hosenbund trugen es in Sams Wohnung über dem Mortimer's.

Lag das Geld noch dort? Ich trinke einen Schluck Campari, Nevin spielt mit ihrem Telefon, Wind weht nun vom Wasser her und setzt den Ventilator an der Pergola über uns ein wenig in Bewegung.

Einige Pappkartons und viele kleine Scheine habe ich in seinem Apartment gesehen, aber viel war davon nicht übrig. Hatte Sam Geld, gab er es aus, verteilte es großzügig, brachte es in Umlauf. Er war wieder auf der Suche nach einem Projekt, das ihm Reisen in ferne Länder, Besichtigungen, Vergnügen und frisches Geld einbringen sollte, so wie seine fiktive Ausgrabung in Ägypten zum Beispiel, die Expedition, von der er Yoko Ono ihre Mumie aus einem vorherigen Leben mitgebracht hatte, die ihr dann nicht gefiel. An einem anderen Tag im Mortimer's, diesmal ohne den anderweitig beschäftigten Philip, erzählte Sam von einer neuen Unternehmung, einer Stiftung, deren Anliegen es war, eine Liste von hundert bedeutenden, aber extrem gefährdeten Kulturdenkmälern auf der ganzen Welt zu erstellen, um dann, ebenfalls auf der ganzen Welt, Aufmerksamkeit und Geld für ihren Erhalt und für die Stiftung selbst einzusammeln, deren repräsentative Geschäfts- und Veranstaltungsräume in einem Townhouse in Manhattan vierzigtausend Dollar Miete im Monat kosteten; Räume, in denen in- und ausländischen Geldgebern und ihren Angehörigen bei Vorträgen und Empfängen die Illusion verkauft wurde, sie wären durch ihre steuersparenden Zuwendungen in der New Yorker Gesellschaft angekommen. Das ist ein *scam*, bei dem wir mitmachen sollten, sagte Sam, und ich machte mit, weil ich die Chance witterte, die verfallenden armenischen Kirchen rund um den Vansee und die vernachlässigten Ruinen der alten armenischen Hauptstadt Ani nahe der türkisch-armenischen Grenze auf dieser Liste der hundert gefährdetsten Kulturdenkmäler zu platzieren. Und die Welt und Türkiye selbst daran zu erinnern, dass es in der Türkei armenische Kulturdenkmäler gibt.

Nevin mixt eine neue Runde, und mir fällt ein, dass auch meine Eltern gern Campari getrunken haben, nicht an der lykischen Küste im östlichen Mittelmeer, sondern auf einer Terrasse mit Blick auf den Rhein und seine Ruinen Drachenfels und Hammerstein, immer ein Atomkraftwerk im Rücken. Als Kind konnte ich nicht verstehen, dass dieses bittere Zeug ihnen schmeckte, dieser Zaubertrunk, den ich selbstverständlich probieren musste, weil seine Farbe mir so gut gefiel.

Woher kannte Sam Greta Garbo, und warum war sie seine Spazierfreundin?, frage ich.

Sie war seine Nachbarin im Dakota Building auf der Upper Westside, sagt Verkin. Sam hat dort ab Mitte der sechziger Jahre mindestens zwanzig Jahre gewohnt. Das Dakota ist das Haus, in dem auch Yoko Ono lebte, John Lennon wurde vor dem Eingang erschossen. Und wie du weißt, wohnte ich ab 1969 einige Zeit gleich nebenan, im El Dorado, auch da hätten Sam und ich uns kennenlernen können, aber damals lief ich ja jeden Tag zu Henry Jackson nach Harlem, um mich von ihm politisch unterrichten zu lassen. Sam und Greta Garbo gingen jede Woche ein- oder zweimal spazieren, bei jedem Wetter, wie es hieß, entweder durch den Central Park, am Hudson River entlang, oder kreuz und quer durch die Upper Westside. Greta Garbo soll immer, auch im Sommer, mehrere Jacken und Mäntel übereinander und eine ihrer übergroßen Sonnenbrillen getragen haben, an der sie dann erkannt wurde, obwohl sie ja genau das vermeiden wollte. Sam und Greta Garbo gingen nicht nur gemeinsam spazieren, sie telefonierten auch oft und lange miteinander, bis, ja, bis Sam den Fehler beging, jemandem zu erzählen, dass er einige dieser Gespräche aufgezeichnet hatte, wovon Greta Garbo über Umwege erfuhr. Ihre fünfzehnjährige Spazierfreundschaft endete deshalb eines Tages sehr abrupt.

Das Mortimer's gibt es nicht mehr, sage ich nach einer Weile. Ich habe herumgesucht und auf meinem Telefon eine Erinnerungsseite mit Fotos aus der großen Zeit des Lokals und von zahlreichen prominenten Gästen gefunden. Das Haus in Cartagena, in dem Jacky Kennedy und Greta Garbo zu Gast gewesen sein sollen, finde ich auf die Schnelle nicht.

Etliche Jahre bevor ich ihn kennenlernte, sagt Verkin, hatte Sam eine Affäre mit der Bakelite-Erbin Barbara Daly Baekeland, einer Society-Lady, die später leider von ihrem eigenen Sohn erstochen wurde, den sie angeblich verführt haben soll, um ihn von seiner Homosexualität zu heilen, aber ich glaube, das war nur eine ihrer erfundenen Geschichten. Diese Frau war so sehr in Sam verliebt, dass sie in einer Winternacht nackt unter ihrem Pelzmantel von ihrem Apartment auf der Park Avenue, Upper East Side, quer durch den Central Park lief, um bei Sam im Dakota Building zu klingeln und vor seiner Tür ihren Nerz zu öffnen. Diese Affäre, so war das mit Sams Geschichten, wurde Jahre später verfilmt, Julianne Moore spielt die exzentrische Barbara Daly Baekeland, die mich interessierte, weil unsere Istanbuler EMFA ihre einträglichsten Jahre und größten Gewinne ja auch der Bakelite-Lizenz für die Türkei verdankte, die mein Vater sich günstig hatte sichern können. Sam wird in dem Film von einem hübschen englischen Schauspieler verkörpert, dessen Name mir nicht mehr einfällt, trotzdem war er überhaupt nicht einverstanden mit dem Film, der sich einige Freiheiten in seiner Erzählung herausnahm und es so darstellte, als hätte Sam nicht nur mit Daly Baekeland, sondern auch mit ihrem Sohn geschlafen. Sam verklagte die Produzenten, prozessierte gegen die Darstellung und gewann – nur leider war er da schon tot.

15

Kekova

Der durchreisende Silberschmied / Ein Loft in Tribeca / Hippo liest Hegel / Die Geschichte vom böswilligen Kamel / Schuhe aus Paris / Eine Hörspieltagung in Niederösterreich / Die Beinverlängerung / Der shampoonierte Esel / Patriarch in Badehose / Komm, wir kaufen eine Ziege

Ahmed sitzt auf dem Hocker im Cockpit und steuert die *Deli Gül* in die kleine Bucht mit den spätrömischen Ruinen, wir ankern, wo es lange nach dem Untergang des antiken Dolchiste eine kleine Werftanlage gegeben hat, von der nur einige Steinhaufen und ein einziger gemauerter Bogen geblieben sind. Kekova lieferte Holz für den Schiffbau, Bäume wuchsen auch damals genug auf der Insel. Nevin, Verkin und ich springen ins Wasser, schwimmen ums Boot herum und an Land, bis sich zwei größere, voll besetzte Ausflugsschiffe nähern und ebenfalls in die Bucht hineindrängen. Touristischer Badehochbetrieb bricht aus, Kindergeschrei, Planschen und Platschen, gerötete Gesichter, sonnenverbrannte und tief gebräunte Rücken sind zu sehen, türkische, deutsche und diverse slawische Sprachfetzen zu hören, dann aber, der Spuk dauert nur eine halbe Stunde, fahren die Schiffe wieder ab.

Sie verkehren streng nach Fahrplan, sagt Verkin, und so plötzlich, wie die plätschernde Stille unterbrochen wurde, ist sie zurück, kaum sichtbare kleine Wellen klopfen sanft gegen unsere Bordwand, dazu erklingt der Muzak der zwitschernden Vögel.

Wir sitzen wieder getrocknet unter dem Sonnensegel im Cockpit, eine Schüssel voller Physalis steht auf dem Tisch, und Verkin erzählt, wie der amerikanische Anwalt in ihr Leben kam.

Philip und seine Frau Lydia, eine mächtige Person im New Yorker Kunstbetrieb, tauchten eines Tages auf Empfehlung meines Freundes Erse in Istanbul auf. Erse, ich weiß nicht, ob ich ihn schon einmal erwähnt habe, war einer der *naughty boys* aus bester Familie, einer von denen, die um Tarek herumschwirrten, weil der immer wusste, wo es welche Drogen gab. Ich kannte seinen Vater, einen General der türkischen Armee, mit dem ich gern Backgammon spielte, weil ich viel von ihm lernen konnte. Sein Sohn kaufte Mitte der Siebziger ein Haus in Kekova und eröffnete eine Pension, eine Hippie-Herberge, verschwand einige Jahre später aber nach New York, weil er sich in einen durchreisenden Silberschmied aus Brooklyn verliebt hatte, den wirst du schnell finden, *look him up*, er hieß Alex und war einmal berühmt für seinen extravaganten Schmuck, den Erse für ihn im Großen Basar von Istanbul fertigen ließ, weil die Handwerker dort schneller, besser und günstiger arbeiteten als irgendwo sonst auf der Welt. Einer von Alex Silberringen tauchte in einem Film mit Robert de Niro auf, schau ruhig nach, wie der Film heißt, ich habe es vergessen, sagt Verkin und nimmt sich eine Physalis aus der großen weißen Schüssel auf dem Tisch.

Erse und sein Silberschmied, der sich auch *Schmuckautor* nannte, lebten die meiste Zeit in New York und freundeten sich während irgendeines Abendessens oder auf einer

Vernissage mit Philip und Lydia an und schwärmten dem von seiner letzten Griechenlandreise enttäuschten Paar von Kekova vor. Sie empfahlen ihnen einen Besuch in meinem Paradies, und Erse schickte Philip und Lydia zu mir nach Istanbul. Sie kamen als Freunde von Freunden nach Tarabya und durften, es war Badetag, gleich in den Hamam. Ich behandelte sie wie alle Hippies, die in meinem Haus aufkreuzten, gab ihnen zu essen und hieß sie willkommen. Sonderlich beeindruckt war ich nicht von ihnen, weder wusste ich, dass sie die Frau war, die das P.S. 1 erfunden hatte, ein Museum für zeitgenössische Kunst, das heute zum MoMA gehört, noch wusste ich, dass er Partner in einer der größten Wirtschaftskanzleien Amerikas war und über sehr viel dummes Geld verfügen und entscheiden konnte, zum Beispiel darüber, welcher kulturellen Institution oder Stiftung es zugutekommen sollte. Um ehrlich zu sein, mich interessierte überhaupt nicht, wie einflussreich dieses Paar in New York sein mochte, in meinem Hamam waren sie so nackt wie alle anderen, die dort badeten. Ich organisierte ihnen die nicht unkomplizierte Reise nach Kekova, ich organisierte die Überfahrt, ein Boot für die Zeit ihres Aufenthalts und die Versorgung mit Lebensmitteln samt Köchin, und die beiden verlebten zwei traumhafte Wochen in meinem Haus. Anschließend bedankten sie sich, schickten Geschenke und luden mich ein, sie in New York City zu besuchen, aber bevor ich Zeit hatte, nach Amerika zu fliegen, war ein Jahr vergangen, und sie kamen wieder nach Kekova. Und diesmal, im Sommer 1992, waren wir gleichzeitig hier, Philip und Lydia, Tarek, die Kinder und ich. Und ich weiß nicht, wie es kam, aber Philip und ich gewöhnten uns an, mit dem Segelboot hinauszufahren, nur wir zwei, weil wir beide gerne segelten und uns auf dem kleinen Boot, einem Sunfish, so gut über Gott und die Welt und die Liebe und den Tod unterhalten konnten. Ich erzählte Philip meine verkorkste Liebesgeschichte mit dem Cowboy, der mich noch immer bekniete, zu ihm nach Cardiff zu ziehen, mittlerweile besaß ich sogar ein Haus in London, in Hampstead Heath, es war das Haus *next to George Orwell's house*, in dem eine deutsche Waschmaschine stand, die so gut wusch, dass Nevin hin und wieder einen Teil unserer Schmutzwäsche von Istanbul mit nach London nahm, um sie dort zu reinigen. Nach diesem Sommer in Kekova war Philip ein Freund der Familie, ein Freund, der mir lange Briefe schrieb, die vielleicht Liebesbriefe sein sollten, Briefe, wie Juristen sie im Rahmen ihrer Möglichkeiten eben schreiben können. Er lud uns wieder ein, ihn und Lydia in New York zu besuchen, eine Einladung, die ich gern annahm, auch weil ich Hippo, Susan und all die anderen New Yorker Freunde und Bekannten wiedersehen wollte, die ich während der Jahre, in denen mein Bein mich so sehr beschäftigte, kaum gesehen hatte. Im Frühsommer 1993 flogen Tarek, die Kinder und ich nach New York City. Philip, er wollte mir wohl imponieren, schickte eine Limousine zum Flughafen, deren Fahrer mitteilte, dass er uns für die gesamte Dauer unseres Aufenthaltes rund um die Uhr zur Verfügung stehen würde. Er hatte die Anweisung, uns an irgendwelchen New Yorker Sehenswürdigkeiten vorbeizukutschieren, die mich selbstverständlich überhaupt nicht interessierten. Ich ließ ihn sofort zum Tompkins Square fahren, wo wir nach Hippo Ausschau hielten, der allerdings nicht auf seiner angestammten Bank saß, unter der sich sorgfältig arrangierte Bücher stapelten, alles wirkte sehr *neat* und aufgeräumt. Wir warteten eine Weile, aber als er nicht auftauchte, ließ ich Cengiz und Süreyya, mittlerweile dreizehn und acht Jahre alt, Philips

Visitenkarten verteilen, von denen ich einen Stapel in der Limousine gefunden hatte. Auf diesen Karten stand die Adresse des Lofts in Tribeca, in dem Philip uns untergebracht hatte, und ich bat alle, die ihn kannten, Hippo auszurichten, Verkin sei zurück, Verkin sei *in town*. Und, siehe da, am Abend klingelte es in Tribeca, meine Botschaft hatte ihn erreicht, Hippo stand vor der Tür und stapfte in einem blütenreinen weißen Hemd und völlig durchlöcherten Schuhen mit schlappenden Sohlen in das luxussanierte Loft hinein, das Philip und Lydia gerade erworben hatten, selbst jedoch nur sporadisch bewohnten. Sie nutzten es als Gäste- und Künstlerwohnung und für kleinere Empfänge wie an diesem Tag, an dem sie eine Willkommensparty veranstalteten, zu der ich neben Hippo natürlich auch Susan eingeladen hatte, die noch immer in ihrem nur wenige Straßen entfernt liegenden Loft wohnte, noch immer für lächerliche dreihundertsiebzig Dollar Miete, und sich nun über den Anwalt und Möchtegernkünstler Philip und seine Kunstbetriebsfrau lustig machte, die sich für eine Unsumme in ihre Nachbarschaft eingekauft hatten. Philip sah die Immobilie hingegen als eine Investition und eine Wette auf die Entwicklung der Gegend, die für Bewohner wie Susan nichts Gutes verhieß, denn sie hatte den Zeitpunkt verpasst, an dem es ihr möglich gewesen wäre, ihr Loft zu kaufen. Trotz all ihrer Erfolge als Malerin hätte sie es sich nun nicht mehr leisten können. Sie erwarb stattdessen eine heruntergekommene Farm in Upstate New York, auch ein gutes Investment, heute ist sie einige Millionen wert. Hippo mischte sich unter die Gästeschar, die sich aus Geld- und Kunstadel sowie jungen Künstlern und Kunstbetriebsnachwuchs zusammensetzte, und lud alle zu seinen Hegel-Vorlesungen im Tompkins Square Park ein. Derzeit arbeiten wir uns durch die *Phänomenologie des Geistes*, sagte er und meinte es ernst und auch nicht, wie immer eigentlich, er sei dabei, ein Georg-Wilhelm-Friedrich-Hegel-Monument aus Wörtern zu erbauen, kommt alle hören und sehen, sagte er. Lydia, das fand ich lustig, hatte einen deutschen Assistenten, der immerzu mit Tasche, Glas, Stift und Notizbuch neben ihr stand, er wich ihr nicht von der Seite und nahm ihr alles ab. Eine heiß diskutierte Frage des Abends war, ob die Tasche, wie er genannt wurde, ihr auch auf die Toilette folgen würde oder nicht. Hippo pflanzte sich in einen großen Lederohrensessel in der Bibliotheksecke und begann, die teuerste Flasche Single Malt aus Philips Whisky-Sammlung leer zu trinken. Er erinnerte sich daran, dass er in vielen Lofts wie diesem als *demolition man* gearbeitet und Wände und Einbauten herausgerissen hatte, und er sagte, wie gut, dass du auferstanden bist von den Toten, Verkin, dass du zurückgekommen bist, und gemeinsam dachten wir an den mongolischen Jesus, den Orhan und er in unserer Wohnung nicht weit vom Tompkins Square Park geschnitzt hatten.

Ahmed kommt aus der Kabine, er hatte sich, wie er es öfter macht, unter Deck zurückgezogen und hingelegt. Er blickt zu Verkin, sie nickt, und er lässt den Motor an, lichtet den Anker, deren Kette wieder über die Winde läuft, und steuert uns aus der Bucht hinaus Richtung offenes Meer.

Am Tag nach der Party in Philips und Lydias Loft schickte ich Tarek, der schon damals eine Vorliebe für neoosmanische Klamotten hatte und entsprechend kostümiert herumlief, mit Hippo Schuhe kaufen, setzt Verkin ihre New-York-Erzählung fort. Und natürlich, sagt sie, suchte Hippo sich nicht irgendwelche Treter aus, nein, er wusste genau, welche handgearbeiteten, rahmengenähten Schuhe er tragen wollte. Tarek schluckte und bezahlte, inklusive zweier Paar Seidenkniestrümpfe, achthundert Dollar in einem exklusiven Geschäft, in dem die beiden auch wegen Tareks Aufmachung für ein Paar gehalten wurden, was mich wiederum sehr amüsierte. Hippo war nun ausgestattet, um uns in die Oper auszuführen. Wir holten ihn mit der Limousine ab und setzten uns in Philips Dauerloge in der Met, wo wir wahrscheinlich *Carmen* sahen, das würde passen, eine Frau, Liebesverwirrungen und mehrere Männer, Philip stieß erst nach der Pause zu uns. In den nächsten Wochen humpelte ich sehr viel durch Manhattan und traf alle alten Freunde wieder, die nicht an einer Überdosis oder an HIV gestorben waren. Ich besuchte etliche Kunstevents und eine Vernissage nach der anderen, und es dauerte nicht lange, bis die halbe Stadt sich fragte, wer diese mysteriöse, von einem osmanischen Prinzen und dem *Mayor of Tompkins Square Park* begleitete Person auf Krücken war, mit der sich der mächtige Philip auf einmal überall zeigte. *Talk of the town* war, dass eine geheimnisvolle, gehbehinderte türkische Milliardärin in der Stadt unterwegs war, um Kunst für ihr neues Museum am Bosporus einzukaufen, ja, Manhattan hielt mich für eine vermögende Exzentrikerin, die Millionen in den New Yorker Kunstbetrieb werfen wollte, dabei hatte ich kaum noch Geld. Ich war mal wieder pleite.

Wir tuckern schon eine Weile in eine lang gezogene Fingerbucht hinein, und es kommt mir vor, als wären wir bereits mehrere Kilometer an undurchdringlich grünen, steilen Hängen vorbeigeschippert, Bewaldung bis zum Ufer an Backbord, Dickicht an Steuerbord, keine Bebauung, kein Haus, nichts, bis wir ganz am Ende dieses schmalen Wasserstreifens auf einen aus Altholz gezimmerten Steg stoßen. *FREE MOORING* lese ich auf einem mit unbeholfen hingepinselten Buchstaben beschrifteten Schild. Reststücke von verschieden gemusterter und an den Rändern ausfransender Auslegeware sind auf die Planken genagelt, und wo der Steg anlandet, befindet sich eine größere, halb offene Hütte, in der Tische und Bänke stehen. Ein kahlköpfiger Riese kommt uns entgegen, er heißt Ramazan und ist der Wirt dieses Lokals am Ende der Welt. Er freut sich sichtlich, Nevin und Verkin zu sehen, ein Redeschwall bricht los, der weiter anschwillt, als er sich mit uns an einen der Tische setzt und Kartoffeln zu schälen beginnt, riesige Kartoffeln, die in seinen Pranken zierlich wie Marzipankartoffeln wirken. Er spricht und spricht, soweit ich ihn verstehe, von seiner Suche nach einer Ehefrau, und zeigt uns einen schon leicht zerfledderten Katalog mit Fotos von Damen aus Usbekistan und Turkmenistan. Als er hinter einem Vorhang verschwindet, um die Kartoffelstifte zu frittieren, erklärt Verkin, dass Ramazan aus einem Dorf in den Bergen stamme, eines Tages jedoch zusammen mit einem böswilligen Kamel von dort in diese abgelegene Bucht verbannt worden sei, zu der keine Straße, nicht einmal ein richtiger Weg führe, weil er seinem Bruder auf dessen Hochzeitsfeier ein Ohr abgebissen habe.

Wieso werden ein Mann und ein Kamel aus einem Dorf verbannt?, frage ich. Und kann ein Kamel böswillig sein?

Das Kamel hatte sich am Tag der Hochzeit des Bruders auf dessen zukünftige Schwiegermutter gesetzt und sie so getötet, wahrscheinlich hatte sie das Tier nicht gut behandelt, sagt Verkin, Kamele sind wie Elefanten, sie merken sich alles. Der hierher verbannte Ramazan baute dem Kamel einen Unterstand und sich ein Baumhaus, setzte Kartoffeln, erweiterte seine Unterkunft und begann allen, die ihn besuchten, etwas zu essen anzubieten.

Er hat eine Pommesbude im Paradies eröffnet, ich verstehe, sage ich und trinke von dem eiskalten Bier, das Ramazan uns aus einer Kühltruhe gereicht hat. Dank einiger Solarpaneele gibt es heute Strom am Ende der Fingerbucht. Ein Kamel sehe ich nicht, nur drei große Atatürk-Porträts, die an der Hinterwand der Hütte hängen, darunter auch das, auf dem Atatürk einen Kalpak trägt.

Aber warum hat er seinem Bruder ein Ohr abgebissen?, erkundige ich mich, während Nevin durch den Katalog der heiratswilligen Frauen aus Usbekistan und Turkmenistan blättert, der auf dem Tisch liegen geblieben ist.

Das ist die Frage, die sich aus Angst um die eigenen Ohren bisher niemand zu stellen gewagt hat. Frag du ihn doch bitte, sagt Verkin.

Nevin zeigt auf ein Foto im Katalog und dann auf mich.

Nevin sucht eine Frau für dich, sagt Verkin und lacht. Für Frauen aus diesen Ländern kann ein Umzug in die Türkei einen gewaltigen Aufstieg bedeuten. Hierher – sie zeigt in die Hütte und auf die Bucht – würde ich mich allerdings nicht verheiraten wollen, Ramazan sucht nur eine Sklavin. Die Frau, die ihn heiratet, wäre gefangen, gefangen wie viele Frauen hier. Ich kann dir die Geschichte von Ahmeds Schwester Fatma erzählen, geboren 1979, dem schönsten und klügsten Mädchen von Kale. Schon als Kind verkaufte sie selbst gebastelte Andenken an Besucher und verdiente sich mehr als nur ein Taschengeld. Ein Anwalt aus Kaş wollte sie heiraten, sie hatte Verehrer aus Demre und Finike, ihre Schönheit hatte sich an der gesamten Küste herumgesprochen, aber ihr Vater bestand darauf, dass sie einen Trottel aus dem Dorf heiratete, einen Mann, der sie dann schlug, weil er Minderwertigkeitskomplexe gegenüber seiner klugen Frau entwickeln musste, die einen Hochschulabschluss hätte machen können, hätte ihr Vater ihr nur erlaubt – ich hatte sehr darauf gedrungen, leider vergeblich –, länger zur Schule zu gehen. Ihr nichtsnutziger Mann fiel glücklicherweise besoffen ins Meer und ertrank, Fatma begann, als Küchenhilfe und Teekocherin in einer Bank in Demre zu arbeiten. Man erkannte ihre Fähigkeiten und ihre Intelligenz, sie wurde befördert, saß eines Tages am Schalter und erwarb nebenbei als erste Frau weit und breit das Kapitänspatent. Sie kaufte ein Ausflugsboot, mit dem ihr Vater Touristen herumschipperte, Fatma, ich habe sie immer angespornt, ermutigt und unterstützt, machte den Führerschein, kaufte ein Auto und eine Wohnung in einem der neuen Häuser in Demre, um nicht mehr bei ihren Eltern in Kale wohnen zu müssen – dann aber nistete ihr Vater sich in ihrem Apartment ein, er lebt dort und kassiert jede Lira, die seine Tochter verdient.

Ramazan kommt mit unseren handgeschnitzten Gourmetkartoffeln zurück, ich trinke ein zweites eiskaltes Bier und lausche seinem wieder anschwellenden Gesang, von dem ich kaum ein Wort verstehe.

Als wir wieder auf dem Boot sind, beginnt Verkin, von Reinhart zu erzählen, ihrem zweiten Deutschen, dem Schriftsteller, dem sie das Wort *Lumpenbourgeoisie* verdankt, das sie so gern verwendet, wenn sie über die neue konsumierende Klasse der Türkei spricht.

Ich lernte ihn Mitte der neunziger Jahre bei einer Kulturkonferenz auf Rhodos kennen, auf einer durch EU-Mittel finanzierten kulturpolitischen Großveranstaltung, die Kulturen der Meere oder so ähnlich hieß. Ich war eingeladen, weil ich einige Artikel und Literaturkritiken geschrieben hatte, als privilegierte türkische Autoren, Männer selbstverständlich, aus Gründen der Selbstvermarktung im Ausland plötzlich für die armenische Sache eintraten. Auf der Konferenz sprach ich über das armenische Kulturerbe der Türkei, über meine Stiftung und über die Bemühungen, den türkischen Staat und seine Verantwortlichen dazu zu bewegen, sich zur armenischen Vergangenheit zu bekennen beziehungsweise erstmals anzuerkennen, dass es ein türkisch-armenisches Kulturerbe gibt. Konkret ging es um die Renovierung der Kirche zum Heiligen Kreuz auf der Insel Aghtamar im Vansee und um die Sicherung der Ruinen von Ani, der alten armenischen Hauptstadt, die ich mit Sam Greens Hilfe auf die Liste der hundert am meisten gefährdeten Kulturdenkmäler der Welt platziert hatte, ein Erfolg, der international und in der armenischen Diaspora einiges Aufsehen erregte, und das völlig zu Recht. Die Konferenz der Meere setzte sich nach einigen Tagen auf Rhodos fort, und dann auf einem Schiff, das eine größere Gruppe von türkischen, griechischen, deutschen, italienischen und französischen Schriftstellern und Kulturfunktionären durch die Ägäis, die Dardanellen und das Marmarameer nach Istanbul brachte, Reinhart und ich freundeten uns während dieser Tage an, und er blieb eine Weile in Istanbul. Er war ein westdeutscher Kommunist, der sich in der griechischen Widerstandsbewegung gegen das Obristenregime engagiert und bei einem Bombenanschlag sein Hörvermögen fast völlig verloren hatte. Nach einer weiteren gemeinsamen Reise lud Reinhart mich nach Deutschland ein, allerdings nicht zu sich nach Köln, sondern zu einem Schriftstellertreffen irgendwo in der Provinz, langweilige Landschaft, es gab kein Wasser. War es Münster? Bad Münster am Stein? Bad Münstereifel? Ich weiß es nicht mehr. Die Runde, die sich in einer Art Landschulheim versammelt hatte, bestand bis auf den meilenweit über sie herausragenden Reinhart aus zehn oder elf älteren oder jungvergreisten Männern, die sich während der eher drögen Diskussion über die Aufgabe der Literatur in ihrer Zeit ungeheuer bedeutsam und wichtigtuerisch gebärdeten, dabei jedoch, meinem Empfinden nach zumindest, eine solche Unkenntnis von Welt verkörperten, sprich Provinzialität, dass es schon wieder komisch war. Ich musste sehr viel lachen. Lustig waren auch die beiden einzigen weiblichen Teilnehmerinnen, die mich, wo sie nur konnten, angifteten und versuchten, mich von oben herab zu behandeln. Ich vermute, sie fühlten sich durch meine Anwesenheit und meine Aufmachung herausgefordert, kann sein, dass ich meinen Leopardenfellmantel trug, der immer ein wenig provozierte. Am zweiten Tag hatte ich genug von der Gesellschaft und sagte zu Reinhart, wir fahren jetzt nach Paris, und zwar sofort. Ich brauchte neue Schuhe, damals humpelte ich ja noch, war nie ohne Krücken unterwegs und musste maßgearbeitete Spezialschuhe tragen, die die unterschiedliche Länge meiner Beine ausglichen. Mein Freund Stéphane Kélian, ein französischer Armenier und Modemacher, *look him up*, fertigte sie in Paris für mich, ich bekam alle Modelle seiner Kollektion mit unterschiedlich hohen Absätzen.

Seid ihr mit dem Taxi von Münster oder Bad Münstereifel nach Paris gefahren?

Nein, wir haben den Zug genommen, von Köln aus, und zwar zweiter Klasse, weil mein kommunistischer Liebhaber sich weigerte, in der ersten Klasse zu reisen. Auch in Paris wollte er in kein Taxi steigen, sondern immer zu Fuß gehen, alle Wege, was ich aber nicht konnte, denn wenn ich längere Strecken ging, meldete sich der Knochen in meinem Bein. Weil er so schlecht hörte, war es nicht leicht, sich mit Reinhart zu unterhalten, vor allem, wenn er nicht hören wollte. Mit ihm zu telefonieren war quasi unmöglich, deshalb schrieb auch er mir lange Briefe, Schriftstellerbriefe, die ich allerdings, obgleich sie mir sehr gefielen, nur sehr kurz beantwortete, denn ich bin ja keine Schriftstellerin. Nach unserer Parisreise kam er noch ein- oder zweimal nach Istanbul, einmal trafen wir uns auch in Deutschland, auf einer Hörspieltagung, nein, nicht in Deutschland, wir trafen uns in Österreich, in Niederösterreich, nicht weit vom schönen Wien, wo wir anschließend zwei Tage verbrachten, aber das war fast eine Wiederholung, es ging nicht wirklich weiter zwischen uns. Er wollte nicht in Istanbul bleiben, und ich konnte mir nicht vorstellen, nach Köln zu ziehen, wo er mit der Witwe seines besten Freundes in einem Versorgungsarrangement zusammenlebte, das er nicht auflösen konnte oder wollte – wobei mir eigentlich nie ganz klar war, wer da wen versorgte. Er war traurig, als ich unser Verhältnis beendete, weil es nirgendwo hinführte. Und ich war es auch. Von da an schickte er mir alle paar Jahre ein dickes oder dünneres Buch mit handschriftlicher Widmung, die ich jedes Mal kaum entziffern konnte. Er schickte Bücher, die er geschrieben oder herausgegeben hatte, ich erinnere mich an einen umfangreichen Roman, der von seiner Widerstandsarbeit in Griechenland und dem misslungenen Bombenanschlag erzählte. Ich habe nicht alle seine Bücher gelesen, vielleicht, weil ich mich fürchtete, sie nicht gut zu finden – frage mich nun aber, nicht zum ersten Mal, ob ich vielleicht in einem vorkomme. Ich weiß, dass er etwas über Tarabya, das Haus, mein Hamam und unsere Reise nach Odesa geschrieben hat, über die Philip sich so sehr aufregte, weil das die Stadt war, aus der seine Großeltern vor Pogromen geflüchtet waren – und nun war ich mit einem Deutschen, einem Täter, dorthin gereist, und der schrieb sogar eine Geschichte darüber. Reinhart hat mich gefragt, und ich habe ihm erlaubt, meinen Namen zu verwenden.

Hat er dir die Geschichte geschickt?

Das Buch, in dem sie enthalten ist, muss irgendwo in Tarabya liegen, Nevin wird wissen, wo. Du kannst es dir gern ansehen und lesen und mir dann sagen, was drinsteht und ob es dir gefällt.

Und obwohl Verkin dieses Mal nicht *look him up* gesagt hat, habe ich bald eine Website des Schriftstellers gefunden. Sie nennt sich *Eine Vorstellung im Internet* und sieht aus, als wäre sie im Jahr 1999 gestaltet und seither nicht verändert worden. Ich wundere mich ein bisschen, dass mein Telefon sie anzeigen kann.

Es gibt ein Kontaktformular, sage ich und klopfe auf mein Display, wir könnten ihm zu seinem anstehenden fünfundneunzigsten Geburtstag gratulieren.

Mach das bitte, ja, sagt Verkin. Bestell ihm schöne Grüße und schreib, dass du in Kekova bist, das wird ihn eifersüchtig machen. Er war so gerne hier.

Das werde ich bestimmt nicht, Verkin, aber ich finde es großzügig von dir, dass du ihm erlaubt hast, deinen Namen in seinen Büchern zu verwenden.

Ja, wieso nicht? Wieso sollte er ihn ändern und sich einen anderen, am Ende unpassenderen Namen ausdenken, wenn er doch etwas über mich schreiben möchte? Mein Name ist mein Name, warum sollte diese Verkin, die ich mein ganzes Leben lang zu sein versuche, in einem Buch einen anderen Namen tragen? Sie ist doch nur eine Figur!

Wir sind wieder im offenen Wasser, es gibt Tee, und ich denke, ich weiß nicht wieso, an eine verstorbene Freundin, die von jedem Schuhmodell immer gleich zwei Paar kaufen musste, weil ihr linker Fuß deutlich kleiner war als der rechte.

Handgefertigte Pariser Maßschuhe mit unterschiedlich hohen Absätzen trägst du heute nicht mehr, oder?, frage ich.

Nein, antwortet Verkin, meine Beine sind wieder gleich lang. Ich humpele nicht mehr und muss nicht mehr an Krücken gehen, worüber ich mich jeden Tag freue. Habe ich dir noch nicht von der Verlängerung meines Beins erzählt? Sie fand in Deutschland statt, in München. Das wäre die Coda, oder der Epilog der Geschichte meines Beins, die nicht lange nach der Episode mit Reinhart spielt. Ich hatte genug von dem Gemurkse mit den Schuhen und den unterschiedlich hohen Absätzen und gerade genug Geld beisammen, flog nach München und ließ mir den linken Oberschenkelknochen durchsägen, der dann mit einem aus dem Wadenbein entnommenen Stück Gewebe und einer Schiene wieder zusammengesetzt wurde.

Hat das nicht fürchterlich wehgetan?, frage ich.

Natürlich hat es wehgetan, aber ich wollte nicht mehr humpeln müssen. Die Osteotomie erfolgte selbstverständlich unter Narkose, und zwar unter einer, die wirkte. Nach all den Operationen, die ich davor hatte erdulden müssen – ich war ja bereits siebenundvierzigmal an diesem Bein operiert worden –, war das keine große Sache für mich, obwohl das Femur sich aus irgendeinem Grund nur zentimeterweise verlängern ließ, ich musste mich der Prozedur zwei- oder dreimal unterziehen.

Wir sind nun auf Kurs Kreuzfahrerburg, ihre Schwalbenschwanzzinnen zeichnen sich gegen den Abendhimmel ab, die große türkische Flagge flattert über dem Turm.

Kennst du schon die Geschichte vom shampoonierten Esel?, fragt Verkin.

Ich esse wieder Physalis, und ab und zu bläst der Wind eine der leeren Fruchthüllen aus der Schüssel und über Bord. Sie schwimmen eine Weile auf dem Wasser, ja, es sieht so aus, als segelten sie ein Stück, dann gehen sie unter.

Nein, sage ich, von einem shampoonierten Esel habe ich noch nichts gehört.

Eine Istanbuler Freundin wollte in Kale heiraten, und die Trauung sollte oben auf dem Berg im Felstheater der Burgruine stattfinden. In ihrem weißen Hochzeitskleid mit langer Schleppe konnte sie jedoch unmöglich die Stufen hinaufmarschieren, du weißt ja, wie steil die sind. Und überhaupt, eine Braut geht nicht zu Fuß zu ihrer Hochzeit. Kutsche fiel aus, es gibt ja keinen Weg hinauf, nur die Felsentreppe mit ihren uralten, unebenen Stufen. Mir kam die Idee, dass sie auf einem Esel hinaufreiten könnte. Ahmed brachte uns einen hübschen, der von uns gewaschen, shampooniert und gesalbt wurde, wir behandelten ihn wie den goldenen Esel, also wie einen von einer thessalischen Hexe verzauberten Jüngling, und mein Friseur Serge, den ich für die Hochzeitsfrisur der Freundin aus Paris hatte einfliegen lassen, hatte am Ende größeren Spaß daran, den Esel zu frisieren als die Braut. Sam war dabei und auch der Patriarch, es war ein großes Fest, ich glaube, wir haben drei Tage gefeiert, auch wenn der Esel sich letztendlich natürlich geweigert hat, die Stufen hinaufzuklettern.

Hat der Patriarch von Konstantinopel die Braut getraut?, frage ich.

Nein, er war inkognito hier, mit seiner Mutter, und lief in Badehose durch Kale, nicht im Ornat.

Wie kam es eigentlich dazu, dass du seine Beraterin wurdest? Deine tiefe Religiosität kann doch nicht der Grund gewesen sein.

Der Patriarch brauchte jemanden, der die Dinge aussprach, zu denen er sich nicht äußern durfte, jemanden, der keine Angst vor älteren Männern hatte und sich sowohl mit sturen Türken als auch mit hochmütigen und verbohrten Mitgliedern der armenischen Gemeinde auseinandersetzen konnte, während er selbst sich um Ausgleich bemühte. Wir kannten uns aus New York, der dortige Patriarch, der meinem Vater sehr verbunden war, stellte uns einander vor, da war er noch nicht Patriarch von Konstantinopel, sondern Erzbischof der Prinzeninseln. Wir verstanden uns und hatten gleich eine Verbindung zueinander, denn seine Geschichte war eine besondere: Er hatte nie vorgehabt, Priester zu werden, er studierte Philosophie und Soziologie, wollte promovieren und eine wissenschaftliche Karriere einschlagen, dann aber warf ein Unfall seine Lebensplanung um. Er saß mit im Auto, als sein Jugendfreund, ein Istanbuler Armenier, der seine Priesterausbildung fast beendet hatte, neben ihm starb. Du kannst dir denken, dass wir uns einiges zu erzählen hatten. Wir sahen uns in Istanbul wieder, freundeten uns an, und ich könnte sagen, es gab so etwas wie einen langen, zarten Flirt zwischen uns, zeitweise dachte er darüber nach, sein Amt aufzugeben und ins sogenannte bürgerliche Leben zurückzukehren, aber er bekam ja auch mit, wie sehr Tarek und ich uns immer wieder stritten, laut und mit Geschrei, weshalb er nicht nur einmal zu mir sagte: Ach, wie sehr danke ich dem lieben Gott für den Zölibat. Es war ein wenig wie mit dem Cowboy, es gab diesen reizvollen institutionellen Sicherheitsabstand, sein Amt und seine Funktion standen zwischen uns. Und obwohl viel geredet wurde, Gerüchte kursierten und nicht wenige Armenier sich das Maul zerrissen – es war nie etwas zwischen uns, wenn *es war etwas* heißen soll, tatsächlich Sex zu haben.

Er ist in Kornwestheim bei Stuttgart zur Schule gegangen, sage ich ein wenig verwundert, da sind wir schon ganz nah bei den halb im Wasser versunkenen Sarkophagen kurz vor Kale, Ahmed wird gleich den Anker setzen. Er hätte vielleicht gar nicht Patriarch von Konstantinopel werden müssen, sage ich, alles hätte anders kommen können, er hätte Außenminister der Bundesrepublik Deutschland werden können. Und studiert hat er unter anderem, ich überfliege einen seiner Nachrufe, in Memphis, Tennessee. Ob er deinen Cousin in Nashville kannte, den Zigarrenhändler mit dem theatersaalgroßen Sarg aus Zedernholz?

Flamboyant Çano? Kann sein, aber davon weiß ich nichts. Nach seinem Tod wurde kolportiert, der Patriarch sei an einer Demenzerkrankung gestorben, aber das ist nur die halbe Wahrheit. Ich bin mir sicher, dass man ihn vergiftet hat und die Erkrankung dadurch ausgelöst wurde. Irgendjemand wollte ihn aus dem Weg räumen, aber ich weiß nicht wer und kann es leider nicht beweisen.

Nach dem Frühstück am nächsten Morgen – es gibt Ziegenkäse, Oliven, Okraschoten, Omelett, geschälte Tomaten, gegrillte Auberginen, Tee, Orangensaft, Wasser, Schwarzkirsch- und Aprikosenkompott mit ganzen Mandeln – bleibe ich auf der Terrasse sitzen und starre abwechselnd in meine Notizbücher und aufs Meer. Ich müsste das Shopping-Mall-Buch fertig schreiben und weiß nicht wie. Es gibt Hunderte Seiten Material, es gibt Beschreibungen aller Malls, in denen ich gewesen bin, es gibt Fotos, Pläne und Listen aller Themen-Malls und Aufzeichnungen über all das, was die Bühnenbildner der Einkaufswelten sich ausgedacht haben, es gibt Zeichnungen, wie Rolltreppen verlaufen, Notizen über Besucherführung und Informationssysteme, ich habe erforscht, wie belebt bestimmte Malls zu welchen Tageszeiten, wie Besucher gekleidet und in welcher Gruppengröße sie unterwegs sind, und müsste das alles nur zusammenführen, müsste anfangen – denke aber nur an das Mammutskelett, das ich letztes Jahr in einer gigantischen, nicht besonders gut frequentierten Mall in Abu Dhabi gesehen habe, mitten in der Wüste. Es stand als Teil der Einkaufsinszenierung dort, und ich fragte mich, ob das ausgestorbene Tier wohl einst davon geträumt haben könnte, zwölftausend Jahre später als Skelett in einer Shopping Mall zu grasen. Die ganze Installation schien mir, und das wahrscheinlich ganz ungewollt, ein Bild für unseren Raubbau und eine Mahnung an unser anstehendes eigenes Aussterben zu sein, denn bis das letzte Tier erlegt war, müssen Mammuts für unsere steinzeitlichen Vorfahren so etwas wie eine Shopping Mall gewesen sein, in der sie sich frei bedienen konnten. Mammuts lieferten Nahrung, Kleidung, Baumaterial, Werkzeug und Waffen, bei Jagdglück paradiesischer Überfluss, ein Einkaufsfest ...

Wartest du auf Inspiration?, unterbricht Verkin meine Gedanken, sie kommt mit Zitronen aus dem Garten, frisch gepflückt, und hat mich auf meine Papiere starren sehen.

Im Türkischen heißt es, *ein Engel kommt vorbei*, sagt sie.

Bei mir kommen leider nur Esel vorbei. Und die sind nicht mal frisch shampooniert und frisiert.

Lass uns eine Ziege kaufen gehen, Ahmed kann uns nach Üçağız übersetzen.

Wir haben schon einmal eine frisch geschlachtete Ziege am Straßenrand erworben, zerlegt und in vier gebrauchte Plastiktüten aufgeteilt. Verkin kennt Lieferanten, arme Bauern, die sich freuen, ein Tier zu verkaufen. Das letzte Mal standen wir am späten Nachmittag zwischen zwei Foliengewächshäusern und den Überresten eines lykischen Grabmals in der Sonne und warteten auf unsere Dealer, zwei halbwüchsige Jungs, die auf einem Moped angefahren kamen und uns die noch warme Ziege in Plastiktüten übergaben.

16

Galata

Verkin ist Muchtar / Wieder in Suma Han / Tag der Zuckerkrankheit / Tee mit dem Bürgermeister / Sie nennen mich Abla

Ich bin wieder in Verkins Stadthaus Suma Han, nicht weit vom viel fotografierten Galataturm. Verkin sitzt am Esstisch in der Ecke des großen Zimmers mit Aussicht und telefoniert.

Ich bin wieder in Suma Han, in dessen Untergeschossen Verkins Vater, der Pionier, einst die ersten Schalter, Stecker und Lampenfassungen der Türkei produzierte, in dem Gebäude, in dem die erste türkische Bakelitpresse gearbeitet hat, weil es Verkins Vater gelungen war, die Lizenz zur Herstellung dieses frühen Kunststoffs für die Türkei zu erwerben, Spuren des Formaldehyds, das es für die Produktion von Bakelit braucht, müssten noch heute in den Kellermauern stecken.

Ich bin wieder in Suma Han, ganz oben im sechsten oder siebten Stock, Verkin hat die Wahl zur Muchtar gewonnen, und ich bin nach Istanbul gekommen, um ihr mit Hausmacher Leberwurst, Sauerkraut, Sachertorte und einem Buch über die deutsche Beteiligung am Völkermord an den Armeniern zu gratulieren.

Ich bin wieder im ehemaligen Gewerbehof Suma Han, in dem sich einst über hundert kleinere Handwerksbetriebe, Läden und Werkstätten befanden, verteilt auf sechs Stockwerke in zu den Fluren hin offenen Räumen, die nun zu Ateliers und Apartments umgebaut sind.

Ich bin wieder in Suma Han, der mit all seinen Handwerksbetrieben und Werkstätten einst so etwas wie eine Mall gewesen ist, ein Haus, in dem es zuging wie in einem Bienenstock, die untersten Stufen der Marmortreppe im Haus sind zentimetertief ausgetreten. Ich bin in dem Han, den die noch immer telefonierende Verkin während der letzten zehn Jahre in ein Kunst-, Wohn- und Kreativquartier verwandelt, sprich gentrifiziert hat, wozu sie alle Kleinbetriebe und Handwerker im Haus loswerden musste, von denen nicht wenige nach dem Tod ihres Vaters schlicht keine Miete mehr bezahlt hatten. Was wird die Tochter, die Frau, die Armenierin schon tun, hatten sie sich gesagt, weshalb Verkin sie bis auf eine Ausnahme von einem Rollkommando auf die Straße werfen ließ, nur ein Drahthändler durfte in seinem Abteil im ersten Stock bleiben, wo er noch heute jeden Tag zwischen seinen Gewindestangen, Schrauben, Kabeltrommeln und Metallstäben sitzt wie ein Wächter in einer Ausstellung. Es soll schon Besucher in Suma Han gegeben haben, die seinen Laden tatsächlich für ein Museum kaufen wollten.

Ich bin wieder in Suma Han in Galata, das über Jahrhunderte die Handelsniederlassung der Republik Genua und eine eigenständige Stadt war, welche die Eroberung von Konstantinopel einigermaßen und die Stadterneuerungen und Abrissorgien der fünfziger und sechziger Jahre des letzten Jahrhunderts weniger gut überstanden hat.

Ich bin wieder in Suma Han, der seinen Namen von einem verschwundenen Vorgängerbau hat, einem Han, in dem wahrscheinlich mit Gerbersumach gehandelt wurde, einer Variante des in der türkischen, arabischen und persischen Küche beliebten Gewürzes Sumach, welches, wie anderswo Salbei, für die Lederverarbeitung in den Gerbereien am nahen Ufer des Goldenen Horns wichtig war.

Ich bin wieder in Suma Han, in Verkins Wohnung mit Hamam auf dem Dach, der Wohnung mit Aussicht zur Altstadt auf der gegenüberliegenden Seite des Goldenen Horns und Blick auf das diesseitige Gassenlabyrinth mit seinen Hunderten Leuchten-, Lampen-, Kabel- und Elektrogeschäften, die sich in der Umgebung angesiedelt haben, weil Verkins Vater in Suma Han die türkische Elektroindustrie begründet hat.

Ich bin wieder in Suma Han, der Burg des Viertels, das nach der Arabischen Moschee in der Nachbarschaft Arap Camii heißt, das Viertel, in dem tagsüber an die hunderttausend Menschen arbeiten, so, wie es aussieht, fast nur Männer, aber kaum eine Seele wohnt, weil sich in allen Häusern, auch denen, die ursprünglich als Wohngebäude errichtet worden waren, auf jeder Etage Betriebe befinden, immer noch eine weitere Firma, die elektrische Bauteile, Lampen, Schalter oder Regler vertreibt oder herstellt, weshalb es auch kaum stört, dass im Keller von Suma Han der Club eröffnet hat, für den Suma Han heute berühmt ist, DJs aus der ganzen Welt legen hier auf.

Ich bin wieder in Verkins Wohnung ganz oben in Suma Han, ich gehe ans Fenster und sehe die Arabische Moschee Arap Camii, die – das ist dem Gebäude im gotischen Stil sehr deutlich anzusehen – bis zur Eroberung Konstantinopels ein Dominikanerkloster gewesen ist. Arabische Moschee wird das ehemalige Kloster und seine Kirche genannt, weil nicht wenige Muslime fest daran glauben, dass an seiner Stelle während der zweiten erfolglosen arabischen Belagerung Konstantinopels im Jahr 717–718 eine Moschee gestanden haben soll, wofür es, außer dem Wunsch, dass es so gewesen sein könnte, keinerlei Anzeichen gibt, aber ich weiß, dass Verkin dieser Wunschvergangenheit nicht gern widerspricht, weil sie niemanden verletzen oder gegen sich aufbringen möchte.

Ich bin wieder in Verkins Wohnung und betrachte eine von Hippos hinter Glas gerahmten Collagen, ich vermute, sie stammt aus den Jahren, in denen er durch Istanbul streunte, während Verkin die Firma führte. Ich sehe die von Orhan gehauene schwarze Halbreliefbüste an der Wand und erkenne Verkins Gesichtszüge im Marmor, ich sehe den Andy Warhol, ein Geschenk von Sam Green, und die beiden Opiumpfeifen, die einmal John Lennon gehört haben sollen, auch sie ein Geschenk von Sam Green, dem ich außer in Verkins Erzählungen nie begegnet bin, aber auch Hippo, Orhan, Detlev, Abdulkadir, Philip und dem Patriarchen bin ich nie begegnet, weil sie alle tot sind, denke ich, während ich in eines der Bücher hineinsehe, die auf dem Couchtisch liegen. Es sind hauptsächlich amerikanische, französische und einige deutsche Veröffentlichungen über byzantinische Kunst sowie armenische und türkische Geschichte, auch die antiquarische Ausgabe von Helmuth von Moltkes *Briefe über Zustände und Begebenheiten in der Türkei aus den Jahren 1835 bis 1839* sehe ich hier, das im neunzehnten Jahrhundert viel gelesene Buch mit dem langen Titel hatte ich Verkin im Spätsommer nach Kekova mitgebracht.

Ich bin wieder in Suma Han, wo ich während der letzten Jahre nicht wenige Partys miterlebt habe, ich erinnere mich an ein nicht gerade kleines Fest, das Cengiz und Süreyya ihrer Mutter zum Geburtstag organisiert hatten, kurz vor dem letzten Putsch. Suma Han war vom Keller bis unters Dach voll mit Menschen, Hunderte Gäste im Haus, eine Party mit DJs aus Paris und Berlin und Sponsoren für Getränke sowie Hostessen, die Parfümproben verteilten. Ich erinnere mich an eine Party zu Cengiz' Geburtstag mit der *jeunesse dorée* von Şişli und Beyoğlu, den schönen reichen Erben. Und ich erinnere mich an ein osmanisches Kostümfest, Süreyya tanzte in Pluderhosen und sah aus wie Süleyman der Prächtige.

Ich bin wieder in Suma Han und erinnere mich an den lockenköpfigen Bildhauer mit gezwirbeltem Bart in einem rosafarbenen Anzug und roten Schnabelschuhen. Ich erinnere mich an die Performancekünstlerin in ihrem Igel-Overall mit den stechenden schwarzen Latex-Nippeln, ich erinnere mich an den eingebildeten englischen Rohölhändler, einen von Süreyyas Kommilitonen aus Oxford, an den koreanisch-amerikanischen Investmentbanker, einen Freund und früheren Kollegen von Cengiz bei Goldman Sachs, der in Istanbul von seiner Kokainsucht loskommen wollte, was natürlich nicht funktionierte. Ich erinnere mich an den Istanbuler Regisseur, der versprach, Verkin in seiner nächsten Serie eine Rolle zu geben, einen Cameo-Auftritt, und ich erinnere mich an die schönen Frauen, die in Suma Han ein und aus gingen, zu der Zeit, als eine Modelagentur in einem der größeren Ateliers Castings veranstaltete.

Ich bin wieder in Suma Han, Verkin telefoniert, spricht dabei nicht viel, sie hört zu und lässt den oder die andere reden. Ich bin wieder in Suma Han, trinke Tee, höre sie zuhören und schaue über das heute graue Wasser des Goldenen Horns hinweg auf vier der sieben Hügel, die das Neue Rom haben musste, um dem anderen, älteren Rom mindestens ebenbürtig zu sein. Ich bin wieder in Suma Han, schaue zum Fenster hinaus, und mir wird klar, jetzt erst, in diesem Moment, dass die beiden Ufer des Goldenen Horns die Bosporus-Situation mit seinen zwei Ufern wiederholen, ja verdoppeln, diese Stadt hat vier, vielleicht sogar sechs Ufer, das Marmarameer und seine Ufer gibt es ja auch noch.

Verkin beendet ihr Telefonat, wir begrüßen einander endlich, sie entfernt die Schutzfolie von dem dicken Buch über Deutschlands Rolle bei der Vernichtung der Armenier, das ich mitgebracht habe, und blättert in das Kapitel über die Zerstörung der alten armenischen Stadt Van im Jahre 1915 hinein. Ich gratuliere ihr zur Wahl und frage, wie viele Muchtars es in der Türkei gebe, fast fünfzehntausend höre ich, und weniger als zehn Prozent davon sind Frauen, armenische Muchtar gibt es nur eine Handvoll, Verkin ist der einzige weibliche armenische Muchtar der Türkei. Sie erzählt, dass sie die Wahl fast noch verloren hätte, weil die Mafia kurz vor Schluss plötzlich einen Gegenkandidaten präsentiert habe, der als Strohmann und Jasager installiert werden sollte. Vom Friseur des Viertels habe sie zum Glück von diesem Plan erfahren und ihn verhindern können, es habe dem organisierten Verbrechen nichts genützt, gekaufte arme Schlucker mit gefälschten Wahlscheinen zur Urne zu schicken, ihre Freundin aus dem Innenministerium habe für Aufsicht und eine strenge Wahlüberwachung gesorgt, außerdem sei der Imam von Arap Camii, mit dem sie sich sehr gut verstehe, auf ihrer Seite gewesen. Verkin erzählt, was sie vorhat und wie sie ihre Nachbarschaft Arap Camii verändern und entwickeln will, sie zeigt auf die beiden klobigen, heruntergekommenen und ohne Genehmigung erbauten Hoteltürme aus den siebziger Jahren, die sie gern abreißen lassen würde, weil sie vom Goldenen Horn her die Sicht auf die Moschee verstellen. Sie habe Emine schon von diesem Plan erzählt.

Ich habe sie auf einer Veranstaltung angesprochen, sagt Verkin.

Es dauert einen Augenblick, bis ich verstehe, von welcher Emine sie redet, es dauert, bis ich kapiere, dass sie von der Frau des Präsidenten spricht, dann aber fällt mir ein, dass Verkin vor wenigen Wochen erst ein Foto gepostet hat, das sie mit Emine Erdoğan zeigt. Sie genieße jetzt den Schutz des Amts, sagt Verkin, sie dürfe nun überall hin und hinein, sie besitze eine rote Amtsrobe, dürfe Trauungen vornehmen und habe die Berechtigung, eine Schusswaffe zu tragen, sie übe schon mit einem Personal Trainer auf einem Schießstand, denn eine Pistole sei überraschend schwer – und ich stelle mir Verkin nun mit einer Beretta oder einer Walter PPK im Schulterhalfter oder in der Handtasche vor, mit einer der halbautomatischen Waffen, deren Namen mir nur aus den Spionageromanen vertraut sind, die ich als Kind gelesen habe. Und während ich noch über diese Waffen nachdenke, verstehe ich, dass Verkin mit ihrem neuen Muchtar-Körper nun all die Dinge angehen und unternehmen kann, die bisher außer Reichweite lagen, oder wenn, dann nur mit einer Entourage von Männern zu verwirklichen waren. Sie hat oft genug erzählt, dass sie in der Türkei immer Männer neben und um sich herum brauchte, als Schutzschilde, Leibwächter oder Vogelscheuchen. Nun aber, verstehe ich, hat die Wahl zur Muchtar ihr einen politischen Körper verschafft, sie braucht die Entourage nicht mehr.

Es ist schon dunkel, als wir Suma Han verlassen und Verkin die steile Direttissima Richtung Galataturm einschlägt. Sie fragt nach meinem Vater, nach meiner Freundin und der Tochter und was das Leben in Berlin so mache. Und nach dem Shopping-Mall-Buch, das noch immer nicht fertig ist. Während ich Auskunft gebe über alle Familienfragen, muss ich daran denken, dass ich vor langer Zeit einmal über einige Jahre hinweg behauptet habe, ich würde eine historisch-anthropologische Doktorarbeit schreiben, ihr Arbeitstitel lautete *Eine Geschichte der Wunde*. In Wahrheit arbeitete ich die meiste Zeit über an einem Roman, der von einer Hose handeln sollte.

Verkin, sie trägt rot-braun gemusterte Wanderschuhe, geht zügig den Berg hinauf, und wüsste ich es nicht besser, ich käme nicht auf die Idee, dass die Person neben mir, ich kann ihr kaum folgen, fast zehn Jahre lang schwer gehbehindert war und sich oft nur an Krücken oder im Rollstuhl fortbewegen konnte. Ihr silberfarbenes Haar ist ein wenig länger als zuletzt und fällt über den Kragen einer dunkelbraunen Glattlederjacke, die sie im Großen Basar gekauft habe, wie sie verrät, als ich sage, dass sie mir gefalle.

Ich habe sie von einem Händler, den ich seit meiner Kindheit kenne, sagt sie, wir können dir auch eine kaufen, dann lernst du endlich, wie im Basar verhandelt wird.

Wir sind unterwegs zu einer Freiluftveranstaltung, die anlässlich des Welttags gegen die Zuckerkrankheit unter dem heute blau angestrahlten Galataturm stattfindet, das Logo des Aktionstags ist auf seinen Schaft projiziert. Als neu gewählte Muchtar muss Verkin sich den Bürgerinnen und Bürgern zeigen, viele sind in blauen T-Shirts gekommen, die sie über dicken Pullovern oder Daunenjacken tragen. Verkin fotografiert und lässt sich im Getümmel fotografieren, sich zu präsentieren und anwesend zu sein, gehört zu ihrer Aufgabe als Lokalpolitikerin. Sie grüßt und wird gegrüßt und stellt mich den anderen Muchtar von Beyoğlu vor, leider verstehe ich kaum etwas, weil die Blechbläser und die großen Trommeln der musizierenden Marching Band alles übertönen.

Eine aufregende halbe Stunde und Dutzende von blauem Licht beleuchtete Instagram-Storys später betreten wir mit einer Gruppe von Verkins Parteifreunden ein Café, das nur wenige Schritte vom Galataturm entfernt liegt. Ich zähle durch und stelle fest, wir sind zu elft: drei Frauen mit Hijab, zwei Frauen ohne, vier Männer in Anzug, Hemd und Krawatte, ein Mann in einem Sweater mit Kapuze und ich selbst in Hemd und Pullover unter dem Übergangsmantel. Aufgeregt herumtanzende Kellner – sie scheinen zu wissen, wer in ihr neu und gar nicht geschmacklos eingerichtetes Café gekommen ist – schieben quadratische Marmortische zu einer Tafel zusammen, vertreiben ein Pärchen in eine andere Ecke, bringen Teller mit Gebäck und servieren Tee. Ihre Bewegungen wirken wie ein choreografiertes Durcheinander, Begleitmusik rieselt aus in der Decke verbauten Lautsprechern, ich erkenne eine Muzak-Version von *California Dreaming*. Zwei der drei Frauen mit Hijab telefonieren, fünf weitere Personen, Verkin eingeschlossen, tippen auf ihren Smartphones herum und posten frisch erbeutetes Bildmaterial. In einer der Frauen erkenne ich Verkins Freundin, der ich einmal in Tarabya begegnet bin. Verkin stellt mich wieder als Schriftsteller vor, der ein Buch über den Großen Basar und den Istanbuler Shopping-Mall-Boom schreibe, und ich denke, wie gut, dass sie es sagt, denn ich selbst glaube jeden Tag weniger daran, dass dieses Buch jemals fertig wird. Als Verkin und ich – wir sitzen einander schräg gegenüber – einige Worte auf Deutsch statt auf Englisch miteinander wechseln, bemerke ich, dass eine der Hijab tragenden Frauen uns versteht, bisher hat sie sich nur mit ihren beiden Telefonen beschäftigt.

Deutsch ist keine Geheimsprache, sagt sie und zeigt ihren Nachbarinnen links und rechts das Display ihres größeren iPhones, auf dem das Titelbild meines letzten Buchs zu sehen ist.

Es scheint Sie also zu geben, sagt sie.

Tatsächlich, ich scheine zu existieren, denke ich. Und irgendwann muss ich, was ich immer wieder vergesse, tatsächlich einmal ein Buch geschrieben haben, sonst wäre sein Cover nun ja nicht auf diesem kleinen Bildschirm zu sehen.

Sie habe in Aachen und in Chicago Architektur studiert, verrät die Frau mit den zwei Telefonen. Sie spricht nun wieder Englisch und erzählt, dass sie im Bauministerium in Ankara arbeite und zwischen Istanbul und Ankara pendele. Gerade will sie mir erklären, wofür genau sie zuständig ist, da sieht sie eine Nachricht auf dem Sperrbildschirm ihres kleineren Telefons und entschuldigt sich, sie müsse reagieren.

Verkin unterhält sich derweil mit einem Museumsdirektor und dem Mann im Kapuzenpullover, den sie mir als den Gatten der einzigen anderen Frau ohne Kopftuch vorstellt, einer Autorin, die historische Romane schreibe. Die Nichte des Museumsdirektors sei die Zwangsverwalterin aller beschlagnahmten Gülen-Besitztümer in der Türkei, erfahre ich, und der Museumsdirektor selbst, der Onkel dieser mächtigen Frau, er winkt mir vom gegenüberliegenden Ende der Tafel, sei ein Sufi und ein großer Fan von Tarek und seinen Heilkünsten.

Was für eine Istanbuler Mischung, denke ich, während die Autorin mir halb auf Türkisch, halb auf Englisch von ihrer erfolgreichen Romanreihe erzählt. Gerade arbeite sie ihren größten Erfolgstitel zu einem Musical um, das schon bald in Istanbul Premiere haben soll. Ich gratuliere, da ergänzt Verkin, sehr leise und auf Deutsch, dass die dämliche

Hauptfigur ihrer Kitschromane für das Abschlachten von Armeniern und Aleviten gefeiert werde.

Zwei Kellner bringen zum zweiten oder dritten Mal Tee, ich versuche, mich an einer Bildbeschreibung dieser elf Personen im Kaffeehaus, und Verkin, zwei Personen unterhalten sich über ihren Kopf hinweg, sieht auf einmal müde aus. Ich frage mich gerade, wie lange diese improvisierte Politversammlung wohl noch dauern wird, da betritt der Bürgermeister von Beyoğlu das Café, drei Begleiter folgen ihm, alle vier in Politikeruniform. Großes Stühlerücken, Aufstehen, Begrüßung, erneute Vorstellungsrunde, noch mehr Tee, noch mehr Gebäck, und die Kellner rennen noch aufgeregter durcheinander, etliche Telefone am Tisch filmen, als der Bürgermeister spricht, und mir fällt auf, dass ich eigentlich gar nicht hier sein und am Tisch sitzen müsste, ich könnte mir diesen Moment auch live gestreamt in einem der sozialen Netzwerke ansehen. Auf meinem Telefon.

Auf dem Rückweg nach Suma Han sind die Seitenstraßen unterhalb des noch immer blau beleuchteten Galaturms weitgehend menschenleer. Verkin erzählt, dass Hippo an den Folgen einer Komplikation seiner Zuckerkrankheit starb.

Das ist zehn oder elf Jahre her, sagt sie, auch deshalb wollte ich mich an der Aktion zum Weltdiabetestag beteiligen.

Sie spricht dann über das Prinzip der Seniorität, von dem sie innerhalb der Partei und der Politik profitiere, die Türken, sagt sie, ehren, achten und respektieren das Alter. In der Partei werde sie mittlerweile *abla* genannt, ältere Schwester, worüber sie sich freue, worauf sie sogar ein bisschen stolz sei, denn *abla* sei eine Respektbezeichnung, die sie sich über viele Jahre erarbeitet habe.

Nur weil ich schon seit zwanzig Jahren dabei bin und mir nicht zu schade war, während der ersten Wahlkämpfe Zettel auf der Straße zu verteilen, kann ich als Frau und Armenierin heute mit den türkischen Granden der Partei zusammensitzen und Tee trinken, sagt Verkin. Dort, wo mich eigentlich niemand erwartet.

17

Van

Flughafencroissants / Die Maschine voller Männer / Nicolas, mein Instagram / Schuljahre im Orientexpress / Die neueste Mall von Van / Fliegende Teller / Das Loch in der Kuppel / Rauch über Schnee

Verkin und ich sitzen in der Lounge des vor vier Monaten eröffneten neuen Flughafens am Schwarzen Meer. Es ist früh am Morgen und kurz vor Weihnachten, wir sind unterwegs zum Vansee, ganz im Osten der Türkei.

Der gigantomanische Bau heißt nun schlicht und einfach Istanbul und nicht Recep-Tayyip-Erdoğan-Havalimanı, wie Verkin es bei meinem ersten Besuch in ihrem Haus vor ein paar Jahren prophezeit hat, aber sie meint, das könne sich ja noch ändern.

Die Croissants sind nicht so gut wie die in der Lounge am Atatürk-Flughafen, sagt sie.

Wir sitzen in tiefen schwarzen Lesersesseln und trinken Tee, Verkins Vielfliegerstatus erlaubt es ihr, mich als Gast in die Lounge mitzunehmen. Es gibt Zeitungen, Zeitschriften, Wifi, stumm laufende Bildschirmwände und mehrere Büfettinseln, über deren Croissants ich nicht meckern möchte. Ich hole uns beiden neuen Tee, setze mich wieder und suche auf meinem Telefon nach einer Zahlenangabe, ich möchte wissen, wie viele Bäume für diesen Megaflughafen und seine Zubringerautobahnen gefällt werden mussten. Ich erinnere mich, die Zahl schon einmal gelesen zu haben, sie war unfassbar hoch.

Als es fast Zeit für unseren Flug nach Van ist, ruft Süreyya an, Verkins jüngerer Sohn, den wir eigentlich hier treffen wollen. Er hat verschlafen und wird die nächste oder übernächste Maschine nehmen müssen.

Im Club ging es wohl hoch her, sagt Verkin, als sie das Gespräch mit ihm beendet hat. Gestern war große Party in Suma Han.

Wir müssen nicht zum Gate gehen, ein ausgepolsterter Kleinbus holt uns am Ausgang der Lounge ab und fährt uns und nur einen weiteren Passagier zu dem auf einer entfernten Außenposition abgestellten Flugzeug. Nun soll es schon das größte Drehkreuz der Welt für hundertfünfzig Millionen Passagiere im Jahr sein, denke ich, und trotzdem müssen Maschinen auf dem Vorfeld parken.

In der Kabine sitzt Verkin rechts von mir am Fenster, sie hat ihr Buch schon aufgeschlagen. Ich habe den Mittelplatz, am Gang neben mir sehe ich einen jungen Mann mit einem Kopfhörer, der so groß ist, dass ich ihn fast für den Piloten halten möchte. Über den Gang hinweg drei weitere junge Männer, in den Reihen vor und hinter uns ebenfalls, das gesamte Flugzeug hat sich mit jungen Männern gefüllt.

Unsere Soldaten, sagt Verkin, als ich sie darauf aufmerksam mache. Abgesehen von zwei Flugbegleiterinnen scheint sie die einzige Frau an Bord zu sein.

Die jungen Herren kehren in ihre Kasernen im Osten zurück. Sie beschützen und verteidigen unser Land, sagt sie.

Stimmt, die Türkei hat die zweitgrößte Armee der NATO, Reservisten eingerechnet fast eine Million Mann.

Verkin versinkt in ihrem Buch über die spätrömische Kaiserzeit, und mir fällt auf, wie ruhig es im Flugzeug ist.

Niemand spricht. Nicht nur mein Sitznachbar, auch alle anderen Passagiere tragen Ohr- oder Kopfhörer und haben die Augen geschlossen oder starren auf die Displays ihrer Telefone.

Wann warst du eigentlich das erste Mal in Van?, frage ich Verkin, da schweben wir schon über dem ersten schneebedeckten Gebirgszug.

Ich denke, das war mit Nicolas und meiner Mutter, sagt sie und legt einen Finger zwischen die Seiten ihres Wälzers.

Mit dem Fotografen, der die dreizehnjährige Verkin im Orientexpress verführt hat?

Nein, ich habe ihn verführt, weißt du doch. Mit ihm und mit meiner Mutter bin ich nach Van gefahren, Ende der sechziger Jahre. Ich wohnte noch nicht in New York City, war aber auch nicht mehr mit Detlev verheiratet.

Bist du öfter mit deiner Mutter verreist? Von Reisen mit ihr hast du noch nie erzählt.

Nein, die Vanreise war wahrscheinlich die einzige Fahrt, die wir gemeinsam unternommen haben – abgesehen von Badeurlauben in Çeşme oder Bodrum und irgendwelchen Verwandtenbesuchen. Meine Mutter wollte Aghtamar sehen, die Inselkirche im Vansee, die wir morgen besichtigen werden. Damals, lange bevor sie mit Hilfe meiner Stiftung renoviert wurde, verfiel sie vor sich hin und diente den in der Nähe stationierten Soldaten bei Schießübungen als Ziel.

Gibt es ein strenges Besichtigungsprogramm für die nächsten Tage?, frage ich. Zwei Grabungsstätten, drei Klöster, vier Kirchen und fünf Museen am Tag?

Mindestens, *my dear*, wir fliegen schließlich nicht zum Vergnügen nach Van. Wir werden am Flughafen abgeholt und sehen uns heute noch an, was von der Altstadt übrig ist.

Wir werden das Vankatzen-Forschungszentrum besuchen, Klosterruinen besichtigen und einmal um den See fahren, das kann dauern. Du weißt, der Vansee ist sehr, sehr groß. Er war mal das armenische Meer.

Acht- oder neunmal so groß wie der Bodensee, anderthalbmal so groß wie das Saarland, sage ich und beuge mich ein wenig vor, um an Verkin vorbei durchs Fenster und auf die weiß bestäubten Gipfel und Täler der aufgefalteten anatolischen Platte tief unter uns zu schauen. Zerknittert sieht sie aus, ungebügelt.

Meine Mutter, sagt Verkin, sie hat den Finger noch im Buch, wollte das historische Persarmenien und seine Kirchen sehen, die Gegend, in der so viele Armenier abgeschlachtet wurden. Und Nicolas wollte fotografieren.

Hätte es Instagram gegeben, könnten wir uns jetzt bis zu deiner Reise im Jahr achtundsechzig oder neunundsechzig hinunterscrollen.

Nicolas war mein Instagram, sagt Verkin. Er hat mich immer und überall fotografiert. Er muss Tausende Fotos von mir gemacht haben. Einige hängen in Tarabya, die hast du vielleicht gesehen, aber wo die Fotos aus Van sind, weiß ich nicht. Es gibt eine Stiftung in Paris, die seinen Nachlass verwaltet, vielleicht werden sie dort verwahrt.

Ich weiß, dass ihr euch im Orientexpress kennengelernt habt, aber die Geschichte dazu hast du noch nicht erzählt.

Habe ich nicht? Meine Osterferien hatten begonnen, und wie zu jedem Ferienbeginn fuhr ich von meinem Schweizer Internat nach Hause. Nach Istanbul. Der Zug war nicht mehr der Luxus-Orientexpress des neunzehnten und frühen zwanzigsten Jahrhunderts, wurde aber immer noch von den französischen *Wagons-Lits* betrieben. Im Speisewagen wurde richtig gekocht, und die Kellner und

Schaffner trugen prächtige Uniformen – ansonsten war es aber auch bloß ein Zug. Ich stieg in Lausanne zu und fuhr über Mailand, Venedig, Triest, Ljubljana, Zagreb und Belgrad. Immer wieder wurde die Lokomotive gewechselt, auf dem Balkan waren es nicht selten Dampflokomotiven, und in Bulgarien ging ich gern in die dritte Klasse, um mir die Tiere anzuschauen, die in den Abteilen bis zur nächsten Marktstadt mitfuhren, ja, auch Ziegen, Schafe, Hühner und Gänse fuhren im Orientexpress. Ich unterhielt mich mit allen und jedem und lernte auf meinem Schulweg sicherlich mehr als im Internat. Es gab nicht viele Erste-Klasse-Wagen und nur einen Erste-Klasse-Speisewagen, und da wir fast drei Tage unterwegs waren und morgens, mittags, nachmittags und abends zusammen im Speisewagen saßen, lernten Nicolas und ich uns zwangsläufig kennen. Ich war dreizehn, fast vierzehn Jahre alt, behauptete aber, ich wäre achtzehn. Und er hat getan, als würde er mir glauben. Hätte ich in Istanbul nur ein Wort gesagt, er wäre ins Gefängnis gewandert, das war mir klar, aber daran hatte ich gar kein Interesse, ganz im Gegenteil. Ich wollte, dass er mich fortan so oft wie möglich aus meinem Schweizer Mädchenpensionat entführte und mit mir nach Frankreich fuhr. Dafür durfte er mich gerne fotografieren.

Wir landen kurz vor der iranischen Grenze, die Rekruten müssen in ihre Kasernen, und wir sitzen schon bald im Fond des von Verkin angekündigten Autos. Zwei Professoren der hiesigen Universität holen uns ab, beide um die fünfzig, Verkin hat sie vor fast fünfzehn Jahren kennengelernt, als sie wegen der Arbeit ihrer Stiftung öfter in Van gewesen ist. Der Professor auf dem Beifahrersitz heißt Sabatin, ist Denkmalschützer und Architekt und leitete damals die Renovierung der Kirche zum Heiligen Kreuz. Die drei haben viel zu besprechen, sie reden wild durcheinander, und ich genieße das Terzett der türkischen Stimmen, die ein improvisiertes Singspiel aufführen, ständig klingelnde Telefone liefern die Begleitmusik. Einmal sprechen sie für einige Sekunden alle gleichzeitig in ihre Geräte, dann wieder mit- und durcheinander, dann klingeln die Telefone wieder, während ich aus dem Seitenfenster schaue und die überall in der Türkei üblichen großen Schuhkartons am Straßenrand sehe, Schachteln mit Schaufassade. Hier, noch in der Nähe des Flughafens, sieht Van, eine Million Einwohner, kaum anders aus als İzmir, Eskişehir, Antalya oder Konya. Ich erspähe einen Wasserwerfer und einige Mannschaftswagen der Polizei, dann, wir sind ein Stück gefahren, weit oben auf dem hohen, kahlen Felsenberg, von dem es heißt, er sehe aus wie ein sitzendes Kamel, die Ruine der uralten Festung. Ich blinzele den gigantischen Felsen an, der vor knapp dreitausend Jahren von den geheimnisvollen Urartäern besiedelt und befestigt wurde, und kann kein sitzendes Kamel erkennen. Wahrscheinlich habe ich noch nicht genügend sitzende Kamele gesehen.

Die Altstadt von Van soll sich unterhalb des Kamelbergs und der Van Kalesi befunden haben, nicht allzu weit vom Seeufer entfernt. Auf der weiten, baumlosen Fläche zeigen sich uns allerdings – wir haben angehalten und sind ausgestiegen – nur einige wenige überwucherte Grundmauern und Fundamentreste. Wo bis 1915 die Häuser des historischen armenischen Van standen, der einzigen Stadt im Osmanischen Reich, in der Armenier die Bevölkerungsmehrheit stellten, ragt heute ein einziges Gebäude aus der Ebene. Es ist eine hübsche Moschee mit zweifarbig gestreiftem Mauerwerk aus dem sechzehnten Jahrhundert, angeblich von Sinan erbaut, dem größten Baumeister des

Osmanischen Reichs, von dem Verkin so gern sagt, dass er Armenier gewesen sei. Eine Krähe sitzt auf dem Blechdach der Kuppel.

Später am Nachmittag, es ist schon dunkel, treffen wir Süreyya in unserem Hotel. Er wirkt übernächtigt und aufgedreht und berichtet von der Party in Suma Han, die anscheinend noch immer im Gange ist, er spricht von weltberühmten DJs, deren Namen ich noch nie gehört habe. Verkin muss telefonieren und möchte nicht mehr durchs neue Van spazieren, Süreyya und ich machen uns ohne sie auf, die Stadt zu erkunden. Auf den am Samstagabend belebt wirkenden Straßen sehen wir mobile Buchhändler, die ihr Angebot auf Decken ausgebreitet haben, untergehakt nebeneinander gehende junge Männer, getrocknete, eingesalzene Vanseefische in einer steinernen Markthalle, und ich wundere mich über die vielen, auch jetzt am Abend geöffneten und hell erleuchteten Friseurläden, in denen so viele junge Männer beisammensitzen, die gar nicht den Eindruck erwecken, als hätten sie einen Haarschnitt nötig. Ich staune über die vielen Neubauten mit eklektisch-historisierenden Fassaden, die nach dem letzten verheerenden Erdbeben von 2011 entstanden sein müssen. Süreyya und ich finden sogar, ein bisschen habe ich nach ihr gesucht, in die erst vor wenigen Monaten eröffnete neueste Mall von Van hinein und entdecken die gleichen Geschäfte wie in vielen Istanbuler Einkaufszentren. Immerhin, es gibt eine Buchhandlung, in der wir uns umsehen. Bücher, sagt Süreyya, seien in der Türkei vergleichsweise teuer, deshalb gebe es die vielen mobilen Buchverkäufer. Bei einem von ihnen, wir haben die Mall schon wieder verlassen, kaufe ich eine Vankatzen-Broschüre, darin mindestens hundert Fotos von schneeweißen Katzen mit verschiedenfarbigen Augen.

In einer Seitenstraße betreten wir eine offene Holzfeuer-Backstube ohne Theke oder aufwendigen Ladenbau. Wir bestellen Lahmacun und erfahren, dass hier von vier Uhr morgens bis zehn Uhr abends Brot gebacken wird. Die beiden Bäcker, die große Teigbatzen kneten, wirken völlig übermüdet. Fünf Botenjungen in abgewetzten Jacken, sie dürften zwischen zehn und vierzehn Jahre alt sein, stehen so dicht beisammen, dass es so aussieht, als schliefen sie aneinandergelehnt, bis einer von ihnen wieder warme Brote in der Nachbarschaft ausliefern muss. Der vermutlich Jüngste, er hat die dünnsten Beine, bringt uns Tee, und während wir trinken und auf unser Lahmacun warten, bemerke ich, dass einige Kunden im Laden mit grünen und roten Kunststoffjetons bezahlen, auch die somnambulen Botenjungen kommen mit ihnen zurück und reichen sie dem Kassierer. Süreyya fragt nach und findet heraus, dass unter einigen Großfamilien dieser Gegend eine eigene Währung im Umlauf ist.

Ebenfalls eine Methode, Steuern zu sparen, sagt er, die türkische Schattenwirtschaft existiert im Kleinen wie im Großen.

Und dann, wir essen im Stehen, es gibt keine Stühle, fällt mir auf, dass nicht eine einzige Frau in dieser Bäckerei arbeitet und dass, seit wir hier herumstehen, auch keine diesen Laden betreten hat.

Verkin möchte am nächsten Morgen nicht im Hotel frühstücken. Sabatin, der Denkmalschützer und Architekt, erwartet uns schon früh in der Lobby und führt uns in sein Lieblingsfrühstücksrestaurant, das beste Van-Frühstückslokal der Stadt, das gleich neben der Markthalle liegt, in der Süreyya und ich gestern die getrockneten und eingesalzenen Vanseefische bestaunt haben.

Kaum sitzen wir in dem grell ausgeleuchteten Raum mit nur vier Tischen – Strukturtapete an der Wand, Glasscheiben über den Tischdecken, Dekofolie klebt überall, wo Dekofolie kleben kann, und ein Fernseher spielt klassische türkische Musik –, landen die ersten kleinen Teller auf unserem Tisch, Teller um Teller mit Weichkäse, Wildblumenkäse, geflochtenem Käse, Käse mit Honig, Teller mit Cremes und Pasten und Würsten und Joghurt und Omelettvarianten mit Honig und Walnüssen, Tellerchen mit eingekochten Früchten und Marmeladen. Drei Männer in gebügelten weißen Schürzen tragen Teller um Teller herbei, die sich teils stapeln, teils übereinanderstehen, es kommen immer mehr, mir schwant, wir sind im Land, wo Milch und Honig fließen, während einer der drei Männer, der Besitzer, uns von seinen vier Söhnen erzählt, sagt, dass er das Café im Jahr 1978 eröffnet habe, und erklärt, wie all das heißt, was aus der Küche kommt, geröstete Buchweizen, eine besondere Butter, aber weil ich nicht alles probieren und gleichzeitig notieren kann, vergesse ich die meisten türkischen Namen der verschiedenen Schafs-, Ziegen- und Büffelkäse gleich wieder. Zum Glück filmt und fotografiert Süreyya jeden Teller; das Bügelbrett neben dem Wasserkühlschrank, die große Brotkiste, die folienverzierte Vertäfelung müssten mit auf seinen Bildern sein, die er alle posten wird. Und wahrscheinlich wird der Überfluss unseres Schlaraffenlandfrühstücks, nachbearbeitet und mit den entsprechenden Filtern versehen, viel besser aussehen als in echt.

Wir beschließen, einen Wagen zu mieten, um nicht mit einem Taxi zur Fähre nach Aghtamar und um den See fahren zu müssen, der Denkmalschützer Sabatin, das finde ich sympathisch, besitzt kein eigenes Auto. Er führt uns, es sind nur ein paar Schritte, zu einer nahe gelegenen Autovermietung, in deren Geschäftsraum fünf Männer an fünf Schreibtischen unter Energiesparleuchten nebeneinandersitzen, auf jedem Schreibtisch steht ein Bildschirm. Vier der fünf Männer starren auf ihre Handys, der fünfte telefoniert, säuselt aber so sanft in sein Telefon, dass ich mir nicht vorstellen kann, dass es sich um ein geschäftliches Gespräch handelt. Der Boden glänzt, als sei eben erst frisch gewischt worden, und ich verstehe, diese Autovermietung muss auch ein Reisebüro sein, denn ich sehe ein gar nicht kleines rot-weißes Flugzeugmodell, wie ich es als Kind um mein Leben gern besessen hätte. Sabatin verhandelt mit einem sechsten Mann, der ein wenig abseits sitzt, die beiden scheinen sich zu kennen. Während wir schon auf unseren Wagen warten, erhebt sich einer der fünf Schreibtischmänner – es ist der, der gerade noch so leise telefoniert hat –, verschwindet in einem Hinterzimmer und kommt, Geschirr klappert, mit einem Tablett voller Teegläser zurück.

Wir sind die einzigen Passagiere auf der kleinen Fähre, die uns zur Kirche zum Heiligen Kreuz auf der Insel Aghtamar übersetzt. Eine fahle Wintermorgensonne scheint, der See ist spiegelglatt, und vom offenen Oberdeck sieht es aus, als würden wir auf Böcklins Toteninsel zufahren. Um die armenische Kirche herum fehlen dem kargen Eiland nur die Zypressen. Die Schießübungen fallen mir ein, von denen Verkin erzählt hat, und dann erinnert der rotbraune Bau mit dem Kreuz auf dem Dach mich an ein von Außerirdischen zurückgelassenes steinernes Raumschiff.

Zurück an Land, halten wir mit unserem silberfarbenen Nissan an einer Tankstelle, die von einer Stützwand aus mit Steinen gefüllten Autoreifen umgeben ist. Wir steigen aus, unser Wagen wird betankt, und wir trinken Tee aus Pappbechern. Uns ist kalt von unserem Inselausflug, auf dem wir jeder mindestens hundert Fotos von uns und der berühmten Kirche geschossen haben, die auf ihrer Außenseite Bibelgeschichten in übergroßen Halbreliefs erzählt.

Verkin verwickelt den jungen Mann, der unser Auto betankt, in ein Gespräch, und ich verstehe, dass er bald zum Militärdienst nach Istanbul muss. Es dauert nicht lange, und zwei weitere Tankstellenmitarbeiter stehen neben Verkin und beantworten ihre Fragen, jetzt verteilt sie Visitenkarten und sagt, das macht sie immer und überall in der Türkei, wo immer sie unterwegs ist: Meldet euch, wenn ihr in Istanbul seid und ein Problem habt, meldet euch oder kommt einfach so, kommt nach Suma Han, ich werde versuchen, euch zu helfen.

Vielleicht wird sie doch noch Präsidentin, sagt Süreyya, der die Szene ebenfalls beobachtet.

Die drei von der Tankstelle würden sie jedenfalls wählen, denke ich, da sitzen wir wieder in unserem Comfy-SUV, und Sabatin steuert uns in die Berge, wir fahren weit über die Schneegrenze hinauf bis zu den Ruinen von Varagavank. Wir besuchen die traurigen Überreste der sechs Kirchen und eines großen Klosterkomplexes, der 1915 zerstört wurde, Tausende über tausend Jahre alte Handschriften sollen damals verbrannt sein. Der einzige halbwegs erhaltene Kirchenbau dient den Kurden, die heute hier siedeln, als Ziegenstall. Der Mann, der uns herumführt, bittet uns bald um Geld für die Reparatur des Dachs und zeigt auf ein großes Loch in der Kuppel, durch das Schnee herabrieselt. Zwei ältere Frauen und ein etwa neunjähriges Mädchen errichten derweil einen improvisierten Verkaufsstand aus einigen alten Brettern und Balken, die wahrscheinlich aus dem Dachstuhl über uns stammen. Sie bieten handgearbeitete

Fäustlinge und Socken an. Ich kaufe zwei Paar Handschuhe und weiße Strümpfe, obwohl ich merke, dass sie nicht aus Schafs-, sondern aus Polyesterwolle gestrickt sind, einem Garn, das wahrscheinlich aus China kommt. Aber, sage ich mir, was soll's, ich möchte gern ein wenig Geld dalassen, und Verkin gibt einige Scheine für eine notdürftige Reparatur der Kuppel, obwohl sie vermutet, der Mann könnte sie selbst zerstört haben, um erfolgreicher um Geld bitten zu können. Sabatin berichtet, dass es vor zwölf Jahren einen Beschluss oder zumindest eine Absichtserklärung gegeben habe, die Ruinen zu sichern, um sie wenigstens in ihrem jetzigen Zustand zu erhalten, aber passiert sei leider nichts. Gescheitert sei das Projekt auch am Widerstand der Menschen, die sich hier eingenistet hätten.

Auf den weiten Serpentinen zum See hinunter begleiten uns bellende Hunde. Sie laufen neben unserem Nissan her, als wollten sie ja sichergehen, dass wir wieder verschwinden. Oder aber sie wollen bloß ihre Schafe beschützen, die im dicken Winterfell auf einer tief verschneiten Weide stehen, viele Schafe, es gäbe also Wolle, denke ich, und dass ich gern Socken aus Schafswolle gekauft hätte. Süreyya filmt unsere Abfahrt ins weiße Panorama, die Gebirgsgipfel stehen im Halbkreis unter dem hellblau leuchtenden Himmel und über dem gleißenden See, fünfzig Kilometer Wasser in die eine Richtung, hundertzwanzig Kilometer in die andere. Schönste Aus- und Übersicht, und ich beginne zu verstehen, warum die armenischen Mönche über Jahrhunderte so weit oben in den Bergen gewohnt, gebetet und gearbeitet haben.

Näher an Van, fast schon in der Ebene, steht eine dichte, rußige, tuscheschwarze Rauchwolke über einem schneebedeckten, in der Sonne glitzernden Feld. Als wir dichter herankommen, sehe ich zwei Jungen, sie sind vielleicht zehn Jahre alt, neben einem Haufen qualmend brennender alter Autoreifen stehen. Ich vermute, die beiden haben sie angezündet, und erinnere mich plötzlich, wie gern mein Bruder und ich als Kinder Feuerchen gemacht haben, wie wir es nannten. Wir hatten immer Streichhölzer, manchmal sogar ein Feuerzeug dabei, und ab und zu, wenn es sich ergab und die Gelegenheit günstig war, wenn irgendwo auf einem Feld oder einer verlassenen Baustelle etwas herumlag, zündeten wir es an.

18

Van Gölu

Der Armenierwitz / Endlich *cat content* / Einmal um den See / Die Abzweigung in den Iran / Süreyyas Mantel geht viral / Die Villa der Gülen-Jugend / Tatvan TV

Auch am zweiten Morgen in Van frühstücken wir nicht im Hotel, sondern in einem größeren Frühstücksrestaurant, das in einem Flachbau zwischen acht- oder neunstöckigen Wohnblöcken an einer Ausfallstraße liegt. Auf den Leuchtreklamen neben dem Eingang, über der mit Plastikblumen, Teppichen und orientalistischem Nippes dekorierten Bühne, auf den Servietten, den einzeln verpackten Erfrischungstüchern und dem Geschirr – überall ist das Konterfei von Yusuf Konak zu sehen, Besitzer und Namensgeber des Lokals, der, kaum dass wir in dem großen, um kurz vor acht noch leeren Speisesaal Platz genommen haben, in einem grün karierten Golfjackett und pepitagemusterten Hosen leibhaftig vor uns steht. Er begrüßt uns und erzählt, er sei nun fünfundvierzig Jahre verheiratet, führe dieses Restaurant seit 1975, aber bisher habe seine Frau ihm jeden Tag etwas zu essen gekocht, weil sie der Küche seines Lokals nicht vertraue. Trotzdem heiße er uns herzlich willkommen! Und dann, Süreyya hat bereits herausgefunden, dass er vor etlichen Jahren in einigen türkischen Filmkomödien mitgespielt hat, beginnt er, einen Witz zu erzählen, in dem es, Süreyya übersetzt simultan, um einen Armenier geht, der Van verlässt, in den Iran zieht und sich dort als Muslim ausgibt. Um als guter Gläubiger zu gelten, versucht er, ein Schaf zu schächten, macht es aber nicht richtig und läuft blutüberströmt, das lange Schächtermesser noch in der Hand, zum Nachbarn und fragt: Du bist Muslim, oder? Kannst du mir beim Schächten helfen? Nein, ich bin kein Muslim, sagt der Nachbar, als er den blutüberströmten Armenier mit dem Messer sieht. Der Armenier läuft zum nächsten Nachbarn und fragt, bist du Muslim? Kannst du mir vielleicht helfen? Nein, sagt auch der angesichts des blutüberströmten Armeniers, ich bin kein Muslim. Schließlich läuft der Armenier mit dem Messer in die Moschee und fragt den Imam, ob er Muslim sei ... Süreyya unterbricht die Vorstellung und teilt dem gealterten Comedian mit, dass seine Mutter Muchtar in Istanbul, Armenierin, Mitglied der AK Parti und, er übertreibt ein bisschen, eine Freundin des Innenministers sei. Der Conférencier im grün karierten Golfjackett zuckt zusammen, scheint sich einen Moment zu genieren, kurz ist sogar eine Spur von Angst im Gesicht des berufskomischen Restaurantbesitzers zu sehen – dann aber findet er doch wieder gekonnt in eine seiner vielen, wahrscheinlich Tausende Male abgespulten Begrüßungs- und Unterhaltungsroutinen hinein und erzählt einen tendenziell sexistischen Witz über eine Witwe, die zum ersten Mal in ihrem Leben Whisky probiert und dabei feststellt, dass das Zeug wie die Medizin riecht, die ihr Mann über dreißig Jahre hinweg einnehmen musste.

Immerhin, sagt Verkin, als wir unter uns sind, in den Witzen, die in Van erzählt werden, gibt es noch Armenier. In Wirklichkeit nicht mehr.

Ihr Verschwinden mit der Auswanderung in den Iran zu erklären ist auch eine Pointe, sagt Süreyya und fragt, ob die schiitischen Iraner, die angesichts des blutüberströmten Armeniers ihren Glauben verleugnen, in diesem Witz nicht noch ein wenig schlechter wegkommen als der Armenier, der bloß ein vorbildlicher Muslim sein möchte.

Auf mich wirkt es ein bisschen, als hättet ihr diese Witzfigur gebeten, eine kleine Vorführung in Diskriminierung und Stereotypie zu geben.

So weit kommt es noch, sagt Verkin, dass ich hier Trottel engagiere, die Armenierwitze erzählen. Nein, nein, das ist gar nicht nötig, Türkiye führt sich immer selbst vor. Ganz von allein.

Vom Comedy-Frühstücksrestaurant mit der großen Bühne und einem Merchandising-Shop, in dem ich Tassen mit dem Bild des Witzeerzählers Konak hätte kaufen können, ist es nur eine kurze Fahrt zur Universität von Van. Sabatin muss im Büro seiner Fakultät vorbeischauen und eine Vertretung für den Tag organisieren, bevor wir zu unserer Fahrt um den See aufbrechen können. Wir haben währenddessen Zeit, das Van-Kedesi-Forschungsinstitut zu besuchen, das sich ebenfalls auf dem weitläufigen Campus der Universität befindet. Links des zweistöckigen, freistehenden Gebäudes liegt ein überdachtes, rosafarben gestrichenes Gehege, das sich *Female Cat Garden* nennt, wie ich einem Schild entnehme. Rechts der entsprechend hellblau gestrichene Käfig, der *Male Cat Garden* heißt. Als wir das Forschungszentrum betreten, bin ich fast ein wenig enttäuscht, dass wir nicht von groß gewachsenen, in schneeweiße Laborkittel gekleideten Vankatzen begrüßt werden, insgeheim hatte ich mir vorgestellt, dass die Katzen hier selbst forschen und Wissenschaft betreiben. Wir werden von zwei sehr menschlich wirkenden wissenschaftlichen Mitarbeiterinnen in den anderthalb Stockwerke hohen Indoor-Katzenkindergarten geführt, in den Babykatzenkäfig mit mehreren Katzenschwimmbecken, in dem unzählige drei bis neun Monate alte Vankätzchen auf uns zuschießen – ich glaube, ich träume. Zu den Foliensocken, die wir aus Keimschutzgründen über unseren Schuhen tragen, haben wir jeder eine kleine Packung Katzenfutter erhalten, eine Art Brei, den wir aus der Packung portionsweise in einen der vielen, sehr sauber geschleckten Edelstahlnäpfe drücken können, es kommt zur Vankatzen-Ekstase, ich zähle einundvierzig, aber vielleicht sind es auch viel mehr oder weniger, die kreuz und quer durcheinanderlaufen und sich die Pfötchen lecken, große, unglaublich weiße Schneeflocken auf vier Beinen, und alle haben verschiedenfarbige Augen, das eine hellbraun, das andere blau.

Süreyya bittet mich, ihn bei seiner Vankatzen-Fütterung aufzunehmen, *cat content* für seine Follower, ich filme auch Verkin mit zwei Vankätzchen auf dem Arm, ungefähr so habe ich sie kennengelernt, und gerate in große Versuchung, selbst ein oder zwei Kätzchen unter meinen Pullover krabbeln zu lassen und aus dem Käfig und dem Forschungszentrum herauszuschmuggeln. Verkin aber warnt mich, die Tiere seien alle gechipt und könnten ihre Katzenkita nicht verlassen, ohne Alarm auszulösen, weshalb ich schließlich ohne Katze unter dem Pullover vor dem Souvenirstand im Foyer stehe, der für uns geöffnet wird. Zu anderen Zeiten im Jahr scheinen mehr Besucher zu kommen, heute sind wir die einzigen im Forschungszentrum. Ich kaufe zwei Vankatzen-T-Shirts, einen Vankatzen-Schlüsselanhänger, mehrere Vankatzen-Kühlschrankmagnete, einen Vankatzen-Flaschenöffner und fast ein Dutzend Vankatzen- und Vansee-Postkarten, die ich nie schreiben und nie abschicken werde.

In Berlin wirst du einen Vankatzen-Devotionalienhandel eröffnen können, sagt Verkin, da sitzen wir wieder in unserem Nissan, Sabatin und Verkin vorne, Süreyya und ich hinten auf der Rückbank. Ich habe die Schätze auf meinem Schoß ausgebreitet und bemerke, dass bis auf die in der Türkei gedruckten Postkarten alle meine Vankatzen-Souvenirs in China hergestellt wurden.

Wir umrunden den See gegen den Uhrzeigersinn, immer am Ufer entlang, links liegt das Wasser, rechts das kahle Land und seine Berge. Eine erste Straßensperre steht vor der Abzweigung in den Iran, es wären nur vierzig Kilometer, und wir überlegen, ob wir nicht über die Grenze und bis nach Tabris fahren sollen, auch Verkin und Süreyya waren noch nie dort – biegen dann aber doch nicht ab, sondern fahren weiter um den See, der, so Süreyya, nicht zufrieren kann, weil der Salzgehalt des Wassers so hoch ist. Der See, auch das weiß ich von Süreyya, hat keinen Abfluss, der Vansee ist ein endorheisches Gewässer, und auch hier gibt es Ruinen unter Wasser, versunkene Festungen, weil der Wasserstand vor tausend Jahren viel niedriger war als heute. Ich bin froh, dass Süreyya das alles weiß oder herausfindet, so muss ich mich nicht darum kümmern. Ich betrachte den silbergrauen See, den grauen Himmel und das kahle braune Land wie ein großes abstraktes Gemälde, durch das eine schnurgerade, frisch asphaltierte Straße führt. Zwei, nein drei Farbflächen und nirgendwo ein Baum, an dem der Blick sich festhalten könnte.

Der letzte Surrealist Arshile Gorky stammt aus dieser Gegend, sagt Verkin, da sind wir schon ein oder zwei Stunden unterwegs. Er war ein Freund von André Breton, ein großer Maler, Fälscher und Lügengeschichtenerzähler. Den Namen Gorky gab er sich selbst und behauptete, mit Maxim Gorki verwandt zu sein, was er mit Briefen beweisen wollte, die er sich selbst geschrieben hatte.

Was fast schon wieder komisch ist, sagt Süreyya, weil Maxim Gorki ja ebenfalls ein Pseudonym ist!

Arshile hat das Jahr 1915 überlebt und kam auf abenteuerlichen Wegen über Paris nach New York. Dort habe ich ihn allerdings nicht mehr kennengelernt, er starb vor meiner Geburt. Seine Mutter soll wie meine Großmutter ausgesehen haben, weshalb ich mir in den frühen siebziger Jahren ein Bild von ihm gekauft habe. Es hängt in Tarabya im Wohnzimmer.

Du meinst das Gemälde der jungen Frau vor dem Spiegel? Ich dachte, das wäre ein Porträt deiner Mutter.

Nein, meine Mutter würde ich mir nicht ins Wohnzimmer hängen, sagt Verkin und lacht.

Sind hier eigentlich alle Bäume gefällt worden? Oder wachsen einfach keine, frage ich nach einer Weile. Wir fahren weiter durch das winterliche braune Land mit dem großen salzigen Spiegel neben uns.

Wahrscheinlich wurde alles abgeholzt, damit die PKK sich nicht im Unterholz verstecken kann, sagt Süreyya.

Nein, sagt Verkin, wenn es hier je Bäume gab, dann haben die Römer sie gefällt.

Oder die Perser. Oder die Armenier. Oder die Seldschuken, sagt Süreyya, auch die haben dieses Land einmal beherrscht.

Statt eines Baums sehe ich einen Autostopper an der Straße, aber wir können nicht anhalten und ihn mitnehmen. Kein Platz mehr in unserem Comfy-SUV.

Ein kleiner Konvoy aus fünf Militärlastern kommt uns entgegen, ein kleines Stück weiter steht wieder eine Straßensperre, an der ich gepanzerte Militärfahrzeuge, Schützenpanzer, einen Mannschaftswagen und Soldaten mit umhängenden Maschinenpistolen sehe. Wir aber werden wieder ohne Komplikationen durchgewunken. Ob das an unserem Mietwagen liegt? Ist sein Kennzeichen gespeichert? Ist Sabatin bekannt, oder sind wir längst als vermeintlich konform und ungefährlich im Überwachungssystem vermerkt? Werden wir ohne Kontrolle durchgelassen, weil unsere Telefone sowieso ununterbrochen verraten, wer wir sind, wohin wir uns bewegen und was wir denken? Süreyya postet jede Viertelstunde, wo wir sind und was wir sehen, nicht nur seine fast dreihunderttausend Follower dürften bestens über uns informiert sein.

Verkin hat schon mehrmals daran erinnert, dass die Provinzen Van und Bitlis und die Gegend um den Vansee vor gar nicht so langer Zeit so etwas wie ein Kriegsgebiet gewesen seien, aber weil *er* gründlich aufgeräumt und durchgegriffen habe, könnten wir jetzt so friedlich um den See gondeln.

Bald sieht es hier so aus wie in der Schweiz, sagt sie.

Wie in einer Schweiz ohne Bäume, sagt Süreyya. Er ist anderer Meinung, und wie immer, wenn er widerspricht, nennt Verkin ihren Sohn einen verwestlichten Weißen Türken.

Die PKK hat die lukrativen, staatlich geduldeten Schmuggelrouten in den Iran gestört, sagt Süreyya, deshalb wurde sie hier bekämpft. Deshalb auch all die neuen Straßen, um die Ausfuhr von eigentlich unter das Iran-Embargo fallenden Gütern zu erleichtern.

Jetzt, da ich das weiß, würde mich schon interessieren, was all die Lastwagen mit persischen Kennzeichen geladen haben, die uns entgegenkommen und in den Iran zurückfahren.

Wir halten an, weil die Sonne herausgekommen ist und

Süreyya am Seeufer fotografiert werden möchte. Seit unserem Besuch bei den Vankätzchen hat er kein Bild mehr gepostet, auf dem er selbst zu sehen ist. Einige seiner vielen Follower sind sicherlich beunruhigt und fragen sich, ob etwas im Grenzgebiet passiert ist.

Du siehst ein bisschen schwul aus in diesem Mantel, Sohn, aber das steht dir! *I love it!*, ruft Verkin dann in die Aufnahme hinein. Süreyya posiert in seinem schweren schwarzen Schafsfellmantel, der dem Kostümfundus von *Game of Thrones* entstammen könnte. Ich halte sein Telefon und filme, Verkins Sonnenbrillengläser blitzen auf – heute trägt sie blau getönte, die eine stimmungsaufhellende Wirkung haben sollen –, und ich komme mir langsam wie Süreyyas Instagram-Boyfriend vor.

Die Uferstraße führt in eine kleinere Stadt hinein, zwanzigtausend Einwohner lese ich auf einem Schild, und an historischen, aus rötlichem Basalt errichteten Häusern vorbei. Wir halten an einem Grillrestaurant am Ortsausgang, daneben eine größere, ebenfalls aus lokalem rötlichem Vulkangestein erbaute Villa. Der modernistische Flachbau des Restaurants würde direkt am Wasser liegen, wenn zwischen ihm und dem Seeufer nicht ein Parkplatz angelegt worden wäre. Von unserem großen runden Tisch am Fenster können wir nur zwischen vier weiß lackierten Kleinwagen, unserem silberfarbenen Nissan und einem dunkelgrauen Porsche Cayenne hindurch auf den See schauen.

Der Porsche gehört einem Anwalt, einem Freund von Sabatin, Verkin und er haben gemeinsame Bekannte in Kars aus der Zeit, als sie sich für den Erhalt der Ruinen von Ani einsetzte. Auch Süreyya weiß nicht, warum wir ihn treffen, erklärt mir aber, dass seine Mutter in dieser Gegend als durchreisende Sensation gelte.

Sie wird überall erwartet, sagt er, sie ist auf Tour, und so liebt sie es.

Wir essen Fleisch und Brot und Salat und trinken Ayran, Berge von gegrilltem Lamm, Kalb und Hühnchen stehen auf dem Tisch, Verkin hat auch gegrillte Leber bestellt. Sabatin erzählt uns die Geschichte des ehemaligen Rektors seiner Universität, der seine beiden Kinder Fethullah und Gülen genannt und sich damit ein wenig zu deutlich als Gülen-Anhänger zu erkennen gegeben hatte.

Nun ist er nicht mehr Rektor der Universität von Van, sagt Sabatin.

Er sitzt im Gefängnis, sagt Süreyya. Er übersetzt wieder, was ich nicht verstehe.

Wir müssen weiter, es gibt noch einige Friedhöfe und Ruinen zu besichtigen, und als wir draußen auf dem Parkplatz stehen, frage ich den Anwalt, er hat seine Sonnenbrille ins Haar geschoben, nach der rötlichen Villa auf dem Nachbargrundstück. Der Garten wirkt vernachlässigt, fast schon verwildert. Und ich erfahre, dass das prächtige Gebäude bis vor drei Jahren ein Sommergästehaus der Gülen-Jugend war, das Anwesen sei nun beschlagnahmt und stehe unter Zwangsverwaltung.

Ach, denke ich, dem Onkel der Frau, die all die konfiszierten Gülen-Immobilien verwaltet, bin ich schon begegnet. Ich komme ganz schön herum in der Türkei.

Wir fahren weiter, spazieren über einen riesigen seldschukischen Friedhof, streiten uns, wo Caesar *Veni, vedi, vici* gesagt hat, und Verkin hat natürlich recht, es war nicht in Gallien, nicht in Germanien und nicht in Ägypten, sondern hier in Persarmenien. Wir besichtigen eine weitere Urartu-Ausgrabungsstätte und haben den See fast komplett umrundet, als wir am späten Nachmittag nach Tatvan hineinfahren. Auf dem Gehweg vor dem Hotel, in dem wir heute übernachten, verabschieden wir uns von Sabatin, der den Wagen nach Van zurückbringen wird. Wir haben zweieinhalb Tage zusammen in einem Auto gesessen, und wenn ich alles behalten oder überhaupt verstanden hätte, was er während dieser Zeit über Ausgrabungen, Altertümer und die welt- wie geopolitische Lage von sich gegeben hat, könnte ich ein Buch über ihn und den Vansee schreiben, aber ich habe die meiste Zeit ja bloß aus dem Fenster geschaut.

Verkin bleibt im Hotel, um Lokalpolitiker zu treffen, die sie schon erwarten, Süreyya und ich gehen ohne sie zur Seepromenade hinunter. Es ist kühl und windig, das Wasser des Sees ist bewegt, fast rau, und es dämmert schon, da steht plötzlich ein Kamerateam vor uns. Eine junge Frau mit schwarzem Haar und großen dunkelbraunen Augen hält ein Mikrofon in unsere Richtung und beginnt, uns Fragen zu stellen. Der eine junge Mann neben ihr ist für den Ton zuständig, der zweite hält die Kamera.

Sie möchte uns für eine Sendung von Tatvan TV interviewen, erklärt Süreyya, der wieder in seinem dicken, langen Schafsfellmantel steckt. Sie möchte wissen, wie es uns in Tatvan gefällt und was wir hier machen.

Ich finde den See wunderschön, sage ich bald darauf in die Kamera. Die Bucht von Tatvan erinnert an den Golf von Neapel, auch hier steht ein Vulkan in der Bucht. Wie heißt er noch mal?

Der Vulkan heißt Nimrod, sagt die Journalistin. Sie hat verraten, dass sie Hilal heißt.

Ich erzähle, wie sehr es mich fasziniert, dass Güterzüge hier auf einer Eisenbahnfähre über den See gefahren werden, um anschließend in den Iran weiterzurollen.

Schade, dass der Personenverkehr gerade unterbrochen ist, sage ich, sonst wären wir weitergefahren.

Süreyya fragt alle drei nach ihrem Instagram-Account, dabei stellt sich heraus, dass Hilal und der Kameramann Süreyya bereits folgen, und mir kommt der Verdacht, die drei könnten uns hier erwartet haben, vielleicht haben sie die Mantel-Story gesehen, Süreyya sagt, sie sei schon über hunderttausendmal aufgerufen worden.

Süreyya und ich setzen uns in einen Teegarten am Wasser, obwohl es eigentlich viel zu kalt ist, aber was soll's, wann werden wir das nächste Mal am Vanseeufer sitzen? Kaum stehen dampfende Teegläser vor uns, nähern sich drei jüngere Frauen und ein junger schwarzer Mann, ich schätze die vier auf achtzehn, höchstens neunzehn.

Do you speak English? Die einzige Frau mit Hijab spricht uns an.

Glaubst du, es hat sich in Tatvan herumgesprochen, dass Außerirdische zu Besuch sind?, sagt Süreyya auf Französisch zu mir, während die vier, die sich als Sprachstudierende vorstellen, sichtlich erfreut ihre frisch erworbenen Englischkenntnisse an uns testen. Als Süreyya wieder etwas auf Französisch sagt, stellt sich heraus, dass der junge Schwarze ein perfektes, westafrikanisch klingendes Französisch spricht. Wo er es gelernt habe, fragt Süreyya, und wir hören, er sei in der Türkei geboren und habe alles online gelernt.

Was in aller Welt wir in Tatvan wollen, werden wir gefragt, und ich habe das Gefühl, schon wieder interviewt zu werden. Ich antworte, dass ich den See und die Vankatzen sehen wollte. Und die schönen Menschen von Tatvan.

Die jungen Frauen und der junge Mann kichern und verabschieden sich, der Himmel über dem See leuchtet rot und schwarz und violett, die Sonne geht unter, der Muezzin beginnt zu singen, und mir fällt auf, dass in Tatvan anscheinend noch viel mit Kohle geheizt wird, ich kenne den Geruch aus Berlin.

19

Anatolien

Die Katze am Bahnhof / Der Schatten des Speisewagens / Hippo fährt Ski / Alexander Calders Mantel / Der Walnussfarmer und seine Maschinenpistole / Die verkleidete Einbrecherin / Eine Pipeline durch Armenien / Das Gespenst an der Grenze / Billigvögeln in Bulgarien / Die Pissepantoffeln / Taxi nach Eriwan

Früh am Morgen sitzt eine kleine graue, schmutzige Katze vor dem Bahnhof von Tatvan. Sie schaut mich an, als würde sie mich erwarten, und begleitet uns durch das Empfangsgebäude. Verkin ruft sie Tatvankatze, und kurz sieht es aus, als wollte sie mit uns nach Ankara fahren – dann aber steigen wir doch ohne sie in den Van-Gölü-Express, in dem wir die nächsten anderthalb Tage verbringen werden. Unser Schlafwagen befindet sich am Ende des Zuges, Verkin und Süreyya teilen sich eine Kabine, ich habe ein Abteil für mich, aber schon bevor wir losfahren – die kleine graue Tatvankatze sonnt sich auf dem Bahnsteig –, sitzen wir im Speisewagen, weil der, im Gegensatz zu den Abteilen, Fenster zu beiden Seiten hat.

Süreyya hat sein iPhone in der Hand und kommentiert Kommentare seiner Follower, ich habe das Telefon und ein neues, in İstinye Park gekauftes, noch recht leeres Notizbuch vor mir. Verkin hat ihre Bücher mitgebracht, ich sehe das über das Zeitalter Justinians, in dem sie schon im Flugzeug gelesen hat, auch die Briefe von Moltke aus der Türkei hat sie dabei, das Exemplar, das ich ihr geschenkt habe.

Vulkankegel ziehen vorbei, Telegrafenmasten, Storchennester, lose Bahnschwellen neben der Strecke. Wir fahren an einem ersten, zweiten und einem dritten Stausee entlang, einmal erkenne ich, dass die Gleise oberhalb des Ufers neu verlegt werden mussten. Wir passieren Flächen, die wie ausgetrocknete Gewässer aussehen, Trockenmauern, Steinhütten, Felsengebirge, halb verfallene Bahngebäude. Wir kommen an zwei ab- und umgestürzten Eisenbahnwaggons vorbei, die ein Stück unterhalb der immer nur einspurigen Strecke verrosten, ich merke, dass uns kein Zug entgegenkommen kann, hoffentlich, denke ich, und wieder liegen Schienen und lose Schwellen in der Landschaft, als hätte ein Kind die Lust verloren, mit seiner Modelleisenbahn zu spielen.

Die Kellner des Speisewagens bringen uns einen Tee nach dem anderen, aber als wir aus dem reichhaltigen Angebot der Karte etwas zu essen bestellen wollen, ein zweites Frühstück zum Beispiel, erfahren wir, dass gar nicht mehr alles vorrätig ist, die Speisewagen-Crew befindet sich auf der Rückfahrt, aufgefüllt und neu verproviantiert wird erst wieder in Ankara.

Der Schatten des Speisewagens fährt neben uns, während einer der beiden Kellner erzählt, dass sie immer hin- und herfahren mit diesem Zug. Ich kann auch unseren Schatten auf der rotbraunen Erde sehen, ebenfalls die der Kellner, ich kann uns winken, und einer von ihnen winkt zurück.

Als wir uns Erzurum nähern, sagt Verkin – wir müssen schon einige Stunden unterwegs sein, und ich habe kein Wort notiert –, dass sie in dieser Gegend einmal Ski fahren gewesen sei, mit Hippo zusammen, 1972 oder 1973 vielleicht. Als ich noch Ski fahren konnte, sagt sie, lange vor der Geschichte mit meinem Bein. Mein *African American boyfriend* konnte es nicht, er hatte keine Boarding School in der Schweiz besucht, in der Ski fahren auf dem Stundenplan stand, er hatte sich nicht wie Detlev in Gstaad, St. Moritz und Kitzbühel herumgetrieben, er war, deutlich weniger wohlhabend, mit einundvierzig Pflegegeschwistern und ohne Skiunterricht aufgewachsen. In der Provinz Erzurum aber schnallte er die Ski unter die Schuhe, fiel hin, stand wieder auf, fiel hin und stand wieder auf. Er fiel so lange hin und stand wieder auf, bis er den ersten Berg hinunterfahren konnte. Versteht sich von selbst, dass die blonde Armenierin in ihrem Pucci-Overall und ihr amerikanischer Freund einiges Aufsehen erregten. Zwei Außerirdische waren im Schnee gelandet, in einer Gegend, in der vermutlich seit Sultans Zeiten kein Schwarzer mehr gesichtet und die armenische Bevölkerung 1915 entweder gleich vor Ort massakriert oder in die syrische Wüste getrieben worden war. Wir waren die Außerirdischen, aber Hippo konnte ja mit allen, auch ohne gemeinsame Sprache, Hippo hätte reich werden können mit seiner Kommunikationsbegabung, die Menschen mochten ihn, er hätte alles verkaufen können, aber Geld, Gewinn und Wohlstand waren ihm egal, er lachte über den Materialismus des weißen Amerikas und über alle, die sich von Hypothekenkrediten versklaven ließen, *your house owns you*, sagte er, nicht du besitzt die Dinge, die Dinge besitzen dich. Seit er unser schönes großes Apartment in der 4th Street durch eine illegale *co-op conversion* verloren hatte, verbrachte er die meiste Zeit auf seiner Bank im Tompkins Square Park. *I'm done with indoors*, sagte er. Er spielte keine unbedeutende Rolle bei den *Tompkins Square Park Riots*, irgendwann hieß es, er sei *The King of the Homeless*, aber das gefiel ihm gar nicht, er sah sich nicht als *homeless*. Ich bin nicht obdachlos, sagte er, ich bin Bankier, die Insel Manhattan ist mein Zuhause, das West Village mein Garten, das East Village mein Wohnzimmer. Er trug ein Fernglas um den Hals, lachte laut und erzählte von Vögeln oder einem Balkon mit Terrakotta-Ornamenten und einer Reihe Pilaster im dreißigsten Stock einer ansonsten schmucklosen Gebäudefassade oder von irgendeinem der vielen Menschen, die zu seiner Bank pilgerten und seinen Rat suchten. Der Bildhauer Alexander Calder kam einige Male und schenkte ihm seinen Mantel, und zwar den ganzen, nicht nur einen halben, wie der heilige Sankt Martin es getan haben soll.

Ich stelle mir vor, wie Alexander Calders Mantel sich als Mobile auf einem Bügel in einem Baum auf dem Tompkins Square im Wind dreht, und frage, was wohl aus der milden Gabe geworden sei.

Keine Ahnung, sagt Verkin. Für Hippo war es bloß ein Kleidungsstück, keine Reliquie. Irgendwann wird der Mantel zu warm gewesen sein, er wird ihn irgendwo liegen lassen oder weiterverschenkt haben. Hippo wollte nichts besitzen, was wohl damit zusammenhing, dass seine Großeltern noch als das Eigentum eines weißen Plantagenbesitzers zur Welt gekommen waren.

Ein Kurde, den Verkin gestern schon in Tatvan getroffen hat, kommt von seinem Sitzplatz in der zweiten Klasse in den Speisewagen. Verkin hat ihn angerufen und eingeladen, mit uns Tee zu trinken. Er ist Walnussfarmer und ein vom türkischen Staat besoldeter Dorfschützer.

In seinem Haus steht immer eine Maschinenpistole neben der Tür, sagt Verkin, aber ich möchte nicht glauben, dass dieser schöne, sanfte Mensch, er dürfte in Süreyyas

Alter sein, je eine Waffe in der Hand gehalten oder gar abgefeuert haben könnte. Er teilt köstliches Walnussbrot mit uns und erzählt, dass seine Mutter, nicht seine Frau, es gebacken habe. Seine Frau sei schon in Ankara und warte in einer auf künstliche Befruchtungen spezialisierten Klinik auf ihn. Sie versuchten seit Längerem, ein Kind zu bekommen, sie hätten schon alles unternommen – was mich plötzlich, ich verstehe gar nicht warum, so sehr rührt, dass mir fast die Tränen kommen, aber das liegt vielleicht auch an der Überreizung durch den doppelten Monumentalfilm, der in diesem Speisewagen läuft, seit Stunden. Berge, Gipfel, leeres Land und blauer Himmel links, Gipfel, Wasser, Schnee und Sonne rechts, Großkulisse auf beiden Seiten. Und auf einmal begreife ich, warum Italienreisende im achtzehnten Jahrhundert die Vorhänge schlossen, wenn die Kutschen durch die Alpen rollten. Alles dort draußen, all das, was wir früher die Natur genannt haben, kann einen auch überwältigen, denke ich, da fahren wir am Ufer des vierten oder fünften Stausees entlang. Dieser hier hat weniger Wasser als die anderen, ein breiter Uferstreifen ist trockengefallen, der Schlamm zeigt tiefe Risse, und ich frage mich nicht zum ersten Mal heute, wie viele steinzeitliche Lagerplätze, Dörfer, Kirchen, Grabungs- und Notgrabungsstätten in diesem See versunken sein könnten.

Süreyya ist im Abteil, der kurdische Walnussfarmer zurück auf seinem Sitzplatz, Verkin und ich trinken Kaffee und sprechen über Schlafmittel und Drogen. Verkin überlegt, was wir im Zug nehmen könnten, LSD wäre Verschwendung, meint sie, ja, denke ich, wir haben doch das großartige Landschaftstheater da draußen, und dann, vielleicht weil ich schon so viele Geschichten von ihr gehört habe, erzähle ich Verkin von der Suchtvergangenheit einer Ex-Freundin.

Ich erzähle die Heroingeschichten der Frau, die fast zehn Jahre ein Junkie gewesen war, lange bevor wir ein Paar wurden. Ich erzähle die Geschichte der Freundin, deren Leben sich zehn Jahre nur um Stoff und seine Beschaffung gedreht hatte, von der Geliebten, die oft selbst nicht glauben konnte, dass sie noch am Leben war. Ihre Überlebensgeschichten waren es, die unsere Beziehung zusammenhielten, wir waren ein Paar, weil ich alles wissen wollte.

Bist du vielleicht doch ein Vampir, David? Lebst du von dem, was deine Opfer dir erzählen?

Aber ich muss doch gar nicht zubeißen! Die meisten Menschen sprechen ununterbrochen von sich selbst. Fast alle wollen ihr Leben erzählen, nur leider ist es nicht immer interessant.

Oh, jetzt bekomme ich Angst! Langweile ich dich mit meinen Anekdoten?

Im Gegenteil, Verkin. Du verrätst immer nur die Hälfte, behältst zurück, hast immer noch eine Episode, noch ein Land, noch eine Liebesgeschichte in der Hinterhand, Stoff für Tausendundeine Nacht.

Hast du ein Buch über die zwei Leben deiner Ex-Junkie-Freundin geschrieben?

Nein, das habe ich nicht. Bisher nicht. Ich habe damals viel notiert, aber es ist nichts geworden. Ich wusste nicht, wie ich ihre Geschichten erzählen soll.

Von Anfang an vielleicht? Und dann weiter über die Mitte und mit einigen Umwegen hin bis zum Schluss? Das wäre meine Empfehlung!

Gute Idee, darauf bin ich noch gar nicht gekommen! Meine Lieblingsgeschichte aus ihren Junkie-Jahren ist die, wie sie als Sechzehnjährige zusammen mit ihrem elf Jahre älteren Freund nach und nach in die Häuser ihrer

Tanten und ihrer Klassenkameradinnen einbrach. In die größten Häuser der besseren Gegend, der sie selbst entstammte. Sie verkleidete sich mit einem Burberry-Mantel und einem Hermès-Schal ihrer Mutter in die unverdächtige höhere Tochter, die sie eigentlich war, und führte ihren Junkie-Boyfriend durch Gartenpforten und Terrassentüren in die Villen, die sie von Verwandtenbesuchen oder Kindergeburtstagen kannte. Manchmal wusste sie sogar, wo der Notschlüssel versteckt war oder wie die Alarmanlage ausgeschaltet wurde.

Das ist eine schöne Geschichte! Damit würde ich das Buch beginnen, mit der Plünderung ihres eigenen Milieus.

Unser Zug steht schon länger im Bahnhof von Malatya, eine Wasserpumpe muss repariert werden. Einige Toilettenspülungen funktionieren nicht, und auch aus dem kleinen Waschbecken in meinem Abteil kommt kein Wasser mehr.

Süreyya und ich steigen aus und vertreten uns auf dem Bahnsteig der Aprikosenhauptstadt die Beine. Wir spazieren durch den Bahnhof, kaufen Dürüm und Ayran an einem Kiosk, lassen alles einpacken und essen mit Verkin im Speisewagen. Die Kellner bringen uns frischen Tee. Seit sie ein großzügiges Trinkgeld bekommen haben, lesen sie uns jeden Wunsch von den Augen ab.

Als der Zug wieder rollt, möchte Verkin wissen, auf welcher Strecke wir eigentlich unterwegs sind, ob Atatürk sie bauen ließ und ob Züge von Istanbul-Haydarpaşa bis nach Teheran fahren.

Könnten wir nicht mit dem Zug nach Armenien reisen?, frage ich, nachdem ich herausgefunden habe, dass die Strecke vom Vansee in den Iran erst 1971 eröffnet wurde, lange nach Atatürks Tod.

Nach Ostarmenien, mit dem Zug? Über die geschlossene Grenze? Nein, das ist nicht möglich, mein Lieber. Ich weiß nicht einmal, ob es je eine Eisenbahn gab.

Süreyya kann uns keine Auskunft geben, er hat sich wieder ins Abteil zurückgezogen. Ich tippe weiter auf meinem Telefon herum und lese, dass einmal Schienen zwischen Kars in der Türkei und Gjumri im heutigen Armenien lagen, die Gleise aber wohl abgebaut wurden.

Züge sind dort schon lange keine mehr gefahren, sage ich.

Ich bin übrigens eine der wenigen Personen, sagt Verkin, vermutlich die einzige Türkin, welche die seit Ewigkeiten geschlossene türkisch-armenische Grenze überquert hat. Zu Fuß. Mit Krücken.

Wie hast du das geschafft, frage ich, und wann war das?

Kurz nach dem Zusammenbruch der Sowjetunion. Damals fasste ein amerikanisches Konsortium den Plan, eine Straße und eine Pipeline vom türkischen Trabzon am Schwarzen Meer durch Armenien bis nach Aserbaidschan zu bauen. Ich kannte einen der potenziellen Investoren, einen schwerreichen armenisch-amerikanischen Bauunternehmer, ein Freund meines Vaters. Er hieß Hirayr Hovnanian und engagierte mich als Beraterin und Türöffnerin für dieses Projekt. Als wir uns in Istanbul trafen, überraschte er mich mit der Idee, eine Erkundungstour von Trabzon über Armenien bis nach Aserbaidschan zu unternehmen, ich vermute, er wollte sehen, wo sein Geld versickern würde. Er musste mich nicht überreden mitzukommen, ich wollte schon lange nach Ostarmenien, hatte mir aber geschworen, niemals über Moskau dorthin zu reisen. Ich organisierte Termine und Treffen mit verantwortlichen Beamten aus dem Innen- und Außenministerium und besorgte die notwendige Sondererlaubnis, das Sperrgebiet an der Grenze zu betreten und die Grenze selbst zu überqueren. Es war schon spät im Jahr, als wir schließlich zu fünft in Trabzon losfuhren, einst die Hauptstadt des Kaiserreichs Trapezunt: der Bauunternehmer Hovnanian, unser Fahrer, ein armenisch-amerikanischer Anwalt, der eine weitere interessierte Investorengruppe vertrat, unser aserbaidschanischer Verbindungsmann, der schon von dem Krieg faselte, der bald zwischen den ehemaligen Sowjetrepubliken Armenien und Aserbaidschan ausbrechen würde, und ich. Es begann zu schneien, als wir durch die Gegend von Aşkale kamen, in die mein Vater einst verbannt worden war, um in den Steinbrüchen umzukommen. Es schneite und schneite und hörte nicht auf, die Passstraße, über die wir in die Grenzstadt Iğdır fuhren, wurde hinter uns geschlossen. Bei der ersten Kontrolle hieß es überraschenderweise: Hier gilt keine Sondererlaubnis, das hat es noch nie gegeben, niemand überquert diese Grenze. Wir steckten fest im Schnee am Ende der Welt. Ein richtiges Hotel gab es nicht, aber wir fanden Unterkunft in einer Herberge, deren Armeebaracken wohl aus der Zarenzeit und den Jahren der russischen Besatzung stammten. Die anderen Gäste waren gut aussehende junge Kurden in Turnschuhen, die Maschinenpistolen spazieren trugen, worüber ich mich erst mal nicht wunderte. Ich marschierte zur Vertretung der Provinzverwaltung, versuchte, das mit der Erlaubnis zu klären, aber nein, hieß es dort, wir brauchen eine Bestätigung aus Ankara. Die Sekretärin, eine nette Frau, riet mir, möglichst rasch in unsere Unterkunft zurückzukehren, denn leider würde das Gebäude der Provinzverwaltung alle paar Tage von der PKK beschossen. Jetzt erst verstand ich, dass die netten jungen Männer in unserer Baracke, die ihre Nase ständig in irgendwelchen marxistischen Büchern hatten, PKK-Kämpfer waren. Was mich insofern beruhigte, als wir in unserem Quartier also keinen Angriff zu befürchten hatten, wir wohnten ja zusammen. Ich rief alle möglichen Leute in Ankara und Istanbul an, zuletzt telefonierte ich mit Marc Grossmann, der damals stellvertretender amerikanischer Botschafter in der Türkei war, Tarek kannte ihn aus ich weiß nicht welchen Zusammenhängen. Ich erklärte ihm, dass ich mit zwei Amerikanern im Schnee festsitzen würde, ob er nicht etwas ausrichten, ein wenig Einfluss nehmen könne. Passenderweise hatte ich *Krieg und Frieden* dabei, ich hatte viel Zeit zu lesen und unterhielt mich mit den jungen Kurden, erzählte ihnen von meiner marxistischen Schulung in Harlem und dass ich Angela Davis kennengelernt hätte, die ihnen völlig unbekannt war. Schließlich, vielleicht hatte Marc Grossmann etwas ausrichten können, vielleicht irgendjemand anderes, gab die Provinzverwaltung ihr Einverständnis, und wir durften die Grenze überqueren, allerdings nur ohne Auto und ohne Fahrer. Der Aserbaidschaner beschloss, lieber in der Türkei zu bleiben, sicher ist sicher, sagte er, also brachten die freundlichen türkischen Grenzschützer nur Hovnanian, den ständig herumstänkernden Anwalt und mich mit einem Jeep bis zu dem Punkt, an dem die Panzersperren und Minenfelder begannen. Einen Grenzübergang im europäischen Sinne gab es nicht, weil im türkischen Verständnis dort keine Grenze verläuft, auch hinter dem Zaun liegen Gebiete, die einmal zum Osmanischen Reich gehörten, das imperialistische Russland hat sie sich bloß angeeignet. Ein Soldat führte uns durch das NATO-Draht-Labyrinth – du darfst nicht vergessen, diese Grenze war auch eine des Kalten Krieges –, dann mussten wir allein weiter. Hovnanian trug freundlicherweise meine Tasche, denn im tiefen Schnee war es recht mühsam, sich mit Krücken fortzubewegen. Es ging einige Meter leicht bergab, dann wieder ein Stück hinauf, wir stapften durch das unberührte Weiß, hinterließen unsere Spuren im Schnee und gelangten auf eine kleine Kuppe, über die anscheinend die eigentliche Grenze verlief, von der im Gelände gar nichts zu sehen war. Direkt dahinter begrüßten uns die über informelle Kanäle benachrichtigten armenischen Grenzschützer, sie empfingen und bejubelten uns wie die Heiligen Drei Könige aus dem Morgenland, denn seit Menschengedenken war ihnen hier niemand entgegengekommen. Die folgenden Tage in Eriwan ließen uns noch öfter an den Stall in Bethlehem denken, denn selbst die Minister, denen wir unsere Aufwartung machten, saßen in ihren Büros in dickste Mäntel gehüllt, weil überall in diesem traurigen Land die Heizung ausgefallen war. Entweder gab es kein Öl, oder irgendein oberschlauer krimineller Politiker war auf die Idee gekommen, die lokalen Blockheizkraftwerke demontieren zu lassen und nach Russland zu verscherbeln. Es war eiskalt, ich hatte Glück, dass ich meinen wärmsten Pelzmantel trug. Trotz des alten armenisch geschliffenen Diamanten, den ich als Ausweis am Finger trug, verdächtigte die armenische Seite mich – verständlicherweise, das konnte ich ihnen gar nicht verübeln –, für den türkischen Geheimdienst zu arbeiten. Ja, vielleicht hatten sie sogar ihre Hausaufgaben gemacht und herausgefunden, dass ich in meiner Jugend mit einem späteren türkischen Geheimdienstchef befreundet gewesen war, du erinnerst dich, der Student, der sich so gut mit Cora aus Alaska verstanden hatte.

Hast du für den türkischen Geheimdienst gearbeitet, Verkin?

Hätte ich dann fünf Tage im Schnee auf eine Sondererlaubnis warten müssen, die ich eigentlich schon erhalten hatte? Ich denke, nein, eher nicht. In Eriwan gab es Kaviar zum Frühstück, zu Mittag und zu Abend, denn in dieser dysfunktionalen Sowjetrepublik, die sich nun Armenien nannte, gab es nicht nur keine funktionierende Heizung, sondern auch kaum etwas zu essen. Und trotz all des Krimsekts und des Ararats, den wir trinken mussten, zeichnete sich bereits in den ersten Gesprächen ab, dass die Armenier einer über ihr Territorium verlaufenden Pipeline in die benachbarte, mit Erdöl gesegnete Ex-Sowjetrepublik Aserbaidschan niemals zustimmen würden. Es war auch schon durchgesickert, dass Baku kein Infrastrukturprojekt unterstützen würde, das von Armenien aus kontrolliert werden könnte, kurz, aus dem Projekt Prosperität, Handel und Verkehrsanbindung für Ostarmenien wurde nichts, Straße und Pipeline wurden nie gebaut.

Bist du dann durch Schnee und Eis und Stacheldraht zurückgewandert in die Türkei?

Nein, ich bin mit dem Anwalt zum Flughafen von Eriwan gefahren, Hovnanian war nicht mehr dabei, er war entweder schon abgereist, oder er blieb noch, ich weiß es nicht mehr, jedenfalls standen der dämliche Anwalt und ich allein in dem raumschiffartigen Empfangsgebäude der Sowjetmoderne, das den Vergleich mit jedem Terminal an einem New Yorker Flughafen gewinnen würde – nur gab es leider kaum Flüge aus diesem architektonischen Juwel. Ich entschied mich für einen nach Sofia, von dort würde ich schon nach Istanbul kommen, dachte ich, ist ja nicht weit. Der Anwalt wollte nach Paris, und ich besorgte ihm ein Ticket. Er aber, der alles besser wissen und sich von einer Frau nichts sagen lassen wollte, er, der sich während der gesamten Reise wie ein Idiot benommen hatte, wollte mir nicht glauben, dass er den armenischen Grenzbeamten schon etwas zustecken müsste, um sie dazu zu bringen, bei der Kontrolle nicht extra langsam zu arbeiten. Ich warnte ihn, sie werden dich dein Flugzeug verpassen lassen. Er aber, vielfacher Dollarmillionär und großer Geizhals, sagte: Ich habe doch bezahlt, ich habe ein Ticket gekauft, wieso sollte ich ihnen etwas geben? Dreimal darfst du raten, wer seinen Flug verpasste und zwei weitere Tage im eiskalten Eriwan sitzen bleiben durfte, während ich in einem auf den ersten Blick wenig vertrauenerweckenden Flugzeug aus sowjetischer Produktion abhob und wider Erwarten – wie hießen diese Maschinen? Tupolew? Iljuschin? – heil in Sofia landete. Dort stellte sich heraus, dass kein Flug nach Istanbul ging, nicht an diesem Tag, nicht am nächsten, nicht am übernächsten. Der Nachtzug verkehrte nicht, ein Bus fuhr ebenfalls nicht, und ich hatte keine Lust, von Sofia nach Moskau zu fliegen, um von dort zurück nach Istanbul zu reisen. Was blieb mir übrig, ich nahm ein Taxi.

Ein Taxi nach Istanbul?

Zur bulgarisch-türkischen Grenze. Dort angekommen, erfuhr ich, dass der Taxifahrer mich nur bis zur bulgarischen Grenzstation bringen durfte, die ein gutes Stück vor der eigentlichen Grenze lag. Die bulgarischen Beamten müssen sich einigermaßen gewundert haben über die Frau im weißen Pelzmantel, die kurz vor Mitternacht mit zwei Krücken und einer Louis-Vuitton-Tasche aus einem klapprigen Taxi stieg – sahen aber keinen Grund, mich nicht aus ihrem sozialistisch heruntergewirtschafteten Land hinauszulassen. Also marschierte ich, nein, ich humpelte die drei- oder vierhundert Meter durchs Niemandsland bis zur türkischen Kontrollstation, an der unsere türkischen

Grenzbeamten ebenfalls nicht schlecht staunten, auch sie erlebten nicht alle Tage, dass eine Istanbuler Armenierin zur Geisterstunde zu Fuß über ihre Grenze stapfte. Im ersten Augenblick hielten sie die Frau im weißen Mantel wohl für eine Erscheinung. Nachdem ich ihnen versichert hatte, dass ich kein Gespenst, sondern ein Mensch war, eine Türkin aus Istanbul, tauten sie jedoch auf. Noch freundlicher wurden sie, als ich ihnen meine letzten Dollars zusteckte. Sie baten mich in ihr Grenzwächterhäuschen, servierten Tee und erkundigten sich, wie sie mir weiterhelfen könnten. Nach Istanbul? Von hier? Jetzt?, antworteten sie auf die naheliegende Frage, wie ich weiterkommen könnte. Ob sie mir nicht ein Taxi rufen könnten, fragte ich. Die beiden Beamten, die sich auffallend ähnelten, schauten mich an, als hätte ich nach einer Mondrakete gefragt. Wir werden das nächste durchkommende Auto bitten, Sie ein Stück mitzunehmen, sagte der Ältere der beiden, da war mir allerdings schon aufgefallen, dass kein einziger Wagen die Grenze passiert hatte, seit ich in Bulgarien ausgestiegen und in die Türkei hinüberspaziert war. Fährt denn ab und zu mal jemand in unser schönes Land hinein?, fragte ich. Ja, ab und zu, sagte der Jüngere. Aber nicht allzu oft, sagte der Ältere.

Verkin the Tramp saß an der türkisch-bulgarischen Grenze, drehte den Ring mit dem armenischen Sieben-Karat-Diamanten an ihrem Finger und wartete. Und wartete. Nach fast anderthalb Stunden Unterhaltung mit den beiden Beamten – der Ältere war der Onkel des Jüngeren – hörte ich ein Motorengeräusch, tatsächlich, ein Auto näherte sich und hielt kurz darauf vor dem Schlagbaum, ein älterer Mercedes mit Istanbuler Kennzeichen. Die dank meiner letzten Dollars sehr hilfsbereiten Beamten stellten den Fahrer und seinen Begleiter freundlicherweise vor die Wahl, mich entweder nach Istanbul mitzunehmen oder während der nächsten vier, fünf, sechs oder noch mehr Stunden nicht in die Türkei einreisen zu dürfen. Die Entscheidung fiel ihnen leicht, die beiden Typen, Männer um die fünfzig, baten mich, einzusteigen und es mir auf der Rückbank bequem zu machen. Kaum saß ich auf den abgewetzten Polstern, entdeckte ich, dass dieser Mercedes einmal ein deutsches Taxi gewesen war, was die nur teilweise abgekratzte Beschriftung auf den Seitenscheiben verriet, die Preisangaben pro Kilometer waren noch sichtbar. Als ich den Fahrer darauf ansprach, erzählte er, dass sein Kollege und er einige Jahre in Deutschland gearbeitet hätten, in und um Köln herum, nun aber in Istanbul lebten, und ja, der Wagen sei aus Deutschland. Und dann berichteten die beiden abwechselnd und blumig ausgeschmückt, dass sie gerade von einem *fuck trip* nach Bulgarien zurückkämen, wo die Huren so viel günstiger seien als in Istanbul und preiswerter als in Deutschland sowieso. Sie erzählten das alles voller Stolz, als wollten sie gelobt werden für ihre Cleverness, zum Billigvögeln nach Bulgarien zu fahren.

Am nächsten Morgen rollt unser Zug noch immer durch Anatolien. Wir sitzen wieder im Speisewagen und frühstücken Oliven und Käsetoasts, Verkin hat vorgesorgt und gestern aufgekauft, was noch da war. Seit es hell ist, sind wir durch keine Stadt gekommen.

Süreyya stößt zu uns, bestellt Kaffee und berichtet, Verkin habe in der Nacht etliche Male das Licht an- und ausgeschaltet, habe gelesen und die Seiten ihres Buches dabei absichtlich laut umgeblättert, sei mehrfach aufgestanden und habe ihn immer dann angestoßen oder etwas gefragt, wenn er gerade eingeschlafen sei.

Wenn sie nicht schlafen kann, soll auch niemand sonst neben ihr schlafen können, sagt er.

Süreyya ist außerdem sauer, weil Verkin *la reine* in der Nacht mit seinen flauschigen Pelzpantoffeln auf die überflutete Zugtoilette marschiert ist. Und das nun auch noch bestreitet.

Natürlich hast du sie angehabt, sagt er. Wer soll sie sonst getragen haben? Ein Geist? Sie sind pissnass!

Sind die Puschen nicht dafür da?

Nein, sie sind nicht dafür da, denn sie sind aus Wolle und Fell! Und du hast mich angelogen, du hast sie angezogen!

Aber sie haben bloß fünf Dollar gekostet, das hast du mir ganz stolz erzählt!

Sie haben nur fünf Dollar gekostet, weil ich sie einer armen, alten Frau in einem Dorf in Litauen abgekauft habe! Und jetzt brauche ich eine Plastiktüte für uringetränkte Puschen!

Ich genieße die Vorführung, genieße das Mutter-Sohn-Theater und frage mich, wie es wäre, wenn meine Mutter noch leben würde, frage mich, ob ich mit ihr in einem Zug durch Asien fahren und ein Abteil mit ihr teilen würde.

Süreyya zieht wieder ab, er braucht eine Mutterpause, und ich beobachte den einzigen anderen Gast im Speisewagen, einen Mann Mitte vierzig, der auf das Display eines Tablets starrt. Er hat Kabelkopfhörer im Ohr und zwei kleine Wasserflaschen vor sich, eine von ihnen ist leer. Ich denke, er schaut einen Spielfilm, breite schwarze Balken sind am oberen und unteren Rand seines Bildschirms zu sehen.

Verkin fällt ein, dass sie ein oder zwei Jahre nach ihrer ersten Armenienreise noch einmal in Eriwan gewesen ist, mit Sam Green und John Weizmann zusammen.

Wir waren für die amerikanische Stiftung unterwegs,

die auf der ganzen Welt nach bedrohten Kulturdenkmälern suchte, sagt sie. Diesmal wanderten wir jedoch nicht über die geschlossene türkisch-armenische Grenze, sondern fuhren durch Georgien, wo gerade wieder ein Anschlag auf Eduard Schewardnadse verübt worden war – der frühere sowjetische Außenminister war damals Staatsratsvorsitzender der unabhängig gewordenen Sowjetrepublik Georgien. In Tiflis, die Stimmung war angespannt, setzten wir uns in ein Taxi und ließen uns Richtung Eriwan kutschieren, Luftlinie weniger als zweihundert Kilometer entfernt, nur leider liegen, nein stehen, nein erheben sich dazwischen die hohen Berge des Kaukasus.

Ich weiß, sage ich und denke an meinen Großvater, der während des Zweiten Weltkriegs mit der Wehrmacht dort war und bis zu den aserbaidschanischen Ölfeldern am Kaspischen Meer vorstoßen wollte.

Was Sam und ich nicht wussten, als wir durch die Berge fuhren: Weizmann hatte hunderttausend Dollar in bar in seinem Rucksack. Und das in einer Gegend, in der Reisende schon für deutlich geringere Beträge in abgelegenen Felsschluchten verschwunden sind, und zwar für immer. Jetzt fragst du dich natürlich, warum Weizmann so viel Geld dabeihatte.

Warum hatte er so viel Geld dabei, Verkin?

Um uns das Wohlwollen des Kultus- und Tourismusministers des unabhängig gewordenen Armeniens zu erkaufen.

Ihr musstet ihn bestechen?

Sagen wir lieber, er musste überzeugt werden, das Programm und die Hilfsgelder der Stiftung zu akzeptieren, die mehrere armenische Altertümer der ehemaligen Sowjetrepublik auf die Liste der hundert gefährdetsten Kulturdenkmäler der Welt setzen wollte. Eine persönliche Zuwendung, das war klar, würde den komplizierten und langwierigen Entscheidungsprozess ungemein beschleunigen und für einen Ausgang in unserem Sinne sorgen.

Verstehe ich es richtig, er ließ sich dafür bezahlen, dass Hilfsgelder nach Armenien fließen durften?

Wir mussten ihn für die Erlaubnis bezahlen, mit den Bildern der ostarmenischen Ruinen hohe Summen bei vermögenden amerikanischen Armeniern einzusammeln, Hovnanian zum Beispiel hat später sehr viel gespendet. Trotzdem schauten Sam und ich uns einigermaßen erstaunt an, als Weizmann im Büro dieses aufgeblasenen Ministers seinen Rucksack aufknotete und ein Dollarbündel nach dem anderen hervorholte. Ich ärgerte mich, dass er nichts gesagt hatte, nicht nur, weil er uns in Gefahr gebracht hatte, sondern auch, weil wir, hätte er mich verhandeln lassen, höchstes zwanzigtausend Dollar bezahlt hätten, denn ich weiß, wie man mit eingebildeten armenischen Wichtigtuern umgehen muss, Männern, die glauben, die Welt gehöre ihnen und qua Geburt stünde ihnen alles zu. Mein ganzes Leben habe ich mit diesen Idioten zu tun.

Der Mann, der die ganze Zeit über auf sein Tablet gestarrt hat, als würde es ihm die Zukunft und das Ende der Welt zeigen, steht auf, grüßt und geht an uns vorbei Richtung Schlafwagen, während die beiden Kellner beginnen, die unverkauften Schokoriegel zu zählen.

20

Ankara

Die römische Kaiserin und ihr Smaragd / Wein aus Ankyra / Ausgestopfte Tigerbabys / Der Name des Vaters / Im Palast der Tausend Zimmer / Die Gebärdendolmetscherin und die osmanischen Superhelden / Flügelschuhe / Çankaya

Als ich am Abend in den überdachten Innenhof unseres Boutique-Hotels komme, das einst eine Karawanserei in Ankara gewesen sein muss und nun mit englischen Kolonialmöbeln und Großwildjagdtrophäen dekoriert ist, sitzt Verkin zwischen zwei Herren in dunkelblauen Anzügen und nicht weit entfernt von einem Tannenbaum, an dem eine bunte chinesische Lichterkette blinkt. Im Hintergrund sind die ausgestopften Köpfe einer Giraffe und eines Zebras zu sehen. Verkin trägt ein schwarzes Kleid, silberne Ohrringe und eine ebenfalls silberne Kette, an der ein gefasster, gar nicht kleiner, grünlich glitzernder Stein hängt. Ein Stein, den ich für einen Smaragd halten würde, wüsste ich, woran ich einen Smaragd erkennen kann.

Die beiden Herren sind Parteikollegen, die wir zum Abendessen treffen, ich schätze sie auf Mitte bis Ende dreißig. Der eine ist glatt rasiert und hat die Haare etwas länger, der andere trägt sie kurz und an den Seiten rasiert, sein Vollbart ist zu einem kunstvoll kantig-skulpturierten Gebilde zurechtgestutzt. Der Glattrasierte hat ein sympathisches rundes Gesicht und ist im Präsidialamt beschäftigt, wie ich von Verkin erfahre, sein Büro befindet sich in Cumhurbaşkanlığı Külliyesi, dem vor wenigen Jahren mit Anklängen an die Architektur der Rum-Seldschuken neu erbauten Palast der Tausend Zimmer. Skulpturbart arbeitet für einen Abgeordneten aus dem Süden, sein Schreibtisch steht im Haus der Großen Nationalversammlung der Türkei. Beide Parteifreunde tragen neben ihren Krawatten ein türkisches Flaggen-Pin am Revers, und beide kannten einander bisher nicht, sie sind Bekannte von Bekannten, auch Verkin begegnet ihnen zum ersten Mal.

Süreyya stapft in Pluderhosen, einer wild gemusterten Stoffjacke und einem bunten Halstuch aus dem Zimmer, das er sich wieder mit seiner Mutter teilt, gemeinsam wechseln wir aus dem Innenhof in das Hotelrestaurant an der Hangseite. Auch dort sind keine anderen Gäste zu sehen, was vielleicht daran liegt, dass dieser 25. Dezember in der Türkei kein Weihnachtsfeiertag, sondern ein gewöhnlicher, kalter, regnerischer Abend kurz vor Jahresende ist.

Wir setzen uns an den schönsten Tisch vor der großen Fensterfront, hinter der sich bei Tageslicht die Gecekondular-Siedlungen zeigen würden, die fast alle Hügel überziehen. Jetzt, der Himmel ist schwarz, sind nur Tausende, nein Hunderttausende Lichtpunkte auszumachen, es sieht aus, als leuchteten die Berge aus unzähligen kleinen Öffnungen.

Wir haben schon bestellt, da erzählt der Glattrasierte, den ich irgendwo in Europa für einen Südfranzosen, einen Italiener oder einen Katalanen halten würde, dass er vom Schwarzen Meer stamme. Aus der Gegend, ja fast demselben Dorf wie Tayyips Vater und der Bürgermeister von Beyoğlu.

Deshalb arbeitet er im Präsidialamt, flüstert Süreyya mir zu, auf Französisch, damit Skulpturbart ihn nicht versteht, denn Skulpturbart versteht ein wenig Englisch.

Süreyya findet beide Typen verdächtig und macht mich darauf aufmerksam, wie unterwürfig sie sich verhalten, als wäre es für sie eine Gnade, mit Königin Verkin zu Abend zu essen.

Draußen beginnt es zu schneien, und Süreyya erklärt mir, Ziel dieses gemeinsamen Abendessens sei, uns morgen Zutritt sowohl zur Nationalversammlung als auch in den in einem Naturschutzgebiet neu erbauten Präsidentschaftspalast zu verschaffen, deshalb entertainen wir Verkins jüngere Parteikollegen und geben uns alle Mühe. Wir bestellen sogar den bereits in der Antike berühmten Ankyra-Wein, der um Ankara herum angebaut wird, auch heute noch, obwohl es hier keine Römer mehr gibt und die besten Hanglagen mittlerweile von informeller Bebauung bedeckt werden. Die Parteifreunde trinken allerdings keinen Tropfen von dem überraschend wohlschmeckenden Weißwein, AKP-Mitglieder, das hatten wir vergessen, konsumieren in der Öffentlichkeit keinen Alkohol. Süreyya und ich müssen die Flasche ohne ihre Hilfe leeren, während Verkin, ihr grünes Geschmeide blitzt wie das einer römischen Kaiserin, von dem Gold- und Juwelenhandel und der Wollfilzmützenproduktion ihrer Familie zu osmanischen Zeiten erzählt. Und davon, dass die Kasapians über dreihundert Jahre Bewohner und Eigentümer der Çankaya-Villa gewesen seien, bis Atatürk diese zu seinem Amts- und Wohnsitz gemacht habe.

Der aus Antakya, dem biblischen Antiochia am Orontes, stammende Skulpturbart hat von Süreyya erfahren, dass ich ein Buch über die Türkei und ihre Shopping Malls schreibe, und fragt, was er tun müsse, um in diesem Buch vorzukommen. Skulpturbart gestikuliert beim Sprechen und rudert wild mit Armen und Händen, dabei klirrt ein blau-gold gewirktes Glitzerarmband an seinem linken Handgelenk, das Süreyya als ein von einer bekannten Istanbuler Influencerin promotetes Freundschafts- und Glücksbändchen identifiziert. Skulpturbart beugt sich vor und schaut in mein Notizbuch, das aufgeschlagen auf dem Tisch liegt – eben habe ich etwas zu den Fotos der Speisen notiert, die in der von meinem Platz aus einsehbaren offenen Küche auf DIN A4 ausgedruckt und in Klarsichthüllen an der weißen Kachelwand neben der Dunstabzugshaube kleben, ich nehme an, sie hängen dort, um den Aushilfsköchen zu zeigen, wie die Teller die Küche verlassen sollen. Skulpturbart betrachtet meine Notizen wie eine Offenbarung oder die Anleitung, einen Schatz zu finden, und fragt, ob ich dieses Gekritzel später würde entziffern können.

Meistens nicht, sage ich, aber dann erfinde ich halt etwas. Und ich erinnere mich ja an fast alles, wenn auch nicht immer richtig.

Überraschenderweise beginnt Skulpturbart daraufhin, selbst gedichtete, eventuell auch aus dem Stegreif improvisierte Liebeslyrik auf Türkiye, die blutrote Flagge, die Sichel des Mondes und eine oder mehrere verschollene Geliebte zu deklamieren. Mir ist nicht gleich klar, ob es ein Witz sein soll oder nicht, aber je länger ich seinem inbrünstig vorgetragenen, stetig anschwellenden Ausbruch lausche, desto deutlicher wird, dass er das alles sehr ernst meint. Eigentlich erwarte ich, dass Skulpturbart aus Antakya zum großen Finale auf den Tisch springt – was dann aber, schade eigentlich, nicht passiert.

Am nächsten Nachmittag entdecke ich kurz vor unserer

Abreise aus der Boutique-Karawanserei einen Raum mit Ledersesseln, einigen Büchern und einer Vitrine, in der ich drei ausgestopfte Tigerbabys sehe. Eine Messingplakette verrät, dass ein englischer Kolonialbeamter sie im 19. Jahrhundert in Indien getötet hat und präparieren ließ.

Abends wollen wir zurück nach Istanbul fliegen, zuvor sind wir nun aber tatsächlich in den Palast der Tausend Zimmer eingeladen, wir werden empfangen, die Umgarnung der Parteifreunde war erfolgreich. Ein Taxi bringt uns zur Besucherpforte des Präsidentschaftskomplexes, unser Gepäck lassen wir im Wagen, der Fahrer soll auf uns warten. Wir müssen unsere Ausweise abgeben, und wie am Vormittag, als Süreyya und ich die Große Nationalversammlung besucht haben, werde ich nur nach dem Namen und dem Geburtsdatum meines Vaters gefragt, nicht aber nach dem meiner Mutter. Bei der Durchsuchung unserer Taschen interessieren die Sicherheitsleute sich für einen Bleistiftanspitzer, den sie in meinem Faulenzermäppchen finden, ein schlichtes, behälterloses Modell mit außen liegender, festgenieteter Klinge. Nach gründlicher Examinierung durch gleich zwei Beamte – sie betrachten den Spitzer, als hätten sie sehr, sehr lange keinen gesehen – bekomme ich ihn wieder ausgehändigt. Er wird offenbar nicht für eine gefährliche Waffe gehalten, aber ahnen die Beamten, können sie sich vorstellen, was man mit einem spitzen Bleistift anrichten kann?

Wir haben alle Proben und Prozeduren durchlaufen und müssen in einem hübschen, kioskartigen Raum mit holzvertäfelten Wänden warten, ich mache mir gleich Notizen, ausnahmsweise mit Bleistift, nicht mit Füller, versuche festzuhalten, was passiert. Nach zehn Minuten, vielleicht einer Viertelstunde – Verkin und Süreyya sind aufgeregt, und ich bin es auch, versuche jedoch, es nicht zu zeigen –, werden wir aufgefordert, zwei bewaffneten Beamten zu folgen, die uns per Fahrstuhl in eine unterirdische Verteilerebene bringen. Vor dem Aufzug wartet ein Van mit abgedunkelten Scheiben und geöffneter Schiebetür. Wir erhalten die Anweisung einzusteigen und fahren etwa vierhundert Meter durch einen Tunnel, unser Chauffeur ist hinter einer getönten Trennscheibe verborgen. Wir halten an, die Seitentür wird geöffnet, und zwei andere Sicherheitsleute geleiten uns zu einem Aufzug, dessen Türen sich im vierten Stock öffnen. Vor uns steht der Schwarzmeermann von gestern Abend, grüßt, führt uns über einen Flur und vorbei an einem senkrecht begrünten Innenhof in ein geräumiges Vorzimmer. Wir nehmen auf einem Sofa Platz. An der Wand gegenüber ein halb impressionistisches Gemälde, das Huber Köşkü am Bosporus zeigt, den heutigen Istanbuler Amtssitz des Präsidenten, das große Millefeuille aus Holz, das Verkins Vater einst hätte kaufen können. Nach zwei oder drei Minuten im Antichambre werden wir in das große Eckbüro der Chefin des Schwarzmeermanns gebeten, eine ehemalige Abgeordnete, die jetzt Tayyips engste Beraterin in Rechtsfragen ist. Sie heißt Zeynep und hat ungefähr mein Alter. Sie ist nicht allein in ihrem Serail, eine Frau, die einige Jahre älter sein dürfte, und ein jüngerer Mann mit zotteligem Künstlerbart sitzen auf einem der vier Sofas, die eine großzügige Sitzgruppe bilden. Teegläser stehen auf silbernen Untersetzern, es gibt weitere Sitzgelegenheiten, ich sehe verschiedene Sorten Lokum auf Silbertellern, eine Tür zum umlaufenden Balkon, Fenster an beiden Seiten, einen größeren, handgeknüpften alten Teppich auf dem Neubauparkett und mehrere kleinere Teppiche. Ich sehe eine Kleenex-Box, einen großen ovalen Spiegel neben der Tür und einen Schminkspiegel links vom Schreibtisch, mehrere Grünpflanzen, einen Stummen Diener aus poliertem, dunklem Holz, einen Glasbaustein in einem der Regalfächer, Gesetzestexte, Bücher, Flacons mit Kolonya, die Rückseite eines Monitors und nebeneinander an der Wand, beide in Schwarz-Weiß, beide gleich groß und identisch gerahmt, Porträts von Atatürk und Erdoğan.

Die Frau, neben der ich Platz genommen habe, ist Gebärdendolmetscherin und erzählt, dass sie ihr gesamtes Berufsleben in der Großen Nationalversammlung der Türkei verbracht habe und in wenigen Tagen pensioniert werde. Sie sei auf Abschiedsbesuch. Der Mann mit dem Künstlerbart ist ein Trickfilmregisseur auf der Suche nach Finanzierung für einen neunzigminütigen Action-Animationsfilm, dessen Protagonisten osmanische Superheldenfiguren sein sollen. Er zückt ein übergroßes iPhone und zeigt uns einen kurzen Clip, der mich an eine aufgedrehte Mischung aus *Kung Fu Panda* und *Captain America* mit Krummschwertern erinnert. Währenddessen erklärt mir die Gebärdendolmetscherin, dass die Gebärdensprache in der Türkei eine lange Tradition habe, Taubstumme hätten am osmanischen Hof oft hohe Stellungen in der Nähe des Sultans eingenommen.

Eine Frau, die wie eine Stewardess gekleidet ist, betritt den Raum, serviert Tee und fragt, wie wir unseren Kaffee trinken möchten. Ich sage *az şekerli*, weil es immer noch die einzige Antwort auf diese Frage ist, die ich mir merken kann.

Verkin, fällt mir jetzt auf, trägt heute strahlend weiße Schnürsneaker mit sehr dicken Sohlen, Schuhe irgendeiner Luxusmarke, die eine Skulptur sein könnten und mich an Raumfahrerstiefel denken lassen, vielleicht sind es Sieben-Meilen-Sneaker oder Flügelschuhe, die sie überallhin zaubern können.

Die Frau mit den Flügelschuhen erzählt ihrer Parteifreundin von Suma Han, von ihrem Viertel Arap Camii und was sie als Muchtar alles verändern möchte, erzählt von ihrer Zeit als reiches Straßenkind am Taksim, von der Arbeit ihrer Stiftung und davon, was sie für die Anerkennung und die Renovierung armenischer Altertümer in der Türkei getan hat. Ich verstehe ihr klares Istanbuler Türkisch heute gut – oder ich weiß einfach, was sie da sagt. Jetzt spricht sie davon, dass ihre Großeltern in der armenischen Kapelle der Çankaya-Villa geheiratet hätten, dem Anwesen ihrer Familie, das 1915 konfisziert und einige Jahre später der erste Präsidentschaftspalast der Türkischen Republik hier in Ankara wurde.

Kaffee wird serviert, Zeynep lacht, es wird durcheinandergeredet, wir sehen einen weiteren Superhelden-Clip, Handys klingeln, Zeynep geht zum Telefonieren auf den Balkon, wir gehen alle auf den Balkon, um Gruppenfotos und Selfies zu machen, wobei wir darauf achten, den Hauptflügel des Palastes im Bild zu haben. Zeynep erzählt, dass sie einmal in einem Film mitgespielt habe und mit ihrer Tochter zusammen am liebsten Serien schaue, sie lacht wieder laut auf, und ich habe völlig vergessen, wer in diesem Land alles im Gefängnis sitzt.

Und dann – Zeynep hat noch einmal telefoniert, der Schwarzmeermann ist einige Male ins Zimmer hinein- und hinausgetrippelt, ich habe darüber nachgedacht, ob wir nicht schon zu lange hier sind, halten wir die Staatssekretärin nicht von der Arbeit ab? – geht auf einmal alles ganz schnell. Vor der Fahrstuhltür im Tiefgeschoss warten zwei schwarze SUVs mit getönten Scheiben, und die ganze zusammengewürfelte Gesellschaft aus Zeynep, der Gebärdendolmetscherin, dem Trickfilmer, dem Schwarzmeermann, Verkin, Süreyya und mir verteilt sich auf die Autos. Eine kurze Passage durch die Unterwelt, wir halten wegen unserer Ausweise an der Pforte und bei unserem Taxifahrer, der Anweisung erhält, uns mit dem Gepäck zu folgen, dann geht es im Konvoi einmal quer durch Ankara zur Çankaya-Villa.

21

Istanbul

Ein Wunsch geht in Erfüllung / Damentoiletten-lady / Was mein Guru mich lehrte / Millionen Bäume / Eine Nachricht aus China / Nevin wartet

Nach unserem Blitzbesuch in Çankaya fahren wir ohne Süreyya zum Flughafen, er möchte noch in Ankara bleiben. Verkin und ich sitzen uns wieder in einer Turkish-Airlines-Lounge gegenüber, wieder in schweren schwarzen Sesseln. Wir trinken Tee und teilen die Fotos, die wir während der letzten Tage gemacht haben, Verkin kennt die Bilder von heute Vormittag noch nicht: Süreyya vor den weiß gepuderten Gecekondular-Bergen, Süreyya vor der verschneiten Zitadelle, in deren Mauern so viele römische Spolien stecken, Süreyya auf der zum Atatürk-Mausoleum führenden Muschelkalkstraße, zwischen deren Steinplatten gepflegter grüner Rasen wächst, Süreyya allein auf den Stufen des Anıtkabir posierend – möglich, weil wir so früh aufgebrochen waren, dass wir das Gelände, das mich, tut mir leid, sehr an das Berliner Reichssportfeld und das Nürnberger Zeppelinfeld erinnerte, fast für uns hatten. Süreyya vor dem von Bruno Taut entworfenen Katafalk über Atatürks Pharaonen-Sarkophag, Süreyya neben Atatürks ausgestopftem Lieblingshund, Süreyya mit dem Modell des Kasapian-Hauses auf der Istanbuler İstiklal Cadessi, in dem Mustafa Kemal Atatürk einst eine Wohnung von Verkins Tante gemietet hatte, Süreyya vor den kantigen Säulen der Großen Nationalversammlung und in der dazugehörigen Bibliothek, die wir, Skulpturbart sei Dank, besichtigen durften, Süreyya vor dem Bombenkrater in einem Seitenflügel des Parlaments, für den entweder der türkische Geheimdienst oder einer der 2016 angeblich putschenden Piloten der türkischen Luftwaffe verantwortlich ist, die Meinungen gehen da auseinander.

Zwischen all dem grünlichen Marmor im Parlament habe ich mich wie auf Naboo gefühlt, wie auf dem Heimatplaneten von Prinzessin Amidala, sage ich zu Verkin, weiß aber schon, dass sie mit dieser Information nicht viel anfangen kann. Sie entdeckt, ich habe uns neuen Tee geholt, dass Süreyya mittlerweile Reels und Storys von unserem unerwarteten Çankaya-Besuch gepostet hat. Verkins Telefon zeigt, wie wir durch die Renovierungsbaustelle spazieren, durch Räume, in denen Atatürk und seine Nachfolger nicht nur gewohnt, sondern auch Staatsgäste aus aller Welt empfangen haben. Auf einem Video ist Verkin in der erhalten gebliebenen armenischen Hauskapelle zu sehen – Atatürk soll vor seinem Einzug bestimmt haben, dass dort nichts verändert werden darf – und müsste mit ihren Flügelschuhen genau dort stehen, wo ihre vierzehn- oder sechzehnjährige Großmutter Verkin stand, als sie nicht den schönen Ohannes, sondern seinen syphilitischen Bruder heiraten musste. Jedenfalls stellen wir uns das jetzt hier in der Lounge am Flughafen von Ankara, hundertneunzehn Jahre später, so vor. Und ich erinnere Verkin daran, dass sie bei einem unserer ersten Treffen gesagt hat, sie würde Çankaya eines Tages betreten, und wenn sie dafür Präsidentin der Republik werden müsste.

Ha, Präsidentin werde ich wahrscheinlich nicht mehr,

sagt sie und lacht, aber in Çankaya sind wir gewesen. Das Haus, die Villa, das ganze Anwesen eines Tages zurückzubekommen, wäre schön – aber im Grunde bin ich froh, eigentlich sogar erleichtert, dass ich nicht dort wohnen muss, denn mir würde es wie meiner Großmutter gehen, ich würde es nicht aushalten so weit vom Bosporus entfernt.

Ein weiteres Video, auf dem Zeynep, Verkin, die Gebärdendolmetscherin und ich im Garten zwischen der von Atatürks österreichischem Haus- und Hofarchitekten Clemens Holzmeister erbauten Rosaroten Villa und dem historischen Kasapian-Köşkü zu sehen sind, wird durch einen eingehenden Anruf unterbrochen. Verkin beginnt ein Gespräch auf Türkisch, ich scrolle mich derweil auf meinem Telefon durch noch mehr Fotos, sehe Sarkophage und Skulpturen, die wir am ersten Tag in Ankara besichtigt haben, im Museum für Anatolische Kulturen, sehe Fotos aus dem Tatvan-Express, Tee in Pappbechern, Stauseen, Stauseen, Stauseen, den Schatten des Speisewagens auf der kahlen Erde, Vankätzchen, wie sie in kleinen Wasserbecken schwimmen lernen, und Süreyya und mich in Varnarank, kurz bevor wir – der Schnee lag so hoch, wir konnten nicht sehen, wo wir hinstapften – fast durch ein kaputtes Dach gefallen wären.

Verkin telefoniert, wie ich es kenne, sie hört hauptsächlich zu, dabei merke ich aber, wie sehr sie sich freut, es muss gute Neuigkeiten geben. Und tatsächlich, sie hat das Gespräch kaum beendet, da sagt sie, dass für sie ein Kindheitstraum in Erfüllung gehe, ein befreundeter Regisseur habe ihr gerade eine kleine Rolle in einer türkischen Fernsehserie angeboten.

Sie soll in den vierziger Jahren spielen, sagt sie.

Und als wer oder was sollst du auftreten?, frage ich.

Ich darf eine Damentoilettenlady spielen! Mein Traum! Als kleines Kind wollte ich unbedingt eine werden, ich liebte diese Frauen. Ich wollte immer eine Damentoilettenlady sein.

Eine Toilettendame? Eine Klofrau?

Meine Eltern nahmen mich, fünf, sechs, sieben Jahre alt, oft auf ihre Bälle mit, die damals in den Sälen der großen Hotels von Beyoğlu gegeben wurden. Sie tanzten in Ballkleid und Smoking, und ich verbrachte den Abend – ausstaffiert mit einer Mini-Abendrobe und einem meiner Kinderpelzjäckchen – bei den Damentoilettenladys im Hilton, im Park Hotel oder im Pera Palace Hotel. Ich war mit allen befreundet, und natürlich kannten sie meinen Onkel Hampartsum, der ja im Park Hotel arbeitete. Einige von ihnen waren verarmte, mit viel falschem Schmuck behängte russische Adelige, die alle echten Diamanten längst hatten verkaufen müssen. Nun hüteten sie die Schätze der Damentoiletten: Bürsten, Kämme, Bonbons, Pflaster, Taschentücher und Kolonya, Mittelchen gegen Kopf- und Magenschmerzen und Tropfen gegen alle anderen möglichen Wehwehchen. Sie hatten Riechsalz und Parfüm, Lippenstifte, Make-up, Sicherheitsnadeln, Strumpfhosen und Nähzeug im Angebot, sie waren für alle Eventualitäten und Katastrophen eines Ballabends gewappnet und konnten Geschichten erzählen, die Damentoilettenladys waren wie eine Nachrichtenzentrale, ich vermute, sie wussten alles und sammelten Informationen. Irgendwann schlief ich ein und träumte, bis mein Vater mich über den Taksim nach Hause trug.

Im halb leeren Flugzeug sitzt Verkin wieder am Fenster, der Platz am Gang ist heute frei. Als die Lautsprecherdurchsage mitteilt, dass wir die Reiseflughöhe erreicht haben, schaut Verkin hinaus in die schwarze Nacht und sagt, ich könne nach dem Buch über meine geliebten Shopping Malls doch mal etwas über eine unserer Fahrten schreiben.

Über deine Odyssee vielleicht, sage ich. Am Taksim geboren, im Bosporus geschwommen, Schuljahre im Orientexpress, Nicolas, Detlev, Emin, Orhan, Hippo, Abdulkadir und all die anderen Toten, Theater in Ost-Berlin, Barrikaden in Paris, Spazieren in Harlem, die Unternehmerin Verkin, Mutterwerden in Manhattan, ein Unfall in Anatolien, die Geschichte deines linken Beins, der Cowboy von Cardiff...

Hör auf, hör auf, mir wird schwindlig, das ist viel zu viel.

Du hast halt mehrere Leben geführt, sage ich, auf drei Kontinenten und in sechs oder sieben Sprachen.

Weißt du, was ich von meinem Guru in Indien gelernt habe?

Wann bist du in Indien gewesen, Verkin? Dieses Kapitel kenne ich noch gar nicht!

Das müsste Mitte der Siebziger gewesen sein, vor dem Unfall und vor den Kindern. Zu einer Zeit, in der es schwer in Mode war, Wochen oder Monate in einem Ashram zu verbringen. Ich habe von meinem Guru zwei wichtige Dinge gelernt: erstens, dass du für alles, was du tun möchtest, den richtigen Moment finden und dir bis dahin Zeit lassen musst. Viel Zeit. Manchmal sehr viel Zeit. Zweitens hat er mir beigebracht, überall einschlafen zu können. Das hat mir immer sehr geholfen. Überall schlafen zu können, ist ein Geschenk.

Im Tatvan-Express ging das aber nicht so gut, wenn ich Süreyya glauben darf.

Ach was, *er* war es, der mal wieder nicht einschlafen

konnte. Er war aufgedreht und genervt davon, dass ich lesen wollte ... In der *Histoire de ma vie* fehlen dir übrigens einige Kapitel, ich habe noch lange nicht alles erzählt. Von der Zeit in Sri Lanka weißt du nichts, von der Chinareise mit Şahan Arzruni, von meiner Affäre mit dem mexikanischen Tauchlehrer, der seine Tauchschule in Puerto Vallarta der Zeit als Gigolo von Ava Gardner verdankte und mich zu seiner Tante mitnahm, die einem Dorf von Frauen vorstand und mich an ihrem Peyotl-Ritual teilnehmen ließ. Wir sollten auch bald zu den armenischen Ruinen von Ani fahren, die musst du sehen. Und ich habe dir noch nicht verraten, wie Philip in New York gestorben ist.

Ich möchte schon fragen, als es heißt, wir würden bald landen. Eine Flugbegleiterin sammelt unsere Pappbecher ein, und Verkin sagt, ihr Bein tue weh.

Komisch, denke ich, sonst sagt sie das nie, da schweben wir bereits, wir sinken, über den Millionen Lichtern, die links und rechts vom Bosporus leuchten, dem großen dunklen Beförderungsband, das sich nachtschwarz zwischen Europa und Asien windet.

Am Flughafen Istanbul stehen wir in der zyklopischen, weithin unbenutzt wirkenden Riesenhalle mit unübersehbar vielen Gepäckbändern und warten auf unsere Koffer. Die wenigen Menschen um uns herum starren auf ihre Telefone und ignorieren die großen Leuchtanzeigen, die für Schönheitsoperationen und Haartransplantation werben. Ich muss daran denken, dass Verkin schon mehrfach angeboten hat, mir über ihre Freundin Sevgi einen Termin bei ihrem Chirurgen zu arrangieren. Sie ist der Meinung, auch ich sollte mal etwas machen lassen, eine Kleinigkeit zumindest. Um die Augen zum Beispiel.

Ein Stück weiter weg zeigen größere, hintergrundbeleuchtete Kästen touristische Reiseziele in der Türkei. Ich erkenne fast alle und muss lachen, als ich zwischen Kappadokien und dem Bosporus auch eine Ansicht der Bucht von Kekova entdecke, aufgenommen vom Bergfried der Kreuzfahrerburg aus. Die halb im Wasser versunkenen Grabmäler sind zu sehen, die Terrasse vor Verkins Haus, sogar die *Deli Gül* liegt auf diesem Bild vor Anker.

Wo bleibt unser Gepäck?, fragt Verkin und schaut von ihrem Telefon auf.

Es lässt auf sich warten. Vielleicht ist der größte Flughafen der Welt ein bisschen zu groß geraten? Zwischen der Außenparkposition unserer Maschine und der Gepäckausgabe müssen etliche Kilometer liegen, aus irgendeinem Grund haben wir sie schneller zurückgelegt als unsere Koffer. Sage und schreibe zwei Millionen dreihundertdreißigtausend und zwölf Bäume wurden abgehackt, damit wir hier starten, fliegen, landen und warten können, fällt mir ein. Vorgestern habe ich die Seite mit den offiziellen Angaben der türkischen Regierung unter den Hunderten geöffneten Tabs auf meinem Telefon wiedergefunden. Dazu kommen fast vierhunderttausend weitere Bäume, die für die Autobahn zur dritten Bosporusbrücke weichen mussten.

Hast du das schon gesehen?, höre ich Verkin sagen.

Was?

In China ist eine bisher unbekannte Lungenkrankheit ausgebrochen. Eine ganze Stadt wurde abgeriegelt. Eine, in der zehn Millionen Menschen leben. Häuser und Wohnungen dürfen nicht mehr verlassen werden.

Zwei Warnlichter beginnen zu blinken, es piept einige Male, das Gepäckband setzt sich in Bewegung. Es quietscht und ächzt, es ist vielleicht zu neu.

Nevin ruft an, sie steht mit dem Wagen irgendwo im unterirdischen Abholbereich und wartet auf uns.

Dann sehe ich unsere Koffer.

Nachbemerkung

Nun, da ich alles gelesen habe, frage ich mich, ob Verkin, die Hauptfigur dieses Romans, nicht ein bisschen zu perfekt Deutsch spricht. Von den Schwierigkeiten und den winzigen Fehlern, die selbst Muttersprachlern im Deutschen unterlaufen, ist in ihrer Rede kaum etwas zu hören, ja, sie spricht gelegentlich fast wie im Buche, möchte ich sagen – aber da fällt mir ein, dass die Istanbuler Armenierin ja meist Türkisch, Englisch, Französisch und gelegentlich sogar Westarmenisch spricht. Wäre dieser Roman das Protokoll, als das er sich mitunter ausgibt, müssten ganze Passagen in verschiedenen Sprachen stehen. Gibt es ein Original? Ja, würde der Wurstbote antworten, die sogenannte Wirklichkeit. *Look her up*, würde Verkin sagen und wahrscheinlich hinzufügen, dass sie nicht alles, was der Wurstbote ihr hier in den Mund legt, so gesagt hat und nicht alles wahr ist, was er diese Figur, die ihren Namen trägt, durchleben und erzählen lässt. Hier und da hat er sie sicherlich missverstanden – vielleicht ein Übersetzungsproblem –, oder er hat einfach etwas dazugedichtet. Vielleicht hat der Wurstbote Verkin und all das, was hier erzählt wird, auch bloß geträumt, weil er einer schneeweißen Katze zu lange in ihr blaues und ihr braunes Auge geschaut hat.

Danke

Mein Dank geht an die Kulturakademie Tarabya in Istanbul (Lena Alpozan, Pia Entenmann, Çiğdem İkiisik, Sinem Tekel), an den Verein Lese-Kultur-Godesberg e. V. in Bad Godesberg und Barbara Ter-Nedden, an das Heine-Haus e. V. in Hamburg und Beate Borowka-Clausberg, an den Centro Tedesco di Studi Veneziani in Venedig (Michaela Böhringer, Richard Erkens, Petra Schäfer), an das Literaturhaus Oldenburg und Monika Eden sowie an das Literarische Colloquium Berlin und die Robert Bosch Stiftung für die Förderung aus dem Grenzgänger-Programm.

Außerdem danke ich Julia Balogh, Jan Brandt, Ilona Gault, Jule Gorke, Karin Graf, Reto Sorg und Marie Helmke für ihre Anregungen, Unterstützung und Hilfe.

Dank auch dem Emek Cafe, der Trattoria Al Ponte del Megio, dem Caffé Rosso und dem Café Haliflor.

Und Kedi, ohne die es dieses Buch nicht geben würde.